山西文华·著述编 李健吾文学论著三种

外国文学评论

李健吾 ◎ 著

《山西文华》编纂委员会 编

山西出版传媒集团
北岳文艺出版社

图书在版编目（ＣＩＰ）数据

外国文学评论／李健吾著. —太原：北岳文艺出版社，2016.10
（李健吾文学论著三种）
ISBN 978 - 7 - 5378 - 4924 - 1

Ⅰ . ①外… Ⅱ . ①李… Ⅲ . ①外国文学 - 文学评论 - 文集
Ⅳ . ①I106 - 53

中国版本图书馆 CIP 数据核字（2016）第 230545 号

外国文学评论

著　　者：李健吾
责任编辑：左树涛
封面设计：山西天目·王明自

出版发行：山西出版传媒集团·北岳文艺出版社
地　　址：山西省太原市并州南路 57 号
邮　　编：030012
电　　话：0351 - 5628698（发行部）
　　　　　0351 - 5628688（总编室）
传　　真：0351 - 5628680
网　　址：http：//www. bywy. com
E - mail：bywycbs@ 163. com

经 销 商：新华书店
承 印 者：山西人民印刷有限责任公司

开　　本：700mm×1000mm　　1/16
字　　数：262 千字
印　　张：20. 5
版　　次：2016 年 10 月第 1 版
印　　次：2016 年 10 月山西第 1 次印刷
书　　号：ISBN 978 - 7 - 5378 - 4924 - 1
定　　价：86. 00 元

ISBN 978-7-5378-4924-1

出版说明

　　山西东屏太行，西濒黄河，北通塞外，南控中原，是中华民族的主要发祥地之一。中华文明辉煌灿烂，三晋文化源远流长。历史文献丰富、文化遗产厚重，形成了兼容并包、积淀深厚、韵味独特的晋文化。山西省政府决定编纂大型历史文献丛书《山西文华》，以汇集三晋文献、传承三晋文化、弘扬三晋文明。

　　《山西文华》力求把握正确方向，尊重历史原貌，突出山西特色，荟萃文化精华，按照抢救、保护、整理、传承的原则整理出版图书。丛书规模大，编纂时间长，参与人员多，特将有关编纂则例简要说明如下。

　　一、《山西文华》是有关山西现今地域的大型历史文献丛书，分"著述编""史料编""图录编"。每编之下项目平列；重大系列性项目，按其项目规模特征，制定合理的编纂方式。

　　二、"著述编"以1949年10月1日前山西籍作者（含长期在晋之作者）的著述为主，兼收今人有关山西历史文化的研究性著述。

　　三、"史料编"收录1949年10月1日前有关山西的方志、金石、日记、年谱、族谱、档案、报刊等史料，以影印为主要整理方式。

四、"图录编"主要收录 1949 年 10 月 1 日前有关山西的文化遗产精华,包括古代建筑、壁画、彩塑、书画、民间艺术等,兼收古地图等大型图文资料。

五、今人著述采用简体汉字横排,古代著述采用繁体汉字横排。

《山西文华》编纂委员会

李健吾譯

福樓拜短篇小説集

商務印書館發行

《福楼拜短篇小说集》1947 年商务印书馆刊印书影

《福楼拜评传》1980 年湖南人民出版社刊印书影

出版前言

　　李健吾(一九〇六,八——一九八二,十一),笔名刘西渭,祖籍山西运城,近代著名作家、戏剧家、翻译家。

　　李健吾幼年随母定居北京,先后就读于北京师范大学附小和附中,一九二五年考入清华大学就读,毕业后留校任教,后赴法国留学。一九三三年回国后一直从事教学、创作和翻译工作。历任国立暨南大学文学院教授、上海孔德研究所研究员、上海市戏剧专科学校教授、北大文学研究所研究员、中国社会科学院外文所研究员、中国文联第四届委员等。

　　李健吾先生在中国现代文学史上占有重要的一席之地。他的主要工作是翻译和法国文学研究,他的译作《包法利夫人》《福楼拜短篇小说集》《司汤达小说集》《莫里哀喜剧全集》等至今仍被奉为经典。他的一生并不仅限于此,他还是中国现代戏剧的奠基人之一,先后创作、改编剧作近五十部。这些剧作题材多来自劳苦大众的生活,且风格独特,被称为积极的浪漫主义。美国著名作家埃德加·斯洛曾高度评价他的戏剧作品。

　　李健吾先生在中国文学评论与戏剧评论方面又独树一帜,他的《咀华集》系列独具特色,堪称文学评论中的经典。二十世纪三十年

一

代的中国,有五大文艺批评家,他们是周作人、朱光潜、朱自清、李长之和刘西渭,其中以刘西渭的成就最高。他有周作人的渊博,但更为明通;他有朱自清的温柔敦厚,但更为圆融无碍;他有朱光潜的融会中西,但更为圆熟;他有李长之的洒脱豁朗,但更有深度。(司马长风:《中国新文学史》)

李健吾不光写文学评论,自己也创作了不少的小说和散文,且多有杰作。朱自清曾就李健吾的长篇小说《心病》评论道:"中国的新文学,直到近两年才有不以故事为主而专门描写心理的,像施蛰存的《石秀》诸篇即是,读者的反映似乎还不坏。这是一个进展。施蛰存只写了些短篇,长篇要算李健吾的《心病》为第一部。"鲁迅在《中国新文学大系·小说二集》中说:"《终条山的传说》是绚烂了,虽在十年后的今日,还可以看到那藏在用口碑织就的华服里面的身体和灵魂。"

为了能够使后人进一步了解李健吾先生的文学创作和学术研究状况,根据"山西文华"的编撰要求,我们整理出版了这套"李健吾文学论著三种",即"中国文学评论""戏剧评论"和"外国文学评论"。这套丛书主要收集了李健吾先生一九四九年十月以前的各种评论性文章。收入的作品按创作时间或发表时间排序,尽量保持了作品原貌。

北岳文艺出版社

二〇一六年八月

二

目　录

包法利夫人

> 我吸了好些无人知晓的粪土，好些事一点不招敏感的人们心软，我却同情。如果《包法利夫人》值点儿什么，就是不缺乏心。
>
> ——一八五一年五月八日，福楼拜致高莱女士书

一八五七年四月，《包法利夫人》问世。这是福楼拜第一次和世人见面的著作。它引起了空前的反响和非常的颂扬。其间有一件微小然而趣味浓郁的过节，值得我们的注目和回味：是拉马丁对《包法利夫人》先热后冷的态度。一八五六年十月，经过编辑人无理的删削，《包法利夫人》开始在《巴黎杂志》（*Revue de Paris*）披载。包法利夫人没有入狱，服毒自尽，但是他的传记人却被法庭传了上去，借口有伤风化。这时许多识者与不识者，纷纷向福氏表示同情。这里面最有势力，而且最出乎福氏意外的，却是高唱浪漫主义的诗人拉马丁。最初听了这种传说，福氏还很怀疑，一八五七年正月十四日，他写信给施莱新格（Schlesinger）夫人说道：

> 我收到好些文人的漂亮的颂扬，是真是假，我也不去管它。有人甚至于告诉我，拉马丁先生也高高唱起我的赞歌——这使我吃惊不小，因为我的书，其实全该激恼他！

这不是传说，拉马丁写了一封信来，而且允许福氏的律师，把信引入他的辩护书。对于一个初次问世就惹了祸的作者，这是很

荣幸，而且很有用的。福氏跑去道谢之后，写信给他的长兄道：

今天我独自和拉马丁整整谈了一点钟，他把我夸奖的不得了。那些恭维我的面诔的话，同你讲，我都觉得难为情；然而确实的是，他从心知道我的书，他明白我全书的所有的用意，他一直认到我的深处。

官司打完了，福氏宣告无罪，然而拉马丁却变了态度。福氏写信给施莱新格，表示他的失望道：

拉马丁先生没有给《巴黎杂志》写文章，他一面颂扬我的小说的文学价值，一面却向人说它玩世不恭（Cynique）。他拿我和拜伦相比，诸如此类！这太美了；然而我倒愿意他少来一点言过其实，同时少来一点隐约其辞。他一高兴给我道喜，特别是到了紧要关头，他却摔下我不管。总之，他这次和我来往，一点不像正人君子……

福氏忘掉他的书"全该激恼他"。如果拉马丁真正明白他全书的用意，自然而言会有以后态度的变迁；翻开《包法利夫人》上卷的第六章，他只要稍一注目，便会看见他的名字成了形容词：

所以她由着自己滑入拉马丁的蜿蜒细流，谛听着湖上的竖琴、天鹅死时的种种哀鸣、落叶的种种响声、升天的贞女和在溪谷布道的天父的声音。

这一段微妙的分析，整个这一章的叙述，甚至于全书无形的对象，是写给拉马丁之群的浪漫主义者领略、回味和反省的。

在这一群浪漫主义者之中，有一位生性浪漫，而且加甚的青年，却是福氏自己。他和他们一样热狂，一样沉醉，一样写了许多过分感伤的自叙的作品；他感到他们的痛苦，他们的欢悦；他陪他们呻吟，陪他们流泪，陪他们狂笑。这是一个心志未定的青年，在滚滚而下的时代的潮流中，随浪起伏；他飘浮着，然而他感觉着、体验着、摸索着，最后在一块屹然不动的崖石上站住，晓得再这样流卷下去，他会毁灭，会化成水花一样的东西，归于消蚀。他开始回忆、思索、无微不入；他悟出一个道理来，这道理是：从文章里把自我删除，无论在意境上，无论在措词上，如果他不能连根拔起他的天性，至少他可以剪去有害的稠枝密叶，裸露出主干来，多加接近阳光，多加饱经风霜。

在文艺上，犹如在人世上，我们不肯牺牲自己的部分，然而一旦抛开私情的翳障，我们便明白这不唯应该，而且会有更大的收获的意义。在事业上，犹如在精神上，这样的转机百不一见，然而抓住这样的转机，却很少不成功的。《包法利夫人》便是福氏抓住转机以后的试金石；在他文艺的生活上，在他精神的挣扎上，没有一部著作的意义更比这次的尝试重大；如果失败，这是他全部人格的破产，所以他不能允许自己苟且。牺牲是必须的，牺牲是光荣的。

在他的《回忆录》里面，杜刚把这转机归功在自己和布耶身上。我们记得，一八四九年九月，福氏写成他最早的《圣安东的诱惑》，怀了无限的希望，把他们邀来，听他开读。不幸的《圣安东的诱惑》！更不幸的是它的作者！他盼着，侦伺着他们热烈的誉扬，但是他们却照准他的浪漫主义斧削下来。杜刚进一步劝告道："如今你既然克制不住你抒情的倾向，最好你选一个主旨，这里情感的流泄可笑到了你不得不自加小心，不得不弃绝你这种倾向，选一个实际的主旨，一个资产阶级生活富有的故事……然后你强制自己，用一种自然的情调把它写出来。"福氏觉得他们有理，踟蹰道："这不见得容易，不过我可以试一试。"布耶更进而提醒他道："为什么你不用德拉马尔的故事？"听见这话，福氏仰起头来，高兴地叫道："好极了，就是它！"

依照杜刚的说法，《包法利夫人》的种子从此埋下。我们没有方法证明杜刚的真伪，福氏和布耶都没有谈起这件事，不过无论如何，德拉马尔的故事是确实的，同时和《包法利夫人》也有相当的类似。

德拉马尔（Eugène Delamare），是从福氏父亲的医院出来的一个学生，其后在瑞（Ry）镇做医生。他的续弦夫人姓古杜瑞耶（Delphine Couturier），嗜好小说，生活浮华，看不起丈夫，先结识了一个情夫，情夫却去了美国，随后又结识了一个律师的练习生，而且暗地举债，供自己糜费。结局债高如山，练习生和她断了关系，她不得不服毒自尽。身后留下一个小女儿，但是过了不久，德拉马尔也自杀了。这是一八四八年的事情，见于当时鲁昂的报纸。

福氏当然知道这个俗不可耐的故事，其实故事并不重要，重要在作家的运用，在他别出心裁的安置。故事永久是故事，不会因为使用的次数过多而陈旧，而腐烂，而减色；对于艺术家，兴趣集中在推陈出新的技术上，如果他的工作有他深厚的天性做基础，这已然不容易和另一个艺术家的工作相同；他有他特殊的看法，他独具只眼的见地；如果他的手腕脆弱，了解肤浅，故事便是再好，再生动，再有趣，依然不生效果。所以西施总有人歌咏，莺莺总有人谱曲，然而怎样把她们写成不同的有血有肉的女人，这却在作者，不在故事。所以尚特比女士问《包法利夫人》是否真有其事，福氏在一八五七年二月的信上答复她道：

> 《包法利夫人》没有一点是真实的。这是一个全然虚构的故事；这里我没有放入一点我的情感或者我的存在。……

一个艺术家应该这样答复。他从人生选择他的材料，等到材料上了他的手，他就有绝对的自由的处置：所以故事已然不是原来的故事，但是福氏的答复，还有一种更深的意义。通常的读者看过一部小说，时常误成作者本人的经验，发生种种的揣测。同时浪漫主义者的小说，又往往证实他们的假想。他们以为一部小说的真实，在其中有无福氏所云，作者的情绪和存在。他们不知道作者的创造是和生活一样的真实，和生活一样的符合；这种真实是永在的、普遍的，艺术的最高成就便在追求小我以外的永在而普遍的真实，作者自己也许包含在里面，然而仅仅包含在里面。一件艺术品形成以后，作者便退出创造者的地位，消融在万头攒动的生活里面。一个特殊的有限的现象，经过艺术家的匠心以后，便失去它的偏窄的感受，结连在宇宙整个的进行上。从这里看，艺术家的创作是真实的，犹如数学的程式一样地真实。一八五三年八月，福氏写信给高莱女士，推论道：

> ……人所创造的一切，全是真实的！所以和几何学一样，诗是同样的正确，归纳法和演绎法有同样的价值，所以只要达到某一阶段，人绝不至于再弄错了属于灵魂的一切，就在如今，就在同时，就在法国二十个乡村里面，我相信，我可怜的包法利苦楚着，唏嘘着。

但是决定艺术的真实，却是它的创造者的性格。艺术本身的价值，最后不在艺术家的技巧，因为技巧是学来的、体会成的、熟练出来的，这就是说，可以同臻极境的，所以最后，却在艺术家各自的禀赋。根据着他深厚而矗立的性格，他生活着，经验着，而且再三地经验着；归纳法的价值就在这里，艺术家从经验的综合，得到一种相对的、软性的、真实的真理。这也就是为什么，一个作家往往回到他早年的经验里面，寻求他所需要的材料。如果我们翻回福氏早年的《情感教育》，我们会发现罗卢（Renaud）和他少妻的故事，几乎就是《包法利夫人》的故事，特别在二十一章里面，有一段追叙罗卢夫人的身世道：

> 至于爱米丽，虽说比较年长，却没有那么爱过。年纪轻轻的，她就嫁给罗卢先生，他相信她崇爱他，她说，因为他觉得她好看！然而不久，她就失去了她的幻象，发现自己在一种可怖的寂寞之中，于是来了一位男子，一位她不指明名姓的男子来了；她爱他，不过他走了，她也就不再想他，时间的距离太长了，已然十年了。

所以在作家创造的过程中，故事的重要极其轻微；我们所要看的，是他怎样摆布现成的故事，同时在摆布之中，怎样遵循他的个性。在作家起始选择他的故事的时候，他已然顺从着他的天性。他自然而然地选择近于他的性格的故事。我们都有各自的癖好：满足之后，我们是轻适，是欣快，是写意。

但是到了不是满足，是惩罚，而且必须接受惩罚的时候，没有痛苦会再加痛苦的。对于生性浪漫的福氏，也没有故事更加俗鄙的。所有以往浪漫的倾向，如今必须斧削，不仅斧削，而且要从实际上，搜寻浪漫主义的过失！——从自己的经验搜寻自己美丽的过失。他的工作和牛车一样地迁徐。一八五三年七月，他写信给高莱女士道：

> ……我的主旨的俗鄙有时简直叫我作呕，同时遥望着那么多的庸凡的事物，全要好好地写出来，想起这种困难，我都心惊。

"全要好好地写出来"——这是福氏如今仅存的避难之所。把俗到骨里的材料，溶在如珠如花的文字之中，这是福氏从今以后的一个极其吃力的野心。一八五二年，在给高莱女士的信里，他说一八四三年的《情感教育》的失败，由于他的两种心性的揉合的偏倚：这两种心性，一种是浪漫的精神，一种是实事求是的精神。《圣安东的诱惑》的初稿，由于同样的原因而失败。他继续道：

> ……如今我开始第二次尝试，这该是成功的时际了，否则只有从窗户扔出自己。

从一八五一年九月起始，到一八五六年四月终止，福氏完成了他最后的尝试。他对自己和自己的工作抱有很大的期许；一八五二年三月，他写信给高莱女士道：

> 如今我连颈项都沉湎在少女的梦里。……我的书的所有的价值，如果有的话，在能够匹马直前，驰骋于俗鄙与诗的热情的双层的绝崖之间（我希望用一种叙事的分析将二者溶合起

来）。我一想起它的未来，我不禁因之头晕目眩，但是再一想起这么多的美丽付托于我，我更是惊惶失措，无论逃到什么地方也好，只要藏得住我，整整十五年以来，我和驴一样地工作着。我这一生就顽石似的过着，我把我的热情全关在笼子里面，除非为了解闷，有时我走去瞻望瞻望。噢！只要写成一部美丽的作品，我这一生也不算白活！……

我们都自视甚高，我们都无限制地自相期许，然而我们有几个像福氏那样一心一意、有始有终、辛辛苦苦地工作；数年如一日地工作！不贪名，不图利，为工作而工作！而且为了达到他的理想，不得不折心相就！怎样地折心相就！但是怎样地成就！书写成了，披露了，正统的批评家觉得太冷酷，现实主义者却以为太琐碎，否认他们不劳而获的杰作。一八五六年十一月，福氏写信给翟乃蒂夫人，陈述他的反感道：

> ……他们以为我爱的是现实，可不知道我厌恶它；我恨现实主义，所以我才写这本小说。然而我也不因此少所厌憎于虚伪的理想主义，正因为后者，我们才饱受时间的揶揄。……写《包法利》的时候，我先有一种成见，在我，这只是一首命题，凡我所爱的，全不在这里。

是的，这是一首命题，知道他的性情，我们便晓得，他控告的先是他自己，他交了卷，然而人人看见被告是自己。

同年十二月，福氏写信给彭郎芳（Louis Bonenfant），解释道：

> 人家觉得我太真实。这就是激忿的根源。至于我，我觉得自己非常道德，孟地影（Montyon）①的奖金应该给我才对，因为这本小说，含有一种明显的教训，如果母亲不允许她的女儿读，我想丈夫拿给他们的夫人读，总该不坏吧。
>
> 说实话，对于这一切，我一点也不关心。艺术的道德就全

———————————

① 孟地影男爵立有数种关于文学与道德的奖金，每年由国家学会办理。

在它的美丽里面，同时我所重视的，第一是风格（style），其次才是真实。我描写资产阶级的人情风俗，我陈述一个生来就坏的妇人的性格，在可能范围以内，我尽量放入风格和道德。不过你记住，题旨早已规定好了，我的活动也是有限的。

只有真正的艺术家能够了解真正的艺术家，也只有艺术家能够了解他自己的工作：他是过来人。

法庭上经过一番热烈的辩护，《包法利夫人》被宣告无罪。福氏把这本饱经忧患的作品献与他的德高言重的律师。但是在福氏的稿本上，这本苦心经营的小说却写好了献与路易·布耶。

在福氏艺术的生命上，自从勒蒲瓦特万（Le Poittevin）弃世以后，布耶占有唯一而首要的地位。法国文学史中，像管鲍的佳话，除去十六世纪的蒙泰涅与拉宝爱西（La Boetie），近代最脍炙人口的故事，就要算福氏和布耶。自小同学，后来福氏去了巴黎，布耶随着福氏的父亲习医，后者去世以后，这才由泛泛的相识，结为生死的交谊。他们的关系从下一封信可以看出来。一八五〇年九月，福氏在非洲北部旅行，接到布耶一封萎靡不振的信，鼓舞他道：

你也有了今天，可怜的老伴儿，我那么羡慕你的不可动摇的信仰，如今你也动摇了！其实你满应该，你美了整整两年，你前次得到著名的荣誉奖章，挂在家里，那时令堂就该傲形于色。然而我还甚于令堂，你爱信不信，在我的疲苶之中，在一切升上我唇边的酸辛之中，你是赛尔兹（Seltz）泉水，助我消化人生。你就像增进体康的沐浴之水，我浑身泡在里面。我一个人一牢骚起来，就对自己讲："看看他。"于是我就更加有力地工作起来。你是我最真实的场面、我永在的教训。如今莫非神也要从他的龛子里掉出来？不要从你的神座移动啊。莫非我们将来也要变成傻子？也许吧。然而这不该由你我道出口来，更不该去信它。时间自然会替我们带走偏头痛、神经衰弱的。你看出来了没有，害我们的事的，碍我们的腿的，就是一件事："爱好（Gout），美的爱好。"我们美的爱好太多了，我是说，我们不该为之过分不安。恶劣的畏惧，和雾一样，侵袭着你我，（一种十二月的毒雾，出人意外地来了，凝住你的脏腑，嗅上你的鼻头，而且刺着你的眼睛。）结局不敢前进，我们只好静静地站着。你不觉得我们和德李勒（Delille），和马尔孟岱（Marmontel）一样吗？我们不同样变成了批评家，有了诗论，有了原则，有了成见，而且有了规律吗？固然彼此不同，其实还不一样？我们缺乏的，是果敢。左瞻右顾，你我倒像那可怜的信士，日子过不好，唯恐下地狱，夜里要是做了什么不干不净的梦，一早就叫醒他们的教士忏悔。我们不要关心什么结果不结果。爱吧，管它文艺女神生出什么孩子，我们还是爱吧，最纯粹的欣悦不就在相吻吗？

布耶是一个诗人，对希腊与拉丁文学有极深的造诣，然而不幸生在浪漫文学的全盛时代，更不幸是缺少福氏豪放的资质。唯其如此，他才成为后者的知友。布耶是缄默的、文弱的；在文章的风格上，他是古典主义的——不如说是十八世纪的；在内容上，有时他是讽刺的，有时却是感伤的。他不像福氏那样极端，然而他能了解福氏。看福氏的信的语气，我们明白他们彼此的期许。布耶最高的成就是戏剧。和《包法利夫人》同时问世，是他的第一出喜剧《孟答西夫人》（*Madame de Montarcy*）。然而对于我们有兴趣的，却在他是一个中国迷。他总想写一篇关于中国的故事，计划有了，可惜始终没有写出来。或许因为没有到过中国，总有些自馁吧。太贫寒了，他不能实现他旅行的梦想。①

　　几乎每星期日，布耶下乡，同福氏畅谈一天，有时接着又是一夜。布耶是温文尔雅，不言则已，言必针针见血，而且决不宽假。一八五三年十二月，福氏写信给高莱女士，劝她向布耶求教道：

　　　　……这是一个精明人，不唯知道写诗，而且如有产者所云，有的是批判力，有产者们和诗人通常所缺乏的批判力。

　　福氏之于布耶，是全然的信仰，如若不是膜拜；布耶不是天才作家，但是具有高深的经典修养；福氏把布耶看成一位神圣不可侵犯的诗人。他把布耶供在他的心上。《包法利夫人》出版以后，除去圣佩夫与波德莱尔以外，便数巴尔拜·都维利（Barbey d'Au-revilly）的评论最为入骨，然而不幸在另一篇文章，他指责布耶的诗歌模拟缪塞（Musset），诽谤布耶便是诽谤福氏，福氏一生，把他看做仇敌。在《回忆录》中，杜刚形容这一对异姓兄弟道：

　　　　布耶，经不起一看就脸红，每逢做客总不自然，可是谈到他的信条，布耶却绝对不稍假借。看他们在一起，福楼拜高声叫唤，不耐烦，一句话也不受，驳他一句便暴跳起来，布耶却那么温存，讥诮，表面很谦虚，你说他，他打趣；看他们在一起，你会把福氏当做专制魔王，布耶是纳降的臣子；实际满不是这回事：主子是布耶，至少在文学方面，服从的却是福

————————————

　　①　下面是布耶的一首九行小诗，读者一看，便晓得他歌咏的人物和故事。这里的韵脚勉强押如原诗：
　　　　"变乱益血泪，
　　　　"金瓯今已碎，
　　　　"玉墀夜沉沉，
　　　　"天子竟饮刃，
　　　　"嗣君命亦悖，
　　　　"仰药愿长睡，
　　　　"陈嗣告佛尊：
　　　　"来生不见背，
　　　　"勿托帝王身！"

楼拜。

我们晓得福氏写《包法利夫人》由于布耶点出德拉马尔的故事。没有布耶，我们今日不会看见这本杰作，同时十九世纪的后半叶，小说也一定另是一番进展，趋势或许相同，但是底定的成效绝没有这样显著、这样迅速、这样基本。对于福氏，《包法利夫人》是一件苦工，他不欢喜这种屑屑不足道也的题旨，然而又不能听其失败；在这种心神交疲的奋斗的过程之中，他需要鼓舞，更需要不偏不颇的指正。布耶是他创作的旅伴。而且在一本书完成以前，福氏向例不轻于披露，他从心感到艺术的神圣；"要看，就全看，否则，不要看！"只有靠近他的灵魂，不分彼此的友谊，可以攻破他的壁垒的森严，这仍然只有布耶。在福氏写给高莱女士的信里，我们不时听见布耶和他在一起，校读他的小说。看福氏写给布耶的信，我们知道后者还有更深的帮忙：有时福氏缺乏医学上的专门名词①，有时是字句上的斟酌，有时是全章的结构，②有时是人物的运用和外表的形容，③其实不唯《包法利夫人》，直到一八六九年《情感教育》脱稿，布耶去世以前，福氏没有一部书不是在布耶的眼边写成。自从一八六九年七月布耶故去以后，福氏感到非常孤独，下面一封信便是他们友谊最好的证明：

> 我一点不觉得需要写文章，因为从前我写，只为一个人（布耶）看，如今他去了世。这是真的，不过我继续写下去的。可是写作的兴趣没有了，那股热劲儿也完了。很少人爱我所爱的，关心我所从事的！你知道，在这样大的巴黎，有一家谈论文学的吗？如果偶而谈到了，也总是文学的外在或者附带的方面：销路问题、道德、有用没有用、合时等等。我觉得我

---

① 例如郝麦口中绵绵不绝的名词。
② 例如农业展览会的描写。
③ 例如瞎子的目疾，与包法利夫人临死时他在窗外的歌唱。

变成了一片化石，一个同四周的创造没有关连的生物。①

福氏把他当做自己的"良心"。这也就是为什么，有些人将布耶的短命看成福氏创作的损失，《布法与白居谢》的文笔的枯瘦便是他们的口实。②这自然是一种错误，不过布耶之于福氏的影响，却不可否认。

《包法利夫人》全书分三卷，上卷共总九章：

老包法利是一个革职的军医，迟误了好几年，才把儿子查理（Charles）送到学校读书。查理资质钝拙，不过因为勤恳谨慎，还可以勉强随班；中途他退了学，决定习医，第一次考试，没有充分预备，名落孙山，第二次总算没有失望。他的母亲不唯溺爱，而且非常体贴，在道特（Tostes）镇给他活动一个医生位置，同时设法给他娶了一房多病好疑的有钱寡妇。离道特镇不远，有一家姓卢欧（Rouault）的佃农，伤了腿，是查理看好的。查理时常去卢欧那边做客。他的夫人听说卢欧有一个女儿，琴书诗画，无一不精，便禁止他和他来往。不幸代她经管银钱的公证人（notaire）③卷款逃走，本来身子虚弱，听了这消息，不久她就死掉。于是查理重新和卢欧过往起来。卢欧看他作人可靠，就把女儿许给他。查理非常满意，但是他的续弦夫人，却另是一种想法。

她叫爱玛。从十三岁起，她就在一家女修道院读书。最初，宗教的神秘的气息，笼罩住她稚弱的心灵，然而这不能满足她深切的要求。她时常向一位老缝妇借小说看，她不欢喜图画性的东西，

---

① 1870 年 5 月梢，福楼拜致乔治·桑书。

② 其实不成其为口实，例如人人承认《三故事》的文字优异，也是写在布耶去世以后。

③ 中国没有相当于公证人的官职。不全是律师，却也有些近似。倒像我们通常的"中人"，却属于公家管理。公证人专给人们作证，例如财产、契约等等，必须经他签字或者保证，方才有效。

不过她欢喜里面的情绪：她梦想浪漫的激情。

查理一点不了解她，他自己幸福，便以为她也幸福。有时查理的母亲来看他们，不过婆媳从来没有相安过。在这平滞的生活之中，只有昂代尔维利耶（Anderviliers）侯爵府上邀宴过一次，不过这也只是一次。她梦想巴黎和都市的生活。她订了两份杂志；她买了一架钢琴；她辞掉女仆，另用了一个使女；她希望有什么事发生。然而什么事也没有！看见她这样郁郁地病了下来，查理以为她不欢喜道特这个地方，便设法活动在永镇寺（Yonville–l'ab-baye）挂牌。收拾搬家的时候，爱玛发现她结婚的花球，顺手扔在火里，看它烧成灰烬。

中卷共总有十五章：

其实永镇寺是一样地乡鄙，一样地平滞。每早有一趟邮车到鲁昂府，临晚再赶回乡来。饭店倒有一家，主妇是勒福朗丝瓦（Le-francois）夫人，还有一个伙计是瘸子。著名的却是隔壁的药房，药剂师郝麦，因为私下开药方，受过官府的警告，所以看见新医生，他比别人分外殷勤，还有一个捐客，叫做勒乐（L'Heuneux），在村里贩卖洋货。和爱玛气味相投的，却是一个年轻人，叫做赖昂·都普（Léon Dupuis），在公证人居由曼（Guillemin）手下当练习生。

爱玛怀了孕；她希望这是男孩子，不过分娩的是女孩子。她给婴孩起了一个白尔特（Berthe）的名字，便交托一家贫苦的农妇育养。有一天，她想起看她的女儿，路上遇见赖昂，便约下一起走。他们的嗜好和性情大致是相同的：浪漫而且富有诗意。每逢大家围炉而坐，郝麦同查理高谈阔论，爱玛同赖昂便低语细话。她越觉赖昂清雅，越嫌丈夫愚蠢。但是他们都没有胆量；赖昂不知道怎样问才好，爱玛却以为爱情和狂风暴雨一样，其来也必定飘急，便懒懒地盼着。随着这种无期无效的企望，是一种反动：她向人誉扬她的丈夫，上教堂做礼拜，而且把女儿领回，亲自育养，说她最爱小孩子。其实心里充满了贪欲、愤恨。查理一心在谋她的幸福，并不觉察她有叛离的心情；这使她忿怒，她恨他，觉得他的心力对她是一种侮辱，她更恨自己的虚伪。她求救于教堂的堂长布尔尼贤（Bournisien）。堂长是一个极其实际的村学究，根本不晓得人的精神会有疾苦。这时赖昂也去了巴黎。爱玛益发无聊。

离永镇寺不远，有一个独身的地主，叫罗道耳弗·布朗皆（Rodolphe Boulanger），是妇女社会的黄牛斫轮老手。看见了爱玛一面，他便存心和她结识。这时正逢农业展览会在本地举行，永镇寺平空热闹起来。不满意的只有饭店的女主妇，看见沿途搭起许多小饭棚。忙的却有郝麦，不唯是筹备委员，而且是某报特约记者。投机的更有教堂的仆役，把椅子一把一把扛出来，临时出租。可怜的却有一家妇人，因为欠多了勒乐的债，当天宣告破产。就在这样的一天，罗道耳弗避开人群，挽住爱玛，用话诱她入彀。

其实爱玛如响斯应，早就准备好了接受任何男子的款曲，最初，罗道耳弗得到查理的同意，备好了两匹马，邀出爱玛散步。渐渐她的胆子放大了，乘人不防，溜到罗道耳弗的堡子，便是罗道耳弗都觉得她毫无忌惮，有些不妙。有一天清早，从堡子里溜出来，她遇见本镇的税吏毕耐（Binet）正在犯法行猎，她把幽会的地点改在她的家里。凑巧这时她的父亲送了一些野味来，还附了一封动情的信。爱玛觉得不过意，又回心爱起女儿，同时撺掇查理采纳郝麦的建议，显一下割治本领，恢复她的旧爱。查理不争气，不唯割坏了饭店瘸子的腿，还得替他出钱另请高明，补一条假腿。爱玛越看不起他，越爱她的情人；家务她也不过问，只是向勒乐赊欠，置办旅行的什物，预备和罗道耳弗私逃。罗道耳弗一点没有意思私逃，写了一封委婉的信，不诀而别。

爱玛大病下来。查理想尽方法，恢复她的健康；不过更使他忧愁的，却是财源不继。他向勒乐举债，爱玛渐渐复元，同时也行善，信了教。有一次查理陪她到鲁昂城里看戏，遇见久已睽违的赖昂。他留他们在城里多玩一天；查理由于职业关系，不得不回去，但是爱玛留了下来。

下卷共总有十一章：

去过巴黎的赖昂，已然不是以前的赖昂。费了一天的精神，他得到爱玛的欢爱。等她回到乡间，这才知道查理的父亲去了世。查理唯恐她悲恸，特意嘱托郝麦替他传达，不巧郝麦的学徒玉司旦（Justin），擅自走进药剂师神圣的实验室，从砒霜瓶子一旁，误取了一个盘子，郝麦震怒之下，忘掉他婉转的文藻，一直说出他的使命。其实爱玛毫不伤心，借口赖昂是法学生，和他商议偿还勒乐债款的方法，又转回了鲁昂。

赖昂在城里租了一间房，做他们幽会的地点。爱玛每星期进城一次，告诉查理，说是学习音乐。她向勒乐借钱，花在她的情夫身上。她也不晓得节制，女儿和家务不管，一味地糜费。花到后来不得了，便瞒着丈夫，卖掉他所承继的房屋。然而东弥西补，仍是无济于事。有一张她签押的支票，原先付给勒乐，这时却转给另外一个债主，呈请法庭，向她追索下来。她哀求勒乐转央对方延缓期限。她想尽方法，甚至于向婢女借钱，一批一批开发她的积欠。

同时所谓爱的生涯，她也有些厌腻。久而久之，这和结婚一样平板，一样索然，一样千篇一律。甚至人生，她也疲倦。赖昂嫌她遗误他的正业，不过犹疑不定，一时不忍和她断绝。法庭催债的传票终于发下来，限她二十四小时以内清偿，否则变卖她的家产。

爱玛设法瞒住查理，希望第二天能够借出款来。第二天是星期日，她进城去求各家银行帮忙，没有一家应命。便是赖昂也爱莫能助。她叫他到公事房行窃。赖昂答应去借款，等到下午三点，再下乡给她回话。看见没有指望，她奔回永镇寺，来求公证人居由曼：公证人是色鬼，然而提起钱，一毛不拔。只有等查理来饶恕她——她愚骏的丈夫来饶恕她！证明他比她优越。啊！什么都胜似他的宽恕。她去央求她所冷淡的毕耐；白央求。她跑去等候赖昂的回信；渺然。最后她想到遗弃她的罗道耳弗；罗道耳弗仍然爱她，跪在她的身边；听见她来借款，他便站起来，安安详详地答道：

亲爱的夫人，我没有钱。

爱玛想不到她还要受一次羞辱——怎样的羞辱！

可是我呀，为了博你一点微笑，一次青睐，听你说一句"谢谢"，我什么也会给你，什么也会卖掉，作苦工，沿途乞讨！而你安安详详坐在你的扶手椅，好像你先前还没有让我受够罪？没有你，你明白，我会快快活活过日子的！你为什么要这样做？难道跟谁打赌来的？可是你从前爱我，你从前这样讲的……方才还这样讲……啊！还不如把我撵走的好！你亲我的手，手现在还是热烘烘的。你就在这地方，在这地毯上，跪在我的面前，发誓爱我一辈子。我相信你；整整两年，你带我做着最香甜、最绮丽的梦！……嗯?！我们的旅行计划，你记得不？啊！你的信，你的信！撕碎了我的心！如今我看他来了，投他来了，他又有钱，又快活，又自由！求他搭救一把，随便什么人也会帮忙，苦苦央求，把恩情统统献给他，他推开我，因为这要破费他三千法郎！

从堡子出来，天也黑了，和她的心一样的黑；她蹒跚到郝麦的药房，趁他一家晚餐，叫出玉司旦，偷偷开了实验室，过去抓住砒霜的瓶子，对口倒下去。现在她反而镇静了，走回家，躺在床上，等候死的光临。去世的时候，听见窗外路上的歌声，她想起这是一个失明的老乞丐，自己常在城里遇见，便叫一声：

瞎子！

咽了气。

她的父亲远远来奔丧，走到村口，正遇见出殡，晕恹过去。送丧的人异口同声地哀怜，便是洋货商勒乐，也矜惜死者的不幸。

罗道耳弗打了一天的猎，夜晚睡得很安适。查理发现罗道耳弗写给爱玛的情书；他并不气恨，有一天相遇，他仅仅说了一句：

错的是命！

第二天，他的女儿看见他一个人坐在后园石凳子上。不动，也不言语。原来他死了。

怎样一本小说！没有一个人物不是逼真逼肖，那怕是极其渺微的人物，便是三行两行的形容，也是栩栩如生！而且每一个人物的背景是怎样地充实！性格、环境、事故、心理的变迁，全揉合在一起，打成一片，不多不少，不轻不重，在一种最完美的比例之中，相为因果，推陈在我们的眼前；我们以为这是一部描写乡间的通常的生活，和巴尔扎克的小说一样沉重，一样真实，一样动人，然而翻开第一页，我们便认出我们的错误，而且认出这是《人间喜剧》应该收入的一部小说杰作，是巴尔扎克做梦也在想着的艺术形式：描写、形容、分析、对话、性情、动作，都同时生灵活现地，仿佛真正的人生，印入我们的眼睑。是小说，然而是艺术；是艺术，然而是生活；啊！怎样地一种谐和！

和一座山一样，在这样作品的后面，是作者深厚的性格。他决不许书面有自己，这是说，他不愿在他所创造的一群人里面，忽然露出一个不相干的人来，和读者寒暄，刺人耳目。然而这不是说，作者能够和作品全然析离。一件作品之所以充实，就看作者有没有呕尽心血，于无形之中，将自己化进去。化进去，却不是把自己整个放进去。不问事物的好坏，人物的美恶，他深厚的性格无所不纳，无所不入。一八五三年七月，福氏写信给高莱女士，由诗人德利勒论到创作的经验道：

他看不见丑恶也有道德的密度。所以他缺乏生活，无论多么富有颜色，他缺乏凹凸。凹凸出于对象深刻的观察，一种深入；因为外在的现实必须进到我们里面，差不多逼得我们喊叫，不得不好好把它表现出来。一个人眼前有清晰的模特儿，总写得好，而且从什么地方清清楚楚地观看真实，如若不在人类忧患的美丽的展览之中？它们新鲜极了，引得他非吃不可。他奔过去一口吞下，化于它们。

无论人生如何丑恶，在艺术家的想象里面，全有另外一种的美丽存在。他的人物的经验，在他想象的真实上，就成了他自己的经验。他创作的精神，因为不同的人物的不同的需要，化成无数方面，追求殊途同归的终极的真实。这种精神作用，臻于最高的境界，作者和他的人物便合而为一，甚至于影响到他物质的生活，例如福氏写信给批评家泰纳（Taine）追叙爱玛服毒那一幕道：

　　……我的想象的人物感动我、追逐我，倒像我在他们的内心活动着。描写爱玛·包法利服毒的时候，我自己的口里仿佛有了砒霜的气味，我自己仿佛服了毒，我一连两次消化不良，两次真正消化不良，当时连饭我全吐了。……

他忘了他的存在；他的人物反而成了他的真我——如果不是理想的我。所以福氏会向别人讲：

　　包法利夫人，就是我！——根据我来的。[1]

爱玛是他，因为无形中分有他浪漫的教育、传奇的心性、物欲的要求、现世的厌憎、理想的憧憬；而且我们敢于斗胆说，全书就是她一个人——一个无耻的淫妇！——占有他较深的同情。但是我们应该适可而止，因为在艺术的创造上，只要艺术家钻进他的对象里面，对象无论是什么，一定获有他对人生的成分，或者对人的同情。对于福氏，和他失明的女神一样，艺术家应该一秉大公，不存成见。每一个人物都含有他的存在，然而不全是他，犹如不全是任何私人，然而任何私人都包涵在里面。一八五七年六月，福氏答复卡耶斗（Cailleteaux）道：

---

　　[1]　见于德沙木（René Descharmes）的论文：《一八五七年前的福楼拜》。

不，先生，一点也不真有其人。《包法利夫人》是纯粹的虚构。这本书的所有人物全是凭空想出来的，永镇寺不存在，利鹅（Rieule）小河也不存在，全书类皆如是……然而这也禁不住同乡，从我的小说里面，发现一堆典故。不过那样一做，我的描写倒反而不会相像了，因为在我眼前的只是些私人（personalités），可是我所要写的，正相反，却是些典型人物（types）。

福氏从小资产阶级选出他的典型人物。小资产阶级最会过日子，然而唯其如此，才俗不可耐。他们不愿意走入下流，也没有心去做英雄，他们只顾目前，关怀的只是生存的维系。他们的格言是："各人自扫门前雪，莫管他人瓦上霜。"凡是妨害他们生存的，他们便视为对敌，而且他们也有若干的自尊心，不许别人干预他们的行止，谄上而谩下更是他们共同的品德。他们是弱者，然而从来不肯示弱，他们欢喜看别人的笑话，自己却决不许出丑，为了预防意外起见，他们接受、模拟、终于凝定；福氏自己便和这一群资产阶级生活在一起，然而他怎样厌恶他们！一八五三年八月，福氏写信给高莱女士，形容他四周的人物道：

> 我同兄嫂整整在一起过了两天。离这里半里光景，有一所很美的房产出售，他有意去看一下。起初他想买，热了上来，回头冷了下去，回头又热了上来，于是考虑，于是反对，本来同卖主定好了约会，不过怕上当，今早他离开这里，故意先给卖主一个失望。所以由我代他出面说话。一点钟睡下，四点钟我就起来；从昨天起，我喝了多少杯酒！研究资产阶级，怎样一种研究！啊！我开始认识资产阶级这片化石了！怎样的半性格！怎样的半意志！怎样的半热情！脑里一切是漂浮、踌躇、脆弱！……

和她的作者一样，爱玛生活在这样一群人里面，一群乡下人里面。他们每一个人有每一个人的职业、癖嗜、身分、见地；人人在帮忙邻居的时候，都顺便拣一点便宜回来；人人少见多怪，然而决不大惊小怪；明明不知为不知，却要装作像煞有介事；心中筹维再四，口头却见义勇为：一个字囊尽他们的性格——是福氏的"半！"

然而这一群"半"性的人，各有各自的模子，是同一社会的出品，却没有一个相同；是恰到好处的真实，一次兜进我们的眼帘，便永久活在我们的心上。一见之后，如果我们不能倾心相与，至少我们忘不掉他们的形象、姿态、语言、习癖。他们的真实，从字里行间迸跃出来，擒住我们的注意，让我们想不起他们的传奇性质，同时逃出典型人物的拘束，与自然抗衡。我们觉得他们的线条，一根一根，非常清晰；我们起初以为这会失之于琐细；正相反，作者抓牢而且抓准了他们的轮廓，一下子甩在我们眼前，便活脱脱地立了起来。

在这小村镇里面，人生的复杂同它利害的冲突，和在任何城市一样，不可避免；唯其不可避免，反而使作者加深挪揄的可能。各人有各人的人生哲学，假如处世也算一种哲学。站在一家楼窗前面，只要天晴，每天下午和星期日，你可以望见瘦骨棱棱的毕耐，弯着腰，在屋里旋劇小木环，克吃克吃，闹得村东听到村西；小木环堆满了一屋，他依旧无为而为地旋着，劇着；他这样消遣掉他的一天，"带有艺术家的嫉妒，资产阶级的自私"。他当过兵，日子也过得和兵一样地纪律化，下午六点钟一响，你准会看见他走进金狮饭店，坐在他的老地方，一言不发，又仿佛一位将军，鸦雀无声地用餐。但是他，冷气逼人的毕耐也有弱点：一清早，闪在一只陷入沟里的木桶后面，半陆半水地猎野鸭；警章上规定，只准船上行猎。他是以冷还冷，永久袖手旁观。和他一样没有心，然而无巧不取，无缝不入，却是掮客勒乐。你以为他那么谦和、谄谀、逢迎，听他的话比水还快，比蜜还甜，看他一躬到地，挤着一双专看风色的漆黑的猪眼，你却不知道他心里打着什么算盘。

（连毕耐也怕的算盘！）便是你临了把不值钱的灵魂卖掉来还帐，他也认为毫不相干。他比牧师还了解人类的弱点；正因为用不着牧师的慈悲，他便利用人类的弱点，完成他魔鬼的使命。然而不这样做，又将如何？又将如何发财？他是非常的实际，而且理应成功的商人。

他轻轻地把她推向楼梯。

"我求你了，勒乐先生，再宽几天限！"

她呜咽了。

"嘿！有你的，眼泪也使出来了！"

"你是朝死路逼我！"

他关了门道：

"关我屁事！"

但是他也好面子，你不奇怪吗？所以名义上倒不是他索债。他愿意发财，却不要乡人议论。你听见他还在怜惜死者呐。人世是复杂的，必须他的复杂的头脑才成，

宗教和科学势不两立，便是在一个偏僻的小地方，也难以相安。宗教的代表是牧师布尔尼贤，科学的代表不是医生，却是药剂师郝麦。布尔尼贤的存在，增深全书的意义，加重爱玛堕落的力量。他缺乏精神生活，也不晓得精神生活是什么。一个农人的底子：魁伟而雄壮的身体；虔笃而迷信的心性。对于一般朝出夕归的乡下人，布尔尼贤是再好不过的教士，农收的时候，他在帮人捆田禾，"一趟扛六捆！"到时候，他还管教全村的孩子，好也罢歹也罢，反正比孩子游手好闲，在家里胡蹦乱跳，砸碎了东西强；而且他没有教士的尊严，一样地说笑，甚至于一样地发咒，而且道袍上一样是烟灰，一样是油渍，何况忏悔离不开他，安慰少不掉他——因为他也会安慰人的；但是怎样一个安慰法！脑内装的就是两本教义，口里出来的也就是这两本教义，而且错了也难讲，他的服务的忠实，便是工匠做活也赶不上；他决不想了解他

的教民，不是不想，是他根本没有了解的天分。

他问道："你好啊?"

爱玛回答道："不好；我难受。"

教士接下去道："可不！我也是。这些日子，古里古怪，天才一热，人就四肢无力，你说对不对？不过你要怎么着！圣保罗说得好，我们生下来就为受罪。倒是包法利先生，他是什么看法?"

她做了一个轻蔑的手势，说："他呀!"

老好人大吃一惊，连忙道："什么！他不给你开方子配一点药吃?"

他不晓得人间还有病，就是吃药也没有用。然而药剂师、我们的郝麦先生，却把他当做不世之仇！

郝麦是永镇寺唯一而伟大的人物。凡是妨害他成为唯一而伟大的，他全想法除掉；不是他没有大量，是他不幸生而代表正义，正义就是科学。达尔杜弗一张口就是上帝，他不晓得他作伪，作伪是他的人格；郝麦一张口就是科学，他不晓得他作伪，作伪他也不会。他是科学的信徒；科学万能，郝麦万能。"郝麦满脑方子，比他的药房的瓶子还多，擅长酿造各色蜜饯、醋和香油，也知道种种新出的省煤的锅釜，和保存干酪、料理坏酒的方法。"而且他有一大架子书（全是杰作还用说），杂志不提，每天还有一份日报看，而且自己就是日报的通讯员。而且他有一间实验室，不是法文的实验室（laboratoire），而是来自犹太语根的 capharnäum（意思是杂货店）。他印行过一册《苹果酒之研究》（*Du Cèdre, de sa fabrication et de ses effets, suivi de quelques reflexions nouvelles à ce sujet*），对科学有绝大的贡献。他缺少的只是官家的报酬，不过我们知道：

他新近得到十字勋章。

郝麦知道他自己的重要，他的使命是给永镇寺加以科学的洗礼。现今的世界已然走进科学的领域，任何事物、任何学问，都和科学发生密切的关联，这就是说，同郝麦发生密切的关联。他有的是虚荣；他觉得全村没有一个人跟得上他；凡是他所感受的，全村应该一体接受；而且这为了全村的公益。所以一有机会，便是极小的机会，他都不肯，也不能放过，用来炫耀一下他的才学——为了正义，他会马上就热上来的；开导乡愚，这是他应尽的责任。他不谈话，他讲演，因为他也是一种教士，更加神圣的殉教者。哪怕面前是金狮饭店的主妇，他也仿佛对着济济一堂的听众。你以为是夸张、是宣传、是言之过甚；他以为是自然，是应该，是确乎其不可拔。因之，他所知道的，或者先知道的，全是可靠，而且必须置信。如果他失败，失败在他的急于立功，因为急中有错。但是如果你做了他的敌人，你就不要再想安宁；除非你即早宣告他的胜利。所以他反对宗教，因为宗教擅敢统治人类的灵魂；然而他更反对布尔尼贤，因为他是它的宣教士。拿什么资格，宗教也配管辖灵魂，自从有了科学，不可知也成了可知，因之，宗教的职责应该划归科学，这就是说，布尔尼贤的职责应该划归郝麦。

然而郝麦并非没有上帝：说实话，他也是弱者。他自己说得好：

> 正相反，我崇拜上帝！我信奉上天，相信有一个造物主，随他是什么，我不在乎。他要我们活在人世，尽我们的公民的责任、家长责任，但是我用不着走进教堂吻银盘子，① 拿钱养肥一群小丑；他们吃的比我们好！因为人在树林、在田地，或者甚至于像古人一样，望着苍天，一样可以敬礼上帝。对于我，我的上帝、我所敬礼的上帝，就是苏格拉底的上帝、富兰克林的上帝、福尔泰和白朗瑞（Béranger）的上帝！我拥护

---

① 吻教堂中的器皿，表示崇敬笃信。

"萨伏衣教务协理①的信仰宣言"（profession de foi du vicaire so-voyard）和八九年的不朽原则！……②

如果你晓得他子女命名的来历，他的渊博更会让你瞠目不知所云。他的长子叫拿破仑，象征光荣；次子叫富兰克林，象征自由；一个女儿叫伊尔玛（Irma），算是一种对浪漫主义的让步；一个女儿叫阿达莉（Athalie），献与法国悲剧的不朽杰作。然而这种艺术的羡赏并不妨害他的科学精神。例如他钦服《阿达莉》作者的文章，却一点不同情剧中的宗教情绪。然而无论他是科学家、艺术家，一切仍旧挡不住他俗到了家！一切仍旧挡不住他是一个平常的好人！他有的是热心肠；他没有绝对的恶意；而且接受、尊奉、谄谀在上的权威。而且他知道随俗，知道工作久了，应该娱乐一下，所以有一天星期四，爱玛赴她的幽会，看见郝麦也静悄悄地进了城——静悄悄地，因为"他唯恐见他不在，大惊小怪，所以没有同任何人讲起他的计划"。无意却搅了爱玛一天的幽会！而且这敢作敢为的药剂师，随地口里天花乱坠，有时一样怯弱，怕见医生开刀、怕招凉、怕死！

福氏写了好几个曾经受过浪漫文学影响的人物，其中赖昂要算最肤浅、最皮毛、最柔脆。有好些地方，毛诺和他相像，然而在禀赋上、在性格上、在情感上、在为人上，比他深厚而且彻底多了。和毛诺一样，赖昂早年失怙，由母亲教养成人；他会一点音乐，还可以画两笔水彩画，而且平时读了好些风花雪月的诗歌、小说；他不知道他浪漫的情绪全从书里来，却以为生性如此，仿佛一位乡下大姐，抹了一脸城里买来的粉，涂了一脸城里买来的红，于是羞羞答答，自以为就是乡下的美人。其实骨子里仍是一个土里土气的农民。他有农民的谨慎，他有农民的顺天之性，然而缺乏

---

① 见于卢梭的《爱弥儿》。

② 法国大革命爆发的一年。

农民的魄力，农民的顽梗。一个刚强的性格会一下子克服他；爱玛要他写情诗，"第二行韵脚，他搜遍枯肠，也配对不出，结局就从纪念册上抄一首十四行诗交卷"。和爱玛在一起，"他不辩驳她的观念，他接受她的一切爱好；与其说她是他的情妇，倒不如说，他变成她的情妇"。但是到了利害关头，他资产阶级的本性就流露出来。"他就要升为第一练习生：是严肃的时候了。所以他放弃旧习惯、激昂的情绪和想象：——因为个个资产者，年轻时候，血气方刚，就算是一天、一小时也罢，都自以为抱有海阔天空的热情，会干出轰轰烈烈的事业来。最庸俗的登徒子念念不忘于东方皇后；个个公证人心里全有诗人的残膏剩馥。"他有青年的润泽，然而和青年一样，经不起一拭再拭。这就是为什么，和毛诺同样学习法律，他却不唯在乡间做了公证人，而且娶了一个士绅的女儿，成了家，立了业，庸庸碌碌，了结一生。

罗道耳弗不这样没有出息，然而更坏，却是肯定的。就本性而论，也是一个地主，他不唯谨慎，而且晓得怎样才是谨慎；他要名，然而如果可能，他也要爱，如果爱有伤于名，他就不会继续下去；爱财如命，是地主阶级的本性。福氏为了布耶死后立碑，给鲁昂市政府写信，嘻笑怒骂一群没落的资产者道：

你们，实际？去一边待着吧！你们不知道拿笔，更不知道拿枪！强盗来了，抢你、监你、杀你，要你们怎么，你们就怎么；兽的本能是自卫，你们连兽的本能都没有；问题不仅是你们的皮，而是你们比命犹亲的钱口袋，那时叫你们往匣里放一页纸，你们都一点气力没有！……

罗道耳弗还没有没落到这种可怜的境地：他的生活如果不实际，至少是思维出来的。他做爱，和地主理家一样，步步预防好了的。他有胆子，不过冒险他不干。他不愿意娶一个主妇来，失掉独身者的自由。但是他也不愿意在本乡偷女人，妨害他的身分。在这方面，没有人比他再实际：他在城里包了一个女戏子。然而他不是一味菜止饥的人。他有的是色情经验。他一眼看中了爱玛，一眼看清了查理；当一个早晚出外诊病，当一个人木木无觉，和查理一样的时候，又何乐而不为呢？——但是他不防备爱玛会要求他私奔。抛掉他的产业，抛掉他的安适，为谁？为一个生性乖戾的美妇人！哼，哼。一样是消遣，还是打猎好些。他知道拿枪，而且知道拿笔，而且怎样的一封信（coup de lettre）！这种人有虚荣，没有良心；他不认旧帐，最好中途分手，因为他不是一个好旅伴。

说到信，这里有一封真挚而动情的家书，却是卢欧写给他的女儿，问候她一家大小平安。我们尾随爱玛，过着一种虚伪的情感生活，忽然遇见一封真情流露的恳切的信，不说我们一洗耳目，便是爱玛，也觉出久居鲍鱼之肆的腥臭味。《包法利夫人》的特色，就是全书充满了发人深省然而轻快的人类的喜剧。福氏决不滥用。他明白它的偶然使用的效果：这烘出乡间的形形色色，而且反映人物的活动，无形之中，给全书增添一种新的色调、一种深刻的意义。于是全书的进行不唯不单调，而且不沉闷，仿佛走上若干灰色的人生的道路，我们发见一朵两朵的野菊花，点缀在道旁，供我们刹那的喜悦的留连。但是福氏还有一种更深的用意。除去卢欧老头子以外，这种小小的穿插，大部分是用来反衬资产阶级的幻灭。从资产阶级所不屑一视的材料里面，他选择他的小喜剧，我们记得他前面说过：

……丑恶也有道德的密度。

所以他仿佛取笑一般资产阶级，不时推上一些不伦不类的渺小人物；他们没有社会地位，但是他们具有同样的真实、同样的人类的兴趣。这就是为什么这本小说有时一直打进我们的心坎，在它的讥笑之中，在它的诗意之中，攫去我们的友谊、我们的同情。他们不勾引我们；他们具有尊严；然而他们感动我们；他们具有美丽；所以往往不是浮幻的，是古典主义的。我们随在爱玛后面，走进罗莱（Rolet）女人破烂的草房；我们看着查理的笨手，在愿愚的伊包里特（Hippolyte）的瘸腿上发抖，我们听见郝麦坐在邮车里面，向失明的老丐演述。依人檐下的学徒、悫实的玉司旦，站在爱玛的房门边，痴痴地看着她在梳妆——可怜的天真的村童！他膜拜这位狂风暴雨似的妇人，然而仅止于膜拜。但是最动人的，却是农业展览会中的一幕喜剧，一个姓勒鲁（Leroux）的老妇人，在一家农场做了五十四年苦活，如今经审查员鉴定，发给价值二十五法郎的银质奖牌一枚。不见她的踪影，只听见好些声音窃窃私语。

"去呀！"

"不。"

"向左边走！"

"别害怕！"

"啊！看她多蠢！"

杜法赦（Tuvache，本镇的镇长）呼喊道："她到底在不在？"

"在！……那不是！"

"那么，到前面来呀！"

于是就见一个矮老妇人，走上司令台，神色畏缩，好像和身上的破烂的衣服皱成了一团一样。脚上蹬一双大木头套鞋；腰里系一条大蓝围裙；一顶没有镶边的小风帽兜住她的瘦脸；一脸老皱纹，干了的坏苹果也没有她多。红上衣的袖筒，出来两只长手，关节疙里疙瘩；谷仓的灰尘、洗衣服的碱水、羊毛的油脂，在上面留下一层厚皮，全是裂缝，指节发僵；清水再洗，也显着肮脏；苦干多年，闭也闭不拢来：好像明摆着这一双手，就是千辛万苦的卑微的凭证一样。脸上的表情，如同一个修行的道姑那样呆滞。任何哀、乐事件，也软化不了她那暗淡的视线。她和牲畜待在一起，也像它们一样喑哑、安详。她还是第一次看见自己在这样大的一群人当中，眼前又是旗，又是鼓，又是燕尾服的先生们，又是州行政委员的十字勋章，心中惶惧，一步不敢移动，不知道该往前去，还是该往后逃，也不知道群众为什么推她，审查员为什么朝她微笑。这干了半世纪劳役的苦婆子，就这样站在这些喜笑颜开的资产者之前。

州行政委员从主席手上接过得奖人员的名单，然后道："过来！可敬的卡特琳·妮开丝·艾利萨白·勒鲁！"

他看一遍名单，看一遍老妇人，用慈父的声音，重复道：

"过来，过来！"

杜法赦在扶手椅上跳道："你聋了吗？"

他朝她的耳朵喊道：

"五十四年服务！银质奖章一枚！二十五法郎！是给你的。"

她接过奖章，仔细打量，随即一脸幸福的微笑，径自走开；大家听见她咕哝道：

"我拿这送给我们的教堂堂长，给我做弥撒。"

我们平常有句俗语，叫做彩凤随鸦，正好应了包法利夫妇。他们的婚配，从头到尾是错误。各人走各人的路，幸福我们不敢说，至少结局不会悲惨到了不可救药的地步。他们的性情绝对没有调和的可能，好像一枚钱的不同的正反两面，却合在一枚钱上。他们并不冲突，然而就是貌合神离，拢不到一起。如果乌鸦自觉，一定会交还彩凤的自由，不是怜惜彩凤，是怕自己难堪。不过查理就连自觉也没有。这是一个没有性格的性格。他从来没有想到别人，从来没有想到自己，根本他就没有思想。他唯一的问题，是沾在什么上面活着，而且不多不少，只要轻易一沾上，他就这样活下去；而且便是沾，也要别人推他一把，他自己不知道怎样才是沾；他要不沾在什么上面，他一个人也不会活下去，这里头并没有什么特别的意义，只是他要沾着罢了。他的前妻是他的母亲给他娶过来的；他自己从来不会成室立家；他爱卢欧的女儿，这次是他亲自出头，可是你只听他唧咻道：

　　卢欧先生，我打算同你谈一点事。

接着便吞吞吐吐：

　　卢欧老爹……卢欧老爹……

　　他的求婚仅止于此，下余全是卢欧这好老头子替他说出口来。他的前妻嫁给他的时候是四十五岁，"像柴一样干，像春季发芽一样，一脸疙瘩"，然而他和她安居乐业，等她死了以后，他还很难受来的。不是别的，是他丢了他的习惯。他没有意志，习惯就是他的意志。他常去卢欧那里做客，因为他走熟了那条路；他向爱玛求婚，因为他常在卢欧家里看见她，而且他爱她！但是他的爱的理想（假使有的话），去他的少妻是怎样的遥远！这里没有灵性的活动，没有精神的作用，没有浪漫的情绪，没有理想的憧憬，总之，凡增高生存的意义，使人高于现实，起人向上企求之心的，他全缺乏。这是一个动物，一个纯粹的下等动物（不是野兽）！他没有更高的需要，而且非常容易满足。他从来没有见过爱玛这样的女人，从来没有遇到这样实质的生活。"他和寡妇一道过了十四个月，她那双脚在床上就像冰块一样凉。可是现在，他心爱的这个标致女子，他一辈子占有。宇宙在他，不超过她的纺绸裤裙的幅员。""所以他快乐，在世上毫无忧虑。"这是一个全然生活于下等本能的人。这不费力气，在他反而再自然没有。"他感情流露，在他成了例行公事，他吻抱她，有一定时间。这是许多习惯之中的一个习惯，就像晚饭单调乏味，用过以后，先晓得要上什么果点一样。"他的感觉是现实的，实际的；他的快乐只有从肉欲里出来的是真实的、切心的；所以一次满足以后，他永远满足；他把他的全生命、全心灵（假使有的话）、整个他自己，都集中在他的爱妻身上；他相信她，因为她满足他的欲望、他的爱情；我们可以说，唯其如此，倒是诚挚的、单纯的，甚至于进了婴提的境界；习惯和本能在这里混成一件东西。失掉这件东西，他就不能生存。

他的痛苦是物质的、切实的，他沾在这痛苦上面，和沾在幸福上面一样，他只有死。

妙处就在他接受一切，不同自己竞争，也不同别人竞争。他羡慕怪异；然而因为他不好奇，他永远愚骏，缺乏了解力。这仿佛汪洋的深海，无论什么坠下去，也漩不起回声；或者仿佛一块青石，怎么敲打，也迸激不出火花。便是爱玛在月下为他歌尽了她的阳春白雪，"查理也似乎并不因而爱情加重，感动加深"。但是他自己也决不会感动别人，"查理的谈吐就像人行道一样平板，见解庸俗，如同来往行人一般"，他不知道在人面前炫耀，也决不想炫耀；如果他敢于做一件事，哪怕是他的本分，例如割治伊包里特的瘸腿，没有一件事由于自主，不是爱玛的鼓舞，就是郝麦的怂恿，不由忘掉自己的凡庸无能。其实他自己一点骄傲也没有。他在外受了同行的羞辱，晚晌回来，和说故事一样，他向爱玛从头到尾，安安静静地重叙一遍。他不知道这伤他自己的尊严，更不知道这会伤爱玛高傲的心性。有时他俗鄙到了哭笑不得的程度；他在半路上拣了一个烟匣，里面还有几支雪茄，虽说不会，他也禁不住见猎心喜，直到咳嗽，过去喝一口凉水，还是爱玛拿开烟匣完事。和爱玛正相反，他从来不看书，便是医书，他看不到一行，就在炉旁打起盹来。他是那样愚蠢，勿怪罗道耳弗一眼就看准了他天生良弱可欺。他不做，也不会做任何人的敌手；没有一个人把他放在心上，然而他生下来就是爱玛的敌手，而且如此天经地义，如此不可动摇，便是爱玛的智慧、爱玛的灵魂，也险些被他征服下来。

爱玛是一个乡下女孩子。如果查理前妻的话可靠，她的祖父是一个放羊的，她的父亲是一个富裕的佃农：这就是说，她承有佃农的体质。看清楚这一点，我们便明白她性格的发展，她教育的影响，同她每况愈下的变迁。福氏的观察，全书隐涵的道德的意义，也全由这一点出发。爱玛不是说一句话、喘一口气的纤柔女子；她有的是元始气力，如果她觉得非做不可，便是千辛万苦，她也敢于做下去；到了千钧一发的时候，她会整个显出她尘封的遗传本能，用她全付物质和精神力量，来撑持她破灭的命运，她的高雅、她的习性，化成一股云烟，不知所适。为了筹款还债，她开始售卖她的旧手套、她的旧帽子、破烂的铜铁；和人讲价钱，便是锱铢，她也计较；——她的佃农的血，使她无利不图。如果不受外来的影响，爱玛做一辈子的无识农妇，她的行为也许更加冲动，更加犷野，但是精神上她却少去若干痛苦。从这一点来看，她一生的历程，只是一种不当有而有的错误，犹如查理的充满讽刺的可怜人语：

错的是命！

爱玛错综的际遇，同她环境的铺陈，建筑在福氏哲学的概念上。我们晓得他如何推崇司比奴萨（Spinoza）。爱玛的一生，可以说是瞎碰，其间作祟的，是种种奇巧的不幸的遇合，仿佛隐隐有一种定命论主宰全书的进行。我们往往替她冤屈，因为我们明明觉得她是环境的牺牲品。决定她的行径的，不是她佃农的性格，而是种种后得的习性和环境。福氏也用尽心力，检讨其中可能的因果。最初他想把爱玛写成一位圣安东似的女隐士，不过真正到了着手的时候，他抛弃了原来的计划。一八五七年三月，他写信给尚特比女士提道：

……这是一个有些变坏了的性格，一个属于虚伪的诗与虚伪的情感的女人。不过最初我倒想把她写成一位圣女，在乡间居住，辛苦到老，终于进了神秘主义的境界、梦想的热情的境界。这最初的计划，我保存下来的只有四周的环境（景物和人物也足够暗淡的），还有就是颜色。同时，为了故事更加易于了解而且有趣（有趣的真正的意义）起见，我创造了一个接近人性的女主角、一个通常所见的女人。

如果福氏真写一位女隐士，《包法利夫人》决不会有现在的成就。环境和女主角的冲突，决没有这样明显、这样趣味浓郁、这样生死系之。她不想克服环境，她想逃开环境；她的内在的生活也许丰富，但是她的事迹决不会生动。爱玛的好处就在她是"一个通常所见的女人"，她未尝不含有女隐士的性质，但是她更含有女隐士不能有的性质。

尤其重要的是，爱玛是"一个属于虚伪的诗与虚伪的情感的女人"。这是说，所有她诗化的情感，不是生成的、一个真正的诗人的，是从书本、从教育孕养起来，代替了她遗传的天性。她的习性和她的生性，不唯不相抵牾，而且推波助澜，相成相长，使她无所畏、无所讳、敢作敢为，一直到了寡廉鲜耻，死而后已。但是这是她的过错吗？她自己没有想到会变成淫妇，人人也没有想到，然而经过了一步一步的错落，她变成淫妇。责备她吗？但是负责的却应该是游戏人间的命运小儿。布雷地耶（Brunetière）说得好：

> 假定如今爱玛没有生在父亲的田园，从小她就不认识乡间，不知道什么是"羊叫"，什么是"奶制的食品"，什么是"犁"；她女修道院的教育决不会叫她渴望奇遇。少和'平静的景物'在一起，她也不会企求"意外的遇合"。进一步，假定她没有遇见包法利这样蠢的丈夫，……再假定在永镇寺，临到失足，她能够寻见一个支柱，临到倾覆，能够寻见一个救星、一位伴侣，然而千万不要是驯良的郝麦夫人，……或者再有一位安慰者，然而千万不要是堂长布尔尼贤，……不用说，她失败，不过另是一种失败、一种环境造成的新生命、一出不同的戏、一部不同的《包法利夫人》。①

爱玛不是一个弱者。她的悲剧和全书的美丽就在她反抗的意识。这种反抗的意识，因为福氏只从艺术家的见地来看，最初仅

---

① 参阅他的《自然主义小说》（Roman Naturaliste）。

止于个性的自觉。这里的问题是：如果比起四周的人们，我应该享受一种较优的命运，为什么我不应该享受，为什么我非特不能享受，而且永生和他们拘留在一起呢？但是爱玛不再追究下去；对于她，这是情感；超过情感以外，她便失掉了头绪。到了伊卜生，这种意识渐渐鲜明、发展，成为社会问题。夫妻的关系渐渐得到一种新的倾向。男女平等，不仅是一种理想，如今成为一种可能。爱玛做梦也想不到这种差强的解决。她羡慕男子，因为男子富有更多的生活的机缘，这就是为什么听说生下一个女儿，她绝了望。因为"男子少说也是自由的"。

她自己就是一个近乎男性的女子。她有一个强烈的性格，再蹶再起，决不屈服，她的失败和一切的强者一样，附带在她强烈的性格里面。自从《包法利夫人》问世以后，我们看见哈代的《还乡记》，用了相同的主旨：女主角想从沉闷的乡间逃到繁华的都市，用力和她的命运挣扎，终归失败。优斯太西亚（Eustasia）也许更美，更幻丽，然而爱玛却分外真实、分外亲切。她的错误与其加在命运或者环境之上，不如加在她自己身上。她以为她多走了一步，却不知道同时她给自己多加了一根绊足的绳索。

每一个女子多少都有一点虚荣，但是爱玛天生骄傲。拉斯地克（Lastic）说得好："这有时变成主要的决然的动机。"[1] 她恨查理，因为查理不争气，任何方面也不替她争一点点面子。他一丝一毫的希望都不给她，所以她转过身，向外寻找。经过了种种的变迁，她一次深似一次地坠落，我们以为这里仅仅余下些肤浅的虚荣，她的灵性——她的自视甚高的心性——却沉沦到底，不会再见天日，但是看到她沉痛的结局，我们便知道，精神生活无论怎样消沉，她的骄傲依然存在。你想不到一个淫妇也有尊严！但是她持

三三

---

[1] 见于他的《福楼拜作品里的精神病象》（*La pathologie mentale dans les oeuvres de Gustave Flaubert*）。

有她的尊严，至死不和人世苟全。公证人居由曼搂住她的腰，向她求爱，爱玛立刻脸红了。她一面神情可怕，往后倒退，一面嚷道：

先生，你丧尽天良，欺负我这落难的人！我可怜，但是并不出卖自己！

但是去求查理的饶恕，这伤害她的尊严。她决不在他的面前折腰；他是她一生破灭的根源！"她全试过了"。现在她只有束手待毙；等查理回来，她只好对他讲：

走开。你脚踩的这条地毯已经不是我们的了。家里一件家具、一个别针、一根草，都不是你的。可怜人，害你破产的就是我。

他听了这话，呜咽一大阵，眼泪再流一大堆，最后惊惶已过，他会饶恕的。她咬住牙，咕哝道：

"是啊，他会饶恕我的，可是他有一百万献给我，我也不原谅他认识我……决不！不！"

包法利比她强，想到这上头，她就怒火冲天。其实她说出来也罢，不说出来也罢，迟早今明，他不会不知道的。这样看来，她非等待这可怕的场面不可，非忍受他的宽洪大量不可。她觉得还是一死了结，胜过这场可笑的羞侮。

拉斯地克以为和爱玛的骄傲相为因缘的，还有她的自私。爱玛是一个纯粹的自私主义者。但是唯其过于自私，反而不见其自私。她的"虚伪的诗与虚伪的情感""变坏了"她原来的性质，不唯认不清自己，便是四周的人们，她也不会一眼辨出。她给自己臆造了一个自我，一切全集中在这想象的自我，扩延起来，隔绝她和人世的接近。这想象的自我，完全建筑在她的情感上面。"她爱海，只爱海的惊涛骇浪！爱青草，仅仅爱青草遍生于废墟之间。她必须从事物得到一种切身利益；凡不直接有助于她的感情发泄的，她就看成无用之物，弃置不顾——正因为天性多感，远在艺术爱好之上，她寻找的是情绪并非风景。"和一切浪漫主义者相仿，她爱任何事物，并非为了任何事物本身，而是为了任何事物在她心上引出欢悦的情绪。只要她满意，她用不着过问对象黑白。这种极端的情感的集中，有时便是母爱的本能、社会的义务，都遭遇她的白眼。然而正在她满足的时际，她却是最不自私的爱人。她看不见她爱人的缺陷。她看不见社会的礼貌。她相信，但是她看不见。她临死听见一个瞎子的歌唱，她自己就是瞎子。

唯其如此，爱玛是一个理想主义者。和吉诃德先生一样，她切盼她有奇遇。她的灵魂充满了这种绮丽的非凡的事故。她乐观，永久希望。她有信心。她相信将来总会是好的。变动总透着消息。福氏总括她的一生道：

> 这是第四次，她睡在一个陌生的地方。第一次是她进女道院的那一天；第二次是她到道特的那一天；第三次是去渥毕萨尔（Vaubyessard）的那一天；如今是第四次。每次都像在她的生命中间开始一个新局面。她不相信事物在不同地方，老是一个面目；活过的一部分既然坏，没有活过的一部分，当然会好多了。

这是她的人生观。她以为只要常常变动，幸福——理想的实现——的机会一定自然而然就增多起来。然而她太一心相与。她缺乏理智的鉴别。往往因为不耐烦，急于从现实解脱，一面之下，她就把将来整个许给对方。根本她连对方看也没有看清。她的热忱朦翳住她的考虑。她把别人只看做一种象征的标志。她一下子答应了查理的婚约，因为查理在她的眼前代表一个变迁的机会。她爱罗道耳弗，因为这正好应了她传奇的观念。所以福氏描写她失足以后道：

> 我有一个情人！一个情人！

> 她一想到这上头，就心花怒放，好像刹那之间，又返老还童了一样。她想不到的那种神仙欢愉、那种风月乐趣，终于就

要到手。她走进一个只有热情、销魂、酩酊的神奇世界。周围是一望无涯的碧空，感情的极峰在心头明光闪闪，而日常生活只在遥远、低洼、阴暗的山隙出现。

她于是想起她读过的书的女主人公，这些淫妇多感善歌，开始成群结队，在她的记忆之中咏唱，声气相投，入耳受听，好像自己变成这些想象的真正一部分一样，实现了少女时期的长梦……

她是真正在做爱，脑内充满了小说的经验，她按步就班来推演她既成的观念。她不知道一和现实接触，她就得接受它的条款，随在一起浮沉。然而无论如何堕落，她始终没有失掉她最初的观念，在她物欲的压迫之中，她的泯灭的灵性会重新出现，变成她唯一的维系。她厌恶赖昂，然而，"她并不因而中止给他写情书，因为她认为一个女人应该永远给她的情人写信"。

但是她在写信中间，见到的恍惚另是一个男子、一个她最热烈的回忆、最美好的读物和最殷切的愿望所形成的幻影。他在最后变得十分真实、靠近，但是她自己目奔神移，描写不出他的确切形象！他仿佛一尊天神，众相纷纷，隐去真身。他住在一个天色淡蓝的国度，月明花香，丝梯悬在阳台上摆来摆去。她觉得他近在身旁，凌空下来，一个热吻，就会把她活活带走。

在一种过度的侈张之下，爱玛的想象活跃着。她真实的生活，也就含在她的想象里面。这种想象却顺着她传奇的心性，集中在她情欲的满足。她从小说里面得到一种先见，这种先见借着想象的波澜，渐渐夏去秋来，凝成她主要的观念。所有她理想的追求，全在实现这种不可追求的观念。在她的梦想里面，全世界的活动仅只限于三种可能的社会：一种是外交家的社会，一种是公爵夫人的社会，一种是文人、艺术家的社会。在这三种社会里面，可以自由出入的，可以享有这种特权的，她一生就遇见这样一个人，而且就只一次。她不知道他的名姓，就晓得是一位翩翩子爵。只有这样的男子才配做她的情人；她也没有机会结识子爵，她退一步，把她赋与子爵的优点转而赋与她实际的情人。然而她终于没有遗忘他想象的存在。这是她精神最后的寄托。我们晓得福氏怎样支配而且利用子爵的出现，就在爱玛梦境破碎的时候，子爵——至少爱玛相信是子爵——坐在小马车里面，仿佛回光一照，从她的眼边消失。"她又难过，又伤心，靠住一堵墙，免得跌倒。她再一想，她看错了。其实，她就不清楚。里外东西统统把她抛掉不管。"想象开始给她一种憧憬，她实际的痛苦却也由于它过分的发达。福氏自己就是一个纵情于想象的人。在《十一月》里面，他自叙道：

> 一入中学，我就忧郁起来；我觉得无聊。我的心里炙烤着种种欲望，我热烈地企盼着一种狂妄的骚乱的存在，我梦想热情，我恨不能占有一切。

在另一段里，他继续道：

> 我一直走进我的思想，我把它面面翻转到，我走向它的内部，我回来，我又开始；渐渐这成为想象的无羁的跑道：一种超乎现实的神异的奋越，我给自己编出种种的奇遇，我给自己排出种种的故事，我给自己盖起种种的宫庭，我住在里面也就和一位皇帝一样，我挖掘所有的金刚石矿，于是一桶一桶，我把它们抛散在我要走过的路上。

福氏知道这种想入非非的弊病，一八三九年四月，他写信给余法里耶道：

> 我们无始终地呻吟，我们给自己造出种种想象的痛苦（咳！最坏莫过于此）；我们给自己建起种种非分的幻象；我们自己给我们的路上种下荆棘，如此一天一天地过去，真实的痛苦到了，于是我们不得不死，可怜是我们的灵魂里面，一丝纯洁的阳光，一天平静的时光，一片朵云不生的天空，也得不到。

爱玛正是这样子。在她的想象里面，她把自己当做一位贵族夫人。她不晓得这和她的身分不宜，和她的环境冲突；她逃出她真实的人格，走入传奇的世界，哪怕绕小路，走歪路，她也要维系着她虚伪的存在——因为这里虚伪就是真实，想象就是生存。高尔地耶（Jules de Gaultier）给这种情形定了一个名词，叫做包法利主义（Bovarysme）。[①] 这就是说，自己明明不是这样子，却以为自己就是。福氏大部的人物，全有这种机能。"他们已然具有一种坚定的性格，然而由于赞美，由于羡慕，由于兴趣，由于切肤的必需，自己却假定了一种不同的性格。但是这种人格的缺陷，往往自己就无能为力，如果他们不把自己看做自己，他们也决做不到自己意拟的模范。不过因为骄傲，他们也不肯向自己承认自己的无能为力。"在这一群人物里面，爱玛是最显著的例证。我们可以说，她的一生只是一部谎，她用谎欺蒙自己，然而到了哄无可哄，和《一个疯子的日记》里的福氏一样，她只有问道：

那么这一切全不是为我而设吗？

这时她的想象整个塔似的坍了下来。她自己从头到脚也是一个圮毁。

然而爱玛的失败，却不是一切理想主义者应有的失败。爱玛不是一个纯粹理想主义者。她的根据不是思考，是情感。而且是一种容易下流的情感。最初，她是纯洁的，因为她没有经验，不晓得禁果的可口的诱惑；这时只是一种少女的朦胧的感受。"布道中间，往往说起的比喻，类如未婚夫、丈夫、天上的情人和永久的婚姻，在灵魂深处，兜起意想不到的喜悦。"她梦想，而且纯洁地梦想，渐渐年事增多，她想实现她韶龄的梦想。但是中间已然起了一番作用，

---

① 参阅高尔地耶：《包法利主义》（*Le Bovarysme*）和《福楼拜的天才》（*Le Génie de Flaubert*）。巴朗特（Georges Palante）有一本小书，诠释高尔地耶的理论，叫做《包法利主义的哲学》（*La Philosophie du Bovarysme*）。

搀入其他的要求，成为一种黑白不分的混合物。"由于欲望强烈，她混淆了物质享受与精神愉悦、举止文雅和感情细致。难道爱情不像印度植物一样，需要适宜的土地、特殊的气候？""这可怜的情形，真就永远下去？她有没有跳出的一日？其实，生活快乐的妇女，她哪一个比不上！"于是爱玛渐渐离开她的场合，和票友一样，下海以后，不能再提下海以前的话。她不能实现她的理想，她满足她的肉感，这是一条下山的斜坡，一跑就跑向物欲的深渊。和一匹脱缰的野马一样，一下子在高原上放松，便再也兜不回来。不知不觉，她从情妇滑上淫妇的道路，你听她在罗道耳弗的怀里哭闹道：

　　……我问自己："他如今在什么地方？也许在同别的女人说话吧？她们笑嘻嘻看着他走过去……"不，你哪一个女人也不欢喜，对不对？比我好看的女人有的是，可是我呀，我懂得爱！我是你的奴才、你的妍头！你是我的主爷、我的偶像！你好！你美！你聪明！你强壮！

爱玛的恶变是显然的、自然的。她不在乎，她学会了挥霍、糜费、纵欲、撒诳，她过一种千孔百疮的生活。从前服役于爱，如今爱服役于她。从前是混淆在一起，如今不见高尚，不见雅致，更不见欢悦，只是赤裸裸的物感暴露出来。在罗道耳弗的时代，她还想和他私奔——至少这是一种传奇的观念，如今她的理想仅仅只是鲁昂城里一家旅馆。《一个疯子的日记》里面有这样一句话：

　　虚伪把我们驱向爱情，不，驱向欢狂；这还不对，驱向肉欲。

波德莱尔有一行诗：

　　为了有鞋穿，她卖掉她的灵魂。

有一种人生下来命苦，然而也会快乐；有一种人却永生不能快乐。在他不安定的性情里面，仿佛就有一包无穷尽的毒药，一路洒遍他的经验，染上他一切的食品。爱玛是这样一群男女中间的一个。在她理想的追求之中，在她命运的反抗之中，这种绝对不能快乐的性质，仿佛她最亲信的奸细，乘她不防，出卖了她的胜利。医学家或许把这看做歇斯底里的现象（拉斯地克便把爱玛归入歇斯底里的妇女），或许看做心智不健全的反响。我们都有喜新厌旧的心理。对于饱经世故的人们，这往往只是一种疲倦。好像罗道耳弗，和爱玛来往稍久，觉得"爱玛类似所有的情妇，这像脱衣服一样，新鲜劲儿过去了，赤裸裸露出了热情，永远千篇一律，形象和语言老是那么一套"。然而对于爱玛，这不仅是疲倦，更是绝望。她以为婚姻和奸淫截然不同。然而时间——酷虐的老人！却证明二者是同样平板、乏味、现实。我们的长辈好像爱说一句老话："还不是那套把戏！"事后依旧索然，依旧家常便饭。但是爱玛不知道实际和理想的距离。仿佛一只小燕，堕在污泥里面，用力扑扇，然而事情仍是事情，便是十个爱玛，也变不转它的容颜。"他们的伟大爱情，……现在一天涸似一天，河床少水，她看见了污泥。……一晃半年，到了春天，他们发现自己面向面，好像一对夫妇，家居无事，但求爱火不灭一样。"同样的情形是她和赖昂的放佚。"他们太相熟了，颠鸾倒凤，并不又惊又喜，欢好百倍。她腻味他，正如他厌倦她。爱玛又在通奸中间发现婚姻的平淡无奇了。"她觉出这种幸福的鄙俚，不过习恶成性，她已经沮丧自拔的毅力。她将失意加罪在赖昂身上，好像他欺骗了她。她逃到她的想象，希望这和往日一样打救她。但是如今，这些浮泛的爱情的激越，比起实际的荒唐还要使她厌腻。为什么她这么不快乐？谁使她这么不快乐？追根究底，这自然是她作孽的婚姻。如果她嫁给另一种人，随便什么人也好，只要不是死人一般的查理，她决不至于沦落到不可救药的境地吧。然而说良心话，在蜜月期间，她也新颖了一阵子。是谁的错？全然由于命运的鬼差神遣？不见得就是。

她的不快乐连根生在她的快乐里面。她寻求，她反抗；就在她寻到的时候，她遗失；就在她胜利的时候，她失败。她相信；她幻灭。她要求变动；变动来了，她不能忠实如一。归罪谁呢？如果任何人有辜，任何人也和她同样无辜，除非一个人不具形骸。这又是怎样地不可能！

　　　　一切，甚至于她自己，她都不能忍受，她倒愿意变成一只鸟，飞向天涯海角，远远地，在璧洁的空间，重新年轻起来。

　　对于爱玛，死是最后的解脱。只有死，她可以逃出命运的桎梏。这不浪漫。这是必然的，而且严肃的。

　　就是这样一个性格，主宰全书的进行，同时全书的枝叶，也围着这样一棵主干，前前后后，呈出一种谐和的茂郁。没有一枝未经作者检查，没有一叶未经作者审视，没有一点微屑曾经作者忽略，没有一丝参差让你觉得遗憾。细节的真实和妥贴使你惊奇。你可以指出小小的语病，① 但是真实，和自然一样，排比在你的眼前，使你唯有惊异、拜纳、心服。这里是整个的浑然，看一句你觉得不错，看一页你以为好，但是看了全书你才知道它的美丽；或者正相反，看一句你觉得刺目，看一页你以为露骨，但是看了全书你才知道它的道理。没有一个节目是孤零零的，没有一块颜色是单突突的。你晓得这里有一点新东西，有一点前人没有见到的东西。

　　第一个引我们注意的，是人物与景物的进行一致。体会福氏在这方面的造诣，我们便不得不追求法国以往小说的发展。假定把十七世纪以来的小说分成两类，一类属于浪漫主义者，一类属于非浪漫主义者；后者用我们最熟悉的《漫郎摄实戈》（*Manon Lescaut*）做例，前者用卢梭的《新哀绿伊思》做例，在《漫郎摄实戈》里面，我们几乎看不见一段风景的描写，作者的注意完全集中在叙事、叙人或者人事相生的奇巧的离合；在《新哀绿伊思》里面，风景占了重要（如果不是主要）的地位。这样走进十九世纪，我们看到巴尔

----

① 例如上卷第 2 章，"不过，缝的中间扎破手指头，后来就放在嘴里嘬。(Mais，tout en cousant，elle Se piquait les doigts，qu'elle portait ensuite à sa bouche pour les sucer)"。为什么手指要用多数？莫非好些手指全扎破了吗？

扎克的《人间喜剧》。现在我们引用福氏的意见，权做我们的意见。一八五三年六月，他给高莱女士写信道：

> ……我相信《吉尔·布拉司》（Gil Blas）可以重新写好；巴尔扎克虽说进步，然而因为缺欠风格，他的著作与其说是美丽，不如说是引人好奇，与其说是光辉四照，不如说是强韧有力。

读巴氏的小说，一个最普通的经验是，在故事开始以前，他一定照例先描画一遍发生故事的地点。仿佛一位厨师，不耐烦菜根，一刀切下，省去以后的麻烦。

福氏进一步，将人物和景物揉合在一起。环境和性格是相对的：没有环境的映衬，性格不会显亮，没有性格的活动，环境只是赘疣。他绝不单独描写风景。在《包法利夫人》里面，只有中卷的开始用于永镇寺个别的叙述；不过这由于一种必需。知道永镇寺是一个"语音没有高低轻重，就像风景没有特色一样"的乡村，我们就好解释爱玛以后的行为。作者看出之后，为了读者的方便，直接呈在读者的眼前。但是还有一种，由人物自己看出，作者为了读者接近他们内在的变动，间接呈在读者的眼前：这就是说，作者的描写只限于他的人物的视线。他不会多告诉你一句；因为如果和他的人物不生关联，告诉你又有什么用处？他是细腻的，因为绝不遗漏任何可能；他是正确的，因为他的根据是他的人物的心境；而且他是经济的，绝不浪费笔墨。我们想要知道卢欧的富庶吗？我们随着查理的视线看：

> 这是一家外表殷实的田庄，马厩敞开，从门上望过去，就见耕田的大马，安安静静，吃着新槽的草料，沿房有一大堆肥料，直冒水汽，五六只孔雀——苟这地方田家的奢侈品，站在上头，在母鸡和火鸡当中，啄东西吃。羊圈长长的，谷仓高高的，墙光溜溜的，就像人手一样。车棚底下放着两辆老大的大车、四把犁，还有鞭子、套包、全副马具，楼上谷仓落下浮尘，

污了马具的蓝羊毛。院子越上越高，种着行列整齐的树木，池塘附近，响彻一群鹅的欢叫。

福氏没有使查理看落了一件东西，但是却也没有使他从外表看进去。福氏不为风景的效果而描写风景。

有一天傍晚，窗户开开，她坐在窗口，先还望见教堂管事赖斯地布都瓦修剪黄杨，忽然就听见晚祷的钟声响了。

正当四月初旬，樱草开花，一阵煦风吹过新掘的花畦，花园如同妇女，着意修饰，迎接夏季的来临。人从花棚的空当望出，就见河水曲曲折折，漫不经心，流过草原。黄昏的雾气，在枯落的白杨中间浮过，仿佛一幅细纱挂在树枝，还要发白，还要透明，颁蒙一片，把白杨的轮廓勾成了董色。远处有牲畜走动，听不见脚步响，也听不见叫唤。钟总在响着，安安静静，哀号似的在空中一直响个不停。

钟声悠悠荡荡，重来复去，勾起少妇的记忆，回到童年和寄宿时期。……

他在描写一位多感的少妇，听见了晚钟，对着晚钟抑扬之中的暮景，心头兜起无可奈何的惆怅。他的人物和他的风景相为因果，在一起活动，流在同一的人生的河道，成为前所未闻的天籁。

但是同样引人注目的，是全书不见作者出面。除去别有用意的小说作家，如今这并不是一个了不得的现象。最高明的宣传品往往先要满足它的艺术的条件。但是在《包法利夫人》问世以前，事情不是这样轻易。很少几部小说不带说书的口气。司汤达充满了自我，① 巴尔扎克也喜欢插嘴，唯有福氏是一个自觉的艺术家。艺术家的追求，假定我们可以将形式和内容分开，是形式的终极的完美。

---

① 司汤达的目的是心理分析，他在自传的开始就点明道："自然，一个人可以用第三人称写文章：他做，他说；是的，不过灵魂的内在的动作，又将如何表达？"

这里第一个忌讳，便是作者的冒昧的打岔，破坏它的一致。我们知道一件艺术品的根据是它的作者的个性。但是个性是缄默的，你感到它强烈的存在，然而你听不见它丝微的呼吸。一八六六年十二月，福氏写信给乔治·桑道：

> 艺术不是用来描写例外的事物；同时把自己的心放在纸上，我感有一种不可抑止的厌恶。我甚至于以为一个小说家，没有权利表现他的意见，不管是什么意见。难道老天爷说过，说过他的意见？所以有好些东西噎住我，我想唾出口，然而我咽回去。说出来，有什么用，真的！随便什么人都比福楼拜先生有趣，因为更其普泛，自然也就更其属于典型。

从作品删去作者的意见，不是从作品删去作者的个性：这是一个极大的区别。《包法利夫人》第一次完成福氏的希望，完成巴尔扎克的希望，使小说进于艺术的高尚的境界。

根据他艺术的见地，福氏更进而还给事物各自的本来面目。自然是什么样子，还它一个什么样子，我们用不着画蛇添足，写成"例外的事物"，耸人听闻。小说家的态度，应该和科学家一样，是客观的。这种实事求是的精神，如果我们回看以往的小说，就知道福氏造诣的高深。乔治·桑的小说，仿佛一个悠长的美丽的梦，来来往往的只是一些经看不经吃的人物，巴尔扎克仿佛一位巨灵，他的创造也具有巨灵的沉重、幼稚、高巍；因为自己伟大，他把世人也看成了伟大；想象走到什么地方，他随到什么地方。怎样言过其实！在《包法利夫人》里面，我们决不会遇见"例外的事物"。这里是人生。这就是为什么，当时的正人君子，因为从来没有见过这样露骨的描写，不禁惊奇，而且羞恼起来。但是这里不是照像式的逼真逼肖，是艺术的真实。《包法利夫人》具有传奇的性质，不过这种传奇的性质，却从人生自然的演变得到。

《包法利夫人》结束住已往的小说，成就于它的艺术形式：它的出现是近代小说的一个转机。从《包法利夫人》问世以后，小说作

家知道，便是小说，也必须好好地写出来。这不唯是一部模范小说，
而且是一篇模范散文。

萨郎宝

你复活了一个已亡的世界，你给这惊人的复活又添了一出痛心的戏剧。同时我在作家里面遇见双层现实的情绪，叫我看见人生，叫我看见理想，叫我看见灵魂。……

——一八六二年十二月六日，雨果致福楼拜书

这是福氏刊行的第二部小说，从一八五七年九月写起，时作时辍，中间经过五年，最后在一八六二年十一月问世。《萨郎宝》逃过法庭的裁判，却引起学究的非难、读者的失望。《包法利夫人》吓住读者，伤了缙绅的尊严，渐渐他们接受了它真实的存在，走上相反的路，要求作者再写这样一部，至少用同样的文笔，写一部歌颂的作品；他们企待着。但是怎样的失望！摆在他们眼前的，是一盘两千年前的干狗屎，不唯扇不起他们的虚荣，更和他们不生丝毫的干系。这不是小说，倒是一部出土的史料。是史料？学究靠近身子。他们不相信一个写小说的也会考据，而且根据他可能的材料，推陈出新，造成一座巍然大观的古城，古城的居民和居民的生存。他们不饶恕作者的殖民。但是更为苦恼的，却是一般猎猎的批评家。自从《包法利夫人》出世，现实主义问题便成为永久的话料；他们的热衷让他们忘掉艺术家的绝对和自由；他们希望作者重新供给一个例证。他们没有想到作者冷不防跳出了他们的世界，在《贡古日记》里面，有一段记载圣佩夫诉苦道：

一个人不应该用这么长的时间写一部书……结果他要追不

上他的时代……自然维吉尔（Virgile）这般人的书，又当别论……不过在《包法利夫人》以后，他真应该写些现时的作品……让人可以亲切地感到作者……然而他却只是重新开始夏多布里昂（Chateaubriand）的《殉教者》（*Les Martyrs*）……

于是圣佩夫接着就说起他的厌倦，随着作者，从一题材跳到另一题材，从一世纪跳到另一世纪。

批评家的反感是真的，也是自取的。但是《萨郎宝》真是一部历史小说，只是一部《殉教者》吗？那么，在《萨郎宝》以前，法国历史小说演进到怎样一种境地呢？

小说注重想象，历史注重事实，这是一个轻易然而基本的区别。二者都叙事：历史的追求是真实，小说的理想是美丽。和一切的创作一样，彼此建筑在人生的经验上面。这就是说，无论是历史，无论是小说，全含有时间的成分：一个复活已往，从真实之中发现真理；一个随着天涯海角的想象的活动，揉合过去，现时和未来，从可能之中发现真理。但是史家也好，小说家也好，全活在各自创造的人物和环境里面。创造，又根据各自的个性。史家力求避免小说家的成就，然而小说家却一心同他亲近。

亲近过了度，就被常人叫做历史小说。

十九世纪以前，法国可以说无所谓历史小说，至少作家没有这样想过。他们用过去做小说的背景，然后假借或者拟造历史的人物，织在里面做些作家意拟的事迹。不是因为憧憬过去，便是有所讳于当时。他们好像安排梦境，从来不问人物存在的真切，只要男是英雄，女是闺秀，或者出身贫寒，具有超俗的理想的条件，然后作家悠悠如也，给他们披上甲胄，戴好凤冠，发送到一个世外桃源，或者外表残忍野蛮、实际温文尔雅的遇合。你看不出一点俗气：都是天仙，都是妖魔；不是毫无区别，便是黑白分明。他们的目的是娱乐。有些作家斗起胆来，依照现实，描绘他们的人物。结局因为用了一个过去的背景，不伦不类，同样没有了解人物应有内在的生活。他们希望真实，然而缺乏历史的意识。历史只是一种标记。更有一种，例如费纳龙（Fénelon）的《帖雷马科》（Télémaque），借用荷马的故事，插入古代的神话，目的虽在启迪后生，其实无形之中，反嘲路易十四的政治。所谓旧瓶新酒，一种史诗的散文的模拟，同时为了避免当局的坐罪。

通常以为十九世纪是史学的时代，所以历史小说应运而生，但是事实上，正和通常的猜测相反，史学的大成却在历史小说以后。浪漫主义者不满意于空洞的缅怀，进而从更深的认识，运用史料来创造，于是这一段想象的热情的因缘，引出历史自身的功绩。第一个是一八〇九年问世的《殉教者》。如果作者夏多布里昂是末一个古典主义而又是第一个浪漫文人，最浅显的例证应该是他的《殉教者》。这里是种种不一致的性质，合成一致的气息。他留连于废墟残石，但是用来歌颂耶稣的光荣。异于前人，他持有一定的主旨；但是他抓住的，而且表现出来的，却是四周生动的景物。在这中间往来的，是好些不同的种族，然而除去绘画的成分以外，只是衣饰的差别。和《帖雷马科》一样，而且更加显明，是《殉教者》史诗的形式和它特殊的使命。在他开章明义的序文里面，夏多布里昂说出他的用意——一种福楼拜绝对会不采纳的用意：为了证明基督教的优越。这就是为什么，一八六二年十二月，福氏答复圣佩夫道：

> 但是夏多布里昂的组织，我觉得和我的全然相反。他从一个理想的观点出发；他想写成典型的殉教者。

然而在历史小说的演进上，《殉教者》却是反动的伪装。作者在序里叙述他工作的方法，同时解释道：

> 所以读者如果遇见生涩的地方，我希望他不要以为这是我的臆造，而且不要以为我的存心只在追溯奇异的风俗、著名的古迹、湮亡的事迹。有时我选好了时代，描画这时代的一个人物，在我的画幅里面，我加上见于他的书传的一个字、一段思

想；并非因为这个字同这段思想的美好，值得引用，不过因为它们能够点定时代与性格。……最后，不满于这一切的探讨、这一切的牺牲、这一切的考虑，我上了船（离开罗马），去看我要描写的地点。……

实际上，夏多布里昂是在臆造。他划清过去与现时的界限，为了复活天主教的反动目的。想写某一历史的时代，必须全然回到某一时代，站在它过去的地位，来看它特有的存在。人类发展的递变，都有特定的意义，想得到深刻的了解，一定要对它有明确的认识。他以为时代的认识，不在环境的正确的描绘，而在人物的精神生活。

不过法国的历史小说，却更受有司各脱（Scott）的影响。从一八二○年到一八三○年，在这十年之内，他的名声驾乎任何法国文人之上。仿佛一个三节连环，司各脱与历史小说，历史小说与浪漫主义，浪漫主义与司各脱。浪漫主义的一个普遍的特征，时间上眷恋过去，于所有的过去之中，尤其是动乱不明的世纪；地域上憧憬异乡，无论东西南北，只要不是看厌了的故土：二者终结为自我的发扬。这就是为什么，在十九世纪三十年代，春笋怒发，历史小说忽然盛行一时。夏多布里昂不算，在这方面最有成就的，更是浪漫主义者维尼（Vigny）与雨果。他们要求诗化的境界，是黎明，是黄昏，是阴影，是光暗，是绰约，他们需要实际的感觉，然而不可太近；太近，便失去时间的魅力，没有想象舒展的余地。开他们的先河，同时完全合乎他们的口味，便是生在"绿的苏格兰"的司各脱。一位天生的历史小说家，整个心灵浸润在过去；对于他，过去的复活应该完整，因为唯有过去是他的现实；同时他酖爱他所熟悉的历史世界。考古已经不是一件工作，而是一种爱好。历史不是一种戏景，而是一个化于无限的大自然。他不腻烦。随着他流动的文字，是他流动的情绪，成为一幅一幅的画景。在这些画景上面，人物的善恶是分明的，有典型的外衣。麦格龙（Louis Maigron）综结道：

至于方法的结果，一个字可以说尽：他删去所描写的对象的感觉。我可以分清一匹马同一只驴；但是如果你用同一辞藻的华丽的披巾盖上，我的眼睛就再也分不清驴和马来：看见的只是披巾。①

这就是为什么，司汤达第一次看了爱，第二次便感到上当，最后说，这是儿童的读物。

一八二五年七月《地球》（Globe）日报记载道：

> 如今不见人写别的，只见写历史小说。

在这一群东施效颦的模拟之中，出人头地，有一八二六年的《散马》（Cinq - Mars）。就维尼一生的著作而言，这不是他最美的收获。但是法国的历史小说，脱掉史诗的臼壳，却从《散马》开始。这里惹人注目的，是作者有心运用群众的活动，烘托时代的色彩；他想聚集形形色色的人物，表现历史的真实精神；然而因为他仅仅限于外表的描写，未曾深深透入，和他们一起生存，结果形成一群无声无色的老幼。他的态度是严肃的，也许因为过分严肃，历史在小说方面换了面孔。他怀了成见，解释十七世纪四十年代的人事；他不选择，所以有一章里面，你可以看见弥尔顿，当着一群不伦不类的法国作家，开读他的《失乐园》；他追求艺术的理想，不幸他选了一个路易十三的时代，经过十九世纪史家的剔扒，没有多余商量。同时他的主要人物，正是政治舞台上著名的角色，仿佛碰上坚硬的岩石，粉碎的是人力。

五年以后，雨果发表他的《巴黎圣母院》。在小说方面，这是浪漫主义最富的宝库：这里有飘零的美人，有英俊的武士，有奇丑的妖怪，有慈悲的教士，有险诈的流氓，还有无所谓而为的群众。但是你抓不住一个真实的生存，好像油漆的颜色，红的一定是大红，蓝的一定是洋蓝。简单的心理，简直到了木石的情况，是这些前拥后挤的浪涛似的流氓。雨果是一个诗人！喜好渲染的壮丽、动作的

---

① 参阅他的《浪漫时代的历史小说》。

节律。他用"心眼"在看；他不用脑筋去想。合理与否他不管。他要的是热闹。这不是一个生而有考古癖的司各脱，一样是诗人的心情，一样是文字的流畅，然而雨果更加宏大，更加深刻。他抓着中世纪唯一的灵魂、巍然挺立的森郁的圣母院。全书之中，真正生活的，是这不大谐和的峨特建筑。这不是香火甚盛的今日的教堂，是一个具有人性的神秘的魔窟。它保护它的居民，它抵御它的袭击，它统治中世纪的全巴黎，一个奇异的创造、一个非凡的例外。

但是真正带有艺术家的理会，史家的精神的，却在浪漫主义以外，一个长于中篇小说的作家梅里美（Mérimée）。他知道怎样利用零碎的故事，更知道怎样刻画人物；他不浪费笔墨，或者一个字，或者一句话，正好擒住问题的中心，和他的老友司汤达一样，他嗜爱十六世纪；司汤达用十六世纪的心理描写他同时的人物，形成一种潜移默化。梅里美缺乏他深入的天性，或许唯其如此，别有成就。一八二九年，他的《查理第九遗事》问世。和大仲马的历史小说相反，不重视情节。大仲马的目的是娱乐，成就了通俗，所以一到他手上，历史小说变成一部复杂的机器。梅里美追求真实，只要有一个线索贯穿全书的进行，此外全是多余。这种倾向是十八世纪的，更可以说是近代的。他的文笔是解释事实，事实却是一幅一幅的影片。时代虽说完整，人物缺欠强烈的个性。一堆一堆的是平民，异于宫廷生活的穷苦的生涯；群众渐渐得到美满的运用，我们感到他们实际的苦乐。在《萨郎宝》以前，这是法国历史小说最可贵的成就。

那么，真有所谓历史小说吗？《萨郎宝》是一部历史小说吗？
布雷地耶说道：

　　删去景物，就无所谓历史小说；但是安上景物，你就造出历史小说。

历史小说的沿用是一种鉴别的方便。如果小说是人类活动的即时的反映，如果历史是过去的事迹的重现，所有的小说本身全是一部风俗史，因为从后世来看，它的正确、它的意义、它的贡献，比起根据材料而完成的谨严的历史，或者更有兴趣，富于人类的兴趣，说实话，不是为了人类的兴趣、普遍的兴趣，知识的应用又为了什么？勒·布罗东（Le Breton）在他的《法国十九世纪小说》的末尾道：

> 实际上，小说家自己也就是史家。他的角色是扮演现时生活的史家、他的时代与风俗的画家。他写史家讳而不言的人物风俗史，我们可以自相认识的人物风俗史，所以比起历史的真实，还要来得浩大。

通常一个浅近的分别，过去划给历史小说，现在划给小说。然而往深里看，这只是一种表面的应付。跳过最初的步骤，历史小说会不灭而自灭。同是小说家：一个现实呈在眼前，不由自己，渐渐吸融在内心的经验上；一个用人工方法，将已往摆在眼前，勉强自己，渐渐吸融在内心的经验上；这就是说，后者必须经过一番搜集、印证与检验的工夫。就在做这番工夫的时间，经验渐渐完成，仿佛小说家从日常生活渐渐养成他的经验，供给他最高的运用。是一个真正的艺术家，在想象的生活上，他造型的过程是相同，而且必然相同。其间不会另有一个想象的活动。一八六六年九月，福楼拜给乔治·桑写信，分析他内在的生涯道：

> 我不和你一样，我感觉不到这种生命肇始的情绪，生存放蕾的惊痴。正相反，我觉得我永久生存着，我的回忆一直溯到埃及的帝王。我清清楚楚地看见自己，在历史的不同的时代，经营不同的职业，遭遇繁复的命运。我现存的个体是我过去的个性的终结。我做过尼罗河的船户；当布尼之战，我在罗马正好做人贩子；在徐布尔（Subure）我做过希腊辩师，饱经臭虫的蹂躏。当十字军之役，我在叙里亚的海滨吃多了葡萄，腹胀而死。我做过海盗、僧侣、车夫、魔术士。或者东方的皇帝，

也许？

这不是说福氏的想象异常，或者异常地发达。重要是，无论古今中外，在他的体验上，一视同仁。他是一个纯粹的艺术家，他最高的目的是美丽。写《萨郎宝》的时候，福氏的杌陧和狐疑特别显著；他不愿意学步前人，他要写一部别人所不能写的小说；一八六〇年七月，他写信给贡古兄弟道：

> 我相信我的眼睛比肚子还大！在这样的题旨之中，现实几乎是一个不可能的东西。从《帖雷马科》，一直到《殉教者》，全在说诳，增浓诗意，又不免重唱这种陈腐的老调。加以考古的工作应该叫人觉不出来；语言的形式几乎是不可能。这还不算。要想真实，必须艰涩，南蛮鴃舌，满纸的注释；写成文学的，法文的调子，又太俗气。活似雨果的话：问题！

一切的困难，仿佛一层一层的蹭蹬的山石，引向最高的企望：美丽。对于福氏，最美丽的是宇宙的永恒的进行。人类真正的面目，和如来一样，是过去、现在与未来的三位一体。小说家或者艺术家的职责，就在完整无缺地表现这洋洋大观的宇宙的现象。小说家无所畏难。全应该认识，全属于经验的范围。于是以身为例，福氏选了一个二千年前的不见史书的迦太基！

所以圣佩夫把他看做夏多布里昂，是根本错误。在福氏思想中，历史小说是一种彷徨无主的丧家之犬。历史小说就是小说，历史就是现实。在过去里面，他和在现时里面一样地生活：他的任务是客观的表现。对于他，历史永久是活的。和他正相反，浪漫主义者，把历史看做死的。他们爱好过去，因为过去和现实不同；他们持有一个既定的观念，想从过去找出他们的理想；他们把自己的成见放在历史里面；历史是他们满足自我的工具。所有的浪漫主义者，和乔治·桑一样，把历史看做片段的化石；在他们的情绪里面，是一代一代的死去的知识，所以时时感到"生命肇始"，时时诧讶"生存放蕾"。无论用的是史诗的形式，无论用的是小说的形式，几乎个个带有文以载道的气味。这就是为什么，历史小说和浪漫主义同时寿终正寝。《萨郎宝》不是历史小说的复活，这只是艺术家的纠正前非、小说的意义的解放。是一件艺术品，或者一部小说，除非全然失败，你说这是一部通常的历史小说。福氏驳复圣佩夫道：

> 我呀，我想拿近代小说的方法，应用在古代人物身上，点定一片海市蜃楼，所以我用心追求简单。

是困居乡间的爱玛也好，是养尊处优的萨郎宝也好，是十九世纪也好，是公元前三世纪也好，福氏用的是同样的方法、近代小说的方法。这是一种试验、一种努力，而且一种演进。

一八五七年三月，《包法利夫人》宣告无罪，就要成书出版，作者给施莱新格写信，报告他当时的情况道：

> ……我的现况是这样：

> 第一，十五天以内，我有一本书就要问世。……第二，我还有一本写好的稿子发表，不过今日的严酷，使我只有无期延缓；第三，为了维持我的发端（好像是广告的风格，荣誉超出我的希望），我应该赶快再来一本，可是对于我，在文学上，赶快（se hâter）是赶死（se tuer）。

第一本，我们知道是即将问世的《包法利夫人》；第二本，不是别的，是《圣安东的诱惑》次稿。福氏没有想到他的《包法利夫人》会惹祸，虽说侥幸逃过法庭的判决，虽说有圣佩夫在《通报》（*Le Moniteur*）上批评，但是声名狼藉，无可讳言。《包法利夫人》超出通常的荣誉，一跃而普遍，最初由于法庭的颠顶，其次由于批评的嚣张，渐渐读者发现它真正的价值高出一切的期许，终于接受。这种不幸的意外的荣誉、文学本身以外的荣誉，是一个真正的艺术家所急于避免的。所以福氏重新收起他的《圣安东的诱惑》。如果《包法利夫人》取罪于资产阶级的虚荣，《圣安东的诱惑》更甚于诲淫，诽谤宗教。与其一连受两次审问，坐立不安，福氏觉得还是埋首书案，另写一部别人梦想不出的作品。

这本作品就是《萨郎宝》。一八六二年七月，福氏写信给桑斗夫人道：

> 我前次选了一个古代的题材，为了消遣《包法利》给我引起的厌恶。……一想到描写资产阶级，我先从心作呕。

但是在古代的题材里面，他更憧憬热带的东方。仿佛荷兰画家万高（Van Gogh），在他的画里面，寻找南方的日光，福氏一样爱慕日光里的热、声、色。一八四六年八月，他写信给高莱女士，分析这种心情道：

> ……在我灵魂的深处，就藏有我从小呼吸的北方的沉雾；我生而具有野蛮民族的忧郁、迁徙的本能，而且从心厌憎人生，使他们不得不离开他们的故乡，于是离开他们的故乡，仿佛离开他们自己。——他们爱好太阳，所有的夷狄来到意大利，死在意大利；他们狂热地企向着光明，企向着碧空，企向着热而响朗的存在；他们梦想着充满爱情的幸福的年月，仿佛熟了的葡萄，用手一挤，浆液流向他们心里。——他们令我憧憬，犹如古人令我憧憬。

一八四九年，他如了他的心愿，和杜刚结伴，从非洲北部的埃及游起，到了耶路撒冷，到了小亚细亚，到了君士坦丁，然后经过希腊、意大利，直到一八五一年，折回灰色的故乡。这次旅行，深深嵌印在他的回忆，直到一八五七年十二月，他写信给尚特比女士，黯然追叙道：

> 今晚我正好三十六岁。我想起好些次我的生日。离今年有八年了，从金字塔边睡起，我从孟菲斯（Memphis）走回开罗。我现在还听见獴狗的噪叫，一阵一阵的狂风吹动我的帐幕。
>
> 将来我很想再到东方，住在那边，死在那边。……

这时他正开始《萨郎宝》的写作。但是这不止于他个人的爱好。如果这满足他浪漫的热望，这更成全他艺术的理想。我们以前引证过他给翟乃蒂夫人的函札，是一八六六年，在他写《情感教育》的时候写的：

> ……艺术的目的是朦胧心情的激发。然而一边是近代科学的诛求，一边是资产阶级的主旨，我觉得这是绝对地不可能；美同近代生活合拢不来的。……

近代生活的平凡、庸常、琐碎，特别对于生活浪漫的艺术家，其实是一种罪过。他需要伟大的事业、巨灵的行止、深厚的禀赋、元始的心性，来证明他最高的企想。他的蛇蝎是资产阶级的半性。他的瓜果是过与不及。艺术家所爱的是绚丽的外形，但是他更愿意一个宏大的内容，仿佛一个注定的流浪者，要走的还是坎坷的险巇。从绝对的力的进击，激出人生最热烈的耀目的火花。如果心情的激发，是朦胧的美的情绪，那么，福氏的缅怀古昔，自有其适当的理由。

所以《萨郎宝》的产生，仍然孕育着作者的个性，是他爱好古代东方的结果。他厌恶那一群俗人，特别是以游赏东方为时髦的俗人。一八五三年六月，他写信给高莱女士道：

> 这位艾鲁（Énault）到东方去！这简直是作践东方！想一想，这样一位先生在沙漠上小解！不用说，他还要发表一部东方游记！说实话，我也要写一点东方的东西（一年半之内），然而没有土耳其的头包带（turban），没有烟斗；也没有宫女（o-dalisques），是古代的古方……真的，这个埃及的故事，在我脑子里面，得得地走着。我怕的只是，一次上了笔记，我就收不住脚，而且一发胀，又得我好些年来写！……

这个埃及的故事，应该叫做《阿女比司》（Anubis）[1] 福氏从来没有写，实际就是《萨郎宝》的前身。这还是他游览东方想起的故事。一八五〇年十一月，他从君士坦丁给布耶写信道：

> 说到题旨，我有三个，其实也许就是一个，把我搅的一塌

---

① 阿女比司是埃及的人身犬首神。

胡涂：第一，《堂·璜的一夜》（*Une nuit de Don Juan*），是我在罗得（Rhodes）的检疫所想起来的；第二，《阿女比司》，一个女子梦想上帝的垂爱；这是最高雅的一个，不过附有极端的困难；第三，我的弗兰德（Flandre）① 的小说，靠近一条罗拜克水（*L'Eau de Robec*）般大的小河，在一座外省的山城里面，在一家种白菜和梭子树的园子后面，一个虔笃的神秘的少女，死在双亲之间。讨厌的是，三者息息相通。在第一里面，在神秘的爱与人间的爱的两种形式的覆翼之下，是永久的爱的饥饿。在第二里面，同样的故事，不过献了身子，人间的爱因为过于准确，反而不很高雅。在第三里面，它们合而为一，从第一到第二；不同的，我的女主角在感官的发扬认识以后，渴望宗教的发扬。

这里供给我们一个解释《包法利夫人》和《萨郎宝》的钥匙。故事彼此不同，然而中心的题旨，我们加以缜密的分析，便知道息息相通。但是福氏正要著手《包法利夫人》，忽然发现他的弗兰德少女不宜于他的小说的发展；他临时改掉故事。《堂·璜的一夜》，福氏只写了一个纲要。看过后者，特别是堂·璜跳进寺院，站在少女的床边，少女死而复苏，渐渐醒向热情的现实，我们不由想起马道（Mâtho）披着月神达尼（Tanit）的圣衣，立在惺忪的萨郎宝的床前。所以这三者，如福氏所云，也许就是一个。对于一个真正的艺术家，在他作品的构造上，故事的成分其实并不重要。所以一也好，二也好，三也好，表现的仍是他一贯的思想。在《贡古日记》里面，有一段（一八六二年三月十七日）记载福氏的谈话道：

福楼拜今天向我们讲："一本小说的遇合、故事，全不在我的心上。我写一部小说的时候，我思维怎样利用它来着色，来调和色度。例如在我迦太基的小说里面，我想配出一些紫色的

---

① 弗兰德是法国西北部、比利时以及荷兰等地的旧称。

东西。在《包法利夫人》里面，我的观念仅在配出一种色调、一种湿地的甲虫（cloportes）的苔色。至于里面应有的意义，并不十分在我的心上，所以在我写这本书的前几天，我另换了一个想法来写《包法利夫人》。在同样的环境与同样的色调之中，这原是一个虔诚而贞洁的老姑娘……但是我明白这是一个不可能的人物。"

只有艺术家，而且类如福氏的真正的艺术家，能够了解这种可以心会而不可以言传的视觉。他的限制是故事必须建筑在近似的人生上。然而重新翻造迦太基！一个全然毁灭的古城、一个全然湮亡的民族。我们晓得福氏的情节，大部分根据于包利布（Polybe）的《通史》（*Histoire Générale*）的第一卷。把故事穿插在历史里面，是一种束缚，一种委屈，然而不是一件难事；难事却在环境的真实，色调的谐和，以求最后可能的效果，福氏所要求的"紫色的东西"。我们晓得福氏对于历史小说的态度；我们晓得他的心性。所以工作一开始，他先费力在材料的搜集、比照、选择，——一种考古的工夫。关于考古，一八五〇年六月，他从开罗给布耶写信，谈起后者的中国故事道：

> 我觉得写一个中国故事的计划，就通盘的观念而论，真也亏你。你把纲要送我看一下，好不好？将来你描写地方色彩，我看只要你的线条不差，你就可以放下参考书，开始写作；我们不要迷失在考古学里面，我相信这是今日的一致而致命的趋势。

然而真实的追求，却使福氏自己废寝忘餐，来做一番残篇零简的检查。他明白考古是方法，不是目的，但是方法不全备，目的不会美满。一八五七年八月，他向费斗解释他的态度道：

> ……至于考古方面，只要或能（probable）就成。我的需要是，只求人家证明不出我的东西荒唐无稽。至于什么叫做植物学，满不在我的心上。凡是我所需要的树木花草，我全亲眼

看过。

　　而且，这还是次焉者，不关紧要。一本书也许充满了荒与谬；然而不见得因此就不美丽。我知道，类似这种学说，如果接受下来，决不会好，特别在法国，有的是冬烘学究。不过在相反的倾向（可怜正是我的倾向）之中，我看见一种很大的危险。衣服的考究使我们忘掉灵魂。五个月来，我读了九十八部书，写了一叠一叠的笔记；如果有三分钟，我的英雄的热情真正激动了我，哪怕只是三分钟，我也可以扔掉我的笔记。……如今就有一种画派，因为太爱庞培（Pompéi），结果比吉罗岱（Girodet）还要繁琐（rococo）。所以我相信，不可以爱，这就是说，应该不偏不倚地俯览一切的对象。

他不相信自己，所以同年七月，他写信给德拉脱（Eugéne Delatre），形容他迷惘的心情道：

　　在半个月之内，我要开始一个新的工作。这是一部耶稣前二百四十年的故事。一想到它，我就有一种茫漠的可怖的杞虑，仿佛一个人上船，开始远道的旅行。平安而归吗？一路无事吗？说走不免害怕，然而急于起程。再说，文学对于我简直是一种罪受。……

他终于收碇启程。一八五八年七月，他给尚特比女士写信，叙述他创作的生涯道：

　　我厌倦丑恶的事物、卑污的环境。《包法利》的资产阶级的风俗，早已使我厌恶。从今也许好几年，我生活于一个华丽的主旨，远远离开近代，背也装满了近代的世界。……

从一八五七年九月起始，写了两章，他再也写不下去。他怀疑；他的想象停滞起来；他觉得有身临其地的必要。这样踯躅到来年四月，他决定去迦太基的遗址看一趟。五月他从突尼斯（Tunis）写信给杜蒲朗（Duplan）道：

　　……现在我真算认识了迦太基的四周。

游览了两个月的光景，他回来给费斗写信道：

　　我告诉你，迦太基必须全然重写一过。我统统毁掉了。这是可笑的！不可能的！错误的！

　　我相信我会得到正确的色调。我开始了解我的人物，而且开始有了兴趣。这已然不易。我不知道什么时候我写完这部庞大的作品。或许二年，或许三年。从今起始，我请大家和我再也不要谈起它。我简直想发一通讣闻，说我死了。

他有了确信；他不再犹疑。在他旅行日记的最后，他写下他的呼吁：

　　印在我的心底，散在我的书里，噢！我所呼吸的大自然，大自然的一切的精力。到我这里来，艺术的造型的情绪的威能！复活的过去，到我这里来！到我这里来！这必须美丽，而且生动，而且真实。万物的主宰，怜恤我的意志，赐我力——赐我希望！……

全书共总十五章。第一章——庆典：

公元前二百四十一年，迦太基败于罗马，赔款割地，订约求和。这是第一次著名的布匿之战。和约签订以后，政府立即撤去统帅哈米加（Hamilcar），另委吉斯孔（Giscon）代领。迦太基用的是佣兵制，将士全是四方的夷狄。他们集结在迦太基的都城，要求遣散以前，发还他们的欠饷。政府库空如洗，只是推诿。可巧逢到艾里克斯（Éryx）① 之战的周年，政府指定哈米加园邸做兵士宴会的地点。

各族士兵没有梦想到这样的盛馔。宴会一直到了夜里，全园的树上挂起灯来。这些无法无天的将士，本来一腹不平，加以酒菜的薰蒸，有的咒骂政府，有的追诉战功，有的怨詈老帅哈米加，说他

---

　　①　古西西里的城市，以山为名。

不该丢下大家不管。他们放出地窖的囚犯。① 囚犯之中，有一个叫做司攀笛（Spendius）的希腊人，建议用神杯饮酒。神杯没有取到，统帅吉斯孔反而亲身威吓了他们一场。起初大家还有些顾忌，渐渐越来越醉，于是乱哄哄的，拔出刀，提起枪，有的跑去屠戮豢养的狮子，有的跑去和象拼命，有的在树下放火，有的从池里捞起神鱼，放在锅上煎煮。

正当这种骚乱，哈米加的森严的府邸忽然豁亮起来。只见在一群教士前面，从内走出女公子萨郎宝自己。她发怒，责怪他们不该毁坏老帅的园邸，随后和缓下来，围在一群惊慕的将士中间。她斟了一杯酒，表示和解，捧向一个非洲利比亚（Libye）人，叫做马道的军官。有人在旁就说，这是他们成婚的预兆。坐在马道的对面，是吕米第（Numidie）的首领，叫做纳哈法（Narr′havas），听见这话，从腰间拔出短矛，投向马道，正中他的臂膀。等他拔下短矛，纳哈法不见，萨郎宝也不见了。他一直追上府邸紧闭的大门前面。有一个人尾随着，是司攀笛。他想利用马道心地简单，为人直鲁，激起全军的忿恨，一举而占迦太基。马道一心只在萨郎宝身上，向天边遥望：迎着破晓的晨曦，只见一辆驴车，载着萨郎宝，逃往邻邑。

第二章——在西加（Sicca）：

两天以后，听从迦太基的劝诱，将士带着各自的眷属、行李、武器，向西加②开发。他们打惯了仗，早就不高兴在城里逗留，一说上路，大家高高兴兴，呼兄唤弟，漫山遍野而行。司攀笛趁着开拔的纷乱，夹在军队里面，逃出囚窟。他尾随在马道的左右，用心服侍，和马弁一样。看见没有人追赶，他狂了一样地欢喜。马道是沉郁的，懒洋洋的，好像把心留在迦太基。中途在山道上，他们发现

---

① 其中大半是战时的俘虏，等候对方的赎取，所以这也是一种财产。

② 西加是迦太基的圣地，有一座著名的维纳斯神庙。

了无数的十字架，远远近近，钉着成群的狮子，便是一群夷狄，见了也不寒而栗，觉得迦太基人残忍。跋涉了七天，算是到了西加。他们等候政府发清他们的欠饷，返回各自的家乡。

大家正在等得不耐烦，迦太基的钦差到了军营。这是哈米加的政敌哈龙（Hannon）。他用迦太基语言讲演。这些军士是哪一国人也有，说的全是自己的方言，听不懂他的申冤诉苦。他只好请来官长，重新演述政府的穷困、生活的艰难，例如他自己，从前买一对大象的钱，如今买五个奴隶还不够。可怜是这些官长，和兵士一样不懂他的语言。从前作战的时候，原有许多翻译，不过战事一结束，惟恐将士寻仇，早已逃之夭夭。正在两为其难，司攀笛忽然跳上土台，用各国的方言，向大众报告哈龙的使命。

他有他的用意。他知道大家领到饷银，各奔前程，余下他，还将被人押解回去做奴隶。所以哈龙的话，一上司攀笛的口，正好相反。凑巧这时从迦太基逃来一个兵士，向大家报告，有稽留的三百弟兄，被城里的居民扣住，屠杀了。大家更是忿怒。他们向哈龙要饷，打开他的行李，只见无数山珍海味，至于他们的饷银，不满两筐。全军立时哗变，拔营而起，扑向迦太基。马道一个人躺在帐幕里面，听说向迦太基出发，跳上马，赶了下去。

第三章——萨郎宝：

全城睡着。在肃穆的月夜，只有萨郎宝向月神祈祷。一种神秘的无名的热情，激荡在她少女的血里；她笃信，然而她忧郁；音乐也止不住她的烦躁。她请来沙哈巴瑞（Shahabarim）。这是月神的教长，受哈米加的嘱托，承负萨郎宝的教育。哈米加不让她进修道院，避免常人的接触，将来好结一门政治的婚姻。

沙哈巴瑞向她解释万物的生成、神祇的降附。在众神之中，月神翼护人类，主管男女的情欲。迦太基的命运完全依靠神庙供奉的她的圣衣。萨郎宝希望他带她去瞻拜一番。沙哈巴瑞禁止她去瞻拜，除非教士，一般男女都不应该接近神尊。就在师徒谈话的时候，迎着熹微的曙光，他们望见尘土飞扬，仿佛千军万马，卷向城边。各族乱兵到了。

第四章——迦太基的城下：

迦太基三面临海，一面通陆，兵士正好横断海峡，扎下营盘。不等他们到，城门就关了，里面登时戒备起来。政府方面，哈龙主战，吉斯孔主抚，恐慌的是富人，最后吉斯孔一派胜利，政府命他出城，按名点发欠饷。看见迦太基曲意俯就，各族士兵反而得寸进尺，肆意索求。吉斯孔唯求息事宁人，一切容忍下来。但是他们头脑简单，经不起司攀笛的蛊惑，不由吉斯孔分辩，蜂拥入帐，连捆带绑，将迦太基的钦差和他的随从，一齐扔在地牢里面。

就在全军惶惶，不知所适的时候，司攀笛领着马道，趁着黄昏，下了直通城内的地沟。马道一心只在萨郎宝，再辛苦也不在意。

第五章——月神（Tanit）：

迦太基的命运全在月神的圣衣，司攀笛存心把它偷走。如今势成骑虎，唯有拥戴马道，攻打迦太基。有了圣衣，迦太基失去精神的凭依，一定不堪各族士兵的袭击。当夜正逢下弦，庙里没有月神的祭典，两个人东摸西碰，终于在密室发现不可污渎的圣衣。拿起圣衣，跳出庙垣，马道一直奔向哈米加的府邸。司攀笛拦阻不住，只好随在后面。

马道奔上府邸的大楼，迳直冲入萨郎宝的寝室。在惺忪之中，她一面听着马道求爱，一面出神看着久已渴望的圣衣，渐渐清醒过来，又诅咒，又呼救。司攀笛顾不了马道，先行逃走。一家男女围住马道，不过看见他披着圣衣，没有一个人敢于接近。这时天也亮了，事情传遍了全城。大家慑于圣衣，眼巴巴望着马道，走进城门，纵上门顶，进气揪开锁链，从门隙一跃出城。

第六章——哈龙：

全军拥戴马道做主帅，纳哈法率领他的骑兵，也来合作。外省的居民，因为政府的苛捐杂税，早已怨声载道，听说军队叛变，无远无近，揭竿响应。不附同的有雨地克（Utique）和义保荼理特（Hippo – Zaryte）。为了减去迦太基的羽翼，司攀笛分兵攻打雨地克，马道攻打义保荼理特，同时留下一支军队，由欧达里特（Autharite）统率，占住迦太基的平原，监视后者的行动。纳哈法返回吕米第，提调骑兵象队。

迦太基征募城内的壮丁，派定哈龙统帅。直到全军准备完成，哈龙趁着没有月光的暗夜，避过正面的敌兵，从海道向雨地克出发。听说敌方救兵已到，司攀笛立即下令迎战。结果哈龙放出他的象队，横冲直撞，转败为胜。同时他进了城，沐浴休息。看见敌方收兵不前，司攀笛纠合余众，加上纳哈法新到的骑兵，重新反攻下来，哈龙澡也不及洗完，逃出城外，率领残兵，奔向迦太基。事到如今，政府不得不招回哈米加。

第七章——哈米加·巴尔加（Barca）：

在万民欢呼之中，哈米加破浪登陆。自从第一次布尼之战失败，他忿于政府的腐恶，漂流在外，如今虽然重返故国，仍旧抱定不合作的宗旨。当晚政府在日神毛洛可（Moloch）庙召集紧急会议。纷呶到最后，大家推举哈米加做迦太基全军的主帅，剿平他的叛乱的旧部。他不受命。同僚有的诬赖他想做皇帝，有的讥讽他偏袒叛逆，因为其中有他女儿的情夫。

哈米加忍住气，回到自己的府邸。看见萨郎宝带着家人迎接，想起同僚的讽喻，听着她隐约其辞的忏悔，他更是一腹疑团。他开始检查他的家务：商业的凋零、银钱的虚糜、仆役的慵侏、奴隶的老弱、俘虏的逃散、亭园的荒弃、象也仅仅余下三只！追根究底，甚至于女儿的名誉，没有一样不是由于他的旧部。当晚不等医神艾实穆（Eschmoûn）庙的会议开始，他就接受了政府的任命。

第八章——马加尔（Macar）之战：

准备好了一切，哈米加只是按兵不动。听说哈米加和他为敌，马道对萨郎宝的怨恨，一齐转而集中在她的父亲。他急于一战，战胜哈米加，仿佛就是萨郎宝的失败。司攀笛却惴惧起来，对哈米加有一种不克自主的畏慑。纳哈法因为内乱，急急班兵回了吕米第。

这时是冬天，西风吹来，正好卷起沙土，壅住马加尔河的河道。出乎敌军的不意，哈米加率领新军，一夜绕到雨地克，来在司攀笛围城军队的前面。激战了一天，等到黄昏马道援军赶来，战场上敌我两方，全不见踪影。司攀笛率领溃败的残余，逃向乱山。哈米加因为伤亡过多，退在右岸休养。

第九章——合围：

叛军渐渐集合起来。纳哈法平定内乱，重新返回合作。欧达里特撤退迦太基城前的军队，聚在一起。他们侦伺着哈米加的行动，希望从四下兜住，一举而歼。

哈米加胜是胜了，然而敌众我寡，不堪再战，东漂西奔，始终不敢驻定，唯恐受人包围。钱粮缺乏，只好今天借，明天抢，官军反而成了流寇。有一天，敌军从四面将他们团团兜住。哈米加连夜在营盘外挖下既深且阔的堑壕，防御敌军的侵袭，固然苟安一时，也只有坐以待毙。

迦太基想不到战局转变，即使有心赴援，也无以应命，何况无心赴援，听其生死，说来说去，大家都说这由于月神圣衣的遗失。月神庙冷清了，哈米加的门前却热闹了，人人指住萨郎宝的名字咒骂，因为人人看见马道披着圣衣从她的寝室出来。

第十章——蛇：

但是萨郎宝却惦记着她的蛇：它病了，皮是又干又黄，喂它麻雀也不吃。蛇是迦太基特殊的神物。她自己虽说没有病，也和有病差不多。有时请来沙哈巴瑞，她又没有话问。他带有一种神秘的力量统治她。她畏惧、反抗、嫉妒、憎恨，然而离不开他。迦太基数他学问高深。从幼为了求学，他走遍人迹罕到的地方；他崇拜月神，然而他恨月神；由于月神，他从小就受了阉刑。在他枯寂的生涯上，萨郎宝好像坟头的一丛迎春。然而为国家、为宗教他觉得应该牺牲他心爱的女弟子。

圣衣必须取回来。只有萨郎宝可以克服马道。他叫她决定。她犹疑、踟蹰，而且惴惧。在她观念里面，这巨灵似的马道和月神一样可畏。如若蛇病好了，她决定冒险，蛇蜕了一层皮，重新活了起来。她接受沙哈巴瑞的提议。就在人不知鬼不觉的清晨，他打发她上了路。

第十一章——帐下：

领路的是沙哈巴瑞的亲信。沿途幸亏他善于应付，平安到了敌军的营外。他躲了起来；萨郎宝告诉巡兵，要见马道；马道出来，把她领进他的帐幕。她得到圣衣，然而身子失于马道。听见军营起火，马道丢下她，跑出帐外。她遇见铁锁银铛的吉斯孔；没有听完他的咒骂，趁着全营鼎沸，她溜出去，会见沙哈巴瑞的亲信，奔向对面她父亲的营寨。

火是哈米加冒险放的。他想最后一拼，杀出重围。可巧纳哈法带着他的骑兵，当晚投降，同时萨郎宝捧住圣衣，仿佛给全军带来希望，走进帐幕。哈米加发见她胫上的镯链断了：迦太基贵族的少女，全带着有链的脚镯，连住两胫。他明白她的牺牲。他立即把她许给纳哈法。

第十二章——地沟：

十二小时以后，各族士兵方面只是一片荒烬。马道聚起残余，避开正面敌军，一直奔向义保茶里特。他们须攻下一个城邑，恢复元气。看见夷狄不受招抚，哈米加催促哈龙的援军出发，顺水推舟，早收成效。然而哈龙怀嫉，单独扑向义保茶里特。他自己因为癫症，稽留在迦太基，把军队交给他的亲信。然而义保茶里特和雨地克，不耐迦太基的诛求，里应外合，歼灭哈龙的援军，迎入围城的各族士兵。

哈米加觉得情形险恶，打发纳哈法回国，统兵再来，自己带着疲惫的军队，退回迦太基。马道顺势追赶，重新围住迦太基。城内自恃粮水充足，可以支应。但是司攀笛成竹在胸，深夜偷到城边，移开地沟半腰的石壁。饮水全由壑口流出来。城内是绝望；城外是欢狂。

第十三章——日神：

城内的粮水缺了下来。何以迦太基连年不幸？渐渐大家证实这是年来没有循礼祭神的缘故。日神的大教长动议挑选贵族将儿童活祭。听见这样的决议，哈米加分外忧愁。他有一个儿子，从小托给老人家，藏在乡间教养，如今因为逃避野蛮人的蹂躏，隐匿在萨郎宝的闺阁。他以为没有人知道，但是政府得到密报，特地派人提取哈尼巴（Hannibal）——第二次布尼之战，几乎灭亡罗马的哈尼巴！这时他不到十岁，是他父亲唯一的希望。哈米加晓得无法抵赖，临时从奴隶中选了一个年龄相当的儿童，欺瞒过去。

日神的铁像移到最高的地方，火焰从他的无底的海口喷上来。全城的居民来看活祭的盛典。沙哈巴瑞弃了月神的信心，也夹杂在人群里面。有一天他站在城头，被马道望见，从城下飞起大斧，把他斫成残废，取消了他祭神的资格。整天是日神的活祭。望着城内的火光，一个一个幼童往里投下，各族士兵怕了起来。

第十四章——斧子峡：

当晚大雨倾盆而下，解了全城的渴肠，人人有了希望。哈米加率领他的精兵，从海道潜出迦太基，向各方调遣人马军实。纳哈法乘各族士兵疏懈，带领骑兵，和城里迦太基合在一起。同时哈米加荡平各省叛逆，渐渐和各族士兵接近。马道不肯舍开迦太基，在不远的突尼斯驻定。司攀笛率领其余的军队，追赶哈米加。

但是哈米加不即不离，只在前面引逗。纳哈法的骑兵又尾随在各族士兵的后梢，乘机骚扰。为了避免骑兵的追逐，司攀笛总是沿着山边行军。有一天，在一个山豁子的入口，望见哈米加的步兵，各族士兵怒潮似的扑了过去。前者不敢应战，只是向对面的山口逃窜。这中间是一块斧形的平原，四围高山峻岭，插翅不能飞越。司攀笛的四万人马，一进了山谷，便见前后山口全被石块堵死，活活陷在天然的囚牢里面。一连二十天，全军饿死一半，不得已推出十位首领，向哈米加求和。司攀笛也是十个代表的一个。哈米加把他们一个一个钉上了十字架，各族士兵方面，余下的只有马道。

政府接到战报，唯恐哈米加一人立功，他日难于驾驭，立即派出哈龙，另率一支人马，帮同围攻突尼斯。马道击破后者，擒住哈龙和他的亲贵，照样钉上十字架。但是最后决战，却是哈米加胜利，马道自己也被活捉了过去。

第十五章——马道：

这是萨郎宝和纳哈法结婚的吉日。全城一片欢狂。在盛大的婚礼之中，有一项是处决马道。新婚夫妇从神殿走出，站在石阶上；从对面押解来的，是鲜血淋漓的叛魁。一路受尽无数的酷刑，马道蹒跚到石阶下面，目不转睛，望着萨郎宝——他的理想、他的梦魇、他一生罪孽的根源！纳哈法得意扬扬，搀起他的新婚夫人。但是她仰身倒了下去，跟着马道——她神秘的爱、梦想的英雄、假想的仇敌——的死亡，双双走向净土。

接受历史小说的假定，我们参看所有的这类小说，便知道《萨郎宝》具有最艰辛而最卓绝的成就。包利布叙述迦太基内乱，临尾结论道：

> 战争持有三年一季；就我所知，这是最丑恶的神人不道的战争……

历史小说选材的倾向，几乎可以说做共同的倾向，是运用战争或者类似的争斗，加重它舞台的氤氲、浪漫的情绪。然而只是加重，它主要的兴趣仍旧属于传奇的成分。福楼拜同样选了一个战争，但是怎样一个战争！通常向上的意义、中世纪武士救世的精神，我们看不见，也不应看见；这里不是生存的竞争，更不是正义的扶拥，是狡赖、欺诈、野蛮，是史书上"最丑恶的神人不道的战争"。然而这拦不住艺术家局外的观赏。一八四六年十二月十一日，福氏给高莱女士写信，就谈起他的态度道：

> 然而种族的纷争、县区的纷争、人与人的纷争，一点也引不起我的兴趣，我的愉快仅仅在用红色的底子，构成伟大的画幅。

一方面，这证实贡古兄弟的记录，福氏用意不在故事的组合，而在色度的谐和：一方面，这暗示我们《萨郎宝》"紫色的东西"的艺术的真实。战争注定是这部小说的命运。这先满足他艺术家的要求。然而一接受历史的存在，他已经失去他的绝对，不免受到相当拘束；同时在可能的范围，复活已往的现实，而且一个二千年前的非洲北部的洋洋大观！不过福氏决不旁击侧敲，凭空取巧；他从正面一直奔向他的鹄的，便是勇气，也不是泛泛一语可得而尽。一八五四年四月二十二日，他向高莱女士写信，有一句话道：

> ……我们如今在一个有史的世纪，所以必须老老实实地叙述，然而要一直叙述到了灵魂里。

所以《萨郎宝》不唯要满足艺术家的要求，而且要进一步成全史家的使命。[①]

传奇的兴趣是小说本身的一种要求。但是近代小说发展的趋势，或由于人生的认识，或由于羡赏的高雅，或由于心理的深入，渐渐忽略而且斥退传奇的存在。这种演进——并非必需，不过是自然的——，最初而且最好，肇始于福氏的另外一部小说：《情感教育》。从小说的本身看来，传奇的成分，在它旧有的意义之下，或许正是最基本而且最普遍的条件。但是滥用的结果，往往流入俗鄙，艺术家望望然而去，正是一种明哲保身之道。话虽这样讲，在相当范围

---

① 不是说《萨郎宝》就是一部历史；这里需要一个一般的真实，至于事迹，例如在小说里面，哈龙死于突尼斯城前，实际死于突尼斯城前的是哈尼巴，然而作者因为他和哈米加的儿子同名，容易混淆，同时读者要求哈龙死在他们的眼前。

里面，他依旧要拟一个适可而止的情节，推求人生的逼似的真理。吴三桂请兵进关，表面或许更有其他重要的理由，但是到了后人的口述，却仅仅成为陈圆圆的夺取，这是一种近乎人情的揣测、一种行为的心理分析，来源又不外乎传奇的习尚。我们欢喜在颜色上再加颜色——渲染。我们希望看见一点切身的情调，我们嫌景物不足，往里放进灵魂。说破了，一文不值，就是男女关系。史苏说的好：

> 夫有男戒者，必有女戒。

《萨郎宝》原本是一部乏善可述的战史，经过福氏的匠心独运，成了一部可歌可泣的"女戒"。在所有丑恶而切实的动机之中，这是唯一感人而且同样切实的动机。困难却在我们的愚昧：我们从前很少听说到迦太基。读上古史，从布尼之战，我们知道了一个哈尼巴，不惮艰险，蹈过冰天雪地的阿尔卑斯山，震动全罗马；福氏替他添了一个姐姐。读维吉尔的史诗，从他的神话，我们认识了一个创国的女后，可怜的狄东（Didon），丈夫为人谋害，自己从腓尼基逃到非洲北部，不幸又爱上了一个过客，终于失恋，自焚而死！福氏借她的热情，另造了一个神秘的女裔。然而迦太基？迦太基的内战？福氏必须重新构成，因为说实话，我们一点不清楚。这就是说，他必须牺牲篇幅；这有好处，也有坏处，好处不是一目可以望清，但是坏处，马上到了眼边！于是批评家小有所获，大得其意，说这沉闷，说这乏味，说这不可卒读。福氏自己，惑于当时的纷呶，答复圣佩夫道：

> 和雕刻家相比，座子未免过大；然而坏事的是不及，从来不会过。所以关于萨郎宝一个人，应该再有一百页才好。

然而福氏没有这样做，不能这样做，到了座子自己也是一件艺术品，也是一件雕像的时候，为什么我们闭住眼睛不看呢？

唯其全书真正的人物是东方，是非洲北部，是其生活的分崩，迦太基与反迦太基的谐和的破裂，迦太基与反迦太基的破裂的谐和。福氏很早就憧憬东方，我们知道这怎样迎合他的心性，夸大、奇丑、天真、佣侠、流宕、炙热、绚丽：正好是浪漫主义与艺术的交道口。他用了两年去游历。在他回忆里面，这渐渐凝结，成为他明显的对象，他分析它，犹如分析他的同乡：同样属于人类。一八五三年三月二十七日，他向高莱女士写信，谈起他的东方，他的异于人的东方道：

> 正相反，我所爱的东方，是这种不自知的伟大，是这种不谐和事物的谐和。我记得一个在澡堂的人，左臂上一只银镯，右臂上一个肿泡。这才是真正的东方，而且富有诗意的东方：一群坏蛋，穿的又破又烂，滚着金穗子，一身聚满了微菌。微菌也罢，一见太阳，反正金碧辉煌，怪好看的。……你不觉得这种诗意是何等完美，而且正是伟大的综合吗？想象与思想一下子就餍足了；一点空当也剩不下来。

这正是四年以后，在《萨郎宝》里面，他所抓住的非洲的印象。

"然而要一直叙述到了灵魂里。"——灵魂是生活在大地之上的种族。对于福氏，种族——或者遗传——在人类的活动上，占有绝大的成分。这和他的命定论从一个哲学的系统下来，预先主宰人类的行动。一八五二年七月十九日，向高莱女士写信，他谈论他的意见道：

> ……我相信教育，然而我更相信种族，无论丹东（Danton）怎么说，一个人的脚后跟总牵着他的国家；同时他不晓得，在他的心里，他正带有他祖先的灰烬。我自己，倒想用 A＋B 的方式证明这种道理，其实文学上也是一样，《堂·吉诃德》，这本书我在识字以前就背了个烂熟，我发现我的根源全在这本书里面，此外还得加上诺曼底海的激荡的泡沫、英国的流行病、气味恶浊的浓雾。

所以解释种族，唯有客观地搜集他们各自的特征，然后打进特征综合的内在，和他们一起生活。经过这样想象的经验，我们才能真实地，或者艺术地，还给他们一个本来面目。

从《萨郎宝》的第一章看起，过往在我们眼前的，便是成群结队的野蛮军士；每一群、每一队的结合，大都基于同种的关系，绝少因为军事的训练而混编在一起；进退一致，生死以之，各自仿佛一家的弟兄，在一种异域的情调之下，不由感到团聚的必要。我们从来不见一个单独的离群的人；全有所归属；形体、举止、语言、装饰、信仰，一切因为种族的不同而生差异：

> 这里有各国的人，有的是里古瑞人（Ligures），有的是吕西达尼人（Lusitaniens），有的是巴莱阿人（Baléares），有的是黑人，有的是罗马的逋客。一边是道瑞德（Doride）的浊重的方言，一边你听见塞耳特（Celtes）的音节，唧唧喤喤，就和战车走过一样，还有爱奥尼亚（Ionie）的尾音，触上沙漠的子音，涩涩的就和豺狼的呼号一样。希腊人可以从体格的瘦长认出来，埃及人可以从双肩的上耸认出来，刚达布耳人（Cantabre）可以从腓肚的宽大认出来。喀瑞人（Cariens）傲然摇着他们的盔翎，喀巴道思（Cappadoce）弓手的身上涂着种种的大花，还有里第人（Lydiens）穿着妇女的长袍，拖着睡鞋来用餐。还有些人，堂之皇也，涂了一身朱红，仿佛一座一座的珊瑚雕像。①

甚至于一起用餐，也因为乡土的习惯，各各不同：

> 高卢人，长长的头发，当顶挽起，抓起西瓜和柠檬，连皮一起啃。好些黑人，从来没有见过龙虾，脸也让红刺扎破了。好些刮了脸的希腊人，比大理石还白，拿起盘里的残余，往身

---

① 里古瑞人：古意大利北部，近海沿热那亚（Genova）一带居民。吕西达尼人：古葡萄牙居民。巴莱阿人：地中海西半，近西班牙的群岛的居民，古时作战以投石著名。道瑞德人：古希腊人三种之一，建国最强有斯巴达。塞耳特人：古印度日耳曼种，其后流亡各地，仅爱尔兰一带尚有遗迹。曼奥尼亚人：古希腊人三种之一，建国最著有雅典。沙漠：指非洲撒哈拉大沙漠而言，居民游牧无定。刚达布尔人：古西班牙北部沿海一带居民。喀瑞人：古小亚细亚居民，在今土耳其的阿伊丹（Aydin）政区一带。喀巴道思：在古小亚细亚的亚美尼亚（Arménie）之西。里第：在古小亚细亚，最知名的国王是克莱徐司（Crésus），富甲天下，亡于波斯。

子后边扔，同时布鲁西（Brutium）的牧羊人，穿着狼皮，脸埋在他们那一份儿里头，静静地吞咽。①

从他们各自安营的方法，我们也可以看出宅居的差别：

希腊人一排一排，平行地安下他们的皮帐；伊拜瑞人（Ibériens）围了一圈，摆好他们的帐幕；高卢人用木板搭起许多小屋子；利比亚人用干石块架起若干窝棚；同时黑人就在沙子里头挖了坑睡。好些人不知道怎么安排的，在行李中间踱来踱去，晚晌就地一卧，裹着他们的破袍子。②

全书充满了这种美不胜收的实例，下面一段形容寄生军营的妇孺，更是淋漓尽致：

在这些跟班和小贩之间，来来往往，更有各国的妇女，和熟了的海枣一样棕，和橄榄一样浅绿，和桔子一样黄，有的是水手卖掉的，有的是从破窑里挑来的，有的是从商队偷来的，有的是靠着围城抢来的，只要年纪还轻，不管累不累，人家也拼命爱，等到上了年纪，人家就拳脚齐下，遇见溃乱的时候，夹在行李中间，和无主的畜牲一同死在道旁。土番女人蹬着后跟，摇曳着方格的褐色驼绒袍子，西莱纳伊格（Cyrénaïgue）的乐妓，画了眉，拖着紫纱，蹲在席上歌唱；有些老年的黑女人，掉着两个乳头，在太阳地，拣拾晒干了的兽粪烧水；锡腊库扎（Syracuse）女人，头发里插着金叶子；吕西达尼女人，戴着贝壳的项圈；高卢女人，白胸口上蒙着狼皮；还有些雄壮的孩子们，一身的微菌，光精精的，势皮也不割，朝着行人的肚皮，

------

① 布鲁西：旧大希腊的属地，即今意大利西南的后喀拉布尔（Calabre - ultérieure）。

② 伊拜瑞（Ibérie）有两个，一个是高加索山之南的古国，一个是西班牙的古名，后者的居民，平时称为 Ibéres；书中用 Ibériens，但其后就马道所率军队而观，似即 Ibéres："马道统率他的同乡和伊拜瑞人、吕西达尼人、欧西以及岛屿的人。"

用头就撞，或者从后面过来，和小老虎一样，咬他们的手。①

大败以后，横尸遍野，单从死亡我们也可以辨识他们的本源：

> 他们差不多是同时死的，不过他们的腐烂却各不相同。北方人和水肿了一样，浮涨着，是青铅的颜色，而较为瘦硬的非洲人，和烟熏了一样，已经枯焦起来。看着他们手上的黥文，就可以认出这些野蛮民族来：昂刁居斯（Antiochus）的老卒黥了一只鹞子；在埃及服过兵役的，是一座砦的侧面，或者一位执政官的姓名；有些人的胳膊布满了繁复的标志，和他们的新创旧伤，混在一起。②

我们一眼看不清这里有多少种族，仿佛一块老画家的调色板，所有配合的可能全在上面，因为他的幻想，因为他的需要，一块一块，你拥我挤，光怪陆离，由色泽的新旧、涂抹的厚薄，点出各自以往的服役。从最高等的种族，中间经过无数的递降，一直到了人类最末的阶级。我们起先看见的，有"头发里插着鱼骨"的流民，"也说不清来历，一天不是猎箭猪，就是吃蛇，吃介虫"；渐渐因为战事的扩展，仿佛一窝的蚂蚁，聚在我们缭乱的眼花之下：奇丑的有"四肢襞褶"的亚蒙人（Ammoniens），有"诅咒太阳"的亚达郎特人（Atarantes），有"一壁笑一壁瘗埋死者"的脱格劳第特人（Troglodyte），有"吃蝗虫"的欧塞人（Auseens），有"吃虱子"的亚第尔马什德人（Adhyrmachides），有"吃猴子"的吉桑特人（Gysantes）……但是这还不足以表现非洲地土的富裕，更有出乎其类、拔乎其粹的奇丑的奇丑，点染人类的尊严：

> 最后，仿佛非洲还没有一倾而空，仿佛为了聚集更多的怒氛，不得不用到低等的种族，于是在一切的人种之后，你看见

---

① 西莱纳伊格：古希腊的属地，原来城名叫做西莱（Cyréne），在非洲北部埃及之西。锡腊库扎：西西里岛的城邑。

② 昂刁居斯是叙里亚国王的年号。

好些半面似兽的人们，笑着一种白痴也似的冷笑；遍身恶疾的可怜虫，残缺不全的侏儒，阴阳两可的杂种，红眼白皮，畏见日光的低能；他们一面结结巴巴，发出种种的怪声怪调，一面手指放在口里，好叫人看他们饿了。

就是这样，组成了前后的各族军队。这好像海滩上，大大小小，一片介壳，迎着强烈的日光，熠熠耀目。或者大路上，肩摩踵接，粪堆的甲虫，你以为一脚下去，就全粉碎。然而不然。这不是你所想象的乌合之众。他们不是个自的结合，而是种族的集体，你如果凌侮一个人，你便是向全部落挑衅。他们没有共同的语言，但是"喊一声打，虽说各各不同，大家全听得懂"。

缺乏我们的文明，然而他们有的是浑噩的本能；他们有一个共同的目标：迦太基！他们聚在一起，要打下它来，因为："迦太基的景象刺激这些野蛮人。他们羡慕它，他们憎恨它；他们一面想把它毁掉，一面自己又想住在里面。"

关发欠饷只是兵变的借口文章。在这种贪欲之下，更埋伏着一个同样深厚，然而较为浪漫的期望：

> 大家全知道，小兵也加过冕，高卢人在他的橡树林子，埃塞俄比亚人（Éthiopien）在他的沙漠地，听见帝国倾覆的回声，也不由想入非非。同时就有一种民族总利用他们的勇敢；所以听说迦太基派人在码头招兵，驱出部落的窃贼、道路流亡的奸宄、神灵追逐的回邪、所有的饥馑、所有的亡走，全想法来应募。①

怀着"彼可取而代也"的初民思想，人人铤而走险，想从草莽出来做英雄。不幸却是迦太基，供给他们暴发的机会：

> 平时迦太基说话算话。不过这一次，它吝啬的热狂过了分，不由自己，沦于不名誉的险巇。

---

① 埃塞俄比亚（Éthiopie）：在尼罗河上游。

这种破裂的不可避免，正因为迦太基商人的禀性，一来就掩住它广大的企图。迦太基是一个共和国，名义上有两位执政官做首领，实际一切的取决全看政府和国会，这是说，全看一般的富商。在上古史上，腓尼基民族的商业，沿地中海一带，几乎是无出其右。我们晓得商人的特性：冒险，然而决不孤注一掷；名可以不图，然而利不可以不谋；一句话，小钱当大钱使。迦太基之所以为迦太基，还正因为在所有的野蛮民族之中，善于经营财务：

> 所以迦太基的力量是从西西特（Syssites）来的，西西特正在马尔喀（Malqua）的中心，是一个大院子，据说腓尼基水手的第一只划子，就在这里停泊，从此以后，海水便远远退了下去。这是一堆古代的建筑，棕树身子做的小房子，四角用的是石头，一间一间隔开，为的分头接应不同的商人。阔人们整天聚在这里，讨论他们的利害、政府的利害，从胡椒的搜求，一直说到罗马的颠覆。

我们知道这种治理的危险：

> 迦太基缺乏政治才分。它永远在想发财，最高的野心应有的慎重，反而付之阙如。船泊在里比的海滩，全仗操作维持。围着它的国家，和波浪一样吼号，只要一点点暴风雨，就能摇翻这座可怕的机关。

从政治方面来看，迦太基早有崩溃的预兆，但是用商人的眼光分析，事情并非不可以挽救。他们有的是属地，属地有的是出产；即使没有，他们也可以挤榨，他们不知道怀柔，往往流于极端的苛毒；他们永久踌躇、狐疑；他们引起战争，战争爆发之后，妨害他们的商务，立即又想和平。然而迦太基三面临海，来源不绝，一面接陆，丰收无歉，勿怪卡道（Cato）从非洲游历回来，在罗马讲演，每到临尾，必定提醒道：

> 另一方面，我以为必须毁灭迦太基。

福氏叙写迦太基的"苛政猛如虎"与其招忌的因由道：

迦太基早就把人民收拾了一个精穷。税是无大无小的征敛；交迟了，甚至于一句埋怨，不是锁镣，就是斧钺，要不就是十字架对付。政府应用什么，必须耕种什么；政府需要什么，必须供给什么；任何人不许储藏武器；如果村庄叛变，就卖掉村庄的居民；地方长官犹如压榨机，好坏全凭出货。然后越过迦太基的直辖区域，到了同盟各国，只纳些微的贡税；同盟之后，更是游居无定的土番，便也无人过问。按着这种方法，收获永久丰饶，马厂管理得法，繁殖成效极大。所以九十二年后，精于农种奴役的卡道就吃了惊，向罗马不断地惊告，其实他的高声疾呼，只是一种贪切的嫉妒。

这样的迦太基——腓尼基民族，加上所有依赖而又憎恨它的外族，便是公元三世纪非洲生动的形象。在这深厚而神秘的地土上，在这干燥而多雨的气候下，先是碧蓝的海洋，上去是郁葱的山地，不远又是无边的沙漠，无论是人，无论是兽，不是成群结队，便是杳无踪影。没有单独的存在；人物和景物只是一体两面。无论来源是东西南北，只要它往那里一站，便消失在自然的怀抱，晒成它所要求的肤色。在这样离合无定的人群里面，活跃的是人类原始的本能；这时是猫的柔驯，转眼成了虎的残暴；没有一个人能够说出他的爱憎；他不是睡，就是动，永久得不到平衡。一八五〇年十一月，福氏给布耶写信，叙述游到君士坦丁的印象道：

先说君士坦丁，我是昨天早晨到的，今天我要告诉你的，仅仅是付立叶（Fourier）的话，我觉得非常有理，就是：以后这会变成地球的都会。这简直凶得和人类一样地凶。走进巴黎，你感到了一种压碎了的情绪，然而到了这里，这才深深打入你的心里，从波斯人、印度人，一直看到美国人、英国人，你不知道碰见多多少少的不识者，多多少少的析离的个体，同时数量的可怕，加上一个你，真还不如一滴水。而且，这是广大的，你丢在街道里面，看不见头，望不见尾。

将君士坦丁改成迦太基，近代民族改成上古人种，现时改成过去，这正是一个永生的奇迹。福氏一眼撮来它的梗概，唯其如此，他的描写是真实的，而且生动的，所以一八五七年，他向费斗写信，带着非常的自信道：

至于颜色，没有人会证明它的虚伪。

然而就在这句话的前面，他表示他的困难道：

在我的小说里面，最叫我难以应付的，却是心理的成分，也就是感觉的样式。

在答复圣佩夫的信上，他进而承认：

没有再比野蛮人复杂的。

同时就萨郎宝性格的迷漠，他推求其所以然道：

管他呐！她的现实我抓不清楚；因为无论你我，古今任何人，全不能认识东方妇女，唯一理由是，接近与来往的不可能。

我们可以根据这同样的理由，原谅全书的人物。作者观察他的同乡，例如在《包法利夫人》里面，更为亲切、入微、深邃，好比这是一出真实的戏剧，而《萨郎宝》，犹如一台傀儡。

但是一台傀儡往往含有更大而且更高的真理。这里所表现的动作是简单的，然而宏大的；所呈现的人物是拟形的，然而永生的；所分析的心理是原始的，然而基本的；同时人类的兴趣是粗野的，然而集中的。这里是爱，是恨、是妒、是贪、是善、是恶、是丑、是美、是神、是鬼，所有一切初民的本能，在变成繁复以前的雏形情绪。这里最相宜的材料是传说，是神话，是事迹；不是近代琐碎的人生。《萨郎宝》的人物正是这样一台傀儡。他们单独的存在吸收在各自种别的根源。好像巨灵，他们走过你的眼前，但是如果你想一个一个地推敲，你所触摸的却是全体。他们也就消失在全体里面。他们一点不欺惘；他们是壮实的；他们含有人性的概略，是典型的，然而不是我们通常耳习的文明产物：他们另有一种真实、象征的真实。

如果我们记住这是一个"最丑恶的神人不道的战争"，发生在二千年以前的非洲北部，介乎若干不同的民族，我们更可以认清福氏在这方面的造诣。他不能够一个人一个人地细分细解；这不可能，而且是无疑的失败。他必须大刀阔斧，粗枝大叶，把人类的共性砍削到最赤裸而且最生效的情景。小处着想是艺匠；艺术家所追求的，却是整个的谐和、永在的真理、普遍的情绪；他把自己放在里面；体验、痛苦、欣狂，然后心领神会，他一下子抓住人类最高的形止。这不偶然，然而偶然。这也就是为什么，同时象征，同时这还具有深厚的人的气息。这不是张、王、李、赵；这是人。站在他后面的，是湮远的种族。

　　在这一群野蛮民族里面，纳哈法给我们一点不可靠的印象。他可以今天帮你，明天折回身打你；带着他轻快的骑兵，他明白他的举足轻重；所以逢着切身的利害，他会在你最危急的时候扔下你。这是一个真正游牧的土著，剽悍而且飙急；冲动上来，他一下子想扎死你；但是他会马上把恨收在心里，和你相好，为的等一个更好的机会收拾你：因为他知道你是众望所归的魁首。他的反复无常，就生在他的根性里面。唯有哈米加那样人物，可以羁縻住他，犹如魏延不得不受诸葛亮的指令。

　　但是和马道一比，他就轻得厉害。马道是原始的，是有知识以前的初民。福氏有一段简略的文字，追叙他的身世道：

　　　　他生于锡尔特（Syrtes）海湾。他的父亲曾经带他朝拜亚蒙（Ammon）庙。此后他就在加辣芒特（Garamantes）的林子里猎象。后来他去应迦太基的募役。特腊帕鲁（Trépanum）攻下之后，他升为分队长。政府欠他四匹马，二十三买定的小麦，和一冬的饷。他怕神，而且希望死在他的家乡。①

我们的祖先，甚至于我们自己，和马道一样，希望最后死在看见我们生长的故乡。这是人类一个恋旧的同感，更是忠实的始终不渝的表现。马道不是一个造反的人；他的心是质实的，他的为人是简单的，而且他的趋向是迷信的。这是一个身体伟岸、孔武有力的巨灵，然而带着一颗赤子之心，从一入场，我们就看见：

嘴大张着，他微笑起来。

古代是崇拜英雄的，特别是项羽一类具有非常体力的人物；在他幼稚的感觉上，和智慧一样，而且驾乎智慧以上，这是神秘的，佐有神灵的附佑。他应该做一个模范的兵士，不幸命里注定是叛魁。好像有什么扯着他，一步一步坠向无底的渊壑，在他的人力以外，在他的了解以外。这里没有个人的自由。他接受了福氏自幼的人生哲理，他的宿命观（Fatalisime）。一八四六年九月十八日，福氏给高莱女士写信道：

至于我的宿命观，你见怪也罢，反正结在我的深处。我确然信之。我否认个体的自由，因为我不觉得我自由，至于人类，你只要念念历史，就看得出来它不总朝企望的方向进行。

任凭马道的体力异常，他不能攀缘上岸，不能飞过堑壕，不能消灭迦太基，不能劫取萨郎宝，而且不能克服他的爱慕——他自己的精神的叛逆。

然而他一心一意要克服他的命运；他要胜利，和所有的理想主义者一样，他得到的是失败。马道不是一个理想主义者，因为他缺

---

① 锡尔特海湾：非洲北部从突尼斯到的黎波里（Tripoli）的海湾，在突尼斯一带，叫做小锡尔特，如今叫做加贝斯（Gabés）海湾，在的黎波里一带，叫做大锡尔特，如今叫做西德（Sidre）海湾，马道是利比亚人，应在大锡尔特海湾一带。亚蒙：即毛洛哥（Moloch），日神或火神。庙在利比亚沙漠的中心，埃及人所建，旁有圣泉，久浴即身起襞襀，见前亚蒙人。喀辣芒特：利比亚居民的一种。特腊帕鲁：古西里西部一城，在艾里克斯山之南，即今特腊帕尼（Trapani），公元前二百五十年，罗马在这里为迦太基所败。买定（médine）：雅典人的量的单位。

乏理想所需要的相当的理解力、复杂的情绪和他知识的环境。这拦不住他；他一样在追求，而且正因为心地纯厚，才能百折不回，一直干到底。他超过通常理想主义者的中途而废的命运；他不会失节，可怜的是，这一样演成悲剧的结束。他的头脑简单，简单到只能承受一个观念——占有萨郎宝；也正因为这种可爱，而且有些愚蠢的简单，他能提起他所有的原始的力，视死如归，而且逢险化夷。这是一个巨灵似的绝望，如果不在酣睡，便和虎狼一般地跳掷。他相信人，相信神，相信自己，相信他的观念——魔念！维吉尔在他史诗的第四卷，曾经歌唱道：

> 酷虐的爱，人心随你驱使，何往而不去！

这种爱决不是一件文化的副产品；我们追根溯源，还得回到最古，或者最低的动物的本性；这是一种生命，或者甚至生命的需要。在它急切的压迫之下，绝非马道这类人所可辨识清晰。他觉得他必须占有，或者一定疯狂。这种浑然的痛苦，一八四七年十月，福氏给高莱女士写信，曾经分析道：

> 最好避免和痛苦要好；仿佛一切的强者，它有它的魔力。忧郁的感应比幸福的感应，危险不在以下；甚且诱力更在以上。你告诉我，你有幻感（Hallucinations）；你要小心才成。起初只是在脑子里头，随后就来在眼前面。幻想侵入，形成极端的痛苦。他觉得自己要疯。他疯了，而且他清楚他疯。他觉得他的灵魂向外溜，于是所有的体力，从后呼喊，想把它叫回来。

这不是爱，这成了痛苦。在实现的不可能中，渐渐恨从对面走来，把毒留在他的心里。仁变而为憎，慈悲变而为残忍，情感变而为意志——成了一个纯意志的无爱的伟人。他用心操练他的军队，他驱逐全营的妇女，弟兄们不答应，他傲然答道：

> 我，我就没有女人！

他恨萨郎宝，因为她不属于他；然而他更恨哈米加、她的父亲，因为他们是父女，更因为这是一个现成的敌人，是一个可以克服可以获取的目标。马道可以借他泄愤，犹如他飞上斧头，斫伤站在城头的沙哈巴瑞，就因为他的高而不可即的存在烦恼了他。他恨迦太基，因为迦太基不灭，萨郎宝不会到他的手。

然而马道究竟是一个野蛮人。他恨萨郎宝，和恨他的神明一样；这是一种威吓，一种哀求无效以后的威吓；其实心里他更怕得厉害。在他幼稚的领会上，萨郎宝就是一尊女神的化身，一尊人人崇拜、无所不在的女神的征象，——简直就是月神达尼自己。

对于司攀笛，窃取月神的圣衣是一种政策；对于马道，这更是一种迷信。圣衣未曾到手，他唯恐污渎女神；然而圣衣披上身，好像征服萨郎宝皈依的女神，就是征服萨郎宝自己；他有了希望，有了胆量，觉得自己成了主子。

忽然他叫道：

我们到她家去，怎么样？我再也不怕她美！她能怎么样我？现在我非常人可比。我蹈过火，我走过海！我简直要飞！萨郎宝！萨郎宝！我是你的主子！

然而这只是一时的兴奋。在他的观念里面，这不脱一种报复，仿佛持有女神的圣衣，便是持有萨郎宝的一部分。但是他迷信，他之所以转身到哈米加的府第，一面是想把圣衣披在萨郎宝的身上，证实他的膜拜，一面就此还给女神，因为萨郎宝便是女神：

不！不！这是为了给你！为了还你！我觉得女神为你留下她的衣服，衣服应该归你！在她的庙里，或者在你的家里，有什么关系？你是全能的、璧洁的、光明的、美丽的，和达尼一样！

然而眼光充满无限的膜拜。

说不定，你就是达尼？

和马道的性格相为表里，正是这种观念的混淆。骤然看，觉得马道简单的可笑，然而我们渐渐会明白这是怎样不可救药，饱经人间的折磨，抱定他死呆的观念，望着他女神的形象，尊贵而且庞然，他和身倒在命运的石阶末层。

但是我们知道，在十万大军之中，在人事之中，真正的主宰不是体力，往往却是智力。我们战事小说的一个普遍的现象，就是表面是武将，内里却有军师。他不能冲锋陷阵，耀武扬威；但是他有锦囊妙计，暗地算人。正如狄保戴所云，司攀笛是叛军的灵魂，而且这是一个希腊人。福氏答复圣佩夫也说道：

> 这是一个狡计百出的翻墙好手，夜里结果哨兵有他的，可是一到了大白天，就不免眼花缭乱。

他可以说好几种语言，他可以捏造各种虚诳，他可以运用种种攻城的利器，然而这全不是从书本来的（至少福氏没有加重这一层），一方面由于他的天性，但是一方面却更由于他流离的经验。

> 这是一个希腊的辩上同一个刚巴尼（Campanie）妓女的儿子。起初他贩卖妇女，发了财；其后遭逢船沉，破了产，他就加入萨纽（Samnium）的牧羊人，和罗马人作战。人家擒住他，他逃掉；人家又擒住他，于是他劳作、喘吁、啼叫，一时在石矿里，一时在暖室里，受尽种种的刑罚，换了好些主人，尝遍一切的怨恨。有一天，他在战船上执役摇桨，一时绝望，从高高的甲板，跳下了海。正要断气，好些水手把他搭救上来，带到迦太基，关在麦加辣（Mégara）的地窖里面。①

他从辛苦中得到他处世的哲学，明白这一点，我们便明白他性格的复杂的一致。不错，在全书里面，他的存在最为真实，最为完备；然而这种真实的完备的存在，却从一个凶猛的酵母发出，是他的怨毒。他缺乏人与人的信心，从地窖放出的时辰：

> 他就低着下颔，用一种怀疑的目光，看着他的四周。

---

① 刚巴尼：古意大利南部一省。萨纽：古意大利一区，在刚巴尼之东，居民勇敢好斗，时与罗马作战。麦加辣：介乎海湾的极北和马尔喀（迦太基外城的一区）之间。

而且他一眼看出马道为人可用，跟了下去；他谄媚，他体恤，他劝告，他知道怎样操纵一个孩子似的巨灵；他有的是机警，有的是灵醒，好像一个上过当的黄鼬，吃尽苦的罪囚，为了他的自由的获得，便是牺牲了万千性命，也不在他的心上。他的自私自利是经验的结果。好像一只惊弓之鸟，好像一位杯中蛇影的酒客，你可以说他心虚，说他是一个乏小子，但是这不由自己。他并不想卖友求荣，然而事到最后，他会丢下你不管。纳哈法生而明之，司攀笛加上一个习而知之；他知道活着的价值，更知道活着的不易。他会扔下马道，翻墙先逃；他会抛弃全军，越岭先走；他会一个人藏在石罅，把无毒的树木说成有毒，为了苟延残喘。即让做了一军的领率，他仍然带有奴性的残留；听见哈米加的名字，他就战战索索，先想逃走。你觉得他可鄙，他是可鄙。但是你忘掉他的怨毒；正因为带着这口难消难解的忿恨，他也赌气做到英雄。什么都是逼出来的，一点不假。马道对着他，只有瞠目而视。"他一时是如此怯懦，一时是如此可怖。"正因为他一生受够了罪。到了走投无路，钉上了十字架，他会比谁也宁静，比谁也镇定，比谁也勇敢：

> 如今他恨生命，知道他就要有一个几乎立即而且永久的解脱，于是无动于衷，他等着死。

这出乎他的意外，不由使他忆起从前所见的狮子的末运，同样钉在十字架上。"一种不可形容的微笑"，漫上他的面容，他是一个勇者。生时爱生，死时爱死。这里是一部人生哲学。在包利布的史书里面，他是一个刚巴尼人；正如狄保戴所云："福氏觉得这里必须一个希腊人才成。"

在迦太基方面，福氏刻画了三个各不相同的政治家，其中仅仅吉斯孔，令人肃然起敬。这是一个使节匈奴的苏武，然而苦于苏武；这是一首《正气歌》，然而惨于文天祥。我们哀怜他的不幸，我们同情他的不苟。完全和他相反的，却是哈龙。这是一个喜剧的净丑。你觉得作者仿佛有意促狭，和他取笑。这种可笑的性质，或者由于事物的骤变，或者由于现象的重复，隐伏在哈龙可怜的命运。他正趾高气扬，得意忘形，立即棋局翻转，让你看他狼狈鼠窜，摇尾乞怜。这种胜负的对照，永久重复于哈龙的事业。尤其因为这是一个小人，是一个贪官污吏，而且急功嫉才，养尊处优，贪生怕死。他唯一的战略是象队；宁可坐失良机，他不能不等候象队的完成。他的生活是欺罔，他的失败由于不切实际，加上所有的缺陷。他还有一个不医之病，一种恶性的癫症，叫你不得不从心作呕。

介乎二人之间，驾乎二人之上，却有哈米加、萨郎宝的父亲。这是曹操一流的治世之能臣、乱世之奸雄。直到全书的中叶，我们才看见他粉墨出场，实际我们从起始就感到他的威严，不过作者有意埋伏下迦太基的救主，直到秋水望穿，于是豁然露相。没有比这再相宜的上台，没有比这再美满的介绍。你觉得好像前六章全在侍奉这千钧一发的时际：

> 只有一个人、一个人，可以解救国家。从前不肯用他，如今大家全认了不是，便是和平派，也牺祭告神，决定迎回哈米加。

哈米加破浪而归。在所有的小说里面，甚至于所有的文学里面，我们还很少见到这样一章的第七章！这是充实，这是丰满，这是宏丽。没有一个字在分析哈米加，没有一个字不是在分析哈米加。你以为是重重叠叠的纯粹的描写，然而渐渐你会觉出他的权要、他的富有、他的怨忿、他的猜疑、他的冷酷、他的缜密、他的智慧、他的残暴、他的气量的狭小，从他不受命和同僚攻讦，一直到了大踏步走进战场，宣告他的最后决心道：

> 神灵的光明，我接受布尼全军的指挥，剿灭反叛的各族人民！

然后你明白全章心理的过程的起伏，不得不赞叹一物两用的绝妙的形容。你认识了哈米加父女的冷落，他商贾的遗性同他报复的狂暴。但是你更晓得这是一个权奸、一个不是妇人之仁的政治军事家。他可以看着女儿胫上断了的镯链，满腹疑怒，然而一言不发，立地将她许给归降的纳哈法。

圣安东虽说想和万物化而为一，却仍然返回他的基督的信仰：这是一个愚蒙的隐士。沙哈巴瑞、月神的教长，更具有复杂的内外的冲突。"在迦太基，没有一个像他学问高深。"根据他相当的宇宙知识，他给自己形成一种迷蒙的特殊的宗教。一个人有了管窥蠡测的学问，已经是一种不幸，同时，从小他又舍身于月神的信仰。从他的观察，从他的推考，他承认日神的独尊。他恨月神。她是他受阉刑的原因。我们晓得太监的辛酸、嫉妒、阴狠。学者、教长、太监，加上浮华的诱惑，造成沙哈巴瑞的奇特的性格：这是一个神秘主义者。一八五三年八月二十二日，福氏写信给高莱女士谈道：

> 平常看见神秘主义就惊奇，其实隐秘不过如此。他们的爱，仿佛急流，只有一个倾斜的床身，窄而且深，所以卷去一切。

因为他爱萨郎宝，这苦心的修行人！爱字也许重了些，至少他嫉妒她的少艾、她的美丽、她的现实、她的纯洁、她的爱人。一切人间的幸福，在他是一盘冷羹。所以看着她匍匐在他的面前，他反而感到愉快。一种报复的本能主宰住他的下意识。我们常常遇见这种卑下的念头："我不能占有你，我毁了你再说。"所有人生的失意，不经思索，全集中于一个无辜的牺牲。无形之中，他盼望后者的毁灭，证实他的存在。他愿意看见对象和他的思想（不是明显的）一样肮脏。所以他明白萨郎宝的危险，但是他撺掇她到敌营去见马道。而且这一时安绥住他的动摇的信仰。萨郎宝听从他的话。他没有解脱自己，反而增深痛苦。他抛弃他的信仰。自己空虚，他追求真实；自己浮动，他追求安定；然而他诅咒萨郎宝，诅咒月神，诅咒从不相识的马道，他想抓住什么；他抓住了残忍，于是不爱自己，不爱别人，永久一个人，彷徨着。

一八五三年三月二十七日，福氏写信给高莱女士，谈论东方妇女道：

……女子是男子的一种出品。上帝创好女性，男子造成女子；她是文化的结果，一件仿制的作品。在精神文化缺乏的国家，她不存在。（因为就人而言，这是一件艺术品；所有通常伟大的观念，全用女子象征，不就由于这种道理吗？）希腊的妓女是何等的妇女！同时希腊的艺术是何等的艺术！要想十二分地满足一位柏拉图或者一位费狄亚司（Phidias），妇女应该何等高尚！

我们必须记住，福氏的东方全指近东，否则我们可以打一个折扣，证明富有精神文化的国家（例如我们旧时代的中国），一样妇女不存在，然而这一样是文化的结果、一件仿制的作品。在《萨郎宝》里面，作者用心写出这样一个不存在的妇女的存在，就是萨郎宝自己。

圣佩夫把她比做新婚不久的包法利夫人，福氏否认道：

包法利夫人激动于复杂的热情；萨郎宝正相反，永久怀着一个坚定的观念。这是一个痴人（maniaque：全心倾注在一个观念上的入迷的疯子），圣戴莱丝一类的人物。

正如作者所云，两个人不全相同：无论从环境、从家庭、从教育、从心性，任何方面来看，两个人没有一样的必要，更没有一样的可能。爱玛缺乏萨郎宝的高贵的身世，因之缺乏她的心灵的纯洁；爱玛接近生活，而且从小就看小说，养成传奇的性格，同时萨郎宝和人世隔绝，获有异常的精神的修养；对于爱玛，宗教是一种方法，是一种临时救急，是一种反动，然而这占有萨郎宝全个的存在，成为她生活的唯一而最高的目的；一个是情窦已开，一个是不知人事，一个注定堕落，一个注定死亡。然而真就全然不同吗？在她们的共同的人性之中，没有共同之点吗？是迦太基人也罢，是鲁昂人也罢，在艺术家的创作上，不全是他的女儿，带有他的禀性？因为无论如何差别，她们具有同一的不可餍足的人性、悲剧的因果。

萨郎宝是一件仿制的作品。她的母亲去世很早；她的父亲不喜爱她，而且东征西讨，极少时间过问；他不愿意她进学，沾染尘俗。在广庭广厦的富丽堂皇之中，她一个人生活着，仿佛一个绝缘体，所有的活动力都限于她单纯的灵魂，"灵魂充满了祈祷。"她的世界就是她一尘不染的宗教的情绪。她皈依月神；月神的教长是她的教师。这是迦太基首屈一指的学者；他学到人间一切的知识；他不隐瞒，把什么都教给她，除去一样——最主要的一样：自我的认识。她不知道自己；她不知道男女的情欲，她不知道爱。她的生活是纯灵的鲜花。然而她痛苦。

她明白人间还有更隐蔽的隐蔽，是沙哈巴瑞所不肯明言，是她自己所不能了解的。她的心灵是单纯的：人家告诉她什么，她信什么；人家叫她怎么做，她怎么做。她敬奉所有的神明，她以为他们生存着，和人类一样，和她自己一样；她是虔笃的，她相信有一天会达到神明的境界。然而哪一天？为什么功亏一篑？沙哈巴瑞说他没有再可教她的；她已然全知道。不过为什么，就在她要听见女神的声音，要看见她的容貌的时候，忽然明光万道，不由自己，又坠入黑暗呢？这里一定有她不知道的，不过人家不肯告诉她。是什么呢？然而沙哈巴瑞沉默起来。她哀求地追问着：

你的欲望是一种污渎；用你有了的学问满足你自己！

这犹如福氏奉赠高莱女士的忠告。一八五一年七月二十六日，福氏写信道：

读书吧；但是不要梦想。把你投入深长的书海；只有一种顽固的工作的习惯，是继续不断地良善。从这种习惯，你可以消解麻木灵魂的鸦片。

然而她梦想。一种迷蒙而不切实际的梦想。她不知道，但是她感觉到。她自己告诉她的乳母道：

达纳克（Taanach），有时从我的丹田，好像涌出一股热气，比火山的氤氲还要沉重。好些声音叫着我，一个火球在我的胸里往上旋转着，这窒住我的呼吸，好像我就要死；然后一种柔柔的东西，从我的前额一直流下我的脚面，从我的肉里穿过……一种温情围拢住我，我觉得自己被什么压抑住，好像有神躺在我的身上。

这是什么呢？没有人告诉她，她自己一个人在暗中摸索着，用她有了的学问摸索着。她觉得她渺小、空虚、苦闷，她必须沾在什么上面。但是什么上面？世界最可怕的事，有一件是少女的愚昧。她假想的根据是她团团的情氛。这是一切。一八四六年八月十二日，福氏给高莱女士写信，分析这种错误道：

> ……不要以为情绪就是一切。在艺术里面，没有形式就是没有一切。这就是说，妇女爱得那么凶，却不认识爱情，因为心里预先充满了太多的爱情；对于美，她们缺乏人而无我的（désintéressé）嗜欲。对于她们，这一定总要沾在什么东西上面，一种目的、一种实际的问题。她们写文章，为了满足她们的心情，并非由于艺术的吸引。

同样是贡古兄弟的话：

> 宗教是女性的一部分。

我们可以说，宗教就是萨郎宝，一个最初否定人性，最后肯定人性的单纯的信仰。

她分不清她的感觉，她更抑不住她的好奇。她以为所有她的痛苦，由于没有追出事物的究竟。如果她知道，她就会满足。这是夏娃，一点不错。越不许她动用禁果，她越想动用。为什么萨郎宝感觉月神近而复远？如果她抓住一点真实的凭证，她一定不会再有失望，或者怅惘。于是她的全心灵集中在月神的圣衣，这究竟可以看到，可以触扪，是一个目的，是一个终极。但是她见到了，而且就披在她的臂上，然而她一点感不到预期的激越，为什么？

> 于是她审视圣衣，她仔细看了许久，从前自己意想的幸福她一点没有，她不由惊奇。在她的完成的梦想之前，她反而忧郁起来。

为什么？她费了无限的精神，牺牲了无限的时光，一心一意，不惮长途的跋涉，不辞敌营的危险，辛苦为了取回圣衣，结果好像受了骗，上了当，为什么？因为就是不久，在马道热狂的吻抱之下，她发现了另一个人生，另一个切身的人生，是真实的！本能的！她从来不解而且误解的。她取回月神的圣衣，然而失去她的信仰。——不是失去，是换了她的信仰。

这种陈仓暗渡的潜移，从第一章起，作者或者她自己生理的人性，就给我们埋下了导线。围住大群的各族士兵，抱着小琴，她歌颂宗教的神话；她的热情的激越、她的无畏的坦直、她的童稚的盛怒，由于她单纯的心灵，更由于她宗教的生活：她相信神话的真实的存在，同时她自己整个的生活也在这种虚伪的真实上面。这里是不外求，不假借，一个似是而非的自立的生存。她沾著在上面，因为人家这样告诉她，而且和爱玛一样，她依恋于它的神秘的物感。所以最后你会看见：

> 她迎着剑光的闪灼兴奋；她展开两臂叫喊。她的小琴掉下地，她收住口；两手压在心上，有好几分钟，她闭拢眼，领略这一群男子的骚动。

她不晓得她已然走入魔道，还以为这完全出于宗教本身。听说月神主管男女的情欲，她讶异，因为不明白这二者的关联；她梦想，因为这是一种新发现：神含有人性。于是她所有人性的存在，全可以看做宗教的启示。她自己不知道已然揉混起来，另成了一种东西。

然而她不认识，而且不知道怎样解释这种现象。她唯一的解释是她自幼奉持的宗教。她的无聊、她的忧郁、她的恐怖、她的梦吃，在表面上，由于她看见月神的圣衣；实际更由于马道出现于她的眼前。不过她的知识限于宗教，所以她只能接受表面的解释。但是月神的存在，全靠日神，如果马道能够取走月神的圣衣，因而克服月神，马道自己不就是日神，日神的化身？

> 一种迷蒙的恐怖约制住她；她怕日神，她怕马道。这主有

圣衣的巨灵，统治着月神，和日神一样，而且仿佛四周围有同样的电光；而且神灵有时真会附降在人身上面。沙哈巴瑞说起马道的时候，不也说他应该克服日神吗？他们互相混在一起；她分不清他们；两个全占住她的心神。

渐渐这掌握她，或为她整个的生存；这是一种宗教，然而更加坚实，因为这建在生理的人性上面。所以看着马道的面孔，俯伏在她的胸口上，她在物感的酥饧之下喊道："毛洛可，你好不烧我！"

马道成了一个观念，一尊神圣。

现在她知道，而且满足了她的好奇，她的灵魂的追求，然而这来得太晚、太猛，不由自己，她走上另一方面，另一极端的相反的方向。这种变迁是自然的：

> 萨郎宝对于他（马道）一点不觉得害怕。从前她所感受的痛苦，如今也不在了。一种奇异的安静占有她。她的目光，不似以前那样无主，闪出一种清澈的火焰。

她越得到自然的发展，她的蛇越加萎顿；有一天蛇死了，听见乳母的叫唤，走过去。

> 她用鞋尖把它转来转去，翻了一时；看见她无动于心，乳母好生惊愕。

蛇是迦太基的神征。和这一起死掉的，是她以往的信仰。

但是她没有抛弃她的宗教；她利用它来掩饰她的真我。这是一种习惯，而且是一种努力。向自己承认她爱马道，她的宗教和她的国家的共同的仇敌吗？她不会，而且她不懂，然而马道野兽似的身影，不时重现在她的眼前、她的脑里。这一定有一个原因。对了，她恨他！他没有蹂躏她的家国、她的神圣，而且曾经克服过月神吗？她的苦恼不全由于马道——这万死不足惜的叛魁吗？而且她订了婚，不应该为她未婚的夫婿祈祷吗？是的，她恨马道；她每天到月神庙要求惩罚他；听见他成了强弩之末，她非常高兴，而且鼓舞她的未婚夫道："是的！杀了他！非杀他不可！"

好像马道死了，她的思想就自由了。但是她不爱她的未婚夫。听见他预备战后完婚，"她哆嗦，她低下头"。马道活擒了过来。婚礼完毕，大家都站在神庙的石阶上面。远远望见马道走向前来，萨郎宝不由自己站起，迎向台口。这不是生龙活虎的巨灵；这是一团血肉的模糊的死囚。然而她看见的只是他。

在她的灵魂里面，是一阵缄静、一个深渊，全世界消灭在这里面，由于一个唯一的思想、回忆、目光的压抑。

所有的虚妄、所有的欺罔、所有的无识，在这最后的刹那，云烟四散，露出人的庐山真面目。倚着栏杆，对着垂死的马道。

她重新回到他的帐幕，看见他跪在她的面前，伸臂围住她的身子，呢喃着温柔的辞句；她盼望再感到，再听到；她想叫喊。

她只有死，这可怜的傻孩子，先是不认识，中间想认识，认识了却不肯认识，最后人性拆了台，收回成命，从里扯烂这件人工的作品、变节的女殉教士。

便是一台傀儡，我们如今也可以看出，具有隽永的心理的真实。但是站在全书的立场，我们总觉得这些傀儡、这些花布条织的傀儡，在他们内在的充实以外，更有一种外形的美丽，五光十色，金碧辉煌，呈上我们的眼帘。他们融化于全书的描写，变成风景的一部分。这是一大块一大块的颜色，只有一个胆大的真正的艺术家，敢而且能，一刷子一刷子甩在布幅上面。这组成一种奇特的谐和，正是福氏所追求的理想的效果。福氏答复圣佩夫，自负道：

考古学满不在我的心上，如果颜色不一致，如果枝节不相衬，如果风俗不根据于宗教，如果事实不根据于激情，如果性格的描写不周密，如果衣饰不和世俗相合，建筑不和气候相合，一言以蔽之，如果这里没有谐和，算我错。不然，就不然。全站得住。

福氏是对的。我们不应该抛开内容谈形式，更不应该抛开形式谈内容。艺术的成就是统一，是谐和，是完整。

但是艺术家从无生有，凭空做实，往往具有常人所不及的更高的企望是：纯美。他梦想脱开肉身，凌空而行，达到无为而为的极乐世界、形式的世界。这或许是一种偏激，然而这是一种境界，福氏一生的用力就是怎样来到这种非凡的境界。

然而他采用无人知晓的迦太基，不是因为翻造湮亡的城邑，却是因为它本身含有艺术家所梦想的造型的性质。它的价值就在它本身的美丽，不由丝竹、油色、歌咏，却由散文呈现出来。《萨郎宝》的特殊的美丽正在字句，字句的组合——描写的价值、图画的价值。一种真实的血肉的描写，或如狄保戴所谓，一种历史的风格。这也就是表现和思想一致，字句隐而不见。一八六〇年七月，福氏给贡古兄弟写信，呐喊道：

> 这一次，不含糊，我保险打起学说的旗子！这无所证明，无所指示，既不是历史的，更不是讽刺的，更不是幽默的。然而也许是愚蠢的。

福氏在取笑自己，这绝不是愚蠢的。

这是自来历史小说最高的成绩，不是写给一般粗心浮气的读者，是写给艺术家、写给艺术家自己，犹如福氏批评贡古兄弟：

> 这活下去，希有的成就。

情感教育

永别呀青春的美丽的花，这样快就凋零了，往后带着痛苦和欢悦，人依旧不断地回忆着！

——《一个疯子的日记》第十四节

在福楼拜的函札里面，占去最多的篇幅，是写给高莱女士的情书。他尽量迎合她的热情，但是不由自己，他一来就露出马脚，反而加深她的怀疑。他希望她努力文艺，修成名符其实的女神，然而这位有夫之妇，不安于庙堂的冷静，只想做一个尘世的女人。她要艺术当她的装饰，她利用福氏获取人间的虚荣。而福氏连年遭逢变故，正好用她补起自己心情的空虚。一个是混久了巴黎社会的三十五岁的少妇，一个是早熟了的二十五岁的青年，掮着各自的过去，坐在道旁一家茶馆说诳。一八四六年八月十二日，福氏向他的情妇写信道：

噢，路易丝！我要同你讲一句难堪的话，然而这出于最伟大的同情、最亲切的怜恤。如果从来有一个可怜的孩子，觉得你美，爱你，和我从前一样的一个孩子，畏怯、温柔、颤栗，怕你又寻找你，躲你又追随你，好好地待他，别推拒他，把你的手给他亲亲，他会酩酊一个死去。丢了你的手帕，他会拣起来，拿回去一起睡觉，他会在上面滚来滚去地哭着。

这可怜的孩子，仿佛《包法利夫人》里面的玉司旦，是十年前的福楼拜，而对象，远在高莱女士相识以前，已经深深印入他稚弱的心灵。

　　她是《一个疯子的日记》里面的马利亚，而且我们渐渐会知道，她将是福氏所有创造的人物之中，唯一纯洁的女性，我是说，亚鲁（Arnoux）夫人。她在沉默中占据了毛诺一生，犹如马利亚的意象，锁在福楼拜的心的深处。他赞美雨果始终如一的爱情，因为他从不忘弃他旧日的情妇杜艾（Juliette Drouet）：

　　　　我爱长久的热情，忍耐地，一贯地，涉过一切人生之流，仿佛优良的游泳家，不走岔路。①

　　他说的正是他自己。从他早年的遗著，我们发现若干他的隐秘，而他的"我也爱了个足，在静默之中"②。

　　正好是这一切的注脚。一八三六年八月，福楼拜还不过十五岁，随着父母，来在土镇（Trouville）避暑。"荒凉的海滨，潮退下去，你看见一片广大的海滩，银灰的沙子，湿的和浪一样，迎着太阳熠耀。左面是些山石，贴了一层水草，全变黑了，海水懒懒地打着；从远看，在一个炽热的日光之下，是碧蓝的海洋，沉沉地吼着，好像一个巨灵哭泣。"他这忧郁的少年，脑里充满了拜伦的情思，时常一个人在沙滩上散步。有一天早晨，正赶着上潮，他看见一件红地黑道的女大衣，丝穗子已经浸湿，眼看就要卷进浪水；他过去拣起来，放在潮水打不到的地方。有人看见他。

　　午餐的时候，他听见不远有人向他道：

　　"先生，我谢谢你的好意。"我转过身；这是一个年轻的女人，和她丈夫坐在一张邻近的桌子。

　　"想着别的事，我问她。"

　　"谢什么？"

　　"拣起我的大衣；不是你吗？"

---

①　1853 年 5 月 21 日，福氏致高莱女士书。
②　1857 年 3 月 30 日，致尚特比女士书。

我机阨起来，答道：

"是。"

她看着我。

我低下眼睛，脸变得绯红。①

她姓福考（Foucault），名字不是马利亚，也不是马利，却是爱利萨（Elisa）。同她在一起的男子，是一个德国人，姓施莱新格。他们没有正式结婚，虽然人人把他们看做夫妻，就是福氏自己，感到她神秘的忧郁，不知道他另外还有一个情敌——她的丈夫。她自来少言寡语。为什么她这样缄默，而且如福氏所云，这样"凝重（grave）"呢？直到最近，瞿辣·卡利（Gérard Gailly）出来揭开了这个秘密。② 福考小姐，十九岁上嫁给本乡一位姓虞代（Judée）的军人，新婚第二年，他随军去了北非洲，五年后他回来的时候，她已经和施莱新格同居，住在巴黎。福氏在海滨认识他们那一年的四月，他们生了一个女孩子，而八月就俨然一家人，来到土镇消夏。虞代活着，接受这一切的变迁，决不出头抗辩。为什么？没有人知道，瞿辣·卡利假定他犯下不可言喻的过错，正巧施莱新格从中解除他的困难，同时他必须弃绝妻子，保持沉默，和他流放在外一样。犹如她丈夫，爱利萨接受这奇异的安排。她爱施莱新格，有所感于他的慷慨；③ 实际她更爱她丈夫，却又不得不和他分开。这是一个负疾甚重的女子，用隐晦来掩饰她的痛苦，用缄默来说出她的心情。

---

① 参阅《一个疯子的日记》第 10 节。

② 参阅该氏所著：（一）《福楼拜与土镇的幽灵》（*Flaubert et les Fantômes de Trouville*）；（二）《福楼拜唯一的激情：亚鲁夫人》（*L'Unique Passion de Flaubert Madame Arnoux*）。二书叙述施莱新格夫人身世极详。

③ 屠格涅夫、福氏的好友，曾有新散文诗一首《到爱之路》，咏道：

"一切感情都可以达到爱情——如：恨、怜悯、公平、尊敬、友谊、畏惧——甚至于轻蔑。是的，一切感情……只有一个例外：感激。

"感激是一种债务；每人都还他的债……但是爱情却不是金钱。"（于道元先生译）正可以解释施莱新格夫妇的关系。

但是福楼拜，昧于一切，只是发狂地爱她。这不满十五岁的少年，充满了一种神秘的生理的情绪，静静地尾随着这讳莫如深的少妇。她下了水，他远远看着她游泳；她的爱犬上了巉岩，他也冒着险，追过去抱一抱；他吻着她留在沙滩的足印；他和这一家人在海上泛舟，听着她温柔的歌声；在月夜里，他走近她的居室，痴痴望着窗帏透出的灯光。二十年后，轮到女儿出嫁，他写信道贺，还听见施莱新格在人群里喊叫她粗犷的声音道："萨（Za）！……萨！……"① 她最先走进他的情绪，也最后离开他的记忆。这是神圣的，不可亵渎的初恋。一八四六年八月八日，和高莱女士讲起来，他追叙他的羞怯道：

> 我爱了一位，从十四岁直到二十岁，没有向她说，也没有碰过她一下；差不多一连有三年光景，我就没有感到我是个男子。

就在这样情形，完结他一生最快乐的暑假。两年以后，他重新来到土镇，然而她不来了……在《一个疯子的日记》里面，这失恋的青年写下他最浪漫的激情的回忆：

> 噢，马利亚！我青春的亲爱的仙女，……你知道我没有一夜，没有一天，没有一时，不想着你，不看见你走出海浪，黑头发披了你两肩，盐水珠子挂满了你棕色的皮肤，你湿淋淋的衣服，你埋在沙里的红指甲的白脚……然而初见你的时候，我要是再大上四五岁，再胆大……或者……噢！不，你一看我，我脸就红了。

他重新寻见她。这时他不再胆怯了，而是一个二十岁的美好的青年。他曾经另外结识了一个陌生的女人，也只是三夜的遇合，他

---

① 1856 年 10 月 2 日，福氏致施莱新格夫人书。

们分了手，赶奔各自的前程。① 从最高的精神的恋爱，他堕向最低的肉欲的享受，他自己追悔道：

噢！不，全完了，我在泥泞里弄熄了我灵魂的圣火。噢！马利亚，你目光创造的爱情，叫我拽过泥泞，叫我随手浪费在一个不识者的身上。……②

无论如何，他有了经验，不像先前那样畏缩。他来到巴黎上学，这时虞代因病去世，福楼拜失去他隐隐作祟的情敌。他常到施莱新格家里做客。这一家人和他全要好。他有的是机会向主妇表示他的热情。她默认——如若没有明白接受。不幸福氏病了下来，施莱新格的乐器商行不久要倒卖出去，每况愈下，终于全家离开法国，回到他的故乡。同时福楼拜遇见高莱女士，这名震一时的女诗人：

说他和她们只是逢场作戏，没有比这再错误的了；一个接连一个，他都真爱；第一次有了激情的时候，他差不多是神秘的；到了第二次，他是纵欲，是胡闹；到了第三次，是文学，是感伤。③

福氏预言的正是他自己。不过高莱女士，他丢掉，和第二次一样地丢掉，唯有初恋，永生在他的记忆，随着时光的流洗，反而越加清晰，渐渐凝结在他的想象上面。一八五七年三月，他向施莱新格写信，提起往日道：

命运将你结连我童年最好的回忆。你知道，我们相识已然二十多年了吗？这一切将我扔在老年人梦想的深渊。人说现时太快。我觉得，吞咽我们的，却是过去。

---

① 1837 年，福氏随父执出游，路经马赛，在旅舍遇见一位福寇夫人。她要到秘鲁寻她丈夫去，中途爱上了这十六岁的青年。分手以后，她写了四封热情的长信，但是福氏似乎没有答理。在这一包信皮外面，发现福氏的手迹道："一八四六年三月二十一夜打开重温。念着马赛的书札，我有一种奇异的懊悔的印象。可怜的女人！难道她真正爱我吗？……一时三刻。"

② 参阅《一个疯子的日记》第 17 章。

③ 见于 1845 年的《情感教育》第 27 章。

这其实是写给另一位看的。他从没有和她断绝音问。他保持着他绮丽的童心，用他的回忆滋润它的根苗。他缩小他的生活，避免一切实际的障碍，垦殖他自己艺术的园地。他超出常人的作为，所以常人不免诽谤：

> 例如，说我没有任何情感，说我是一个荒唐鬼、一个跑娼妓的男子……其实和一个童子一样，我照样羞怯，照样能够在抽屉里存放开谢了的花棒。在我童年，我发了疯地爱，头也不回地爱，深深地，静静地。看着月亮来消夜，计划劫婚和意大利旅行，为她：梦想光荣、灵魂与身体的磨难，闻见肩膀的香味而抽搐，以及经人一看而苍白，我全认识，我全尝受过。我们每人心里全有一间禁室；我封住它，然而我没有毁掉它。①

这也许搁久了荒凉，然而这更好他一个人在里面徘徊。他可以当着别的女人贬抑他的初恋，但是他念念不忘于她的光大。一八四六年十月八日，他向高莱女士写信，婉转曲折，表示他的意向道：

> 我同你讲过，我只有一个真实的激情。我不过十五岁；这一直延长到十八岁，过了若干年，到我重见这位妇人的时候，我简直有些认不出来。有时我还看见她，然而很少了，我惊讶地审度着她，好比流放的人们，回到他们颓圮的塞堡，不由诧异道："我在这里住过，这可能吗？"于是向自己说，这些废墟不总是废墟，如今虽说雨打雪降，你却在这颓圮的炉边取过暖。这也许是一个值得写的华严的故事，然而这却不是我写，别人也不写；这太美了。这是一个七岁到九十岁的近代人的故事。谁完成这桩事业，谁会和人心一样地永生。

酝酿了二十年，还是他自己过来完成他的心愿。这就是一八六九年的《情感教育》。在这大题目下面，有一个小题目，是"一个青年的故事"，这青年就是毛诺，大部分就是作者自己，而主

---

① 1859 年 11 月，福氏致包斯盖女士书。

要的故事也就是他的故事。他印出一部书，送施莱新格夫人一部书，就在她的书架子上，瞿辣·卡利全看到了，唯有《情感教育》不在……为什么？因为她知道这里的亚鲁正是她后夫的写照，而亚鲁夫人正是她自己。①

然而这不是一个新名字，就在一八四三与一八四五年之间，正当二十二岁的时候，他写过一部小说，也叫做《情感教育》。这是他第一次具有长篇小说规模的试验，写的却是两个年轻人的遭遇。二者的实质没有一点相同，如若不是浪漫主义、爱情的憧憬。一个有一双资产阶级的父母，仇视雨果，和遇见蛇蝎一样，将儿子送在巴黎求学，其初住在旅舍，随后寄寓在一家姓罗卢的学馆。他不孤寂了，因为罗卢先生有一位娇妻，和他情趣相投，暗里结下百年的恩誓。在她即将失足以前，她有好些地方类似往日的亚鲁夫人。但是她失了足，而且胜似包法利夫人，和她的情夫偕逃纽约，马上他们发现各自的错误，重返故土，分开手，和一切常人一样，安安详详，没有洒一点泪，走上不相为谋的人世。他叫做亨利（Henri）。另一

---

① 1871 年，施莱新格去世，福氏向他夫人写信，不像以往拘谨，有所忌讳，同时他也换掉称呼，令人可以推想二者不言而喻的关系。例如 1871 年 5 月 22 日，福氏写信道：

"你的信昨天多叫我欢喜，老朋友，永久亲爱的，是的，永久！"

同年 9 月 6 日：

"这就是为什么，亲爱的老朋友，永生的情爱，我不去土镇看你，在这里我认识你，对于我，它永久带有你的足印。"

次年 5 月 27 日，他庆贺她儿子的婚事道：

"我祝你儿子幸福，犹如是我自己的儿子，我拥抱你们俩——尤其是你、我永久的爱人。"

同年 10 月 5 日，他重提旧事道：

"我不再梦想未来，于是过往仿佛从金色的水汽洗脱出来，呈在我的眼前。从这明光四射的背景，好些亲爱的幽灵向我伸胳膊，而其中气象最美丽的，却是你！——是的，你的音容。噢！可怜的土镇！"

这大约是他写给她的末一封信。杜刚后来到德国旅行，说在疯人院遇见施莱新格夫人。这可怜的女人居然疯了。福氏死在她的前面，幸而不知道她凄凉的结局。

个叫做虞勒（Jules），在乡下税局充一名小事务员，生活在刻苦、梦想、羡慕里面。他写了一出戏，凑巧一个游行的戏班子，光临他小小的城邑。和哥德小说里的情节一样，他爱上了那唯一的女戏子，陪上钱，献上心，临终叫人扔下他走掉。他变得消沉起来，回到书本和思维。这两个青年，基于不同的情感的经验，一个"溶化在社会里面，采用它的观念和热情，而消逝于同一的颜色"，另一个"缩向自己，缩进自己，而且不放出一点东西来"①。

我们马上看清，这是两个故事，交叉在一起，平行发展着。作者先为我们安排好了亨利，然后用一种间接的方法，写信介绍虞勒出面。这是两个陷入苦闷的青年，于是作者引入两个女人。故事应该热闹了，我们也分外注意，渐渐我们会和高莱女士一样，觉得这里有点令人失望。这两个故事有写在一本书里的必要吗？一八五一年一月十六日，福氏答复高莱女士的疑问道：

> 你以为应该删去虞勒那一部分，好叫全书一致，无论如何，我不赞同。我们必须来看这本书从前如何育成。虞勒的性格，唯其由于亨利的反衬，才更显然。去掉了一个，另一个就失掉了力量。起初我只想到亨利。一种反衬的必需，不由我不想到虞勒。

他利用友谊维系这两个青年的关系。虞勒永久呻吟、叙说、发挥，从不留给亨利一个插嘴的机会，他日常的生活充满了他的灵魂，而亨利正好是他目前唯一走运（就虞勒看来）的实例，如若他实现不了自己的梦想，他的朋友至少富有十足的可能。所以他永久写信，永久信托，他不走进亨利的世界。唯其如此，类似高莱女士一般的读者，不肯接受他的存在，他们不体会福氏的必需，而且迎头要问，有什么用、虞勒的引用？这里没有冲突，没有戏剧，好像两条细流，从不交灌，从不泛滥。一个不是英雄，一个更非恶棍，两个人又不

---

① 见于 1845 年的《情感教育》第 27 章。

是对敌，而且出乎意外，读者想不到虞勒会喧宾夺主，在故事的进行里，终于攫去更多的篇幅，分有作者更多的同情。

因为，说实话，虞勒渐渐变成作者自己。所有虞勒的感受、印象、见解，尤其关于艺术的理论，全是福氏的体验、领悟和心得。研究福氏思想的趋诣，这是一个最早的指南，这部早年遗著的最后两章，长而且重的两章。看完《一个疯子的日记》《十一月》，甚至于《圣安东的诱惑》初稿，人人会问，这一切怎样和《包法利夫人》、一部现实主义的杰作，接连起来？没有福氏信札帮助，我们未尝不可以从这两章明晓其间的过程。这是雏形，然而总算有形。

一个秋天将雨的黄昏，虞勒独自在郊野散步。对着眼前的景物，"唯有他的思想和他言谈"。自然周而复始，仍有再绿的一天，然而人心的废墟看不见二次春光。他逃不开思想，犹如缚在御座的帝王，过去好像离他很远，回忆却生龙活虎地围住他。过去并不死掉，而情绪渐渐溶成不同的观念。仿佛一个自私的人，他摈拒外物的侵入，甚而对自己，他也失掉同情。幸而他是艺术家，否则他会毫无所感于既往的激情。然而就在如今，不知道为什么，他发现他的遗骸，觉得一切神秘地连缀在一起，超乎人的渺小的了解以外，将过去、现时挽做一团，成功一种现实的真实。今日的他正是已往种种的综合，所以要想了然于今日的情况，犹如解决某种问题，必须一步一步去证实。热情与观念，仿佛一个无终始的圈子，要想求出全盘的幅员，必须跳出圈子以外。想到这里，他觉出他的偏窄与谬误。在这扰攘的人海，全有一个为人不知的目的，目无所睹，然而真实。

这种直觉的思想就是绝对的现实。福氏编了一个奇谲的故事，印证他的理论。虞勒看见、相信他看见，一只龌龊的野犬，尾随在他的后面。他恐吓、驱逐、闪避这只似熟非熟的丧家之犬。似真似假，他的幻觉反而吓住了他，他急忙回到家里，关紧大门。他换上寝衣，听着窗外渐沥的雨声，想着适才的遭遇。这种幻觉，如若不是通常所谓的现实，一定是另一种同样真实的现实。幻象消失了，然而思想留存下来。他不相信，过去打开门，只见"狗卧在门限上"。他不再厌憎丑恶了，接受人间的一切的现象。

这只癞犬象征什么，没有人敢于指定，但是这里主要的意义，我们敢于确说的，是在通常的现实以外，还有一种现实存在。我们的情绪凝成观念——回忆的，绝对的，直觉的——，又扩展成广泛而综合的现象。现今虞勒，也就是作者自己，可以嘲笑人世浮动的现象和他身受的浪漫主义的影响。说到这里，我们想起最近霍普特曼（Gerhart Hauptmann）的《语录》（*Propos*）。他以为一切情绪、一切环境的变迁，都不过是一种刺激、一种佐助，用来表示他既定的观念。所以我们很容易变成"一本书的人"，重复同样的材料。于是他继续道：

> 然而，追本溯源，我们所做的，还不都是这个？说实话，无论标题如何不同，我们一生所做的，还不都是一本唯一而且同一的作品吗？难道达·芬奇、米开郎吉罗、莎士比亚或者贝多芬，每次全创造一件新作品吗？外表上，也许；然而从内容看，他们所有的创造，虽然具有无限的不同，前后变动很大，其实表现的仍只是一个东西。创造者选的路径不同，——其实目的永久一样，仿佛进忒布（Thébes）城，有七个门可走，犹如罗马，便在如今，还有好些道路出入。到了人事过于痛苦的时候，我们便想选好这些道路，从自身解放自己出来，或者好更深深地向内钻入，了解自己。所以一个是离心的，总想逃开自己；一个是向心的，总问自己："你生存的原始面目是什么？"创造的原则永久相同，我们所寻求的，正是别人所寻求的……正因为这种道理，倒难找出一出戏的结论：事物纠结在一起，叫人寻不出一个头绪。①

---

① 参阅沙皮若（Joseph Chapiro）所编《霍普特曼语录》（*Propos de Gerhart Hauptmann*），伊思勒（Pierre Isler）译有法文本。

这差不多可以看做福楼拜的见解。然而他失败了，这第一次长篇小说的尝试。他忽略技巧，忽略小说之所以为小说。他在字句之外，追求一种喜剧的、哲理的感味。根据他悲观的倾向，他永久用故事证明"定于一"或者"殊途同归"的道理。这并不坏，更没有错，可惜他过分放纵自己，渐渐虞勒（一个纯粹生活于内心的枯燥的青年）的思想，压住了亨利的行动，成为一种尾大不掉的奇异的现象。我们晓得作者露面，破坏了全书的一致。这种性格与际遇的反衬，随后福氏得到完美的圆熟，然而在这部小说里面，他却留下最简陋的模型。在一八六九年的《情感教育》里面，我们看不见亨利，或者不如说，他合起亨利与虞勒，造成了一个毛诺，外用德鲁瑞耶（Deslauriers）做他的下手。福氏一生独身，却永久忠于友谊。在他创造的世界里面，爱情不及友谊持久，唯其爱情是理想的鹄的。在《布法与白居谢》里面，依然是两个主要人物，幸而做的是同样的工作，如若绝少冲突，却也绝少迳庭。

然而这一切全根据福氏的生性，他自己继续向高莱女士解释道：

打个譬喻，我可以分成两个不同的人，一个喜好高声朗诵、诗的热情、鹰的翔翔、句子所有的铿锵的音调和观念的极峰；另一个倾其所能，挖掘真实的东西，事无大小，都好用力剔扒，叫人感到他的出产，犹如实有其物。后者爱笑，而且好以人的兽性为乐。不知不觉，我想把这两者心性的倾向溶在一起，成为《情感教育》（将二者分开，写成两本书，比较容易多了）。我失败了；无论怎样修改这本书（我将来也许加以修改），我总不会完全，这里缺乏的东西太多了，同时一本书之所以脆弱，还就是因为有所缺欠的缘故。一个特点不是一个缺点，更无所谓过度与否；然而到了一个特点侵蚀另一个特点的时候，这还是一个特点吗？总之，《情感教育》必须重写，或者至少必须洗刷出来全部的观念，有两三章必须重来一遍，同时我觉得最困难的，是写一章新的，点明为什么同一主干不得不分而为二，这就是说，为什么这一件动作就在某人身上生出这样的结局，而另一件动作便不能够。原因点明了的，结局也点明了的，可惜是由因到果的连贯没有点明。这就是全书的弱点，这就是为什么书不应题。

二十年以后，他补起这第一次尝试的遗憾。现实也好，浪漫也好，他从自己揉出一个谐和的结论。

这是他一八六九年的《情感教育》，这部书共总分做三卷，上卷告诉我们：

一八四〇年九月，有一天早晨，毛诺到外省看过他叔父，坐了船，路经巴黎回家。他这时十八岁，新从中学毕业，脑子里装了不少年轻人的幻想，心里洋溢着一望无涯的忧郁。他在船上遇见一位画商亚鲁，带着妻女，到瑞士消夏。亚鲁夫人给他留下很深的印象。到家那一晚晌，正好德鲁瑞耶、他的学友，特地从家乡赶来和他话别。德鲁瑞耶没有钱去巴黎考大学，打算先到外县做小练习生。至于毛诺，两个月以后，拿着乡邻罗克（Roque）的介绍信，来到巴黎。他进谒了银行家党布罗司（Dambreuse）一次。他走过好几次亚鲁的画店，明明是试探，却没有胆量进去。有一天，在先贤祠前大空场，法科的门首，聚集了许多学生，像是反对政府，然而恓恓惶惶，究竟不知所以。警察和群众冲突起来，结果捕去了一个毫不相干的学徒，杜萨笛耶（Dussardier）。这总算一条好汉。毛诺，还有一个旁观者，一直跟到派出所，送了他一匣纸烟。

这位旁观者叫做余扫赖（Hussonnet），正是亚鲁主办的《工艺杂志》的一个投稿人。随着这根引线，毛诺不时出入画店。这是一个各色艺术家聚会的地方：理论的画家，例如白勒南（pellerin），女文学家，例如法腊滋（Vatnaz），还有一个每天准时必到的政论家，罗染巴（Regimbart）。另一个准时必到的，便是毛诺。他始终没有遇见亚鲁夫人。好容易亚鲁请他到家里晚餐，又是好友德鲁瑞耶来巴黎的日子。他牺牲了友谊。在亚鲁家里，他遇见好些当代知名的艺术家；听过他们的伟论，也因为亚鲁是画商，他决定亲就白勒南学画。德鲁瑞耶和他住在一起，常常引来他的朋友赛赖加（Sénécal），谈论种种社会政治问题。他们反对现行的一切组织。赛赖加最穷，也最激烈。

眼看考期到了，毛诺博了个名落孙山。他给母亲写信，说他暑假不回去，留在巴黎预备二次考试。他唯恐失去亚鲁夫人的芳踪。在她做生日那天，他获到她的友谊。第二次考试如了意，不幸家境破败，不由他不回到故乡，为人做名见习生。唯一的消遣是伴着罗克的女孩子，讲些浪漫的故事。这样到了一八四五年十二月，他叔父去世，全份产业过在他的手上。他的第一个念头是到巴黎看望亚鲁夫人。

接着中卷是：

回到巴黎，毛诺才发现事情出乎意外。亚鲁搬了家，画店收了，另赁铺面，开办一家磁器店；他缩小了应酬的场面，差不多和从前的朋友断了来往，他的《工艺杂志》也由余扫赖接办，改成四不像的《艺术杂志》；亚鲁夫人添了个男小孩，已经三岁了。好友德鲁瑞耶的博士考试也不顺利。唯有罗染巴还是老模样，不过消磨时光的茶馆也另外换了一家。亚鲁依然和气，一见毛诺，就领他来到妓女罗莎耐特（Rosanette）的寓所观光。

不过毛诺很想作为一番，他拜访党布罗司，而且挥金如土地请客。在这些虚情假意的朋友中间，只有杜萨笛耶一个人，不贪他有钱，真心和他来往。他的时间不是消费在妓女那面，就是亚鲁夫人那面。亚鲁买空卖空，同时还要供给罗莎耐特使用，用他夫人的产业向党布罗司押借现金。亚鲁夫人晓得他在外面胡闹，和他感情越来越坏。有一次毛诺去拜望，正赶着他们吵嘴。德鲁瑞耶向他借定一笔款，打算办报，款提出来了，亚鲁跑来抢了去，偿付一笔到期的债务。好友和他绝了交。亚鲁夫人拒绝他的爱情。百无聊赖，罗莎耐特约他去看赛马；他以为妓女该属于他了，不巧中间出岔，她随了别人。他从前介绍赛赖加在亚鲁的磁厂做事，又被辞掉，逼他荐给党布罗司；毛诺觉得自己面子小，朋友却不原谅他。余扫赖向他借钱，借不到。为了辩护亚鲁，他在宴会上和人闹起来，一直闹到决斗。他从前介绍白勒南给罗莎耐特画像，白勒南见他如今不来买，便放在街上公开展览，毁坏他的名誉。余扫赖抓住他的把柄，在杂志上加以嘲弄。正在苦不可言，母亲来信叫他，他就回去了。

罗克的女儿如今长大了，毛诺经不起母亲和虚荣的逼诱，口头应下路易丝的婚约。德鲁瑞耶和他恢复了交谊，乘他不在巴黎，去见亚鲁夫人献爱；他没有成功，亚鲁夫人却从他听见毛诺订婚的消息，因为感到嫉妒，反而发现她爱毛诺。

回到巴黎以后，他们一天亲似一天。毛诺租了一所房子，预备散步的时际，强她进来歇息。亚鲁夫人答应出外会他。这一天正赶着革命爆发，落着雨，亚鲁夫人因为孩子病重，忘记她的约会，毛诺一个人站在街头，等到黄昏还不见她来，于是走去约出罗莎耐特，来到为另一个女人设备的金屋。睡到半夜，妓女醒来，看见他伏在枕上呜咽；他告诉她，他太快乐了，因为他想她想了好久。

下卷一开始，就是一八四八年的二月革命：

德鲁瑞耶活动临时政府，分到外省做特派员。白勒南组织了一个艺术社，夹在工会里面请愿。银行家党布罗司改了论调，趋访毛诺，劝他去做临时国会议员。唯有罗染巴悲观到底，觉得无论如何改变，实现不了他的政见。看见朋友一个一个兴高采烈，毛诺发了官瘾，出而活动他的议员。党布罗司下乡说是为了他，结局当选的是银行家自己。而赛赖加又坚决反对。毛诺灰了心，带着他的罗莎耐特，来在枫丹白露（Fontaine‑bleau）森林游乐。

有一天看报，说是巴黎巷战又开始了，毛诺发见杜萨笛耶受了伤。不听罗莎耐特自私的劝告，他冒险来寻他的朋友。原来法腊滋女士看上杜萨笛耶，和他住在一起照料。而气焰不可一世的赛赖加，如今反而被囚。得意的是现任议员党布罗司，大开宴会，而毛诺，出乎意外，在这里同时遇见亚鲁夫人和罗克小姐。

毛诺早已忘记后者。他念念不忘亚鲁夫人，可是罗莎耐特怀了孕，要求和他结婚。更不如意的又有德鲁瑞耶，不唯没有成功立业，反而从外省叫人撵回来。毛诺介绍他在党布罗司手下做事，赛赖加出了狱，又给德鲁瑞耶做见习生。这两位社会革命家如今恨极了他们的群众。毛诺受了虚荣心的驱使，更向党布罗司夫人献爱。后者并不爱她丈夫，只爱他的金钱。党布罗司病危，毛诺为他料理后事。他和党布罗司夫人约好了结婚，然而他们一点没有想到，遗产全份落在死者义女的身上，罗莎耐特生了个男孩子，一心只望完成法律的手续。毛诺周旋于二人之间，罔知所以。

就在这时候，法腊滋女士委托律师，向罗莎耐特催索旧欠。罗莎耐特没有办法，转过身告下亚鲁，要求后者履行她以前的期约——她的瞻养费。法腊滋女士的情人杜萨笛耶，感于毛诺的恩遇，取出一生的积蓄，交给毛诺，了结两个野女人的纠葛。其实毛诺真正杞忧的，倒是亚鲁破产，亚鲁夫人陷入贫困。他们终于宣告破产，毛诺急忙过去看望，他们已经私下离开巴黎。没有人知道他们去了什么地方。

毛诺以为这一切由于罗莎耐特的控诉，他们的孩子又夭折了，于是一腹怨气，他和罗莎耐特断绝来往。他同党布罗司夫人的婚期公布了。他不知道这全是党布罗司夫人的计谋。从前搭救亚鲁，他曾经向她借款，说是为了杜萨笛耶的债务。她探出他的底细，一不做，二不休，寻出亚鲁用他夫人名义所签的债务，暗里委托律师，强迫亚鲁偿付。拍卖的那一天，她揪住毛诺去参观，而且买定亚鲁夫人的信匣做纪念，她胜利了：毛诺和她宣告决裂。

都市的妇女不可相处，他想起乡间的罗克小姐。不等他回到家里，就见路易丝和新郎步出教堂，新郎不是别人，正是他的老友德鲁瑞耶。停也不停，他折回巴黎，正好拿破仑第三宣布帝制，屠杀反抗的民众，他远远望见一个大汉叫警察刺死。这是诚恳的杜萨笛耶；而刺死他的警察，正是赛赖加。

他出国旅行。十余年后，有一天黄昏，他独自在屋里，忽然进来一位妇人。

"亚鲁夫人！"

"菲莱德！"

她握住他的手，慢慢将他扯近窗前，一面看着他，一面重复道：

"是他！果然是他！"

他们谈到现在，追叙既往，最后诀别：

但是她好像寻找什么东西，后来问他有没有剪子。

她取下她的篦子，她的白发全散了下来。

她用剪子，发了狠，连根剪下一股长发。

"留着这股头发吧！再见！"

她走出屋子以后，菲莱德打开他的窗户。亚鲁夫人站在走道上，叫住一辆走过的街车。她坐上去。车不见了。

Et ce fut tout。①

他们再没有会面。德鲁瑞耶和他又恢复了交谊。前者的夫人早已随人私奔，而自己在政界混来混去，始终混不出一个名目。这两位老朋友，坐在一起，追悔一生白白过掉，没有成就一桩事业。德鲁瑞耶以为毛诺由于情感过重，而他自己，太讲逻辑。他们觉得最好的时光，还是小时两个人在一起，从花园采了一把玫瑰，怯生生地偷着去看一个艺妓，结果叫一群女人把他们笑出屋子。

不等《萨郎宝》的风波完全平息，福楼拜埋首预备他的第二部著作。一八六三年五月，他向贡古兄弟写信道：

---

① 译文"这就是一切。"——编者

我写了两本书的纲要，却没有一个满意。第一本书，是一串的分析，是没有美也没有伟大的庸常的嘈杂。对于我，真理既非艺术的首要条件，我也就不甘心写这类平淡的东西，虽说实际上，大家爱的还正是它们。至于第二本书，我整个爱它，怕的倒是人民用石头投我，或者政府驱我出境，还不算我见到的实行上的可怕的困难。

这第二本书，是延到十年以后开始的《布法与白居谢》。而第一本，根本他不要写的现实的材料，正是旧事重提的《情感教育》。一方面搜集材料，一方面和布耶等合作，写了一出儿童诗剧《心之堡》（*Le Chateau du Coeur*），然后从一八六四年九月一日起始，他用了几乎整整五年，直到一八六九年五月十六日，完成他的不美而真正美，不伟大而真正伟大的著作。他用的是早年的《情感教育》的时代，然而他展开了局面，或者镜头，收进一八四八年前后法国的形形色色的活动。他用的依旧是自己的故事，但是他洗刷出去自己，只留下故事，仿佛一根丝线，贯串无数人生的细节。一八四五年，他写完早年的《情感教育》，但是第二年，和高莱女士写信，他就批评这里的风格道：

好天爷！文笔多么生嫩！

现在他的文笔达到炉火纯青的境界。所以实际除去标题的雷同，这两部《情感教育》几乎没有一点近似的地方。这好像一个四十岁的成人，和一个二十岁的少年相比，扛着同一的名姓，中间却有二十年的距离。然而这不是说，这里不见日积月累的痕迹。仔细阅读早年的《情感教育》，特别是第二十七章：

虞勒相信，十九世纪可以写成华严的作品，假使你站远些；然而也不要太远，远到失去细节；然而也不要太近，免得枝节统治了全体。

我们马上可以看出来，福氏预先为他晚年的《情感教育》下好了注脚。这部小说从一八四〇年开始，叙到一八六七年，中间经过一八四八年的革命，临时政府，一八五一年的政变，正好是接二连三的大变动，法国大革命，拿破仑帝国、旧王室复辟以后的走马灯似的波澜。福氏走出这个时代，走到一个相当的地点，不远不近，回身了望他身经的世运。一目无余，同时他可以得到事物的正确的比例。生存在各自的时代，一个出生入死的时代，惊心怵目于它的奇幻深谲，每一个作家都想写出它长远的意义，而每一个伟大的作家都有一部伟大的著作象征，或者总括他的时代。所以《红与黑》反映一八二〇年到一八三〇年的政治与社会的演变，司汤达看做十九世纪的纪事；巴尔扎克抱了更大的野心，援用生物学，完成全人类活动的历史与批评。但是前者没有用力描写于连（Julien）的背景，同时在这方面，具有若干规模的，更是他伟大的遗著《吕先·勒万》（*Lucien Leuwen*）。巴尔扎克用了沉拙的力量，将他的时代分散在每一部小说里面。承继这种伟大的计划的，不是福氏第一部小说《包法利夫人》，因为这里只写了一个乡村，一个角色，而是我们今日欣赏的《情感教育》。他用一部书写出他纷乱的时代。

和他具有同一趋诣的，是他的朋友杜刚，也写了这样一部书，叫做《力的浪费》（*Forces Perdues*）。这正好发表在福氏写作《情感教育》的时际——一八六六年。

> 这有好些方面类似我的书。他这本书极其老实，对于我那一代人有一个正确的观念，因为我那一代人，和现在年轻人一比，变得真和化石一样。一八四〇年的反动，挖了一道深沟，将法国隔而为二。①

杜刚的标题正好用来解释《情感教育》，一切全是力的浪费而已。但是《情感教育》真正伟大的地方，不仅仅在其负有时代的使命，更在其实现作者艺术的理想。前人缺乏的是这个，后人忽略的是这个，而当时一般批评家愚昧的也正是这个。便是作者也有时怀

---

① 1866 年 12 月中旬，福氏致乔治·桑书。

疑自己。在鉴定他早年《情感教育》的失败之后，福氏紧接着叙述他的企望道：

> 我觉得美的，我想写的，是一本无所谓的书、一本没有外在的沾著的书，用它文笔内在的力量支持自己，犹如地球不需扶持，停在空中，一本差不多没有主旨的书，或者可能的话，至少看不见主旨。最美的著作具有最少的物质；表现愈切近思想，字愈胶著在上面，消失在里面，这愈美。

这段话可以惹起一场是非，差不多是福氏一生努力的一个趋向，有时自觉，有时不自觉。这是整个一本书的形成，不是我们通常追求的空灵的风格。唯有一个艺术家可以体会福氏的理想，或者偏见——随便什么也好，反正他做了出来供人观赏。在他所有的作品里面，以现实为对象的《情感教育》，最给我们这种印象。这里是最庞杂、最实质的不易消化的材料，他用来溶成一种透明的无色的空气。没有一句没有分量，然而我们不觉得分量，这熟了，和八月天的石榴一样，熟得裂了缝。和他所厌憎的司汤达的小说一样，这从时代里打过滚，走出时代的理解以外。他迈过了他的同年。所以《情感教育》，出乎作者意外，逢到非常冷酷的待遇。我们可以从他的函札，看出他的愤懑：

> 我叫人踏了个狠，从来没有听说过地狠。读了我的小说的人们，全怕同我谈起，不是怕累及自身，就是可怜我。最宽容的人们，说我不过画了几幅画，而组织、素描，绝对地缺乏。①

这伤透了他。他没有想到这群人离他这样远，远到信口开河。他用了六年工夫写作，他要用一天的时间毁灭。而第二年，普法之战爆发，立即断送《情感教育》的一切希望。杜刚曾经记载他的苦恼道：

> 有一天，他和我讲："我想做一回交易所的买卖，赚一笔大

---

① 1869 年 12 月 7 日，致乔治·桑书。

钱。——为什么？——为收回所有《包法利》的刊行本，扔到火里头，再也不要听人谈起。"反之，他总相信《情感教育》是一部杰作。[①]

一八七四年七月，和屠格涅夫写信，他依然忿忿于《情感教育》的为人误解：

> 从《萨郎宝》起，盛大的胜利就离开了我。我念念不忘的，是《情感教育》的失败；人家不懂这本书，我真不明白。

他从外在的原因，一直推敲到小说的本身。他寻求他根本失败的原因，最后他发现了，是"透视的虚伪"：

> 《瓦塔姊妹》（*Soeurs Vatard*），犹如《情感教育》，全缺乏透视的虚伪！这里没有效果进行。读者开始是什么印象，临尾还是什么印象。艺术不是现实。不管怎样，你必须选择现实供给的材料。[②]

他以身作则，批评一个后进的作品。几个月之后，和翟乃蒂夫人写信，他进而详细解释《情感教育》道：

> 为什么这本书不如我的期望，反而失败了呢？罗般（Robin）或许发现了其中的原因。这太对了，就美学而言。这缺乏透视的虚伪。因为用心组合结构，结构反而消失。一切艺术品全有一个点、一个尖，和金字塔一样，或者叫阳光射在球的一点。然而在人生里面，就没有这回事。不过艺术不是自然！

这可怜的老人，为了这部心爱的小说，忘掉终身侍奉的艺术的理想，承认自己失败，而且用话驳诘自己！看不起一般的批评，他逃不出它们经年的浸蚀。赛阿（Henri Céard）、另一个后进的小说作家，有一晚晌，向他恭维《情感教育》。

---

① 参阅杜刚《回忆录》第28章。

② 1879年2月，福氏致徐司曼（J. R. Huysmans）书。《瓦塔姊妹》是后者的处女作。

他挺直他高大的躯干，带一种差不多野蛮的温柔，答道：

"那么你爱这，你！这本书没有一个人说好，因为它不这样做。"

于是他那两只肥实的手，长而且雅，合在一起，摆成一座金字塔的模样。

读众要作品激发他们的幻象，而《情感教育》……

他翻转他的大手，样子好像一切他的梦想，倒下来，堕向一个无望的深穴。①

然而不是完全无望。乔治·桑最早劝慰他道：

公理会来的，公理随后来的。如今显然不是它的时光，或者倒不如说，它来得太早。②

这正好是《情感教育》的命运。福氏不像司汤达那样矫情，书后面写着"献与少数的幸福人"，然而起初，这却只是"少数的幸福人"，欣赏这本大江东去的杰作。班维乐（Banville）爱极了这本书，在他的剧评中间，禁不住写上几句颂扬。十年之后，纪念福氏故去，他进而确定《情感教育》的成就道：

然而他走得还要远；他用《情感教育》先期指出未来的小说的进展：我的意思是，没有小说化的小说，和城市本身一样地忧郁、迷漠、神秘，而且和城市一样，唯其不物质地（本身不）戏剧，结局更其可怕。③

我们可以说，《情感教育》第一个将小说带出陈旧的形体，走上另一个方向——现代小说共同的方向。这慢慢地，稳稳地，替小说征服了一片新土地。古尔孟曾经赞美《情感教育》道：

在艺术上，只有小孩子和不识字的人们对题旨有兴趣。什

---

① 参阅德沙木与杜买尼的《关于福楼拜》。

② 1870 年 1 月 9 日，乔治·桑致福氏书。

③ 参阅班维乐的《杂论集》（Critiques）。

么是法国语言最美的小说，这部《奥德修纪》(*Odyssée*)、《情感教育》的题旨?[①]

没有题旨，古尔孟一语道破福楼拜小说的趋势，现代小说的趋势。

这是正常的人生，依照人生原来的样式，呈现在我们的眼前。福氏自己以为他的小说失败于“透视的虚伪”，但是我们敢说，如若《情感教育》成功，却正由于具有远近距离的美妙的观念。一八五三年八月，和高莱女士写信，他曾谈起道：

> ……正相反，当你写一件想象出来的东西，一切全凭你的著想，甚至于小小的逗号，也和全盘有联带的关系，注意力因之分而为二，同时要不失去天线，同时还得看定脚边。细节再细不过，特别像我这样喜爱细节的人。珠子组成项圈，然而是线穿成项圈；为难的，就在一只手要穿起珠子，不许一粒遗失，另一只手还要握住了线。

他这时正从事《包法利夫人》。然而《包法利夫人》是一个简单的故事，背景又是简单的乡村。《情感教育》却扩大局面，从村落跳入世界有数的大都市，从一出纯粹的个人悲剧变成人类活动的历史的片段。他要的不是枝枝节节的效果，而是用枝节缀成的人生的全景。无善无不善，无大无小，这里全有各自相当的地位。这不仅仅像项圈那样精美，而且更有瀑布那样的气势，从山头笔直冲下来，木石不分，白沙黑泥，连水带下山，流向平阔的大地。什么大人物、强烈的性格、明显的面目，都揉混在一起，难以辨识。你觉得他们可憎、渺小；你以为现实猥琐、丑恶；你抽身转回，拒绝和这一切接近，唯恐玷污你的清白，你的一灯如豆的理想。

然而何以不许这一切存在，如若存在？一个真正的艺术家并不照抄自然。观察一切，承认一切；无论如何，决不删削。与其说他

① 参阅古尔孟的《风格问题》(*Probléme de Style*) 第2节。

类似道学家、宗教家，不如说他是科学家。所以福氏告诉一个青年：

> 依照我，小说应该科学化，这就是说，追求或能的普遍性。①

和美丽一样，丑恶本身含有美丽。我们要用"心眼"者，不要轻易为肉眼所骗。一八五七年五月，福氏致信尚特比女士论道：

> 你反对人世的偏私、它的卑鄙、它的暴虐、同存在的一切龌龊与猥亵。但是你认清它们了吗？你全研究过吗？你是上帝吗？谁告诉你，人的裁判不会错误，谁告诉你，你的情感不会欺骗你？我们的感觉是有限的，我们的智慧是有穷尽的，我们如何能够获有真与善的绝对认识？我们会有一天晓然于绝对的存在吗？你要是打算活下去，无论关于什么，你就不用想有一个清晰的观念。人类是这样，问题不在改变，而在认识。

我们不是道学家，垂青自然，必须自然换上他的长袍马褂。他选择的标准是他自己，而艺术家的标准却是自然自己。一部艺术的制作，不在乎题旨的选择，正如福氏所云：

> 所有杰作的秘诀全在这一点：题旨同作者性情符合。②

所以他不选择他的题旨，因为他的性情已经事先为自己选择好了题旨。宇宙的现象不可限制，而限制的是作者自己。对于心性和见解一致的单纯的作者，一切是愉快的，仿佛轻车熟马，有弯即转，见坡即上。然而轮到福氏，在他和现实之间，一切变成痛苦，这里不唯是创作的苦难，而且需要克抑一种情感的厌憎。一壁著笔，一壁疲倦了，呻吟，诅咒，他重新陷入写作《包法利夫人》的恶劣的心情。

然而有什么办法？他必须打破当头的难关。而且怎样打法，他自己往往是现实的仇敌！他冷眼观察他的时代，然而一个他也不同

---

① 1867 年 2 月，福氏致马瑞古（Maricourt）书。

② 1861 年，致翟乃蒂夫人书。

情他的时代的人物！他爱群众的骚动；因为这里有诗，有形式的美丽，但是马上他指出群众的愚骏。一八六六年一月，他和尚特比女士写信道：

> 人类愚蠢的举动，同人类一样永久。我相信，人民的教育与穷苦阶级的道德，全是将来的事。至于群众的智慧，我否认到底，因为无论如何，这永久是群众的智慧。

在人类一切集合之中，群众最伟大，也最不牢靠。他们其实都是小资产阶级。这是一群秀才，怀了无数"秀才不出门，便知天下事"的假想。一八六六年的夏天，向翟乃蒂夫人写信，他曾经剖析他们的底里道：

> 我能够用很少的日子写出一本社会主义的讲义。至少我认清了它一切的精神和意义。我方才咽下去拉梅耐（Lamennais）、圣西门（Saint-Simon）、付立叶，而且重新从头到尾翻了一遍浦鲁东（Proudhon）。……他们不是为人斥驳，就是受人誉扬，然而从没有人来照直叙说。有一桩事，触目极了，把他们全连在一起：就是对自由的憎恨、对法国大革命与哲学的憎恨。这全是中世纪的老实人，陷入过去而不克自拔的人物。而且何等村学究气！学监气！好比隐修士喝醉了酒，掌柜乐晕了过去。如若一八四八年他们没有成功，全因为他们来在伟大的传统之流以外。社会主义是过去之一面，犹如耶稣会（Jesuitisme）是另一面。圣西门的大师是买司特（Maistre），而浦鲁东与路易·勃朗（Louis Blanc）极其得力于拉梅耐。……大家本能地感到一切社会的乌托邦的成分：暴虐、反自然、灵魂的死亡。

不用说，福氏不同情小资产阶级的二月革命。任何革命终归徒然。然而他采用这变动的时代，不仅只由于其中可能的悲剧；更由于本身形成的瑰丽：从他的以艺术家自命的眼里看来，便是社会主义也不免狭小。

> 正因为我相信人类永久的演进，同它无穷的形体，我恨所

有的框架，用来拼命把它装镶进去；所以我恨一切限制它的规式，一切为它而想出来的计划。奴隶制度不是它最后的形式，封建制度更不是，君主政体更不是，便是民主政体也不见得。人眼所望见的天边决不是尽头，因为在这天边以外，还有别的天边，这样以至无穷。所以访求最好的宗教，或者最好的政府，我以为是一种蠢极了的举动。对于我，最好的也就是垂危的，因为要给别一个挪出位置来。①

一部《情感教育》正好是这种悲观主义哲学的具体化。只要美感深而且长，来源丑也罢、美也罢、好也罢、坏也罢，福氏一律平等看待。政体摇动，物体瓦解，都自然而然呈出一种复杂的崩溃的局面；唯其动作巨烈、紊乱，唯其是生死交替的重要关头，这里才有挣扎、活跃，甚至力的浪费。福氏不止欣赏事物本身，进一步推求事物彼此的关联。这就是为什么，《情感教育》的人物没有一个不是沾著在各自的环境，真实地生活着，而且为生活所推动着。

还有一个时代，巴黎更和我们的一九三五年次殖民地上海相似的！一个浪头翻上不久，另一个浪头就赶了过来，而每一次水花溅起，总有若干男女随着翻卷下去。谁不是围住谁旋转，施施然，朝不保夕地转动！谁不是见异思迁的毛诺？孩气十足的西伊（Cisy）？循规蹈矩的马地龙（Martinon）？如若不是单零零的一个，一定逃不出加在一起的综合。我们或许没有戴勒马（Delmar），装模作样，貌若无人，永久是"一只手放在心口，左脚向前，眼睛向天，一顶后檐长长的帽子，上面还镶着一圈桂叶，射出富有诗情的视线，和诗句一样，勾引那些太太们"。回头小报上捧成了救国明星。我们或许没有罗染巴，成天到晚，酒馆一坐，借酒浇愁，满腹牢骚，问急了，便是他的"莱茵河"的口号。我们或许没有白勒南，开口艺术，闭口势利，一幅画三分不像人，七分活像鬼，却会高唱艺术革命，向

---

① 1857 年 5 月 18 日，致尚特比女士书。

临时政府请愿，立一个类似交易所的艺术公会。我们或许没有余扫赖，浪子文人，专办短命的蚊子小报。我们或许没有法腊兹女士，打起妇女参政的旗帜，和捧云一样地捧一个无聊的戏子，而且睚眦必报，不愧是一个妇女！——这一切我们都有，不是失之交臂的相识者，便是迎头走过的陌生人，然而熟熟的，全仿佛在那里见过，听说过。我们没有看够摇身三变的政客，老奸巨猾，和党布罗司一样！革命的前一日还是保皇党，后一日连腮帮子都挂满了主义。和他相反，和他一样善于变，我们没有遇见比比皆是的革命者？我们有的是赛赖加，你可以说他狼心狗肺，你可以说他铁面无私，"一朝权在手，便将令来行"，一朝人民嫌他独裁，踢他下台，他会成为皇室走狗，刺死我们全书唯一的正直人、店员杜萨笛耶！

然而有真正的革命者，可惜他们又不在福氏生活之内，不在一般读者生活之内，他看不见他们，他们自己也看不见，他们全都看不见近在身边的巴黎公社！他们熟悉的只有资产阶级社会！

隔着万头攒动的人海、资产阶级社会，是贫贱与富贵的两岸，人力便用在怎样渡过，从卑微而发迹，从贫贱而富贵。虽说波浪滔天，却不是无路可寻；十九世纪为资本主义开辟了两条航线，《情感教育》全加细推呈在我们的面前：一个是金钱，一个是革命。二者绝少合作，然而相成到底。金钱如若是魔鬼的美丽，更是十九世纪以来的美丽。未曾继承遗产的毛诺，上卷未经世故的学生，决不是中下两卷继承遗产的毛诺。勿须株守乡间，勿须苦学博名，"有钱能使鬼推磨"，二万七千磅的子息是他最好的荐书。他可以重见亚鲁夫人。他马上来到巴黎。黄金一直铺平党布罗司的高石阶，笑脸和毛诺相迎。这是全书一个重要的关键，从此我们失去心地质朴的毛诺，只见他步步高升，从情感跨入虚荣。假定毛诺没有一个及时而死的叔叔，假定全书没有这样一个转机，我们看见两种可能，然而没有一种属于毛诺。他也许是包法利夫人的小情人，不成器的赖昂，临了娶一个本地的寡妇——作者已经预备好了一个罗克小姐，浪漫而且早熟；他也许是《幻灭》中的吕席安（Lucien de Rubempré）、巴尔扎克的一个"伟大的"外省人，来在巴黎，鬼混到自尽。不是金钱，最多也只是一个罗克小姐，陪他一同起腻。

他有的是机会，在一群朋友当中，他象征机会。

这是他们分手的因由。毛诺不用革命，然而他们需要革命，小资产阶级的革命，可以一下子补救他们的缺欠的革命。法国资产阶级教他们，甚至于拿破仑教他们，犹如《红与黑》的于连，一样配做人君。他们个个全是吕席安：

> 他感到统治帝王世界的可怕的渴望，他觉得自己有力量克服他们。①

他们铤而走险，因为社会不公道，而且不该辱没他们的才干。难道他们没有权利和别人一样，而且格外需要活下去吗？人家堵住他们上进的路口，是谁这样惨酷？他们寻求，必须寻出一个共同的敌人，有了，是政府！

> 他们互相同情。一个确乎其不可拔的信条：他们憎恨政府。

另一种人一点不自私，例如杜萨笛耶，具有同一的目标：

> 十五岁的时候，有一天，在唐斯闹南（Transnonain）街的一家杂货铺前面，他看见好些兵，枪刺染着红血，还有头发沾着他们的枪铳；从这时起，仿佛不公正的化身，政府惹他气恨。……地上一切的过恶，他老实不客气地归罪当道；他恨当道，一种必须的、永久的恨敏化他的感受，掌握他的全心。

他们不能不革命：这是他们唯一自救以救人的道路。福氏给我们写了几个所谓的革命家。赛赖加，一个工头的儿子，"每天早晨醒来，希望看到革命，一半个月里，改换世界"。德鲁瑞耶，一个衙役的儿子，连学堂听差都在人群叫他"小叫化子（enfant de gueux）"。杜萨笛耶还不如，是一个无家可归的私生子。然而三个人，全不相

---

① 参阅巴尔扎克的《幻灭》。

同。毛诺发了财，杜萨笛耶道喜，赛赖加视同堕落，德鲁瑞耶居为奇货。这后两个人有好些相同的地方，嫉妒其中的一个。然而唯有赛赖加，够得上一个忍字。"他的灰眼透出冷和惨酷；他的长而黑的大衣，整个他的打扮，全有学究与教士的气味。"自己不文，是文就妨害社会。一个小资产者强似一堆大人先生。他有一个尖脑瓜，也只认识学理，不像罗染巴，就事论事；不像德鲁瑞耶，一味唯利是图。然而这两个人，更有一样相同，都要统治，然而都失之于刻。赛赖加不怜惜个人，着重的只有群众、群众的力量。他利用群众。他做了亚鲁磁厂的副管事，决不宽容受他管制的男女工人。

　　毛诺看不过去，说他道：

　　"啊！你总算民主党，未免也太惨酷！"

　　另一个傲然答道：

　　"民主政体不是个人主义的泛滥。在法律、工作的分配、秩序之下，是同水平！"

　　"你忘记了人性！"

　　工人起来反抗他。他解了职，特地来见毛诺道：

　　"总之，我不后悔，我尽我的责任。不过，这全由于你。"

　　毛诺暗暗一惊，怕人猜出他的隐衷，然而不是。

　　"这就是说，没有你，我也许会谋更好的事。"

　　但是他依旧要毛诺介绍到银行家手下作事。他吃谁的亏，记谁的仇。妨碍他前进的是他自己，他却一一折到别人身上。他进了两次狱，一次军警拘他，二次同志拘他。他出来了，投身警署，充当一名警官！

　　他同样是一个小资产者。然而赛赖加究竟有些反常，和德鲁瑞耶比较，我们倒同情后者，赛赖加失败于忍，德鲁瑞耶失败于急。他太急，有些饥不择食。穷人用不着脸面，而且全仗破开脸面，没有赛赖加那样冷毅，他是热而自私。便是知己如赛赖加，他也没有当做朋友，他联络，而且怀柔，因为他断定赛赖加富有可能的机会，犹如毛诺富有更多的机会，他缺乏纯洁的友谊。他会嫉妒道："人人不全有你的机会！"

为目的不择手段：目的是他的野心，手段是利用一切。考博士，失败；混入上等社会，失败；还有一条路，幸而！这是巴尔扎克笔下（《幻灭》中）的一个办报的费闹（Finot）：

> ……我是一个帽商的儿子，如今还在公德街卖帽子。要我出头，只有来一次革命；我应该发一笔财，可惜社会欠点儿骚乱。[①]

趁着骚乱，他正好伸下手，捞它一把出来。所以暗地讨厌赛赖加和工人们来往，他容忍着，"因为他好不焦急地等着一个伟大的倾覆，他好扎下他的窝，获得他的地位"。充满了自己，他从来不想了解别人，所以他失败，和赛赖加一样，他失败。他有的是东张西望的眼睛，然而他不往细里盯，仿佛于己有利，他便和身扑过去——扑一个空！于是他义愤填胸："因为恨，他变得正派了。"他会献媚，但是他不知道什么叫做爱。法盖（Faguet）以为他有些像《红与黑》的于连[②]。他们属于同一阶级，然而于连有的是清醒的理智，而且是一个爱而被爱的男子。他胆大，是色胆包天；德鲁瑞耶不是胆大，是鲁莽。两个人工于心计，然而前者想透彻了做，后者想不透彻就做，所以于连很少失望，德鲁瑞耶却和弱者一样地破灭。

然而真正被牺牲的，往往是杜萨笛耶一类的正直人。我们爱他、这一腔热血的学徒！他没有德鲁瑞耶的学问，然而他尊敬学问，他要革命，不是由于野心，而是由于他有一颗活着的心；这颗心，同情一切人类的忧患。他厌恨政府，不是因为自己没有出路，是因为法国袖手旁观，不援助弱小民族。他知道感激、一个革命家（赛赖加一流的革命家）通常缺乏的美德。毛诺交了多多少少的朋友，只

---

① 参阅巴尔扎克的《幻灭》（*Illusions Perdues*）。
② 参阅法盖的《福楼拜》第7章。

有他一个人不打毛诺的算盘。他愿意人人成功，自己从不居功。这是一个为阶级利益可以献上生命的人、一个无名之辈，他身上带着整个被压迫阶级的印记。人人剥削毛诺，只有他一个人，罄其所有，解救毛诺的危急。他不投机；他看着别人爬上去，再跌下来，也许再爬上去，他还是他自己。他盼望革命；革命来了，回头停也不停又去了，给他留下一个支离破碎的梦想。他从心受伤，而且甚似德鲁瑞耶之流，因为他不会转变，更不会自食其志，然而他绝望：

> ……同时没有办法！没有救药！人人和我们做对！我，我从来没有做过坏事；但是，好像重量，这压在我的胸口。长此以往，我会变成疯子。我倒愿意人家杀了我。

他终于叫人杀掉，这人就是他旧日的同志赛赖加！直到死，他喊着："共和国万岁！"

他的理想并不更长。他也不是巴黎公社的革命群众。但是他到底献出了他的生命。

我们未尝不希望福氏分一点儿心，多写他几笔，然而这种希望却在另一种人物身上实现了，实现得如此完备，我们不能丢开他不管。这是画商亚鲁。他并不是坏人。他具有我们人类最大的弱点：没有长性（Constance）。年轻时候，他要做一个画家；画家没有做成，倒做了画商；过了几年，他会变成瓷器商，变成宗教工艺品的小贩。这是老了一号、俗了一号的毛诺。缺乏高尚的理想，他有他的幻想。他投资，买空卖空，然而不经心市场的来往。他不知道这更需要长性。而且他怎样忠实而又不忠实于他的爱情！许下妻的礼物，他会偷出来，送与一个他心爱的妓女，过些日子忘了，又偷出来，奉还他心爱的内人。他都爱，然而他都丢掉。他有的是虚荣——谁又没有！罗莎耐特还错将毛诺的决斗解做为了自己！然而他没有尊严。生来是一个俗人；他偏要口口声声艺术；他和人人相好，结果没有一个知己；他不晓得人我之分，更不晓得道义之交：他会诳骗他的朋友，和应付他的仇敌一样。他自以为聪明，而且好面子，好吹牛，不下于任何艺术家。他会向另一个人夸扬自己诓骗的本领。生活于撒谎，他不知道自己撒谎。和一切弱者一样，他无所归宿，因为"他的智慧高得不够期诣艺术，又不像资产者，一味追求利益，所以面面不讨好，他反而毁掉自己"。一枚烂透了的桃子，香、上口，然而是烂透了的桃子。他让读者想起巴尔扎克笔下的老荒唐鬼于洛、《贝姨》之中的于洛。他有的是毛病，然而挡不住人爱他，罗莎耐特就爱他：

> 有什么关系！……人照样爱他，这骆驼！

在各种各样的妇女之中，妓女分有福氏不少的同情。十九岁上，他写了一篇《十一月》，记载他和一个妓女遇合，她的身世的自叙正好是罗莎耐特的缩写。这是一篇散文的材料，写入富有诗意的形式。她的身分和地位，应该是我们的名妓杜十娘，但是她不通文理，不会过日子，有时是一篇胡涂帐。她从经验学会或者本能地支配她老少的情人；有的是小心眼儿，而且好使个小性儿，同时她的爱断断续续，也容易厌倦。但是她的赤子之心没有全死，打算而且用力抓住毛诺；她未尝不想自救，然而习惯害了她，和诗人的命运一样，她注定了幻灭，嫁给一个老财主。她的性格非常显明、强烈，狄保戴拿自己比她，一点不错。[1] 她和自然一样地自私。毛诺带着她，在枫丹白露避器，从报上看见杜萨笛耶受伤的消息，立即要到巴黎去。

> "去做什么？"

> "去看他，照料他。"

> "你不会丢下我一个人，我想？"

> "你跟我去好了。"

> "啊！我没有事干，去挽在人群里头打架！谢谢你这番好意！"

> "不过，我也不能…"

---

① 参阅狄保戴的《福楼拜》第 7 章。

"咄咄咄！倒像医院缺少看护！再说，他受伤，干你底事？人人为了自己！"

他们噘了一点钟的嘴。

然后她求他，暂且看一看风势，不要贸然出去惹事。

"要是人家杀了你怎么说！"

"哼！死算什么，死了也不过尽我的责任！"

罗莎耐特跳起来。起先，他的责任是爱她。不用说，如今他不想要她了。原来他的看法和常人不一样！多么怪的念头，我的老天！

她同样不了解毛诺：在她的经验里面，赴义的观念和她格格不入。她觉得人人爱她，都为了一时肉欲的兴奋，都是自私自利之徒。渐渐这成为她的信条、人生观，以为人生的意义就在自私自利上面。在这可怕的社会的学习之下，是她变坏了的外省人的气质。她会大煞风景，而且以为自己有理。福氏一点不想渲染她，他晓得龌龊仍是龌龊，涂金敷粉，均归无用。然而她属于妓女、一种变态的社会制度的流弊，自身具有空幻的美丽：身世的流离、荣华的浮留、悲哀的蕴藉，这一切立即兜住一个浪漫者的心灵。一八五三年六月，福氏向高莱女士写信，曾经谈道：

> 这或许是一种下流的嗜好，然而我爱娼妓的生涯；我爱它的本身，我忽略它附带的罪恶。看见一个敞领袒胸的女人，在雨底下，从煤气灯一旁走过去，我的心就会忍不住跳起来，犹如看见僧人的长袍，旁边坠着系腰的带结，不知道触到清心寡欲的一个什么暗角落，怪叫我的灵魂痒痒。想到娼妓的生涯，你不由就想到物欲、酸辛、人类关系的空虚、筋肉的热狂、金玉的铿锵，怎样一个复杂的交切之点！一往深处看，不由自己，你就头晕眼花。而且从这里，一个人该长多少见识！该多么忧郁！该怎样梦想爱情！啊！挽歌的作者，你不应该将臂倚住废墟，你应该倚住这些轻快的妇女的胸脯。……对于娼妓的生涯，

我责备的只有一样，就是，这原本是一种神话，如今放荡却成了"外室（Femme entretenue）"的事，犹如诗成了新闻记者的事，我们不由沉没在不黑不白的"半调"之中。圣者没有，娼妓也一样没有了，余下些野鸡之流，和工女相比，尚嫌臭而不可闻也。

福氏向往于圣者，为了内在生活的富丽，犹如娼妓，富有外在的流动。所以同年八月，他在另一封信内谈道：

> 依我看，想来你也一样，绝对的贞节，比起放荡要好得多（就道德而言），不过放荡（如若不虚伪的话）也是一件美丽的事，实地做如若不相宜，梦想总不见得坏吧。自然，人会马上厌倦的！

不过浪漫也罢，他却反对盲目的热情的妇女的崇拜。浪漫主义最容易让人失却妇女的真面目。一八五九年十二月，他给尚特比女士写信论道：

> ……我相信十九世纪人性的消沉，一个原因是女子的过分诗意化。我觉得圣母童贞的教义，是最聪明的一种政策。在它有利的范围，它限定而且毁灭女性一切的愿望。没有一个作家不颂扬母亲或者情妇。——人一愁苦，就伏在妇女的膝头，哀哀流泪，和一个小孩子病了一样。你想不出男人见了女子，是何等卑贱！

这未尝不是毛诺与亚鲁夫人的关系。圣佩夫读完《包法利夫人》，向作者写信致意，附有一种期望道：

> 虽说我不大知道怎样安插进来才好，我倒愿意看见，在你的文章里面，有个同样真实的人物，而情绪却温柔、纯洁、深沉、蕴藉。这会安慰。这会让人想起，甚至于蠢恶之间，还有善良存在。

福氏没有忘记他的忠告，然而圣佩夫没有赶上羡赏，就在《情感教育》付印的时候，他去了世。一八六九年十月十四日，福氏向他甥女写信，慨叹道：

> 我写《情感教育》，一部分还是为了圣佩夫。然而他死了，一行没有看到！

因为说实话，福氏这次往书里安插了一个和包法利夫人"同样真实的人物，而情绪却温柔、纯洁、深沉、蕴藉"。这正是贤惠的亚鲁夫人。她代表法国资产阶级大多数妇女，更象征我们三从四德的荆钗布裙。她识字，她也读书，然而她受的不是特殊的高等教育；她的品德是生成的、本能的，所以深厚；她有乡妇的健康、乡妇的愿悫、乡妇的安天乐命、乡妇的任劳任怨。没有罗克小姐的早熟，没有包法利夫人的伤感，然而她也生长于外省：你可以说做小家碧玉，你可以说做良家妇女。有了这样的贤内助，你又是一个安分的丈夫，你的幸运我们不唯羡慕，而且妒忌——然而万一你是亚鲁，我们怎样可怜她！静静地，和子女在一起，她忍受着风雨的摧残、恶运的转变，而且过来慰贴你负疚的心情。她是资产阶级的理想、资产阶级道德的化身。她有的是温情，服役而且顺从，不闻不问男子的事业，同时有的是信心，从爱情出发的不可动摇的信心。

动摇的一日是发现男子诳骗的一日。亚鲁可以另筑金屋，然而这要不伤她的尊严、她的信托。亚鲁的蹇运她同情，而且她用真心可怜他；到了商业完全破产的时候，她会比一百个男子还勇敢。她会加倍慰藉她失败的丈夫。但是他不唯另筑金屋，而且欺哄她，而且牺牲子女的前途，为了一个不相干的妓女——这引起她的反感：所有资产阶级的信条出而成为她的背景。她有的是敏锐的感觉，和她的品德一样，因为没有想象的浮云掩日，倒是真实的、本能的。

她接受了一个情人——也就只是一个！因为她丈夫让她痛苦。她忠实于她的丈夫，犹如她的精神忠实于她的情人。她的自然趋势便是忠实，她用不着挣扎、努力，或者煞费苦心。她希望物质的爱同精神的爱一致，到了不可能的时候，她会分而为二，死生如一。所以她勿需乎拒绝毛诺。她的爱是平静的，没有危险性，却有强韧的持久性。毛诺最后探她的口气，哀求道：

> 那么，你所说的这些女人，都是麻木不仁吗？

> 不是的！不过到了必要的时候，都是聋子。

充耳不闻是资产阶级妇女的唯一护符。然而到了虽不欲闻亦不可得的时际，她深厚的生性出而拦住她的沦落。不知道苛求，所以她能够始终如一。亚鲁有情妇，她原谅；她不原谅他毁坏子女前途的希望；毛诺有情妇，她原谅，而且知道谁也不会属于谁，所以她永久原谅。逆来顺受，是这种妇女的格言。在这种情爱里面，男女之爱搀有更多的母爱、姊弟之爱和忠诚的友谊：只有灵魂在活动。物质的诛求会不息而自息，肉欲的冲动会不止而自止：心永久是洁净的。

便是想象丰颖的毛诺，坐在他情感的女教师身旁，也会不忘而自忘他的无法无天的要求。道德和美丽溶于无痕，生出一种感性强烈的异香。这该是"随心所欲，不逾矩"的最高的修养理想吧。不用勉强，一切自自然然。但是对于初出茅庐的毛诺，问题并不这样自然。他是一个天性不纯、禀赋不厚，然而一往情深的通常的青年。他惜恋的是他抓不住的情绪；他唯恐失掉他的情绪，因为他唯恐坠回现实，失去他生存的凭借；唯其如此，失去他的情绪，他依旧抓住憧憬、情绪的痕迹。所以他能够永久在爱，而且永久维系住初恋——他的理想。有一位少女在医院里疯了，一八五九年二月，福氏向尚特比女士写信解释道：

> 你不见她们全爱亚道尼斯（Adonis）吗？这是她们永久需要的丈夫。寡欲也罢，多欲也罢，她们梦想爱情、伟大的爱情；要是医治（至少暂时地）的话，不过是一个观念就可以见效，这必须一件事实，一个男子，一个婴儿，一个爱人。你也许以为言之过甚。然而人性不是我创造下来的。我相信，最猛烈的物欲是由理想的活跃而不知不觉地组成，同时所谓卑污的肉的糜烂，是由于希冀不可能，妄想神贵的欢悦而产生。我不懂

（也没有人懂）这两个名词的意义：灵魂与肉体，一个完结，一个开始。我们感到种种的力，如此而已。

这也不是两种绝然不同的物体，是相为因果，而且互为消长。所以一个人同时可以纵情淫欲，同时可以追求理想。这中间是种种由反动而生的交错的心理，正如福氏所谓的"种种的力"。所以只要亚鲁夫人的指尖轻轻拂了他一下，毛诺会立即切望和罗莎耐特在一起。和罗莎耐特在一起，只要心一动，他马上想起他伟大的爱情。无论男女，只要属于通常的人性，便生活在这"种种的力"的迸击的火花上，为火花所销铄。这样的理想，根据有真实的人生。如果作者将《情感教育》看做一部理想小说，我们认清他的道理，便看出他有他的道理。理性和兽性只是现实的两面。这里不是一个僧人式的全然精神的向上；也不是纯粹物质的沉溺。一个资产阶级的子弟，爱上一个资产阶级的妇人：他们缺乏毅力打出社会的囚笼，更缺乏毅力打出自己的温情。他们接受人世的命运，而且念念不忘人间各自应尽的职分。资产阶级的品德是自私，爱也是自私的。

说自私，然而不是自利，因为毛诺从来慷慨，从来热衷。许多人慷慨而且热衷，却不是毫无区别的兼善：他们具有经验以及从经验体会出来的哲理。毛诺不然。这是一块软面，可以随心所欲，由人揉搓。他没有显明的人格；他的人格具有弹性，是一张琴，人人可以寻出共鸣。他会将别人的拨弄看做自动，看做自己天才的音籁。不认识自己，他以为认识；自来站在事物的表皮，而且钻不进去，他永远逗留在表皮之外。他富有流动的接受性；再没有比他易与的人，任谁的话都回应在他的心上，任谁的意见都是他的意见；这仿佛河床的污泥，一波一波浸流过它的表面，然而一波一波驰逐过他的表面，留下它来，仍旧是污泥，仍旧在河床沉淀着。外来的势力推动他；看见自己在急流里回旋，他以为是自己波动；或许他有动的意识，然而从来没有形成一种力量、一种意志。这是一个霉了的炮竹，燃也不响。他有的是计划，而且有的是自许。他写诗，因为他读了多少浪漫派的诗人；他学画，因为亚鲁是画商；他想做新闻记者，因为德鲁瑞耶向他借钱办报；他想做议员，因为党布罗思怂恿。他保存着他的文学计划，好像面对面，怕对不住自己。他想写一部美学史，同白勒南谈话的结果；其后又想将法国革命史写成悲剧，另外写一出伟大的喜剧，由于德鲁瑞耶和余扫赖的间接影响。在他工作之中，他情妇的面孔一个一个飘过他的眼前；明明想占有，他却挣扎着，临了不稍迟疑，全身舍过去。"他什么都可以来，可惜什么都是个过其门而不入；什么都喜好，却又见异思迁。生来是一个票友，他具有票友的怯怯的骄傲。东张张，西望望，走到人生的尽头，才发现自己一无所获，受尽情感的欺蒙。

和拉摩（Rameau）的侄子①一样，毛诺是落伍者。然而拉摩没有他叔父的天才，禀赋至少驾乎毛诺以上。不能出人头地，他可以流比下走；最可怜的是他知道自己不如叔父，他妒忌，以为上天不公道，忿而走入相反的隐晦的世途；他有的是虚荣，得不到主人的奖赏，总可以博得奴仆的同情；他会习于无耻，习于垢污，设法博人一笑，聊图一腹之饱；然而他有的是火性，只要看他在酒馆手之足之，我们就晓得这是怎样一个人生的丑角！怎样富有丑角的牢骚和悲哀！然而毛诺，更属于资产阶级。花完了他的大部分财产，他会吃着他小小的利息，维系他君子人的地位。他连扮演丑角的本领都没有！他有的是廉耻。他有的是虚荣，但是决不忿而有所作为。他懑，然而他不忿！所以同样一无所成，同样落伍，拉摩近乎男性，毛诺近乎女性，一个反抗，一个顺受，一个阳刚，一个阴柔：所以拉摩孤独，毛诺不愁没有朋友；一个怨恨，一个爱，而且被爱！

有一种人生下来就不预备做一番轰轰烈烈的事业；他的精神生活柔而且脆，人世的折磨引不起他奋斗的心情，反而招他厌腻，不由自己，便将生活内缩，从另一方面逃遁出去。最好的例证是我们

---

① 《拉摩的侄子》（*Le Neveude Rameau*）是狄德罗（Diderot）著名的遗著。

水也似的贾宝玉。毛诺不是贵公子，没有贾宝玉不劳而获的际遇，但是他也是厮混在脂粉队里的东西——我们可以称之为人吗？他得不到男子的同情，他会获有女子的眷顾：女子崇拜英雄，然而更爱弱者。从这些迷幻的情感，他得到他的教育，犹如《红楼梦》，也只是一部《情感教育》。然而拿贾宝玉和毛诺比较，学校不出大观园，教育该是何等幼稚！他们占有女子的欢心；然而人世——其实贾宝玉始终未曾入世——不懂这些婆婆妈妈的酒令，所以毛诺的教育一用在人世上，便支离破碎，不堪一击。缺乏深厚的资质、宏大的想象，就是这样，和我们的贾宝玉一样，他还全用来集中在爱的实验上。而且天生是个多妻主义者。他最先遇见亚鲁夫人，所以她注定是他的理想；他遇见罗莎耐特，这满足他物欲的要求；他遇见罗克小姐，这成全他一时的即兴；最后是党布罗思夫人——和党布罗思夫人结婚，还了得！这餍足他人世的虚荣。凡在人力以外，凡是求而不得的，我们全视如神明，呵禁红尘沾染。我们加以爱护，因为这是我们仅存的一丝希望，在自己连自己也丧失了的时候。所以为了不知所之的亚鲁夫人，他可以割舍其他一切的牵连：因为这伤他的心！他的骄傲！但是年月比任何试验都利害，在骨肉僵冷以前，灵性早已汩没。亚鲁夫人最后遗赠毛诺的头发是白颜色。最好的时光，他晚年想起来的，已然不是他理想的爱，而是他春情初茁的第一幕喜剧。

写到《情感教育》的下卷，福氏忽然杞忧上来，一八六八年三月，向杜蒲朗（Jules Duplan）写信道：

> ……把我的人物和一八四八年的政变穿插在一起，我很感棘手；我唯恐背景吞掉全书的结构，这也就是有历史性质作品的弊病；比起小说里的人物，历史上的人物更容易惹人注目，特别赶上前者的热情不很激烈的时候；人家觉得拉马丁比毛诺有趣得多。再者，在现成的事实之中，选择什么好呢？我简直是心烦意乱，也就真够苦的！

他终于选定了全书的材料，然而怎样让通常的读者失望！这在他们传统的了解之外。他们盼望"时势造英雄，英雄造时势"的澎湃的热情、伟大的功绩和转移乾坤的人格。然而和背景一样平凡，却是中心人物毛诺，同时同样渺微、同样乏味、同样真实，是他那一群。法盖以为《情感教育》无聊，由于主要人物本身无聊。[①] 狄保戴却驳正道："为什么无聊的图书就无聊？"[②] 乔治·桑总算爱护作者了，以为《情感教育》的："错处就在，人物缺乏挣扎。他们接受事实，从来不想据为己有。"[③] 然而福氏正要写他们，因为他们是资产阶级，统治着人类的大多数。他自己早已想到这些不可避免的副作用，曾经再三怀疑全书的概念。一八六七年十一月一日，他向乔治·桑写信道：

> 我怕概念是不可救药地残缺；这样的人物会引起我们的兴趣吗？伟大的效果需要简单的事物，明显的热情，然而在近代世界，哪里我也看不见简单。[④]

所以毛诺的存在自有他的必要。这不是一个动人的角色，然而我们人人都有他的性质。怎样可怕！你越摇动，他越发空；什么你也摇不出来，而且你摇到后来会发气，因为你摇不坏他无抵抗的金身。你以为他是一个浪漫主义的不及门子弟，会有一番悲欢离合的变迁；你看见他有许多的计划，觉得他有日成功一位不经见的人物；而且你羡慕他的机缘，以为他如果努力，定会做出一番了不得的事业。但是他怎样有心无力！便是做爱，他也做了个拖泥带水！"有一件事让他惊奇，就是他不妒忌亚鲁。"一个爱而不妒的男子！何等消极的性格！何等无趣的性格！不同于既往所有的小说的主要人物，他是一个俗透了的随俗的人！他代表资产阶级的病象，犹如亚鲁夫

① 参阅法盖的《福楼拜》第 7 章。
② 参阅狄保戴的《福楼拜》第 7 章。
③ 1875 年 12 月 18 日，乔治·桑致福氏书。
④ 1867 年 11 月 1 日。福氏致乔治·桑书。

人，象征资产阶级的妇德。包法利夫人挽不住狂澜；毛诺不挽而自住。包法利夫人想逃开资产阶级的平板的生活；毛诺安于资产阶级的规习，碌碌以终。包法利夫人失望、绝望，伤恸之余，服毒自尽；毛诺失望，永久失望，但是活下去，忘掉人世的羞辱，无声无嗅地活下去。福氏序布耶《遗诗》道：

> 幻灭是弱者的本色。小心吧，这些厌世者差不多总是无力之辈。①

毛诺不会寻死，他是一个纯粹的弱者；用不着死，而且死前死后同样空虚。还有悲剧比这更其沉痛的？还有人物比这更加腻烦的？但是在资本主义社会中的青年，有多少不是《情感教育》之下的毛诺！

在当时那样一个貌似伟大的时代，多少人小产、流产，或者无所产！吃苦、受气、没有名、缺钱用，谁不想做出什么来，谁又做出什么来！而且谁又高谁一等，不负当年的夸口、友朋的推许？这样，那样，临了还不都是一样！怎样一个时代，二月革命的时代！差不多都有一个代表，所有的形形色色。一个一个，仿佛一堆拥挤而漠不相干的群众：你推着我，我推着你；你利用我，我利用你；你闪在我的身后，我闪在你的身后；我推翻你，踏过你的背脊，你扳转我，蹬上我的胸口；老实人被牺牲，狡猾者受推戴。有的摔下来又爬上去，有的爬上去又摔下来；前赶后，后赶前，然而逃不出一个"踏步走"，动而不进。各自有各自的梦想——有几个成为事实的梦想！你想做这一件事，结果你另做了一件事；你爱另一个人，却不得不睡在这一个人的枕畔；你以为害他，反而成全了他；你以为成全他，反而害了他；今天你到这一个人家，明天你到另一个人家……"你相信这会有什么结果吗？不要做梦了，一天一天地过去，几件事是有结果的？"人生不是一出圆满的戏。今天你在茶馆遇见

---

① 参阅勒麦屯（Jules Lemaitre）的《现代人物》卷之 8。

他，再去你就遇不见他，隔些年你忘记了，然而你又遇见他！怎样平凡、幻丽的人生！怎样的巧合！怎样的接触！肩摩肩，踵接踵，这一个从小巷溜出来，那一个从小巷溜进去，都走在相同的单调而热闹的走道上。

然而在这一片灰色的茫茫，哪里是一丛粉绿呢？

布雷地耶评论左拉，攻讦自然主义者误将现实认做真实：

> 如今正相反，你想绝对现实，如左拉君所云："你把自己投在生存的平平无奇的行列上。"你选你日记之中的英雄，你传记的热潮之下的牺牲者，却选了这样一个人物，我敢说，"在日常简单的生活之中"，我们一打一打地遇见，没有职业，没有地位，尤其是缺乏个性；无论你什么观看的艺术、搜寻的艺术、观察与表现的艺术、发现事物与运用语言的艺术是怎样精巧：你惹人厌烦。凡绵续不绝的，都惹人厌烦。唯一而光荣的例证，是福楼拜君的《情感教育》。为什么这种细节的绵续会使人疲倦，为什么会有这种选择的必要？答案在现今是不难的：因为在人生之中，事物应理如是，然而实际上却不如是。我们需要一点理想。①

这差不多和法盖一鼻孔出气，以为《情感教育》不可卒读。他们传统的批评开除了这部现实主义作品。便是福氏自己，一壁写作，也一壁怀疑他小说的价值：

> 这是一本关于爱情、关于激情的书；一种可以生存于今日的激情，这就是说，消极的激情。我所想象的主旨，我相信是十分地真实，唯其如此，不大解闷也难说。有点儿缺乏事实和戏剧性；而且时间过长，动作未免松懈。总之，我很不放心。②

他甚至于怀疑他的工作。

---

① 参阅布雷地耶的《自然主义小说》。
② 1864 年 10 月 6 日，福氏致尚特比女士书。

使我从心绝望的，是我相信，我在做一件没有用的事，我的意思是说，和艺术的目的相反；艺术的目的是朦胧的心情的激发。然而，一边是近代科学的诛求，一边是资产阶级的主旨，我觉得这绝对不可能；美同近代生活合拢不来的。①

所有乔治·桑、布雷地耶以及法盖的指摘，不能比福氏自己说得更加透彻。然而他依旧继续写下去，终于写了出来。创作家往往走远一步，看向未来，将批评家抛在作品后面。这大部分是直觉出来的，决不是理论所能竟其全功。奇怪的是，布雷地耶那样斥责《情感教育》，却将未来的小说看做：

人生、共同的人生、环境之下人生的表现；未经选择的人生，如若我能这样讲；同时不为任何学派的偏见所限制；人生、嵌于现实的装饰，然而观察、研究、表现于我们所谓的无限地小，犹如重大的危机，有时颠覆了人生；永久如一的人生，然而永久为它自己的发展的无二的效果所修正：就表面情形看来，这将是，而且将长时间是，小说独有的特殊的鹄的。巴尔扎克决定了这种倾向……②

这正是《情感教育》"独有的特殊的"造诣，不管批评家如何二三其辞。小说想和宇宙的进行——无限一致。运用"未经选择的人生"，是中国通行的小说的特征，冗长、繁琐，然而真实，可怕地粗疏地真实。《情感教育》不是"未经选择"，然而仿佛一部艺术化了的中国小说，却分外和现代接近，而又和我们相离如此之遥，错觉本身就是一种悲剧。这种悲剧只有资产阶级作家才有。眼界小、聚在资产阶级活动本身以内，本身就是悲剧。

---

① 1862 年 12 月，致翟乃蒂夫人书。
② 参阅布雷地耶的《巴尔扎克》第 8 章第 3 节。

圣安东的诱惑

我知道什么是空虚。然而谁知道？伟大或许在这里；未来在这里滋生。仅仅要小心梦想：这是一个引人入彀的丑恶的怪物，而且已然啃掉了我好些东西。这是灵魂的塞壬（Sirène）；她唱，她喊；你去了，你再也回不来。

——一八四六年四月，福楼拜致杜刚书

《圣安东的诱惑》其实是福楼拜自己的诱惑。他拿上来，放下去，又拿上来，再放下去，然而始终他不肯丢弃，好像这正象征他自己一部分的生命，或者说痛快些，全幅的生命。这不唯是想象的制作，而且是血肉的结晶，好像一个失怙的小女，啼泣着，招着小手，提醒她的存在，慰藉寡母的悲苦。然而小女具有太多的父母的习性，为了挽救这种不可避免的错误，寡妇不得不施以笞打，希望女儿来日因之成器。实际这里的譬喻并不恰当，所谓儿乎女者，从小到大，不见过去的痕迹，而《圣安东的诱惑》，虽然是一部书，却有三种不同的稿本。福氏一点不想重写三次，然而命运仿佛有意逼他完成最后的形式，出而阻碍他的发表。"塞翁失马，安知非福"，《圣安东的诱惑》正是福氏意外的收获。

从一八四八年起，福氏开始写作《圣安东的诱惑》，而次年九月，全书告成。他往这里放进他所有的材料，甚至于整个他自己。他和下坡一样地轻快。一八五二年六月，正好开始《包法利夫人》，他向高莱女士写信，比较二者道：

在《圣安东》里面，我和在自己的家一样。这里，我和在邻家一样，所以我寻不见一点舒服。

这是他青年一切的总结束，无论思想方面、情感方面，他全揉合在一起，成为一盘自我的奇异的解放。一八五三年四月六日，和高莱女士写信，他打譬方道：

> 《包法利夫人》引起我精神的紧张，《圣安东》连四分之一也不用。这是一个水闸；写的时候我唯有快乐，我一年半写成五百页，这一年半是我生平兴会最淋漓的时辰。

然而没有一本书类似《圣安东的诱惑》，更让他失望，——不如说，更让他的朋友失望。在《回忆录》里面，杜刚曾经详细记载当日的经过。写成《圣安东的诱惑》，作者邀请杜刚和布耶，他的两位文友，来在克瓦塞，一同鉴定这部著作的优劣。杜刚叙述道：

> 诵读继续三十二小时；他整整不间断地念了四天，从正午到四点钟，从八点钟到午夜。预先说好了，我们保留我们的意见，等听完全书以后，我们再表示。于是稿本在桌子上放好，福氏快要开始了，拿起好几页在头上摇着，同时喊道："你们要是不大声喝采，真是没有文章能够感动你们了！"

然而两个朋友，一言不发，静静听他沉住气念下去，心却意外地冰冷：

> 字句、美丽的字句，巧妙地结在一起，谐和，有时重复，辉煌的意象、出人意料的比喻、然而也就只是些字句，你可以前后移动，一点不伤全书的计划。没有一点进展，这悠长的神怪故事；若干不同的人物，来的老是那一出，而且不断地重现。他的才分和他生性的底奥，正是抒情，然而这回带远了他，失掉着脚的地方。

这似是而非的评论，决定了作者的失败。其实杜刚自己说得好：

> 我们不了解，我们猜不出他要做什么，而实际上，他什么也没有做到。

难受而且关心的，是福氏的寡母。

每次念完一部分，老太太就问我们，"怎么样？"我们不敢回答。

全书念完了，两个朋友私下讨论，得到一个共同的观点，留在最后表示。

快到半夜了，福氏倚着桌子，向他们道：

"现在轮到我们三个人了，老实说你们怎么个想法。"

布耶无所迟疑，决然答道：

"我们以为这应该扔到火里头，再也不要说起。"

福氏跳起来，恐怖地叫着。[1]

但是他没有烧掉，幸而没有烧掉，搁在抽屉里面，好像儿子淘气，锁在一间冷屋子，但是到了时候，母亲照样放他出来。他放下笔墨，和杜刚结伴，到近东旅行，然而一心思索《圣安东的诱惑》的失败和来日的计划，正不知多少回，打断了他游览的兴致！他始终丢不开他的《圣安东》；在开罗，他拜谒埃及大主教，询问宗教上种种的节目，留做日后参考。[2] 他寻求修改的途径，而且思维弥补缺陷的方法。一八五二年一月十六日，预备寄出《圣安东的诱惑》给高莱女士看，他从早年的《情感教育》一直批评下来道：

我告诉你，《情感教育》是一种尝试。《圣安东》又是一种尝试。我选了一个抒情的、紊乱而富于动作的题材，在这上面我全然自由，于是我觉得这很合自己的生性，只要提笔写下去就好。我再也找不见这样热狂的文笔，像那一年半我的文笔。我用了怎样一腔热血修削我的项圈的珍珠！我只遗忘了一件事，就是穿珠的丝线。

同年二月一日，因为高莱女士的誉扬，他进一步分析他失败的

---

① 参阅《回忆录》的第 12 章。
② 1850 年 1 月 5 日，福楼拜致母书。

因果道：

> 这是一本不成功的作品。你说珍珠。然而珍珠做不了项圈；这是那根丝线。在《圣安东》里面，我自己就是圣安东，而且忘记了我是。这是一个待写的人物（困难并不轻微）。我要是有任何方法修改这本书，我会极其高兴，因为我往这里放进很多很多的时间和很多的爱情。然而这还不十分成熟。关于这本书物质的部分，我想说历史的部分，我很用了一番功，所以我自以为布景写好，往里放进自己就好。一切依赖计划。《圣安东》缺乏计划；观念的演绎即使严格遵循，也不和事实的连锁相谋。搭了一大堆戏架子，就是没有戏。

根据这种自我的审判，他改出《圣安东的诱惑》次稿，就是一八五六年的稿本，也就是白尔唐（L. Bertrand）一九〇一年在《巴黎杂志》发表的所谓初稿。福氏轻易不会灰心，他不是不知道"蜀道难"，但是他要屏绝一切困难，用一种超人的毅力，终而上达"青天"。中间他也许厌倦，也许畏惬，但是"念兹在兹"，这一刹那不愉快的心情，溶于百折不挠的意志的暗潮。他会抖擞精神，杀向前去，直到匹马不存，独自站在创造的胜利战场，感到无上的欢悦——人的优越。从纷乱的浑沌修成完美的理想，正是一个艺术家可贵的努力。所以第一天捆扎《包法利夫人》，寄给《巴黎杂志》披露，第二天他就重理旧作。一八五六年六月一日，和布耶写信，他报告他修改《圣安东的诱惑》：

> 《圣安东》里面一切我觉得不恰切的地方，我全删掉，工作并不轻，因为上卷，原有一百六十页，如今（重新誊清）只有七十四页。我希望七八天内理出上卷。中卷要麻烦些，我终于发现了一个线索，或许不值一文，然而总算一个线索，一个可能的连锁。我给圣安东这个角色外加两三段独白，好引出下面的诱惑。至于下卷，整个环境要改。共有二十页，或者三十页要写。我抹掉过分抒情的动作。许多妨碍主要观念的辞藻，我

全删掉。总之，我希望这不太讨厌，能够叫人读下去。

假期里头我们好好严肃地商量商量。因为这压在我的良心上面，我要不想法摆脱，简直我就得不到一点安宁。

他用了整整一个秋季修改，而最大的成效，是将初稿五百四十一页，缩成次稿一百九十三页（原稿誊清后的页数）。差不多删去三分之二！我们钦服艺术家牺牲的精神，但是到了不仅仅是牺牲、自我的牺牲，而是屠戮的时候，即使具有何等矜贵的借口，我们依然表示遗憾。这不是寻取衣饰，而是剥削肤肉，裸露的不是活人，而是骨骼。所有初稿具体的表现，如今视同赘疣，一一缩成抽象的方式。读完次稿，我们得到同一的结构，然而怎样冷、怎样枯！我们寻不见初稿丰颖的生命、热烈的情绪、一切声色的绚丽。福氏从一个极端跑到另一个极端。实际这只是斧削、洗涤、剪裁，而他自己，忙中有错，不唯忘记同时放进创造的灵魂，而且误将初稿的灵魂摧伤！他并不了草，不过他太想"摆脱"，他会以为这比《包法利夫人》还要来得牢实。[①]

同时《包法利夫人》给他闯下了祸。高地耶劝他零星发表《圣安东的诱惑》，遥为声援。他誊出六节，分期登在高地耶的《艺术家》（*L'Artiste*）上面。只有极少的读者理会，然而《包法利夫人》无端引起的公诉、纷扰、裁判，仿佛一种警告，在作者心里种下无边的杞虑。他不敢，也不愿《圣安东的诱惑》更成为敌人的把柄。他怕人家加他一个诽谤宗教的罪名。一八五七年二月，他告诉蒲辣笛耶夫人道：

我很想立刻发刊一部书、一本谈到教父的书，充满神话与古代，费了我好几年工作。——我必须剥削这种快乐，因为不用说，它会带我上法庭走走。

他第二次收起《圣安东的诱惑》，暂时放在一边，开始创造另一

---

① 1856 年 10 月 5 日，致布耶书。

个世纪的东方：《萨郎宝》。但是他决不即此罢休，同年五月，和杜蒲朗写信，他谈起道：

再者，《圣安东》是一本不可听其没落的书。我晓得现在它缺什么，例如：一、统盘计划；二、圣安东的人格。我会来的。然而我需要时间，时间！

一搁下，便是几乎十五年的距离。借这长期的停置，他仔细考量他的舍取。年月变老他的岁数（将近五十），也练熟他的道行。他明白一八五六年的稿本如若不比一八四九年的稿本更坏，至少同样失败——左不过是一个模子的出品。他必须从根本做起。一本书的价值不仅在枝叶的稠稀，更在概念的同异。所以不等理出《情感教育》，他立即转向《圣安东的诱惑》，一八六九年六月秒，他向乔治·桑报告道：

我重新拿起我的老家活《圣安东》。我重新翻检我的笔记，重新写了一个计划……我希望最后寻见一个合乎逻辑的线索（同时是一种戏剧的兴趣，）贯穿圣者不同的幻觉。

他参证历年新旧的材料，写成一八七二年的定稿。然后继续搁置了两年，经屠格涅夫和一般朋友的督促，他终于刊行这部迭经波折的《圣安东的诱惑》。这不复是"换汤不换药"的次稿。更不是初稿紊乱的幻想。一切是丹炉纯青，不是一个年青人仅有的热情所能支持。这带着时间成熟的戳记。而最大的区别是，一八七四年的定稿建筑在现实——或者科学的——观察的地基上面：全盘是想象，而不复纯是幻想。他结束了他这笔良心的债，精神上感到欣快：

这完了，我不再在上面用心了。《圣安东》在我成为一种回忆。然而我不瞒你，看着最后的校样，我有一刻钟的广大的忧郁。和一个老伴儿分手，本来也就难受。[1]

一八七四年，《圣安东的诱惑》问世，在第一页上，写下这样的

---

[1] 1874 年 2 月 7 日，致乔治·桑书。

献词："纪念吾友亚夫莱德·勒蒲瓦特万（Alfred Le Poittevin）。一八四八年四月三日，亡于瓦塞勒（Oisel）。"回看福氏早年的遗著，我们就晓得有好几篇献与同一的人名。[1] 便是《包法利夫人》的献词，如若蒲瓦特万不是短命，也不会立即落在布耶身上。[2] 所以了解《圣安东的诱惑》，我们必须熟悉关于蒲瓦特万的一切。一八七二年十月三十日，结束这部著作以后，福氏写信告诉蒲瓦特万的妹妹道：

> 我要刊印的话，第一部书的开头就写着令兄的名姓，因为在我思想里面，《圣安东的诱惑》永久是"献与亚夫莱德·勒蒲瓦特万"的。在他死前六个月，我就和他谈起这本书。现在我算写完了，中间辍而复始，始而复辍，整整占了我二十五年！

他的妹妹不是别人，正是我们耳习的莫泊桑的母亲，这就是说，他是莫泊桑的舅父。唯其是蒲瓦特万的外甥，福氏另眼看待莫泊桑，先当做朋友，随后收做弟子：

> 无论我们年龄的差异，我把他看做一位朋友，而且他多么让我想起我可怜的亚夫莱德！我有时简直怕起来了，特别是他诵诗的时候低下头。怎样的人，亚夫莱德！在我的回忆之中，他超乎一切的比较。没有一天我不想到他。[3]

生在一八一六年，犹如杜刚记载，他是"我们的大哥"，和福氏是通家之好，所以两个孩子老在一起，虽说蒲氏年龄较长，班级较高，然而挡不住他们有一个共同的嗜好：文学。同样感觉锐敏，同样早熟，两个人都从浪漫主义领过洗，而且全都喜好历史。在鲁昂一家《蜂鸟》（Le Colibri）小报，蒲氏按期发表他的诗歌，福氏努力

---

[1] 例如 1838 年的《痛苦》《一个疯子的日记》以及 1839 年的《马杜南的丧礼》（Les Funérailles du Docteur Mathurin）全献给蒲瓦特万。

[2] 《包法利夫人》出版，作者赠送蒲氏的母亲一册，上面写着："……他要活着的话，这本书原该献给他。因为在我心上，他的位子空着，而热烈的友谊决不熄灭。"

[3] 1873 年 2 月 23 日，福氏致莫泊桑母氏书。

戏剧、小说的练习。一个是商人家庭，一个是医生门第，而且两个人的将来都指定学习法律；得不到同情，他们秘而不宣，然而来在一起，他们怎样高谈阔论各自的造诣！他们无所不谈，倾心相与，生活在一个共同的爱憎。一八五二年二月一日，向高莱女士写信，福氏追叙他们童年的绮丽道：

> 我觉得，好些事只有我一个人知道，而且别人说不出来，我说得出来。你所说的近代人的痛苦方面，正是我青春的果实。我过了一个很好的青春，同可怜的亚夫莱德。我们生活在一个理想的花窖，在这里，诗用摄氏七十度的温度薰热我们生存的苦闷。这才是一个人，他，周游空间，我从来没有做过同样的旅行。不用离开我们的炉畔，我们走得很远。我们上得很高，虽然我屋子的天花板很低。好些下午，如今还留在我脑子里，连着六小时的谈话，沿着我们的海边，还有两个人像我们无聊，无聊，无聊！我觉得一切回忆全是朱色，在我后面亮起来，和大火一样。

然而不和福氏一样，蒲氏喜好思维，更其潜心于哲理的探讨。类似多数的浪漫主义者，先是热烈的希望，随后他加倍感到幻灭的情绪。他忽视人间的色相，从哲理的思维，求取和平的心境。所以他看开了一切，不似福氏坚持到底，他接受尘世的规律。福氏分析他们两个人的性格道：

> 我好说话，好多说话（从前尤其如此），不管多么有本领模仿，我做鬼脸的所有的皱纹，变不了我的容貌。布耶是世上唯一的人，还给我们各自一个道理，亚夫莱德和我。他知道我们二者性情的区别，看出隔离二者的深渊。他（亚夫莱德）要活下来的话，他会越来越伟大，凭藉他理智的清晰，而我呀，凭藉我的狂妄。[1]

---

[1] 1852 年 12 月 9 日，致高莱女士书。

唯其性格不同，他受"大哥"的影响特别深厚。一八五二年十二月二十七日，看完巴尔扎克的《路易·郎拜》（*Louis Lambert*），好像重新发现他的老友，他立即写信给高莱女士道：

> 你看过巴尔扎克一本书，叫做《路易·郎拜》的吗？五分钟前，我读完了它；我和雷劈了一样。这是一个人变疯了的故事，因为思维些没有形体的东西。像有一个个钩子，这挂在我身上。所谓郎拜者，差不多就是我可怜的亚夫莱德。

蒲氏正是这样一个神秘的天才。在他那群年纪较小的学侣里面，犹如郎拜在丹尼埃（Daniel D'Arthez）那群年轻人中间，他差不多居于半师半友的地位。犹如郎拜，他缺乏力量，陷入一种不可救药的自我的沉溺，而且听其自然，不想也不能收住放松的缰绳。迫于求知心切，中间他离开书本，到下流的地方寻乐，结局他有了经验，然而毁掉他的身体，换来一个无端的空虚。他不悲悼，重新返回他的形而上学，希冀从消极和达观得到永生的和平。他承受法官的职业，而且娶妻生子，不像做过"世纪之子"，倒像他所不屑的资产阶级。但是内心怎样矛盾、纷乱，而且萎顿！鼓舞他的不是他自己，反而是他年轻的知己。他重新写作，重新搁笔，重新呻吟，最后没有到疯人院，却进了一个崭新的世界——死。一八四七年九月十四日，向福氏写信，他分析自己道：

> 差不多有八年了，我向自己提出我存在的问题：人生，通常看做一个谜——不用别的称呼，总算对得住天父——缩成无动乎中的停滞。人总以为，有了前题，结论自然就有。然而实际却不是这样轻易。活而不活，同时发展的只有一个官感，人人不方便，对于一个诗人不可能也难说。由于这种险巇的理想，我精疲力竭，然而普罗米修斯依旧肉跳，依旧感到鹰鸷。

> 然而比起从前，我如今平静多了。我花了大价弄来经验，完备经验，我不会轻易卖掉它，要是交易可能的话。

> 我相信，和从前相比，我今日明白了许多艺术与理论的应

用；然而官能的发展和蔑视一同进行；我不希冀什么光荣，不过也许伸手接住它。

在未来的计划里面，凡不是"自我"，我全好好丢在一边。走在街头，随你向我扔泥扔花，我都不放在心上。我的精神原本乖僻，喜欢的或许倒是扔泥。我只想走远点儿，埃及或者希腊，用现存的古昔慰藉自己。……

生下来不和别人一样思想，疲于自我，犹如疲于别人，寻求庸俗的幸福，还不能得到，也就真够遭殃了。然而在这一切下面，总该有点儿东西，好比画景的灯烛。……

现在我的窗下，运过一个男尸，或者一个女尸。尸布是白的，该是一个年轻的女孩子。可怜的小姑娘！将来不能怀孕、生产、行经，欺骗她的丈夫。……

从这一封长信，我们可以看出福氏和他多少相似、相投，然而福氏的意志挽住他的沉沦。蒲氏好像万念俱灰，听天由命，不和人世竞争。他永久清醒着，枕边放着他喜爱的司比奴萨，预知一八四八年革命的来临，预期他今生的安息：

我开始不再观览这个世界的事物，除非迎着这燃给死人的可怕的蜡烛的光亮。我告诉你，这句话不是我说的；这是圣西门（Saint - Simon）说的，然而他错了，蜡烛并不可怕。①

十五年以后，福氏给莫泊桑的母亲写信，提起她的哥哥，点出他的重要道：

没有一天，我敢说几乎没有一时，我不想他。现在我认识了通常所谓这时代最聪明的人物。我用他来量他们，两两一比，我觉得他们好不庸碌。在他们任谁一旁，我感不到令兄给我的晕眩。他怎样携我周游天空，他！我又怎样爱他！我相信我没有爱过人（男或女），像我爱他。在他结婚的时候，我感到非常

---

① 参阅德沙木编订的《蒲瓦特万》，我们根据的几乎全是他的材料。

深沉的嫉妒的痛苦；这是一种决裂、一种撕夺！对于我，他死了两次，而我时时捧住他的思想，犹如捧着一件符箓、一件奇特的亲切的东西。有多少次我工作累了，在戏院、在巴黎，介乎两幕之间的休息，或者独自对着克瓦塞的炉火，在漫漫的冬夜，我回到他的身边，重新见到他，听见他的声音！我还记得，同时喜乐，同时忧郁，我们没有终止的谈话，杂有打趣和哲学，我们的读书、我们的梦想、我们那样高的企望！我要值点儿什么，不用问，全从这里来的。我对这个过去持有绝大的尊敬；我们非常之美；我不愿意堕落。

我们可以想象福氏如何哀伤蒲氏的夭逝。他给杜刚写信，报告死亡前后的情况——古尔孟以为"必须跪下来念"的一封书信：

星期一午夜，亚夫莱德去世；昨天我看着他入土。我伴了他两夜；我用尸布包起他，向他致最后的吻别，看着棺材封口。我在旁边整整过了两天：一边陪着他，一边我读着客罗采（kreutzer）的《古代宗教》。窗户敞着，静穆的夜，我听见鸡的歌唱，有一个蛾子围住蜡炬团团地飞着。我一生忘不掉这一切，他的容貌，还有第一晚半夜穿过树林而来的猎角的遥远的声音。星期三下午，我全用在散步上，后面跟着一条母狗，我没有叫它，可是它尾随下来。这只母狗很爱他，他只要独自出去，它总随伴着。他去世的前一夕，它异常地嘶号，没有人能够禁住它。我坐在绿苔上面，这样换了好几个地方；我吸着烟，望着天，躺在一丛花草后面，就睡熟了。前夜，我读《秋叶集》：我翻来覆去地念着他最爱的那几首，或者和现在的情况有关联的诗。不时我走过去，揭开覆在他脸上的面巾，看着他。——我披着我父亲的一件旧袍子，只是卡罗林结婚那天，他穿过一回。——四点钟天方破晓的时候，我同守尸的人就忙乱起来。我举起他，翻转过来，把他包好了。他四肢僵冷的感觉整整在我的指端留了一天。他尸身腐烂得很厉害，我们给他覆上两层尸布。这样把他安置妥当，他倒像一个用带子严密捆扎的埃及的木乃伊，同时我替他感到一种说不出来的欢悦与非常的自由。白色的雾，树林渐渐同天分开，在这黎明的白光之中，两支蜡炬熠耀着；鸟儿们歌唱着，我向自己诵着他的《白利亚》（Bélial）里的这句话："欢悦的鸟，他来了，来在松林，迎着上升的太阳致敬。"倒像我听着他的声音向我说，一整天我忘情于他这句话里面。棺柩在门道停住，门上的钩子落下来，这时雨也开始降了，它的清爽偕着早晨的鲜气一齐迎了上来。大家用臂把他抬进坟场；走了一点多钟的光景。我站在后面，看着棺柩摇曳而下，好像一只左右摆动的船。祭礼是惨无人道的长。茔地是脲软的；我走近坟边，看着一铣一铣的土往里掉；我觉得这样一铣一铣足有十万回。我同布耶坐上车，折回鲁昂；雨简直大了；马奔着，同时为了激励马，我喊着。空气使我好多了。昨晚我睡了一整夜，简直今天一整天。这就是我从星期二到如今的情况。我有许多未之前闻的感觉同不可诠译的观念的炫惑；我脑子里来了一大堆东西，伴有音乐的合奏与香味的飘拂。——直到他最后弥留的时际，他每晚躺在床上，诵读《司比奴萨》，一直读到清晨一点钟。有一天，窗户敞着，阳光射到他屋子里面，他说："关住窗户吧，这太美了！这太美了！"

一月之后，福氏捺下他的悲恸，开始写作《圣安东的诱惑》，因为他"不愿意坠落"。

但是《圣安东的诱惑》，走进作者的想象，不和蒲瓦特万的去世同年，更在三年以前，他游经意大利的时际。一八四五年四月，福氏随同家人，陪伴新婚的爱妹和妹婿，在欧洲南部旅行。他不大羡赏这"全家福"式的资产者的出游。中途父亲害眼，妹妹闹病，他自己久病初愈，更是唯恐复发，于是一家人不去罗马，匆匆从热那亚折回。他特别羡赏这座滨海的古城：

我如今在热那亚、一座美丽的城、一座真正美丽的城。我走在大理石上，全是大理石：楼梯、露台、官邸。[①]

就在这座"真正美丽的城"，看见布罗该（Breughel）的画，他想到《圣安东的诱惑》的写作：

我看见一幅布罗该的画，叙述圣安东的诱惑，自己也很想把《圣安东的诱惑》写成一出戏；不过，这得另请高明，我则不成。大多数人看这幅画，一定以为糟糕，然而我宁可拿《通报》的收藏，外加十万法郎，来买这幅画。[②]

这幅画如今依然挂在热那亚的巴尔比（Balbi）画宫。在欧西绘画史上，《圣安东的诱惑》是一个数见不鲜的题旨，随便走入任何美术馆，我们都有机会遇见，特别十六世纪前后的画家，喜欢用来渲染他们的幻想：里面充满了中世纪宗教的恐怖、儿童似的好奇以及谲怪的象征，从画的本身来看，布罗该的《圣安东的诱惑》并不是他的名品，而引起福氏想象的喜悦的，也只是画家的非常的幻想。福氏在他的旅行日记曾经描述这幅画道：

在远处两边的山头上，两个奇形怪状的头，半人半山的魔鬼。下面左方，圣安东在三个女人中间，闪开头，回避她们的爱抚。光而且白，她们一壁微笑，一壁用臂来围绕他。面向观众，正在画的下方，是消瘦的饕餮，一直裸到腰围，头上围满了红红绿绿的装饰，忧郁的面孔，颈项极其长而有力，好像仙鹤的颈项，后脖子凸起来，——凸出的肩胛骨——向他献上一盘五颜六色的馔肴。——一个人在桶里骑着马，从动物脏腑出来的走兽，长着胳膊的蛙在地上跳跃。——红鼻子人；骑着马，围了一圈鬼。——有翅的龙俯瞰着。一切全像在同一距离的幅面，每一枝节全简单可爱。然而全盘却凑集在一起，蠢然而动，

① 1845 年 5 月 1 日，福氏致蒲氏书。
② 同年同月 13 日，致蒲氏书。

同时冷笑着，样子又怪又激昂。——骤然看来，这幅画是一团纷乱，渐渐大多数人会觉得奇异，有些人会觉得可笑，有些人会觉出别的什么来。我觉得这幅画压倒了全廊的画。如今我已然记不起此外的东西了。

从这"一团纷乱"，我们可以了解《圣安东的诱惑》初稿，甚至于次稿，但是这怎样酝酿成一八七四年的定稿。我们必须先行认清幻想和想象的差异。无论如何，这供给福氏一个机会，表现他自己，让他寻见一个题旨适合他"狂妄"的心性。在他和对象之间，有一种神秘而融洽的共同之点，做二者欣纳的媒介。所以诗人对秋叶而兴悲，实际秋叶不过枯黄而凋零，然而立即勾起诗人对于命运的恶变的感伤。我们可以说，他发现的仍是他自己、一个朦胧而真实存在的自我，所谓秋叶、所谓画幅，都是一种启示，或者一点棉絮，而发火的仍是青石自己。所以他需要伟大的借口，如若他生而是一个伟大的作家。然而新大陆自来就在他的心海，等他冒了险来寻找。在一八四五年以前，福氏已然写过几篇类似《圣安东的诱惑》的作品，有些地方气质相似，有些地方成分相同，例如一八三七年的《地狱的梦》（*Rêve D'Enfer*），一八三八年的《死之舞》（*La Danse des Morts*），尤其近似的是一八三九年的司马黑（Smarh）。同年三月十八日，向佘法利耶写信，福氏总括这篇哲理的故事道：

> 现在我搁下书不念了。我重新开始一个扔下很久的工作，一个神怪、一盘杂烩，我相信从前和你说过。两句话可以说完，这就是：撒旦领一个人（司马黑）到了无限；他们两个升入空中，升得很高。司马黑发现这么多的东西，充满了骄傲。他相信他具有一切创造和无限的秘密，然而撒旦领他到了更高的地方。于是他怕了，哆嗦了，他重新下到地面。这才是他的地带；他说这做来是为他活的，自然的一切归他享用。于是来了一阵大风雨，海要淹没他。他重新承认他的弱小和虚无。撒旦把他带到人群：一、野蛮人歌颂他的幸福，他的游牧生活；然而马

上他又想到城市去，他拦不住这种欲望，他动了身。这就是文明了的野蛮民族。二、他们进了城，看见皇帝役于七大罪孽，痛苦已极；看见穷人，看见结婚的人们，看见荒凉的教堂。教堂内处处发声埋怨；从房顶到砖地，全谈论上帝，诅咒上帝。于是教堂变为大不敬，也就倾覆下来。在这一切之中，另有一个人搅入，而且掀转全盘的故事。这就是虞克（Yuk）、奇丑可笑之神。所以第一景，撒旦用骄傲引诱司马黑学坏，虞克劝一个有夫之妇卖淫。这好比笑伴着哭和痛苦，泥伴着血。于是司马黑厌憎人世；他倒想全告结束，可是撒旦不放手，让他感受一切他看见的热情和苦难。他叫他乘着飞马，来到恒河岸边。在这里，奇谲而神怪的夜宴，尽我所能想象到的物的享受；然而物的享受让他厌腻。他依然感有野心。他变成诗人；他的幻象失去了，他的绝望大极了，他要见不到上帝。司马黑还没有尝过爱情。来了一个女人……一个女人……他爱她。他重新变美了，然而撒旦也爱上了她，他们各自用力勾引她。胜利属于谁呢？你以为属于撒旦？不，属于虞克、奇丑可笑之神。这个女人，就是真理；全篇终结于一个怪物的诞生。

这里主要的情节，甚至于主要的人物，差不多正好拆散，放进《圣安东的诱惑》初稿（或者次稿）。和这可以归入一类的，更有蒲瓦特万的遗著《白利亚的漫游》（*Une promenade de Bélial*）。白利亚是一个魔鬼，领着一对新婚的公爵夫妇，夜里驾着车，游览人世。他用镜子照出我们的既往；他用循环解释自然的演进：

这是同样的事物，重新开始。你们提到人生，我来了，我告诉你们它的神秘，而你们现在却怕了，头也晕了起来。你们希望把婴孩还给自己的母亲！那么你们应该明白，如果有死，死正为了更新生命！你们知道，兄弟姊妹不该连在一起，因为除非掺加不同的原素。一个种族不能改良。这就是为什么，一进坟墓，自然就消解了家族。从同样的泉源吸取生存，婴孩依旧原样回来，一点不见进步。所以血统由生而始，因死而止；创作你们的这另一世界，好像泉源流向巨壑，回到普遍的宇宙。然后重新出现同样的演员，有时握住新的关联，有时重新结上旧的关联。于是世世代代这样下去，埋葬死者，因而埋葬他们的法律、他们的艺术、他们的宗教；然而同时他们破坏它们，永久用替换它们的形体保存下它们。[①]

我们回头就知道，《圣安东的诱惑》的哲学根据，和这里的教训完全相同，成为蒲氏影响最强的证明。所以布罗该的画压倒全画馆，只是凭藉福氏发现自己的喜悦重量，一八四六年八月，他从巴黎买来一张贾劳（J. Callot）同一题旨的刻画，挂在书房，他向高莱女士形容他的心情道：

> 我很爱这件作品。好久我就想弄一张来。忧郁的奇丑对我有一种异常的魅力；我的性格是滑稽地苦辣，所以这正好适应它密切的需要。我并不因之发笑，不过它让我长久思维。无论在什么地方，我一眼就可以抓住它，同时我内心持而有之，犹如人人持而有之；这就是我爱分析自己的缘故。这是一种取悦我自己的研究。我的精神总算严重，然而我就难以正经其事，唯其我觉得自己非常可笑，并非舞台上喜剧的相对的可笑，而是人生自己内在的可笑，或生于最简单的动作，或生于最平常的姿势。例如一刮胡子，我就发笑，因为我觉得这再蠢不过。这一切极其难于解释，极其难于要求别人体会；你就体会不到，因为你是一个单纯的物体，仿佛一首爱与诗的美丽的赞歌。我呐，我是一个阿拉伯式的雕镂细工；这里有象牙的碎屑，有金的碎屑，有铁的碎屑；这里还有花纸；这里还有金刚石；这里还有马口铁。

所以他立时抓住《圣安东的诱惑》，伟大的想象需要一个伟大的

---

① 见于《白利亚的漫游》第 6 章。

题旨，一个海阔天空的境界。仿佛鲸鱼，必须翻滚在汪洋的波涛；仿佛天马，必须驰骋在无涯的高原。他要言过其实，因为他要变出惊人的戏法：

> 我真正的性格，无论你说什么也好，是一个走江湖式。[1]

魔术士站在台口，嘴上天花乱坠，吹嘘、夸大、极力膨胀现实，——不全然为了满足观众的好奇，甚至于打趣他们也难讲——然而他更满足他自己，弛放自己的想象、美感、虚荣、骄傲、他整个的存在。他的想象没有缰鞯，然而他要兜住，缚在字句的表现上；然而表现有限，于是他笑着，哭着，吼着，呻吟着，诡谲着，讽刺着，唱起来，舞起来，企求他最后的效果。然后他一扬手，掀开手帕，露出那渺微的、丑陋的、被渴望着的现实：于是观众大鼓其掌，以为这是最精采与最成功的一幕。

福氏正是这样一个演员，一个戏剧性的人物，然而不是一个戏剧作家：他不能冷静，或者过于冷静，所以真正临到写戏，他缺乏平衡，十九沦于失败。在他翰札里面，我们可以遇见不少过分的例证。为了满足他感情的洋溢，为了补救文字的贫窘，他能够任意扯长某一字音，或者母音，甚至于改变字体，企求精神的解放。他具有高度的模拟性，或者创作上想象的扩大性。在舞台上，一切需要集中、加重，直趋某种特殊的必然的效果。到了需要的时候，言过其实也一点不可避免。动作无妨用力，声音无妨洪亮，情绪无妨提高，性格无妨深入，布景无妨远大，服装无妨夸侈，文字无妨耸人听闻，这一切回应在我们的想象上，是一个浓烈的具体的整体。这种乱而不乱的戏剧的生动，自具一种节奏，是布罗该或者贾劳的画幅的特点，恰好和福氏的心性一拍即合。

但是写成戏剧的形式，对于福氏并不偶然。他从小试着写戏、演戏，而且欢喜看戏，犹如哥德的麦司特（W. Meister）。在他学徒

---

① 1846 年 8 月 8 日，福氏致高莱女士书。

的期间，每逢节令，便有一班小戏，叫作圣安东爹爹（Père Saint-Antoine），来到鲁昂，开演种种神怪小戏，引逗一群儿童喜笑。这成为福氏生平一年一次的娱乐。同时在家里，和他的妹妹、他的学伴佘法利耶，蒲瓦特万兄妹——把台球桌改成舞台，排演他们自己编制的戏剧。十一岁上，他向佘法利耶写信报告道：

> 你知道，从前有一封信，我告诉你，我们再没有戏了，可是近来我们又上了台球桌，我差不多有三十出戏的光景，我同加罗林我们俩扮演好些出。①

在另一封信里，他向学伴热狂地喊道：

> 胜利，胜利。

> 胜利，胜利，胜利，这几天里头随便哪一天，你来好了，我的朋友，戏园子，广告，一切都齐备了。等你来了，亚买代，艾德芒，你母亲，我妈妈，两个听差，或许还有别的学生，都来看我们的戏，我们要演四出你不知道的戏，但是不久你就会晓得的。票分头二三等，有池座软椅子，还有布景。……②

这热衷的小孩子，长大了，有时未尝不想做一个戏剧家。这就是为什么，毫不迟疑，一看见布罗该的《圣安东的诱惑》，他马上选用对话形式，同时把它写成《圣安东的诱惑》。一八七二年六月五日，他向尚特比女士写信，叙述它的来源道：

> 这是我一生的著作，一八四五年，在热那亚，当着布罗该的一幅画，这本书的观念第一次走进我的脑子，从这时候起，我就一壁想，一壁读参考书，没有停过。

现在我们来看一八四九年初稿的故事，上卷是：

圣安东预备晚祷。他想到他的寂寞、长年的操劳、生活的单调；

---

① 1832 年 3 月 31 日信。

② 1832 年 4 月 3 日，致佘法利耶书。

他忘记祈祷，看着面前圣母的画像。不知从什么地方来了一个声音，引他注意画像的美丽。画像被风吹起，化而为人。他呼着上帝，驱开了它的诱惑。猪醒过来，渐渐有些迷漠的阴影与语声出现。声音向他演述他既往的种种尘缘。他把持不住了。

迷漠的形影团团围住安东：这是嫉妒、吝啬、物欲、忿怒、饕餮、慵惰、骄傲、和一个形状较小的逻辑。他们用人世的幸福蛊惑他摇摇欲坠的心神。从他一生的空虚，逻辑分析三位一体的矛盾，证明上帝即是魔鬼，魔鬼即是上帝。于是种种邪教出现，演述各自的教义。安东辩解，最后用杖逐散他们，余下他一个人。

他听见哭泣的声音。来的是魔术士西蒙（Simon）同海仑（Hélène）：后者哀诉妇女流离的命运，前者高唱拯世的理论。他们的诱惑失败了，种种邪教重新出现。忽然一声霹雳，全消失了，只见浓雾里走出一高一矮的主仆：后者是永久盲从的达密司（Damis），前者是神乎其说的亚坡鲁尼（Apollonius de Thyane）。亚坡鲁尼道貌岸然，叙述他生平的奇迹，引起安东的好奇。安东拒绝和他同行，于是一切妖异重新出现，熙熙攘攘，力谋他的毁灭。他跪下祈祷：信仰、希望、慈悲出来保护他。众妖颓然而废，唯有骄傲昂然站在小教堂的门首：里面是安东同他的三位女神。

中卷是：

狂笑着，魔鬼出而斥责群妖的无用。他们把失败推在骄傲身上，不是骄傲，安东早已纳降。安东以为自己平静了，然而渐渐听见外面的纷哎。虽说处于道德的翼佑之下，他却凄惶起来。魔鬼开始猛烈的攻击。就在这千钧一发的时际，跑来骄傲的小儿：科学。他讨厌他劳而无功的工作。他需要信仰。然而信仰久具戒心，不甘屈服。群妖终于破闼直入。

站在安东背后的，如今不是道德，却是骄傲。逻辑同科学伫候在门外两侧。安东走出小教堂，望着星空，感到精神的安怡。他捡起一只银杯，里面贮满钱财珠宝。他踢开了它。魔鬼诱他下山抢劫旅客。他奔向他的小教堂，小教堂不见了。他用杖鞭挞自己。猪重新醒过来，梦见他在大嚼大饮。安东继续鞭挞，他感到一种痛苦的满足。奸淫、肉欲和卑污三个奇丑的女人围拢他：他晕过去，倒在地上。

他发现自己在一家妓女的巷口徘徊，正想叩门而入，魔鬼毁掉他的幻景。他看见一个无耻的妇人，在黄昏等候她的牧羊人；牧羊人来了，他们就在山谷野合。夜来了，远远传来犬吠，女猎神狄亚娜，带着侍女，在溪水边洗浴。尼布甲尼撒（Nabuchodonosor），在他富丽的宫庭，享用他的御膳。他爬在地上翻滚，学牛叫唤。安东在夜里静聆着，诗人同卖艺的在一起歌唱。太阳忽然出来，全山的景物明灼起来，呈出热带的气息。在盛大的仪仗与护卫之下，示巴（Saba）女王远道朝拜安东；她用尽了伎俩，最后恨恨而去。

仍是夜的黑暗。谜（sphinx）在地面爬着，妄念（chimère）在空中飞着。二者相斥相吸，有心拊在一起，惜乎一个太重，一个过轻。随在它们后面，是千奇万怪的飞禽走兽。自然的创造的美丽炫惑住安东惊惕的心情。猪痛苦起来，以为它们专来和他作对。安东感到血液的沸腾，愿意偕万物同化，探求自然的神秘。魔鬼出现了，用两角将他架起，腾空而去。

下卷是：

魔鬼带着安东，周览宇宙。不幸触着衣襟上的念珠，安东依旧跌到地面。他躺在他茅庐前面，而猪横立在小教堂的遗址上。他以为猪死了，不料还活着。全身酥软，他想坐起来，然而坐不起来。物欲走来向他献媚。安东叱开她，然而感到生存的空虚。猪感到物质的压抑与厌腻。死亡走近了，猪吓得躲在一边。死是最高的认识。安东预备和死亡携手，但是物欲出来挡住。她陈述生存的意义。死亡论列空虚的真谛。安东不知所从，堵住耳朵，两个全不睬理。

无数往昔的偶像和神祇，嗟咏他们好日不长，哀悼他们的末运。死亡鞭驱着，呹喝着，主有一切。于是一声霹雳，死亡扔下鞭子，群妖向后退缩。这是上帝的声音，叙述基督教的灭亡。渐渐声音消失，一切成为历史的陈迹。留在人世的，只有死亡、物欲、骄傲，以及其他的孽障。安东纳心祈祷。晨阳从东方上来。魔鬼暂时离开他，冷笑着。

蒲瓦特万有一首诗，歌颂两位先贤：

什么人肯为艺术捐弃情欲，

若非伟大的歌德或者伟大的司比奴萨？[①]

我们可以替他添上福楼拜，只要我们不怕破坏他的韵脚或者音节。然而重要的是，诗人好像有意连起歌德和司比奴萨，一方面诠释自己，一方面正好给《圣安东的诱惑》留下一个注脚。了解《圣安东的诱惑》，我们必须想起蒲瓦特万，但是真正在书里留下痕迹的，不是蒲瓦特万，却是他所赞扬的两位先贤。我们很容易由《圣安东的诱惑》联想到歌德的浮士德，特别是《瓦勒蒲尔吉斯（Walpurgis）之夜》。然而浮士德是一个学者，圣安东是一个乡愿，根据不同的性格，各自趋向相异的发展。一个普遍的象征的世界在他们的眼前展开。类似浮士德，然而和《圣安东的诱惑》同样庞杂，是一八三三年吉乃（E. Quinet）的《亚哈随鲁》（Ahasuerus）。这是一个犹太人，为了耶稣受难，罚在人世漂流。全书分做四日。[②] 作者的用意是写一出"上帝与人与世界的悲剧"。这两部书的影响，来到一八七二年的定稿，我们几乎看不见什么痕迹。但是始终如一，永久在魔鬼背后，隐隐站着一个司比奴萨。犹如蒲瓦特万，这是福氏宠爱的哲学。比起康德和黑格尔，司比奴萨要"三倍地伟大"，"怎样

---

① 见于《蒲瓦特万》，题名《歌德》。

② 第一日从上帝洪水灭世起，写到耶稣降生：中间用东方之圣的访求做穿插。第二日叙耶稣扛着十字架，经过亚哈随鲁的门首：于是带着犹太人的恶运，后者告别家乡，开始他的漂流。第三日象征人类的末日，他从死神那里找见流离人世的辣雪娜（Rachel）。第四日象征最后审判，一切归于虚无。

的天才！怎样的著作，他那部《伦理》（*L'Éthique*）！"① 一八五七年十一月，向尚特比女士写信，他推荐司比奴萨道：

> 是的，必须读司比奴萨。骂他无神的人们，才是驴子。歌德说，"我一心烦，我就温习《伦理》。"犹如歌德，读了这本伟大的书，你也许心绪平静。十年前，我丢掉我世上最爱的人，蒲瓦特万。临危的时候，他夜晚读司比奴萨消遣。我从来没有见过人（而我见过许多许多人），像我和你说起的这位朋友，有那样向上的精神。我们有时一连六小时来谈形而上学哲学。我敢说，我们有时高得可以。

因为实际上，对于《圣安东的诱惑》，犹如对于《白利亚的漫游》，司比奴萨的哲学形成全书行动的基石。起初是逻辑向安东点示，然后到了下卷，我们听见魔鬼忠实的演述或者发挥。什么是宇宙呢？宇宙是一个完美的表面的组合，表面无论如何幻变，本质永久存在。无所谓灵魂、肉体、精神、物质，或者生、死，一切活动在一个无限的必然的循环。苏轼说得好：

> 自其变者而观之，则天地曾不能以一瞬；自其不变者而观之，则物与我俱无穷也。

宇宙只有一个根源，这一个根源更有一个共同的性质，就是"无穷"，或者无限。在这无限的征途上，更有一个既定的法序，便是上帝也逃不出它的拘束。我们没有绝对的自由，犹如上帝不能造出一个另外的我们。所以一切毁灭，一切更生，看来好像不一样，其实本质仍然继续下去。我们不因死亡而毁灭，犹如万物不因毁灭而失去上帝的凭藉。善之含有上帝，正如恶之含有上帝。上帝是唯一的根源，所以无处不在。所以福氏晚年温习司比奴萨全集，替司比奴萨辩护道：

---

① 1872 年 3 月尾，福氏致乔治·桑书。

依照我，这位无神者是人中最宗教的，因为他只承认上帝。①

实际比起司比奴萨，福氏只有变本加厉。他会告诉我们宗教的兴替，甚至于基督教也有毁灭的一日。我们晓得在他小说里面，福氏怎样讥笑一般乡村的教士。他从来不同情他自己的天主教。他否认任何宗教的优越，然而他承认一种普遍的宗教的情绪。一八五七年三月三十日，他向尚特比女士写信道：

然而超乎一切，最引诱我的，正是宗教。我的意思是说所有的宗教，不限于某一种宗教。我讨厌每一种单独的教义，然而我以为创造宗教的情绪却是人类最自然最有诗意的情绪。我不爱那些哲学家，在这里看见的只是欺骗和愚蠢的行为。我呀，我发现这里有需要同本能；所以黑人吻他的神牌也罢，天主教徒跪在圣心前面也罢，我同样尊敬。

他尊敬他们生而具有的宗教的情绪。这种情绪既深且挚，是我们陷入绝望的最好的解救。这会不期然而来，同时给我们希望，同时叫我们害怕。这是一种超乎一切的内在的力量，往往正是我们生存的最后一线的维系，或者一线的光明。我们用不同的形式，或者我们永久追寻一种更好的形式，来表现这种自然的情绪。所以对于福氏，任何宗教可以崩溃。所以听见上帝无能为力的最后的霹雳，看见安东慑伏在地面上，魔鬼以为他死了，便是苏醒过来，也一定抛开信仰，走上魔道。出乎魔鬼同我们的意外，安东反而虔心祈祷起来。这象征什么呢？从哪里来的这一线曙光呢？这种结束是必需的，或者自然的吗？我们不妨揣测一下作者的意向。魔鬼摧毁一切，甚至于宗教，然而胜利的，不是魔鬼，却永久属于安东的宗教的情绪。这正是司比奴萨所谓，个体含有上帝。因为上帝不是一个君主，在我们外面独自形成一种特殊的统治势力，所以魔鬼莫可奈何安东，

---

① 1879 年 11 月，致翟乃蒂夫人书。

恶和善同样主有他的内在。

如果《圣安东的诱惑》的哲学来自司比奴萨，圣安东和他的诱惑，犹如福氏所云，正好属于作者自己。一八四六年十一月二十三日，给高莱女士写信，他分析自己道：

> 我搜寻我可怜的脑子，但是什么也没有找见，好像我的心是一个阉人，有的只是欲望和痛苦。

这不复是福氏，而是圣安东，如若说的更准确些，简直是一个近代的浮士德。这也正是为什么，在理智方面，圣安东那样简单，而在感觉、情感、想象各方面，却又这样繁复。《圣安东的诱惑》是一部浪漫文学的作品，不仅只由于中世纪的时间，不仅只由于非洲的异域，而是在这时地交织之上，托出一颗十九世纪初叶的红心。中世纪仿佛一个漫漫的长夜，望着四墙移动的阴影，一般愚民越是好奇，越是恐惧。他们不是没有理想，理想是为宗教而牺牲现世，为幸福而轻视肤肉的苦乐。这是成千成万的教士或者隐士，在耶稣殉世以后，生活于宗教的热情，企求一种理想的解脱，犹如拿破仑失败以后，无数的青年做着绮丽的梦，想从热情的奔放达到个人的自由。他们要求真实的情感，所以他们回到神秘主义的中世纪，更跋涉向无法无天的野蛮世界，唯其这里充满了惊人的神秘。他们揉合起来千变万化的颜色和情调，想从他们的配合发现一所新的天地——结果他们最先发现的是他们自己。他们看见外物而惊叹，但是他们立即转而注意自己的惊叹，因为这唤起生命的颤动，仿佛比一切舶来品全重要。他们忘不掉，而且怎样忘掉自己，如果他们有一个漫天漫地的苦闷？拿破仑的时代，他们的野心是当兵，是征服世界，现在他们有什么可做，如若不是和一群资产阶级为伍？然而这样，又有什么可做呢？所以圣安东（其实是福氏）自言自语道：

> 我要做什么？……祷告吗？……然而我已经祷告够了！那么工作吗？我现在看不见，还得点起灯来。而且这对我有什么好处？永久是这些筐子！好筐子，倒像是！不！我挖个窟窿玩

玩不好？挖成了，我再把它填上；要不找一块石头，一块石头拆我的屋子？……啊！我烦得厉害！我烦得厉害！哪怕做一点什么也好，可是我不知道做什么才好，哪怕到什么地方走走，可是我不知道到什么地方去；我不知道我要什么，我不知道我想什么，我连要的意志都没有。

这种百无聊赖的感觉，差不多是一般浪漫主义者必有的开端。因为根本他们就像青年的福氏：

我是既弱且脆，不强壮，也不清心寡欲，一点点动静都骚扰我。

然后越来越烦激，他会走上疯狂的道路。犹如圣安东，躺在地上呓语：

我的折磨、我的祈祷、我的麻布衣服、我的篮子、我的茅草房子、我的猪、我的念珠，一天到头不是这个，就是那个，比起来，我不更可怜，更蠢吗？这一切能做什么？有什么用处？一辈子也不会对我有用！啊！我烦得厉害！我苦得厉害！我恨我自己，我愿意打我自己；要是我能够，我掰死我自己。我是多么一个忧郁的蠢东西！我愿意和兵一样地喊骂，我愿意在地上打滚，一边叫着，一边用指甲抓破我的脸，我想咬谁一口！……真的，我手里就没有一点点东西，叫我一下子握成粉碎吗？我肚子忍够了，……出来！出来！飞吧，我的万千的头发、我的皮、然后我的头，还有我的心！（他抓着他的头发，顿着脚，捶着自己，同时他呜咽着，呢喃着。）

魔鬼出来蛊惑，圣安东未尝不想用力抑制自己叛逆的心情，而且魔鬼一次一次地失败，但是他并没有因之胜利，正如魔鬼临行所云，真正的地狱是他的心。只有毁灭自我可以获有清净。但是基督要求我们吃苦受难，所以我们必须活着，这就是说，我们没有方法避免罪恶。在相当的可能上，我们未尝不可以得到一时的宁静、一时的成功，因为肉欲有时也会厌腻自己，犹如圣安东，经过一夜的魇魇，望见曦阳。然后到了白天，他和昨日一样，六十年前一样地工作，随后夜来了，魔鬼重新回来。他越压抑，他越痛苦。"道高一丈，魔高一丈"，其间的挣扎永在。这挣扎着的圣安东，正是福氏自己。一个敬奉上帝，为宗教而牺牲现世；一个崇美，为艺术而摈弃福利。他们浮泛在同样浩大的海洋，犹如福氏比喻：

> 一个可怜的艺术家当着美的惊恐，不是冷酷，不是怀疑，而是无能为力。从岸边看，海大得很。站到山尖上，显得还要大。上了船看，全消灭了；只是浪，只是浪！在我的小艇上，我算什么，我？"救我，我的上帝，海是大的，我的船却如此小！"这是一首布列塔尼的民歌，而我也这样说，想着其他的深渊。①

他必须奋斗，说不定中途翻船，说不定半路触礁；他也许费掉他最好的精华，谁知道？前途茫茫，他也许一无所得。他终于达到彼岸，然后重新检点，他会发现他的胜利是由无数的损失积成。

> 我的青春极其内在地美丽。从前我的心是很热的，然而，唉！如今我没有了；我有许多朋友，不是死，就是走了另外的路。我对自己有深的信心；我的灵魂是优异的，而且活跃着；全身含有一种猛烈的劲儿。我梦想着爱情、光荣、美丽。我的心胸和世界一样大，我呼吸着天涯海角的风。然而，我渐渐变得麻木、枯窘、憔悴。啊！我谁也不埋怨，要埋怨只有自己。我用疯狂的情感毁了我自己，我以克抑我的官能为乐，我以鞭拷我的心为乐。我摈拒呈上来的人类的醁酊。我发狠收拾自己，用我一双充满力与骄傲的手，从根把人刨起。我想将这棵绿叶扶疏的树，修成一根赤裸裸的圆柱，仿佛在神坛上面，好往顶端放上自己憧憬的圣火……这就是为什么我一个三十六岁的人，

一六一

---

① 1847年8月，致高莱女士书。

已然如此空虚，有时还如此疲茶。①

他用一夜的工夫，写出圣安东灵、肉的战争。唯恐力量不够，他用猪来反衬这出似悲而喜的戏剧。《西游记》的猪八戒具有同样象征的价值，不过没有这里的猪那样显明。不分中、西，二者全象征肉欲，同时圣安东，或者唐玄奘（一个本身没有灵魂作用的人物，因为作者把全份的灵魂给了孙悟空），象征灵性的向上。但是比起圣安东的猪，猪八戒更其复杂，更其充实，更招我们的喜爱；我们欢喜看他不时正经其事，不时露出马脚。这里一样是嘲弄，一样是骂人，一样是诽谤宗教，然而我们似乎原谅猪八戒。他在我们的人性以内，而圣安东的猪却纯粹是一种记号。所以它容易被天主教徒误作其毒无比的讽喻，已经在艺术上是一种失败。这太取巧，而取巧往往正是缺陷。无论如何，这加重隐士精神的痛苦。

然而真正的痛苦，却生于他自己镇日的幻想。一八五七年八月，就在上面引证的一封信里面，福氏曾经指出中间的因果道：

> 好些人以为我阔绰，然而我觉得我陷入不断的窘迫，因为不幸我有最狂妄的欲望，自然我从来不给它们满足的机会。

他纵情于幻想。

> 工作一不接气，我就梦想威尼斯的府第，博斯普鲁斯海峡上的亭榭，等等。

这也就是为什么圣安东和作者一样，只是不动。

> 坐在我的火畔，我梦想旅行，永不完结的周游世界，然而，随后越发忧愁了，我重新开始我的工作。我越发懒于行动，我越发厌憎一般的动作，不管什么样的动作。②

圣安东很少离开他的茅庐和四周。他永久不动，仿佛一个看戏的，戏从他的眼前一幕一幕地演过去，在他的心上一幕一幕地演过

---

① 1857 年 8 月，致尚特比女士书。

② 1847 年 12 月 11 日，致高莱女士书。

去。他的反响是消极的，只有一次他上了天，然而马上他就跌在他的茅庐前面。在这一点上，不像浮士德，不像亚哈随鲁，圣安东既不经验，更不受难，他只是接受或者不接受。他本身缺乏流离的诗意。但是这不是说他没有诗意，因为虽说是一个基督教徒，他却更属于我们的东方。和佛教徒一样，他的态度是"打坐"。他不四方游行，所以欧西的读者往往觉得《圣安东的诱惑》腻长。然而东方人怕倒以为这是圣者的本色。犹如释迦牟尼，菩提树下修行，终结是"一切妄念，皆由心生"。这挡不住福氏的赞美：

我的上帝！沙漠地教士的生涯多么美而滑稽！①

这更挡不住他浪漫的同情：

文化一点没有磨掉我的野蛮疙瘩，我承有祖先的血也罢，我相信含有鞑子、斯库提亚（Scythe）、回回、红人的成分。可以确信的是，我含有僧侣的成分。我自来极其羡慕那些独居幽处的快活老，醉也好，神秘也好。对于人种、对于社会生活、对于实用、对于共同的幸福，这倒是一个顶脆的巴掌。然而如今！个体是一种罪恶。十八世纪否认灵魂！十九世纪的工作或许杀掉了人。早点儿告终也好！因为我相信他们会成功的。差不多所有我认识的人们，全惊异于我生活的方式，然而我自己却以为最自然，最正常！我不由想到我同类的败坏，因为不自足其实是一种败坏。灵魂应该自身完备。上山寻水，下河寻水，全用不着。像手大的一个地方，只要打下管子，就有泉水往上冒。喷水井便是一个征象，中国人早就知道这个，正是一个伟大的民族。②

然而怎样自足，如若我们的生性含有若干的矛盾？一切基于我们通常的人性，一种对外统一而内战的国家。这就是为什么圣安东

---

① 1869 年 6 月杪，致乔治·桑书。
② 1853 年 12 月 14 日，致高莱女士书。

的感会，我们全可以从作者本身探出一个究竟。还有比这一段形容更其切实，更其相似吗？我们几乎疑惑是圣·安东说的：

> 你向我说你的绝望，如果你能够看见我的！我不知道为什么有时我的胳膊不从身子累得掉了下来，为什么我的头不熬成了细粥。我过着一种酸苦的生活，缺欠一切外在的欢悦，其间维系我的也只是一种永在的郁怒，有时因为无所用力而哭，然而依旧要继续下去。我爱我的工作，是一种疯狂而恶变的爱情，犹如一个隐士爱他的苦衣（Cilice），而苦衣抓破他的肚皮。有时，表现拒不受命，涂了一堆纸，我发现没有写成一个句子，我空了，我倒在我的沙发上，痴痴地发呆，掉在一滩充满烦闷的内在的淤泥里面。①

是的，"一种永生的郁怒"支持圣者一生的苦行。我们看见他怎样鞭挞自己的肤肉。他用痛苦的实感补起他道行上的过失。他决不怜惜自己：

> 好！照准了肚子，照准了背，照准了胳膊，照准了脸，照准了全身子！我非打自己不可，不吃苦我也不会够……再厉害些！……难道我怕吗？噢！噢！……然而，然而，然而……这满不是那回事，我想笑……哈！哈！哈！（魔鬼出现）我觉得像有好些手在皮里挠痒我的全身子……撕烂它好了！噢！那！噢！我的脑子要裂了！……怎么样？（他停住手）也许灵魂满足以后，肉体的痛苦减轻？我要毁灭我的肉体，不用心疼它，来！来！（他疯狂地鞭挞自己。魔鬼掮在他的身后，使力抡转他的胳膊。）我的胳膊自己动起来了……谁推着我呢？我怎样了？好不痛苦！好不快活！我受不了，我快活得全身子溶解了，我断气了！（他晕倒）

苦乐不分，一切形成诱惑，精神的解脱仍旧归结于物质的感觉。

---

① 1852 年 4 月 24 日，致高莱女士书。

从这种反动的自然的顺序，我们得到一种巧妙的心理的关联。人生的磨盘旋转着，推动的依然是人生自己。这也许丑恶，然而一种哲学的揶揄因之出现。所以圣安东从不怀疑，因为一切全含在他的生性，一切属于人类本来的色相。唯其有意用一夜、一本书聚拢人类自来的活动，不仅仅是事迹，连思想也包括在内，所以作者不得不广行采用象征的表现。这，如若是一种技巧，更其形成初稿的癫败。而杜刚的指摘，在我们看来，倒做成了全书奇怪的美丽。但是，一切过错来到一八七二年的定稿全消失了，作者已经找出一条线索，贯穿起他的"稀世珠子"。

现在我们先看一下定稿的结构和故事。全书共总七章：

第一章——夕阳将下，圣安东停了工。从修行的苦闷，他想到已往错过的机缘。他觉出精神不振，翻开《圣经》诵读，然而这更引动他的幻想。他盼望有人做伴。他听见不同的隐约的呼唤。活动的形影包围住他。他想喊叫，然而喊不出口，晕在草席上。

第二章——魔鬼挟着七恶，俯伏在他的屋顶，开始诱惑。最初是无尽的山珍海味，其后是无量的金银珠宝；他恍惚来到亚力山大城，率领门徒，屠戮异教的人士；他仿佛独受君士坦丁大帝礼遇；他羡慕尼布甲尼撒的暴行，仿佛自己就是，变成牛，在桌面走着——四肢向地，在沙上走着。他醒过来，用皮鞭抽晕了自己。示巴女王带着隆重的礼品投奔他，但是他摈拒了她的蛊惑。

第三章——一个侏儒似的幼童坐在他的门槛上，他以为是女王的随侍，然而却是他昔年的弟子：伊拉瑞影（Hilarion）。后者同他谈论教理，列举《新约》的矛盾的记载。他勾起安东知识的欲望。

第四章——他面前出现了一座高大的庙宇。伊拉瑞影领他进去，但是伊拉瑞影渐渐不见了。各派教士纷哄着、争辩着。他恍惚来在一群殉教的囚犯中间。他仿佛来到茔地，看着教徒伤悼死者。他仿佛来到竹林，望着婆罗门教徒焚化。他似乎依旧站在他的门前：于是最初西蒙同海仑，继而亚坡鲁尼同达密司，大吹法螺，然而全没有引走他。

第五章——伊拉瑞影似乎变大了，重新来到他的身旁。他们看见一切神祇的破灭：史前的木偶、婆罗门释迦牟尼，沙尔代（Chaldée）的奥阿乃司（Oannès）、巴比仑的神祇、波斯的奥尔穆滋（Ormuz）、埃率斯（Éphèse）的女神、地母（Cybèle）、埃及的伊西斯（Isis）、希腊的神祇，向着无底的深渊，所有过往的神祇投滚下去。然后一声霹雳，上帝吐露最后的声音。只剩下伊拉瑞影站在安东面前——他是魔鬼；他是科学。

第六章——魔鬼挟起安东，游览宇宙的万象。但是他依然存有最后一线的希望，魔鬼舍弃了他。

第七章——安东拒绝了死亡与物欲的纠缠。谜与妄念继之出现，随后是奇形怪状的山禽海兽，蔚成大观，拥聚在他的眼前。他企望和万物同化。然而晨曦渐上，照出基督的面孔。他跪下来祈祷。

福楼拜诊治他的《圣安东的诱惑》初稿，犹如他诊治他奇异的脑系病。他用"两种方法：一、科学地研究幻觉，想法让我自己了解，同时二、意志力。"他不时审定他的旧稿，而始终如一的见解是，这里缺乏统盘计划，或者一贯的线索。他最后寻见这百觅而不获的线索。正是"踏破铁鞋无觅处，得来全不费工夫"，他从自身的病的经验找出适宜的解决。一八五二年十二月二十七日，看完《路易·郎拜》，他给高莱女士写信道：

> 如果不爱形体，我或许是一个伟大的神秘主义者。加以我的神经的打击，同时这些打击，又是观念、意象的不自觉的倾斜。于是精灵的元质在我上面跳跃，而良知与人生的情绪一同消逝。我相信我知道什么是死。我时常清清楚楚地感到我的灵魂离开我，好像我们出血而血流的感觉。

《圣安东的诱惑》定稿的七个场面，好像七只木筏，浮泛在这种感觉或者幻觉的水面。这不复是"一团纷乱"，而是一个平常的非常的噩梦。这本书要是可以叫做"反常的极峰（Le Comble de l'Insanité）"①，却是一个全然根据了科学的观察而衍成的现实。一切全是自然而然，好像我们做了一个可怕的梦魇，我们无所用其恐惧；即使恐惧，我们也不惊奇，格外加以推敲。犹如全书司比奴萨的定命论，一切出于必然，一切活动在圣安东的下意识。他在席上晕倒，但是他觉得草席渐渐变成软榻，软榻渐渐变成画舫，在尼罗河面漂流：直到想起自己是一个埃及的隐士，他醒了出来。作者叙写梦境，好像处理爱玛的自杀，一丝不苟。婆罗门教的隐士火化自己的尸身；圣安东站起来，发现地上的火炬燃上木柴，焰苗一直扑向他的胡须，于是慌忙用脚踏熄——这细小的过节是幻是真？我们不能指实，然而我们的经验却帮着作者理会。

一夜的诱惑化入一个光怪陆离的梦魇，是定稿积极方面一个最大的成功。因之而生的第二个成功，就是作者想法将圣安东放进他的幻境，和现象一同进行。这减去往上硬嵌的痕迹。和初稿一样，圣安东决不疑问，但是不和初稿一样，这在读者反而觉得自然。为了避免进展的突兀，作者从开端就埋好以后的隐线。从他的回忆、从他的自叙，我们了然于当日教派的纷歧、彼此的倾轧；我们知道伊拉瑞影的来历。同时从《圣经》的翻阅，我们认识尼布甲尼撒，示巴，以及全书发展的可能。于是大家轻轻易易走上梦寐，看见一切，好像遇见久别重逢的老友，一愣不愣，欢然相叙起来。不用象征，我们明白一切出自圣安东的读书、想象、欲望。于是不等白天的工作完结，随着黄昏，一切溜出下意识，披戴上衣冠。于是旧的经验引起新的经验，而新的经验又和旧的经验打成一片。我们会看见圣安东变成尼布甲尼撒。

① 1871年9月6日，福氏给乔治·桑写信，解释《圣安东的诱惑》道："这本书的小题目可以叫做反常的极峰。"

但是福氏整个改造了他的《圣安东的诱惑》。那嘲弄的猪和它可笑的鼾鼾，我们如今看不见，也听不见了。圣安东因之尊严，圣安东的诱惑因之尊严。于是进一步，取消罪恶的征象，福氏另外造出一个具体而微的存在：伊拉瑞影。他是逻辑、科学与魔鬼的化身。一个美妙的技巧是他的上场。圣安东以为他是示巴遗下的侍童；渐渐他明白不是，然而和我们一样，他不惊奇，因为这只是他旧日的弟子。福氏洗去所有不伦不类的成分，而最大、最显然的成效，是从全书洗去他自己的存在。如今他追求的是历史的真实，和写《萨郎宝》一样，或者《情感教育》一样，他有自己既定的艺术的立场。他用同一现实主义的方法、观察、体会，描写各种不同的时代和时代诸般的形相。一切由繁冗而单纯，由可笑的臃肿而严肃，而文字也由富丽的藻饰变成质朴的丰颖。

便是圣安东，不仅仅是一个灵、肉的象征，也成为一个真正的沉穆的长者。他的消极的心境、他的不生诧异，一半由于梦的制造，一半也由于平易而天真的性格。他的性格犹如文章，美丽全在朴实无华。他是刘姥姥，看见什么也新奇，然而他更是罗什富科（Rochefoucauld）的。

老实人，看见什么，也不大惊小怪。

不知道讽刺，同时相信一切；好奇，而且愿意认识：圣安东正是一个虚心求道的隐士。但是犹如我们，他是一个常人，会在不自觉之中，失去他的自恃，承受所有的幻象。亚冒娜瑞亚（Ammonaria）——他童年的女伴——的记忆，好像沿途的驿站，或者指路的小牌，一到他迷惘的时候，就浮上他的心头。他有的是农夫简单的心性。一见太阳出来，他立即跪下祈祷。他期望精神的丰收。和伊拉瑞影一比，我们有时不免觉得他天真的可怜。但是福氏会告诉我们，真正的圣者倒应该这样平凡，甚至于愚骏。一八五六年，乔治·桑的《甘地尼小姐》（*Mademoiselle de la Quintinie*）问世，福氏觉得里面有一段可以供给圣安东的性格参考，笔记道：

所谓至美至善的境界，真正的道，圣贤最初的阶段，便是
到了不能作恶，也不能为善的地步：他变成一种无知无觉的东
西，上帝的东西。……只要人世的苦难存在一日，他总是愚
骏。……

和这样一个人物相为表里，更是全书结构的改变。一个最触目
的改变，是提前叙写众神的死亡。在初稿里面，这差不多近似一种
结论，甚至于基督教也要趋于沦亡，同时作者暗示，科学将要和信
仰结合，取而代之，成为一座新的神圣。一方面引起天主教徒的误
会，一方面这有违福氏艺术的观念，因为我们知道：

没有一个伟大的天才下过结论，没有一本伟大的书有结论，
因为人类总在进行，从来没有一个结束。[①]

最后魔鬼挟起圣安东，让他体会，印证人类骚动的无稽。宇宙
真正的面目永不可知，正如魔鬼所谓：

然而事物和你相接，单凭你的精神的媒介。仿佛一面凹镜，
曲扭事物的形象；——同时你缺乏方法证明它们的准确。

我们怎样认识宇宙，要是我们先不认识无限？所以：

形体或许是你感觉的一种错误，物质是你思想的一种想象。

真理或许存在，然而我们耳濡目染，却是种种的浮变。唯其如
此，在世界以外探求生之谜，反而枉然。我们怎样能够拒绝自然、
生命，如若我们自己有的是欲望？而形形色色的万物会集在一起，
如同当着圣安东，要求人类的认识和同情，万物的沉著的气息、颠
顶的肉体、普遍的生命，打进圣者的存在，不由得他不酩酊似的
呼道：

噢！幸福！幸福！我看见生命创生，我看见动作肇始。我
的血激荡着，要涨破脉管，迸裂出来。我想翱翔，我想游泳，
我想吠叫，我想吽喊，我想吼号。我愿意长出翅膀，长出甲壳，

一六九

---

① 1857 年 5 月，致尚特比女士书。

长出树皮，长出长牙，呼吸着烟氛，歪扭着我的身躯，分裂开，散入一切，和香气一样地发放，和草木一样地生长，和水一样地流动，和声音一样地颤响，和光一样地发亮，隐藏在一切的形体，钻进一粒一粒的原子，一直坠入物的深处——成为物！

精神最大的威吓，正是认识自然，抛弃人为万物之灵的灵性，返回原始的浑噩。欧西文化用人做中心，而人的尊严，全在具有禽兽没有的精神生活。帕斯卡（Pascal）以为：

> 人整个的尊严全在思想。

所以摈弃思想，返回自然，这是圣安东最后而且最危险的诱惑——好像整个的东方诱惑整个的西方，大战以后老、庄在欧洲的盛行一时。但是这依然不是福氏的结论。这只是全书进行上一个应有的阶段。他会一笔毁掉峰端，走出梦境，回到日常的生活。太阳终于出来，圣安东开始早祷。在这言简而意赅的寥寥数语里面，洋溢着多少福氏的机巧，和他独有的反嘲！读者或许以为这样的结束准情合理，因为阳光映出耶稣的容貌，圣安东下跪。但是如果这准情合理，却不是由于谄媚信男信女，而是由于一种必需，因为这同样含在自然的顺序里面。圣安东做完了一日的工作，依旧会疲倦，重新走进他的梦魇。

这或许正是《圣安东的诱惑》真正的教训。

三 故 事

你的第一个故事，《一颗简单的心》（*Un Cœur Simple*），是一种神异的整饬、必然的观察与表现的正确。《圣于连外传》（*La Légende de saint Julien*）与《希罗底》（*Hérodias*），只有《萨郎宝》与《诱惑》的作者可以签名。

——一八七七年五月十日，德李勒致福楼拜书

这是福楼拜生前最后刊行的一部书，里面含有三篇故事。一篇是《一颗简单的心》，先在《通报》披载；一篇是《圣于连外传》，先在《益世报》（*Le Bien publique*）揭露；另外一篇是《希罗底》。一八七七年四月，福氏把三篇合在一起，成书问世。

福氏的甥女、高芒维勒夫人，在她的《回忆录》中，有一句话道：

这三篇故事他写得很快……

如果我们知道福氏行文纡徐，这诚然算快，因为三篇故事，共总用了不到一载半的光景，平均每篇正好占去半年。当时有一位批评家毕高（Charles Bigot），曾经在《十九世纪》杂志上说道：

福楼拜先生许久没有发表东西了。这不是一位轻易出手的作家。在今日信笔而行的文坛，这位作家几乎是一种希有的现象，停止六七年，他走出他的安息，披露一部作品，经过长久的思维，经过苦心的制作，一直达到作者觉得完美的境界。

从一八七五年九月中旬起，福氏开始先写《圣于连外传》，然后

从次年二月起，他继续预备《一颗简单的心》，接着从八月起，他开始《希罗底》，直到一八七七年二月完成。在福氏创作的生命上，这是一个风雨满楼的忧患时期。

福氏一生没有结婚，守着他的母亲，住在鲁昂的西郊克瓦塞，位于塞纳河下游的北岸。他的著作几乎全部在这里写成。一八七二年四月，他的母亲去世，遗嘱把克瓦塞传给他的甥女，唯一的条件是福氏不离开这里，赓继他的工作。这是他唯一而夭亡的幼妹的独女，从小留养外家，由福氏亲自教养。一八七五年春杪，她丈夫的商业濒于破产，她想到出售克瓦塞，挽救万一。福氏的心境，最可以从下一段信里看出来。一八七五年七月九日，他给甥女写信道：

> 我一生过得勤苦而严肃。然而，我再也撑持不下去！我觉得我到了尽头。咽下的泪水噎窒我，于是索兴我把闸放开。同时想起自己不再有一片瓦、一个家（home），我简直忍受不了。如今我看着克瓦塞，好像一位母亲看着她肺痨的婴儿，自语道："他还活多久呀？"……

他卖掉他所有的产业，营救他心爱的甥女的丈夫。他牺牲他晚年的绥静，挽留她的幸福。但是和克瓦塞分离，仿佛一个老农逼着要卖他的田亩，这使他痛苦。任何人不愿意变更自己生活的习惯。人人希望胶著在他的故土，依恋于它富有同情的过去……特别一个傲骨十足的人，隐居乡园，从事他的文学生涯。他需要安逸，从安逸而生的和平，然后远离喧器，在他沉肃的空气之中，纵情于想象的世界，努力于字句的征服，实现他所企想的美丽。而且他正在准备《布法与白居谢》，一部必需闲静与年月的浩大的工作，——那么，如何是好呢？他只有绝望。一八七五年七月十四日，他给甥女写信道：

> 昨天，我强迫自己来工作；然而不可能，一阵发疯的头疼拦住了我，最后还是流泪完事。
>
> 我还寻得见我可怜的头脑吗？

我的上帝，这一切如何地苦我！苦我！我变得如何地痴骏！

他抛弃他预定的计划，应友人的邀请，避往海滨休息。觉得精神渐渐复元，他决定写一篇短东西。一八七五年十月，在孔喀奴（Concarneau），他写信给翟乃蒂夫人，描叙他的情况道：

我在这里有半个月了，不说逾常地喜乐，总算有点儿心平气和。情景最坏的却是，我觉得自己要吹台，从事艺术的创造，必须无忧无虑。可惜如今我没有这种境界。我既不是基督教徒，更不是柴龙（Zénon）学子。不久我就要五十四岁。活到这种年纪，人就不能高了兴再来一遍，人就不能变更他的习惯。未来没有什么好的献给我，过去却要把我吞了。我思维的只是以往的时光，我思维的只是一去而不复返的人们。衰老的征候。至于文学，我再也不凭信自己；我觉得自己发空，这种发现真说不上安慰。《布法与白居谢》太难了，我只有洗手；我另想寻找一部小说，可怜毫无所见。同时我打算来写《圣于连外传》，仅仅为寻一点儿事，占住心，看我还能不能再写一句像样的话。我怕写不出来。这很短，大约三十页光景。随后我要觉得不坏，我的精神还好，我再继续《布法与白居谢》。

他写成了这篇故事。他有了自信力，同时克瓦塞总算保存下来，没有让他流离失所。

如今我们按着写作前后的次序，先看《圣于连外传》的故事。第一节是：

上帝垂怜他们的虔诚，赐了他们一个儿子，就是于连。[①] 母亲梦见一位老人，说她的儿子来日要做圣者；父亲遇见一个乞丐，说他

---

① 圣于连生死年月不详，或谓死于313年左右，什么地方人士也不知道，很受西班牙与西西里各地崇敬；据说圣于连偕妻在河边立了一座医院，收养贫病，所以旅客称他"普度（L'hospitalier）"。参阅渥辣吉乃（Voragine）的《先圣外传》（Legenda Aurea）。

的儿子前程远大，流血成名。因为双亲钟爱，他受有圣者和武士的全部教育。

于连从小残忍。有一次，他用棍击死一个小白老鼠；又有一次，他掰死一只鸽子。他酷爱打猎。有一次，他一个人，在树林里面，射杀无数的禽兽，直到天黑，遇见一对大鹿，带着一群小鹿。他射死小鹿，击毙母鹿，然后一箭射向公鹿的顶额，和着隐约的钟声，公鹿濒危诅咒道：

有一天，残忍的心肠，你杀死你的父母！

他惊病下来，健康复元以后，有一次，他抬梯搬取一柄重剑，失了手，险些砍伤他的父亲。又有一次，他一镖投向一双扇扑着的白翅膀；这不是一只仙鹤，是他母亲的帽子。唯恐公鹿的恶咒应验，他逃出堡子。

第二节是：

从流浪的风尘，渐渐他受众人拥戴，成为一军的首领，东征西讨，解救各国的危急。西班牙的回教教主囚起奥克西达尼①的皇帝，他率兵救出后者，恢复他的帝国。皇帝招他做驸马。他和公主退居在她的堡子里面。想着公鹿的预言，他有时不禁抑郁。不过有一天黄昏，听见四野禽兽的嗥叫，他动了猎兴。

他出去不久，来了一对老夫妻，求见公主。这正是他的父母，背井离乡，寻访于连。公主请他们安息在自己的床上。于连一夜行猎，不唯无成，而且饱受禽兽的欺虐，狼狈逃回，却见床上躺着一对男女。以为是公主和她的情夫，他一刀杀死。事后忏悔也迟了。他抛下富贵妻室，来在人间行乞。

第三节是：

他用心洗渡他的罪孽。受尽世俗的冷落、苦难、折磨，出水入

---

① 奥克西达尼（Occitanie）是中世纪法国南部图卢兹（Toulouse）一带的统称。

火，百死一生，他有一天来到一条波涛汹涌的河边。他做了一只渡船，迎送过往的旅客。间或忆起他的过去，他依旧忍不住哀伤。

有一夜，已经睡下，听见对岸有人呼号，他起身撑船过去。这是一个奇丑绝恶的老丐，一身癞病。到了于连的茅屋，他要吃要喝，回头睡在他的床上又嫌冷，叫于连陪他躺在一起。这是耶稣，亲自接他上天。

圣于连的传说，很早就酝酿在福楼拜的想象里面。关于最早的记载，我们有杜刚的《回忆录》，这时不过一八四六年。杜刚曾经重复两次，一时他说：

> 有时我们在鲁昂四郊周游，……就是在这样一次的游行之中，我相信，福氏看着高德拜克（Caudebec）教堂的窗画，想出他的《圣于连外传》。……

一时他说：

> 看着诺曼底教堂的窗画，孕成了《圣于连》……

在高德拜克小教堂的窗画上，圣于连跪在一只神鹿前面；同时在教堂里面，还有一座圣者的小像。一八七九年二月，书局预备给《圣于连外传》插画，福氏向书局管事沙邦第耶（G. Charpentier）写信道：

> 我希望，在《圣于连》后面，插入鲁昂礼拜堂的窗画。把郎格勒瓦（Langlois）[①] 书内的印版加上颜色就成了，不必多费手续。我欢喜这种插图，正因为这不是一种插图，而是一种史料。人家把书和图一比，会诧异道："我简直弄不清楚。他怎么会从这个想到那个呢？"

这是十三世纪末叶鲁昂渔商公会捐赠的一幅著名的窗画，上面唯有行猎的故事没有绘进去。无论如何，这篇小说的兴感是从圣画

---

① 指郎氏的《玻璃画论》（*Essai Historique et Descriptif sur la Peinture sur Verre*）而言。

引起来的。

福氏开始着手，却在一八五六年，完成《包法利夫人》以后。同年六月，他有一封信写给布耶道：

> 我读些关于中世纪的家庭生活与行猎的书籍。我寻见好些新颖的枝节。我相信我能配成一种赏心悦目的颜色。……一月之内，我可以读完我的参考书，一面还写作《圣安东》。如果我是好汉，十月我回巴黎的时候，《圣安东》告成，《圣于连》开始。这样一来，一八五七年，我就有三部书问世，一部是近代的，一部是中世纪的，一部是古代的。我重读了一遍《白高班》（*Pecopin*），说到相似，我一点也不担心。

《美丽的白高班与美丽的包都的外传》是雨果《莱茵游记》（*Le Rhin*）的一篇。和圣于连一样，这位中世纪的武士酷嗜行猎。但是《圣于连外传》，一直迟延到一八七五年，才正式写作。

经过将近三十年的长期的孕育，然后因为生活的压抑，这才从作者的想象挤放出来。这样一篇短小的东西，在作者艺术的生命上，犹如他的故事的起伏，一时广播在各地的民间，家传户诵，一时消蚀于年月的侵凌，残简断章。对于福氏，这或许是一道野味，一碟小菜。但是就它的本身来看，我们极少遇见这样的奇迹，因为这是创造的奇迹。我们说创造，有些对自然而发，可以说含有人工的味道，——但是为什么不也就是艺术的呢？这是艺术的。你不得不羡赏，而且不得不惊异，你奇怪这里有多少民间传说的成分，有多少艺术家的匠心；你更不得不诧讶这里有多少古代的颜色，有多少近代的情调；你一定会如福氏所想，叹道："我简直弄不清楚。他怎么会从这个想到那个呢？"

和所有民间故事一样，这里具有不近情理的初民性质。圣于连的母亲倚住卧榻，看见一位僧长向她预言道：

> 欢悦，噢！安人！你的儿子来日是一位圣者！

他立即消失。圣于连的父亲站在雾野，看见一位老丐向他口吃道：

> 啊！啊！你的儿子……！不少的血！不少的荣耀！……永久快乐！一个皇帝的家庭！

马上他不见了。圣于连在树林里面行猎，听见公鹿濒危诅咒道：

> 恶人！恶人！恶人！有一天，残忍的心肠，你杀死你的父母！

于是圣于连避免咒语的应验，逃出家门，以为从此可以不见生身父母。诚如史渥布（M. Schwob）所云，这正是古代希腊俄狄浦斯的情节。终于预言实践，圣于连抛弃富贵，流亡道路，虚心洗罪。临尾耶稣化成癞者，一壁有心试他，一壁就此接他升天。这又是民间故事最流行的结局。[①]

这些民间的性质，到了福氏手上，便恰如其分地刻画逼真。圣于连的母亲看见的僧长是"一个穿着粗毛道袍的老人，胸旁挂着一串念珠，肩上披着一条褡裢，完全一副隐士的容貌"。圣于连的父亲看见的老丐是"一个流氓，胡子梳成辫子一样，两臂戴着银环，双瞳闪闪有光"。圣于连最后拥在癞者的怀抱：

> ……他的眼睛立刻放出一道星光；他的头发放长了，和日辐一样；他的鼻息带有蔷薇的温馨；从炉灶升起一片香云，波浪歌唱着。

> 同时一种丰盈的欢乐，一种超人的愉悦，仿佛一片汪洋，流入晕绝的于连的灵魂；那紧紧搂着他的人，越来越大，越来越大，头脚一直顶着茅舍的两墙。屋顶飞开，穹苍舒展；——于连升向碧空，同我们的天主耶稣面对面，被带上了天。

我们唯有赞美作者手笔的幻丽。这不是一段粗糙的民间故事所敢妄想的。然而这却又是民间故事。那么，福氏怎样从这支离破碎的故事构成他的小说，而又不失其原来的面目？

---

① 参阅史渥布的《圣于连外传》的序文，如今收在他的《论丛》（*Spicilège*）。

因为，说实话，我们可以在这里发现整个艺术家的福氏。一八五二年七月二十七日，给高莱女士写信，他从文与人而谈到自己道：

> 是的，笔在一边，人在一边，这是一桩怪事。还有人比我更爱、更梦想古代，尽其力以认识古代的？然而我却是一个最不古的人（在我的书内）。看我的面貌，人家会以为我应该写史诗、戏剧或者犷野的事物。实际正相反，我欢喜的只是分析的，如果我可以说，解剖的题材。看进深处，我依旧是浓雾沉沉的人，靠着研读与耐性，我除尽淹没我的筋肉的一切灰白的油分。我所最贪图的书，还正是我最没有办法的书。

但是他征服他的困难，"靠着研读与耐性"。没有人更比他了解自己。没有人更比他抓住近代的精神。没有人更比他古色盎然。

在古代希腊的悲剧里面，或者在流行的民间传说里面，有一点最着重，而且最能表现一般的心情，便是命运的恐怖。无论如何逃避，心机也溜不出命运的安排。你反抗，你失败。圣于连听见公鹿的恶咒，以为远走高飞，可以避免弑父弑母的罪孽，但是这终于应验，超乎人力的有限。对于福氏，这正是他定命论的悲观思想。一八五四年四月二十二日，给高莱女士写信，他发挥道：

> 不，必须为唱而唱。为什么海洋波动？自然的目的是什么？好啦！我相信人类的目的全然相同。存在就因为存在。好伙计，你变不出什么花样。我们总在同一的圆圈旋转，我们滚动的永久是同一的石块！人在白瑞克莱斯（Périclès）时代，不比在拿破仑第三时代更加自由，更加颖慧？你在什么地方看见我失去我感觉不到的情绪？

但是在古代的命运的主宰之下，福氏却加上近代科学的解释。我们已然走出古代初民的情绪，虽然同样的血液循环在我们的脉管里面。由于种种原因，我们的知识自然会比前人丰富。所以单纯模仿，也是不该。一八五三年七月十五日，在另一封给高莱女士的信内，福氏谈道：

　　……古代的形式不够我们的需要，我们的声音也不是用来唱简单的歌调。如果可能，我们做到和他们一样的艺术家，然而却不和他们一样。自从荷马以来，人类的知觉的范围越来越广。维纳丝的腰带也禁不起潘萨（Sancho Panca）的大肚一撑。我们与其固执地重弹老调，不如用力创造新谱。

然而怎样可以成就新的艺术，富有时代的精神呢？福氏解答道：

　　……越往前进，艺术越要科学化，同时科学也要艺术化。二者从底基分手，回头又在顶尖结合。未来的思想还不能预知于前。

　　这是一八五二年四月二十四日，福氏写给高莱女士的信。一八五三年十月十二日，在另一封给高莱女士的信内，他进而加以详细的解释道：

　　如果我们用若干年月，和物理学探讨物质一样，大公无私地研究人类的心灵，我们会得到很大的进步。把自己放在自己以外，这是人类唯一的方法。然后人类对着他的工作，可以诚直地、纯洁地考量自己。和上帝一样，他从上面审判自己，好啦，我相信这办得到。这或许和数学一样，所寻的是一种方法。这特别可以应用于艺术和宗教、观念的两大表征。假定人这样开始：初民的上帝观念（最薄弱的）生而有之，初民的诗的情绪（最轻微的）与生以具，然后寻觅它的表征，从小孩、野蛮民族等，我们轻易就可以看到。那么，初步有了。这样，你已然有了一个眉目。随后你继续下去，把一切相对的偶然的现象、气候、语言等等都算上。我们一点一点地往前进，一直进到未来的艺术、美丽的假说、它现实的清晰的观念、人力所铸的理想的典型。但我并不要负起这件工作，我还有别的笔头削。

　　福氏不是一个高明的理论家，而是一个真正的实践者。他早年的思维，都归结在他艺术的制作。

《圣于连外传》是这样精神最精到的表现。这里的命运，与其说是在人以外，不如说是在人以内。古代将不可知者叫做命运；近代分之为二，一个是遗传，一个是环境。谜永久是谜。然而这究竟是一种合乎情理的科学的观察。我们不晓得圣于连确实的年月与乡土，但是总应该在中世纪的黑暗时代：一方面是宗教高潮，一方面是武士流血；一方面是耶稣，一方面是穆哈默德；一方面是民族的混乱，一方面是基督教的全盛。看圣于连的一生，我们可以截然分为武士与修士的前后两期。一方面嗜杀如命，一方面慈悲成性。这两种并行不悖的矛盾的本能，从小就带在他深厚的心性上面。同时他自己，又是环境与遗传的产物。

　　他的母亲是虔笃的，福氏告诉我们，"因为祈祷上帝，她生了一个儿子"。这是初民的宗教的见解。在她信仰的幻觉之中，她恍惚见到一位僧长，预言她儿子的使命——她理想上的使命。从七岁起，她教他唱歌——想必圣歌无疑；另外请了一位老僧，教他诵读圣书。时常还有些过往巡礼的香客，演述他们的见闻。晚祷出来，遇见佝偻的乞丐，他从腰里掏出一把钱，腼腼腆腆，放在他们的手心——自然母亲要看做来日当主教的征候。在教堂里面，他跪在双亲一旁，两掌合十，极其诚挚。甚至于功成名就，出将入相，他永久持有他慈悲的心性。爱护教士，怜恤孤寡贫老。

　　悲剧却在他的蛮性遗留。这是更强的，而且更宜于青年的热血。他的父亲是一个中世纪的堡长，家库藏有各国与各代的武器。他武士的梦想是克承祖业，所以和他的夫人的奇遇相反，有人预言他儿子武功赫赫。他从小训练他的马上功夫。有时他宴会往年的士侣，谈论攻城拔寨，他的儿子也加在一起叫喊。所以他最早的表现，是击掊一个无辜的小老鼠，仅仅因为它常在眼前来往，惹他心烦：一种儿童的无名的感觉、无名的举动。犹如一切淘气的儿童，他拾起石子打伤一只鸽子，而且掰死了它。父亲觉得他到了学习行猎的年龄，开始于连屠戮的事业。

这变成他唯一的观念，占有他血气方刚的全部心灵。就在他如痴如醉的时候，他听见公鹿的预言；起初这震慑住他稚弱的想象，渐渐他惊觉出来，对于自己发生一种强烈的反感，"一种无边无涯的忧郁侵袭住他。两手捧住额头，好久好久，他哭着"。这一下子慑住他嗜杀的生性。他觉得他失掉了意志的自由。他时时看见黑的公鹿。它的预言苦恼住他。

他挣扎道：

"不！不！不！我不会杀他们的！"

随即他又想道：

"可是，我要是愿意呢？……"

他怕起来了，好像魔鬼引出他这种欲望。

这种平常而又谲幻的心理的状态，可以说是分析到了奇妙的境界。一八五七年三月，给尚特比女士写信，福氏分析到这一点道：

> 但是在这种痛苦之中，或者在它开始的时际，你不感到一种愉快吗？……一种暧昧而又惊心的愉快。你从来没有做过坏事；于是你心中好像有东西说："要是我做一回坏事……"于是罪恶的幻梦开始了，哪怕只是电光的一闪，它过去了。——然后相随而来的，是幻觉，是认识，是证实，是懊悔——好像非喊出口不可，于是喊道："我做过坏事了。"

神秘主义者往往具有这种反常的现象。

圣于连逃出他的故乡，经过若干年月的流浪、祸乱、战争，他娶了一位美丽的公主，安居享福。有鉴于前，他从来不去打猎。他以为这样可以克服预言，但是他忘记他流血的生性。他不在白天做出来，这会在夜间走进他的梦境。他想着探险的奇遇，他梦见行猎的欢悦。一边是欲望，一边是畏惧；二者交战于内，于是一代的英豪也不禁号啕失声。然而这种挣扎不会持久，只要稍微一点外力，就会决定他的行止。他临睡晚祷；他听见一只狐狸嗥叫……他出去打猎。打了整夜的猎，一滴血没有流溅，心中已经羞恼不堪，忽然在昏黄的寝室，看见一男一女，不是忌妒，便是狠杀的本能也渴望着、也推动着、也让他不加思索，一刀斫下去，斫了他离家的老父母，应了他的恶咒！

这样一个具有近代的心理的人物，旋转在他幻觉的世界，犹如梦境踟蹰的圣安东，圣于连踏着他不真实的真实的存在。你不会遇见一点障足的东西，你也不会一脚滑下去。这里是丰颖的造型的完美，同时呼吸一种纯粹的中世纪的气息。你看见圣于连追逐禽兽，不是追逐，是禽兽呈现在他的眼前；你看见积尸如山，然而不见他喘吁、出汗、疲倦。他的一生只是一个圣者应受的试探。这是一种纯粹的本能，活动在一种神话的境界。"自从一个无定的时间，他就在一片无名的原野行猎，唯一的事实是他自己的存在，一切轻轻易易地成就，就和一个人在梦里轻轻易易地感觉一样。"

狄保戴赞美这篇小说道：

> 在法文的叙事散文里面，或许没有东西比《圣于连外传》的散文更加丰盈，更加广适，更加谨严。

然而这种神乎其技的文笔，却只有福氏自己了然于其来源。就在一八五三年七月十五日的信内，福氏从形体说起，论到同代的诗人德李勒，因之推考自己理想的风格道：

> ……不如用力创造新谱。我相信德李勒很少这样想。他没有近代人生的官感，他缺乏心；所谓心，我的意思不是说个体的或者甚至于人性的感觉，不，此地所谓心，差不多是字的医学的意义。他的墨水是惨白的。这是一位没有散过步的诗人。……人生！人生！……一切在此！正为这个，我极其爱好抒情。我觉得这是诗的最自然的形式。在这里，是全裸，然而是自由。一件作品所有的力全在这种神秘之中，也就是这种元始的性质，这种 Motus Animi Continuus（精神继续的行动、颤动，西塞罗 [Cicero] 雄辩的定义）赋有简洁、浮凸、构辞、激昂、音节、变化。

这一段话，蕴有福氏行文的秘诀，其中最好的例证，正是《圣于连外传》。

现在我们离开教堂的渲染的窗画，走在人间，来看另一段隐晦的人生，不那样有声有色，至少同样富有神秘主义的气息：

她叫做全福（Félicité）。从小失掉父母，她给人家放牛，其后人家冤她做贼，把她赶走。她换了一家，管理鸡鸭。十八岁的时候，和一切的少女一样，她有了一段爱史。她的情人是一个懦夫，为了避免兵役，另外娶了一个富有的寡妇，她哭了一夜，离开她的主家，来到主教桥，正好逢着欧班（Aubain）太太寻找一个女厨子，说妥了停下。

欧班太太很早守了寡，膝下一儿一女：男的七岁，叫做保罗（Paul）；女的不到四岁，叫做维尔吉尼（Virginie）。全福从早忙到黑，收理一家的杂务，得暇哄着少爷、小姐，日子过的倒也适意。家家羡忌欧班太太有福，雇了这么一个忠心的女仆。

有一年，秋天的黄昏，一家人穿过草地回家，从浓雾里奔出一只公牛，发了怒，向他们顶撞过来。全福一边抵挡，一边掩护，放逃主妇三口，自己居然侥幸生还。小姐因此受惊，神经衰弱下来。

为了女儿行海水浴，恢复健康，欧班太太带着一家人，来到海滨的土镇。全福在这里遇见一个姐姐，嫁给水手，带着好几个儿女。从海滨回来，保罗打发在学校寄宿。全福每天伴着小姐，在教堂学习教理问答。随久了，她也领了洗礼。这时小姐也送在学校寄宿，家里益发冷清。

幸而好，全福的外甥维克道（Victor），每星期过来看她一次。她把他看做亲生的儿子。不过他随船去了美洲，染上黄热症，死在海上。

祸不单行，她的小姐因为肺痨，也死在学校。

从此一年复一年，平安无事，直到一八三〇年，听到七月革命。

这时有人送了欧班太太一只鹦鹉；她嫌烦神，赏给全福。全福听说这是美洲来的，不由想起她的外甥，自然更加宝贵。

鹦鹉叫做琭琭（Loulou），给她添了不少麻烦，不过总算有事占住她的心。过了好些年，她聋了，唯有鹦鹉的嘈杂可以传到她的耳朵。一八三七年的冬天，冻死了她的鹦鹉。她亲自送去，叫人做成标本，半路遇见邮车，吃亏耳聋，回避不及，撞伤了她的腿。半年以后，鹦鹉装成送了来，放在屋里小架子上。在教堂里面，有时她看见圣灵，画的不像鸽子，花里胡哨，倒像她的鹦鹉。渐渐她分辨不清，就把鹦鹉当做圣灵。

保罗如今成了亲，另外立家。亲友也越来越零落。一八五三年，欧班太太去世。少奶奶把家具一移而空，只有房子卖不出去，剩下全福一个人，住在她的鸽子窝。她的眼睛也起了矇，不久她又吐血。

圣体瞻礼节到了。她没有礼物可送，送去她的鹦鹉。当天行礼的地点，正好选定欧班太太房前的空场。于是钟声抑扬，于是教堂堂长颂扬圣德，于是这一颗简单的心，随着一只其大无比的鹦鹉死了。

听说克瓦塞的房子行将出售，不提福楼拜自己，所有他的远朋近友都为他着急，知道他隐居的习惯等于他创作的生涯。福氏向例把人生——资产阶级的人生——看做奇丑绝恶。但是读到他这一页传记的时候，我们却不禁羡忌福氏，觉得他究竟幸运，会有几位视人如己的老友。无论他的思想如何悲观，他为人却是赤子的良善：所以临到危急，没有人忘掉他。人生终于不算丑恶。这感动福氏，使他想到还礼。礼物是《一颗简单的心》。

但是《一颗简单的心》的写作，却要完全归功于乔治·桑。她文学上的主张，和福氏的相比，正好背道而驰。然而他们的友谊，再笃不过。一八七六年六月，福氏给她的儿子写信道：

这好像我第二次安葬我的母亲。可怜的亲爱的伟大的女子！

次年八月，他特地告诉他道：

> 我写《一颗简单的心》，完全由于她的意思，纯粹为了讨她欢喜。然而我写不到一半，她去了世。

这"可怜的亲爱的伟大的女子"知道她的"troubadour"（中世纪法国南部诗人的通称）因于家庭的忧患，思想日形涩苦，于是出而现身说法，劝他解放生活，改正艺术的理想，和她自己一样，把情感流泄于作品中间，不必过分绝望，自斩人生的舒阔。一八七五年十二月十八日，她给福氏写信道：

> 我们写什么好呢？你，不用说，你要寻些令人伤心的东西，我呐，写些令人慰心的东西。我不知道我们的命运依附在什么上面；你看它过去，你批评，你根据你文学的立场，不肯近前欣赏，你限制自己于描写，一面用心，而且执意于掩藏你私人的情绪。然而看完你的故事，人家一样看穿你的情绪，可怜是你的读者更加忧郁。我呐，我愿意减轻他们的愁苦。……艺术不仅仅属于批评和讽刺：批评和讽刺只写到真实的一面。人是什么样子，我愿意看他什么样子。他不是好或坏，他是好和坏。而且这里还有一种……——细微的差异（nuance）！对于我。艺术的鹄的就是差异，——即是好和坏，他便具有一种内在的力量，引他走向极坏和"差好"（还有一点点好的意思），——或者极好和"差坏"（还有一点点坏的意思）。我觉得你的学派不大留心事物的本质，而过分止于表面。因为寻找形体，你不免轻视本质，你的读者仅仅限于文人。然而根本就无所谓文人。大家都是人。

她的恳挚摇动我们"纯粹的"作家；她女性的泛爱沁入他的"象牙之塔"。他开始审量道：

> 你的十八日信，如此温存、如此慈爱，使我思维了半晌。我足足读了十遍，我敢说，我不见其全懂。一句话，你愿意我做什么呢？说清楚你的谕旨。

他继续虚心吁请道：

你说，"我没有文学的劝告给你，对这些作家，你的友人们，我没有意见可说，等等。"啊！真是的！然而我需要劝告，我伫候你的意见。不是你，那么谁给我劝告，那么谁有意见可说？

次年一月十二日，乔治·桑写了一封长信，讨论各自文学的见地，最后鼓舞福氏，而且指示道：

在一种恶运，一种深深激动你的恶运以后，你应该写一部成功的著作；我告诉你哪里是这种成功的确然的条件。维护你形体的信仰；不过你要多多留心本质。不要把真实的道德看做文学的百宝箱。给它一个代表，让你所爱嘲笑的那群愚痴，也有一个忠实，也有一个强壮。精神残缺也罢，中途而废也罢，指出它应有的坚固的品德。总之，离开现实主义者的信条，返回真实的真实，所谓真实的真实，即是丑与美、明与暗的混合，同时这里，行善的意志也有它的地位，也有它的职司。

对于这位循循善诱的女前辈，福氏虽说折于情，却也不曲不挠地回道：

最后，亲爱的师尊，如今我答复你的上一封信，我相信这是分隔你我的主要之点。你，从一开始，你就升在云霄，然后从上降落地面。你的出发点是先见，是原则，是理想。由此，你的抚爱人生、你的澄静、说真的，你的伟大。——我呐，可怜的东西，我胶在地上，活像穿了一双铅铸的鞋底；一切激动我、割裂我、踩躏我，同时我挣扎上升。如果我用你的态度观看人世，我就变得可笑了。所以你白向我说教，因为我不能有我以外的性情，因之而生的艺术见解。你责备我，说我不任自然而行。好啦，可是这种训练呢？这种道德呢？我们又该如何？……总之，我尽我天真的力量，包罗万象。你还要我怎么样呢？

但是福氏"讨她欢喜"，决定从他"所爱嘲笑的那群愚痴"之中，选出"一个代表"，"指出它应有的坚固的品德"，而且是一位乔治·桑的同性，而且和他自己有些同命。和《包法利夫人》一样，这篇小说的背景位置在他诺曼底故乡，而且甚于《包法利夫人》，这里充满他过去的岁月，和《情感教育》一样。一八七六年四月，他向翟乃蒂夫人写信道：

我的《一颗简单的心》的故事进行极其纤缓。不多不少，我写了十页！为了搜寻材料，我还作小小旅行，到主教桥和翁花（Honfleur）镇去了趟！这次旅行活活把我浸在忧郁里面，因为我逃不脱一阵回忆的洗浴。我老了，我的上帝，我真的老了！

这一带地方叫做土镇，靠近海滨，福氏幼年有许多月日在这里消磨。在她的《回忆录》里面，福氏的甥女解释《一颗简单的心》的来龙去脉道：

写《一颗简单的心》，他想起这些年月。欧班太太，她的一双儿女、她的住宅，这简单的故事的所有的细节，如此真实、如此明洁，具有一种惊人的正确。欧班太太是我外祖母的一个姑母；全福和她的鹦鹉也真有其人其物。

在他的晚年，我的舅父非常喜好温习他的儿时。他的母亲逝世以后，他写《一颗简单的心》。描写她生长的镇邑、她嬉戏的家园、她儿时的伴侣，是重新寻见她，同时这种柔和的心情，助成他的笔墨，写出他最动人的篇幅，或许最易使人觉出作者私人气息的篇幅。①

如果这是福氏"最动人的篇幅"，却不一定就是"令人慰心的"篇幅；这里充满他幼年的回忆，但是他自己决不登场，披露他私人的情绪，破坏他艺术纯洁的观念。他希望读者和他一样悲伤，然而他决不哀告读者，和他一样感受。和他的其他著述一样，他藏起他自己。然而他选了怎样一个故事！怎样一段人生的渺微的历史！而

---

① 参阅《土镇的幽灵》，在这部书里面，翟辣·喀利有详尽的索引。

且怎样具有更深的回味！一八七六年六月，他向翟乃蒂夫人报告道：

> 《一颗简单的心》的故事，质直地叙述一个隐微的生命，一个乡间的穷女孩子，虔笃而神秘，忠诚而不激扬，而且和新出屉的馒头一样地柔和。她先爱一个男子，其后她主妇的儿女，其后一个外甥，其后一个经她收养的老汉，其后她的鹦鹉；鹦鹉死了，她叫人装成标本，临到她死，也分不清鹦鹉和圣灵。你以为这有所反嘲，一点也不，而且正相反，非常严重、非常忧郁。我想打动慈心的人们，令其唏嘘不已，犹如我自己，便是其中的一个。是的，上星期六，安葬乔治·桑，我失声哭了起来，先是由于抱小欧罗（Aurore）①，其后由于看见我老友的灵柩。

这是"非常忧郁"，是的，正因为忧郁就是故事的本质，就是缄默的牺牲的品德。我们看着全福一生的消逝，不由想起另外一半人类。特别在东方，特别在远东，牺牲自我，不声不响，昼夜勤劳。为了图谋别人的幸福：有多少人不是这样做着、满足着，而且把别人的安乐看做自己的报酬，有多少妇女不是这样，不是全福！"她的面孔是瘦的，她的声音是尖的。二十五岁，人家会看做四十岁。从五十岁起，她就无所谓年纪；——而且，永久静静的，直直的身子，整齐的举止，好像一个木雕女人，带一种自动机的作用。"——想一想我们旧时代的妇女！那些出身乡农的愿愚的老妇！她们自己决不忧郁，然而就在她们无上的道德里面，本身含有一种无色的透明的忧郁！然而有几位老妇，晚年得到全福神秘的爱、鹦鹉的憧憬！这究竟"令人慰心"。

回到《包法利夫人》，我们会感到勒鲁老妇的过节，正好是这里的一生。当着一台大人先生，福氏已然写出全福老年的尊容，引起大人先生的矜怜，然而依旧不耐烦道：

---

① 欧罗是乔治·桑的小孙女。

——啊！看她这个蠢劲儿！

说实话，全福是一个可怜的蠢东西。这是良弱，这是愿愚，这是骇，然而这是一个地道的人，纯粹到仅仅具有一种德性：缺乏智能与意志，正是老子的"大智若愚"的理想。

她没有人类进化以后的社会情绪，而且总是孤独着。全村羡忌她的主妇，由于她的缘故；但是她自己，从来不知道，也没有问过她的价值。从小和畜牲相处，她失去懦怯，忠勇奋发，保护她主妇的一家三口。

这件事，成为主教桥好多年的谈资之一。全福一点也不觉得骄傲，根本就没有想到她做了什么了不起的事。

她没有虚荣。她自己不算数，而且仿佛不存在。一切是纯粹的冲动，一切是责任的单纯的承担。听见小姐病危，太太坐车往学校去：

全福奔向教堂，燃起一支圣烛。然后沿着车迹跑了一点钟，追上马车，轻轻跳上车后，抓住车篷上的缘穗。还没有坐稳，忽地她又想道："院门还没有关！要是贼进来怎么办？"她下了车。

这样迟延到第二天，天没有亮，她再赶了去。

但是她需要沾着在什么上面，占住她空洞的心灵。她的手从来不会闲着，闲久了，这会变成一种不安、一种如有所失的病症。正因为她缺乏精神生活，所以一切是具体的、实体的物感。她外甥乘船去了美洲。她跑去打听美洲和主教桥的距离；看见地图，她请人指出她外甥的寓所，逗得人家捧腹大笑：

全福不明白他欢笑的动机，——或许她还等着她外甥的画像，她的智慧本来也就太有限了！

听说他死了，她跌在椅子上，呆呆地重复道：

可怜的小孩子！可怜的小孩子！

同时看见院外浣妇走过，想起她还有许多衣服要洗，立即起身，仿佛忘掉她的愁苦。

这是一个死心眼儿。她接受一切非常纤徐，假使她终于接受，不是由于习惯于对方的重复，即是承认自己知识的低浅；然而接受以后，这立即成为她唯一的观念，她倚在上面，好像没有第二条出路，是人生仅有的可能。她具有热情，具有惜恋，好像一只富有本能的家犬；她缺乏想象，缺乏流动，唯其如此，能够对自己、对主妇，对人生、对回忆，忠实到底。听说古巴的都城，哈瓦那（Havane），出产雪茄，她以为人在这里不做别的，只是吸烟，同时她外甥杂在一群黑人中间，四周变成了烟草的云层。她的鹦鹉冻死了，她疑惑别人下了毒药，——这念头一直随到她咽气，打发人请来肉铺伙计，忏悔道：

> 原谅我，我以为是你害了它的！

她一次只能装一个观念，如果这打入她的生命，便溶在她的生命里面。要想重新拔出这个观念，等于提出她生命的一部分。她绝望，她执拗，然而她不反抗，她不会，她也不知道；所以她哭醒过后，便接受她的命运，不发一言，重新开始她日常的工作。

这是可怕地简单的人生，消极的，单调的，偶然含有几丝笑纹，平时却是凝定的、愚骏的，一种毫无诗意的忧苦的动物的存在。这是揭去一切浮动的光色以后，裸露出来的人生的本质。这里有爱：兼爱、博爱，以及动物性的溺爱；这里没有力：毅力、意志力，以及超出自我的必然的生命力。然而这是本分的忠实的生存——怎样灰色的生存！包法利夫人用了九牛二虎之力，总想挣脱而挣不脱的胶性的生存！正因为全福的蒙昧无识，她终于得到包法利夫人所得不到，也不屑于得到的神秘的单纯的信仰。她不会堕落，因为她从来不想上升：她的愚骏正是她的护符。犹如拉司地克所谓："这是一群良弱（débiles），演进于同样助成她们良弱的环境之中，和嵌镶在石上的介虫一样。"这里生活的内外，全然是一致、谐和，或者安静：

于是许多年过去了，一模一样，别无事故，除去季节的回转：耶稣复活瞻礼、圣母升天瞻礼、诸圣瞻礼。好些家里的琐事，过后想起来，也像了不得的重要。例如一八二五年，两个玻璃匠刷新过间的墙壁；一八二七年，一块房瓦掉在院里，险些砸坏了人。一八二八年的夏天，轮到太太献上大祭面包；布莱，在这时期，不知捣什么鬼，看不见了；旧日的亲友也渐渐疏远：居岳、李耶巴、勒沙蒲杜瓦太太、罗布兰，还有格莱芒维勒叔叔，老早就瘫了。

这是大刀阔斧，真实而且艺术。

同时既平且淡，全然不见传奇的性质。这是材料、生物学家的材料，由同样的耐心、同样的审度，作者观察他对象的演进。把这写成小说，写成一篇结构紧严的短篇小说，在福氏以前，几乎没有作家想到，或者敢于一试；这里一点没有传奇的性质，而且全福自己，本身就是一块甚于散文的阴沉的顽石。不过福氏写了出来，因为：

我相信，在任何地方，而且任何事物，都可以成功艺术。

但是像全福这样的乡下人，真正一点也不引起他的反感吗？自然，全福不是农妇，只是一个老丫头，然而她属于前者，更加痴骏也难说。一八五三年八月十四日，福氏当时正好重游土镇，写信给高莱女士道：

乡下人烦死我，我也没有命做地主！和这一群野蛮人在一起，不上三分钟，我就支不下。我觉得一阵无知的无聊侵袭我，就和一片海潮一样。但丁想罚伪君子穿一身铅铸的法衣，这比起我的脑壳上的沉重，简直算不了一回事。

结果二十三年以后，这成为他"最动人的篇幅"……

正因为这里活着一种永久的赤裸的德性，是低能的，是本能的，然而象征着我们一切的无名的女德，为了爱而爱，为了生存而生存，为了工作而工作，一个纯粹的可怜的生物，还带着一点点垂碎的支离的梦想，犹如狄保戴所谓，有些仿佛福氏自己，犹如他的甥女所记，带着他母亲温煦的回忆，他雕镂出这颗简单的心。它的朴素有一种力量一直打动到人的心的深处。

如今我们转来看他的第三篇，也就是末一篇，《希罗底》的故事。第一节：

有一天早晨，希律（Hérode - Antiqas）倚住宫院的栏杆，沿着城围，向四山了望。远远是围城的阿拉伯军队，自从他休退阿拉伯公主，便苦苦和他为难。他盼罗马的援军早到，然而叙利亚（Syrie）的总督维特里屋斯（Vitellius），却珊珊其迟。同时预言家伊奥喀南（Iaokanann）辱骂他现在的妻室，虽说囚禁起来，究竟不知如何对付，使他苦恼。有人走近，站在他的身旁，原来正是王妃希罗底。他们的心腹之患，她的兄弟亚格瑞巴（Agrippa），已然由罗马皇帝拘囚起来。不过她思念她前夫的女儿莎乐美（Salomé），自从离开罗马京城，逃往犹太，再也没有见过。[1]

雾散了，山道上行人来往，全是预备当夕宴会，庆祝他的生诞。

希罗底怂恿他杀掉伊奥喀南，消解她的愤恨。希律不睬理她，注目对面的一家平台，上面站着一个龙钟的老妇，领着一位绝代的少女。希罗底也看见了，立即离开她丈夫。

希律正想走回寝宫，遇见法女哀勒（Phanuel），恳求他释放伊奥喀南，但是话没有讲完，维特里屋斯总督驾到，希律急忙出迎。

第二节：

维特里屋斯父子一起来的。接见犹太各派教长以后，巡抚请希律领导，检阅砦堡的地窖。这些地窖顺着山势挖成，绵亘下去，就和蜂房一样，藏有大量的军器、军需品和名贵的白马。从地窖出来，在院子看见好些储水池，上面复着铜盖，有一个形迹可疑，总督以

① 参阅《新约》。伊奥喀南即圣约翰。

为藏有宝物，吩咐打开。

里面正好是囚禁的伊奥喀南。他诅骂希律夫妇。希律非常窘迫；希罗底指控伊奥喀南鼓动人民，抗不缴税。总督下令严加看守。如今肩责卸在罗马人身上，希律叫住法女哀勒，说他从今爱莫能助。法女哀勒十分忧愁，他从月初观星，主定今晚贵人殒亡，他怕属命他的宗师。

但是希律听到之后，以为死的要是自己，分外忧愁。他去看希罗底。在她的屋里，他见到一个龙钟的老妇，仿佛很熟，只是记不起来。希罗底也不肯告诉他。

第三节：

宴会开始。总督的公子欧路斯（Aulus）是著名的饕餮，看见山珍海味，只是狼吞虎咽。然而来宾却纷呶不休。有的演述耶稣的奇迹，有的更说伊奥喀南即是先贤以利亚（Élie）的后身；有的诽谤耶稣，有的更不信以利亚复活。正在宾主喧闹，便见希罗底盛装而入，随在后面的，却是一个绝代少女。

当着宾主，她跳起舞来。

这是莎乐美。希罗底知道自己色衰，暗地叫来女儿，蛊惑她的丈夫。

希律果然上了圈套。他答应和她平分天下，什么都答应，随她欢喜。莎乐美只要伊奥喀南的头。

于是伊奥喀南的头，放在铜盘上，沿着酒席传观。

宴会告终以后，法女哀勒约好两位同志，捧住圣者的头，走出砦堡安葬。

在鲁昂礼拜堂北门的圆拱下面，有一横排十三世纪的浮雕，叙述圣约翰殉难的情景。半幅是莎乐美当着犹太的君王舞蹈，半幅是圣约翰探首狱窗，伫候刽子手执刑。《希罗底》写作的动机，或许由于福楼拜看见了这排浮雕。然而引诱他的，却不是石雕宗教的气息，同时舞蹈与就难，也只是全篇进行的尾声。

不过，对于初期的圣父，福氏抱有很深的同情。他写过圣安东、圣于连，如今又是圣约翰。有时写信，他称自己："教堂的末一个圣父。"他的幽居独处、他的神秘主义、他的浪漫热情，无一不是隐士的征象。一八七六年六月，他向翟乃蒂夫人写信道：

> 说到这里，我觉得我要继续下去的话，我会变成教堂的宣道师。我会成为神庙的柱石之一。圣安东以后，又是圣于连，往后还有圣约翰，我设法安排，不让它含有教诲的气味。希罗底的故事，就我所了解者言，和宗教毫无关系。其间引诱我的，却是希律（一个真正的省长）的官气十足的容貌，希罗底（克莱奥巴特［Cléopatre］与曼特龙［Maintenon］一类的女人）的犷野的面孔，种族问题主有一切。①

但是他跳出了这个圈子，正因为他不预备传教，正因为他超乎成见，用艺术家的心境，体会故事的生成。

这一切根据着种族的揉混，犹如《萨郎宝》，生出同样奇谲的瑰丽。福氏自己，却唯恐重蹈《萨郎宝》的陈迹，一八七六年九月，给翟乃蒂夫人写信道：

> ……我怕重新堕入《萨郎宝》所生的效果，因为我的人物属于同一种族，而且环境也有一点相同。

他用心研求其间的差异。这是一个极端自觉的作家，一点口实也不甘心留给他所痛恨的批评家。这种用心，这种打出自我的努力，这种作品各自完美的追求，诚然难能可贵，但是这逃不出他的性情、他的方法、他的材料，也是真的。《希罗底》具有《萨郎宝》的气

---

① 克莱奥巴特是埃及的女王，貌美绝伦，恺撒曾为所迷，其后安东尼又入彀，公元前30年，安东尼败死，克莱奥巴特感染蛇毒以殉。曼特龙是文人欧毕涅（Agrippa d'Aubigné）的孙女，初年流离无归，嫁与一身恶疾的文人司卡隆（Scarron）。司卡隆既死，曼特龙入宫，教养路易十四的子女，渐受路易十四宠爱，私下结婚。

质，出于同一的血统，犹如《一颗简单的心》回应《包法利夫人》，犹如《圣于连外传》证明《圣安东的诱惑》。这损伤各自的美丽吗？这是各自雷同的证据吗？我们明白，事实上，这正相反。①

在《希罗底》里面，作者抓住人类文明的一个中心的关键：一方面是基督的信仰的肇始，一方面是罗马的势力的膨胀，活动的舞台却是毗连东西的耶路撒冷。在犹太的本身，一方面是外力的统治，一方面是内心的崩溃；一方面是贵族的骄淫，一方面是贫民的觉醒；一方面是教派的纷争，渐渐失去羁縻的能力，一方面是耶稣的创教，渐渐获有一般的同情；旧有的时代嬗递于新的时代，耶和华禅让于耶稣。介乎其间的先觉，便是热狂的圣约翰。他知道他的使命，一切先觉者应有的牺牲；在黑暗之中，他重复道：

要他大，必须我小！

在这一篇短小的故事里面，福氏一点没有遗漏，所有当时复杂的光色、矛盾的心情、利害的冲突、精神（圣约翰）与物欲（希律）的析离、因果的层次，环境的窘迫，完全呈现在我们的眼前。看完以后，你知道一段重要的历史，而且了然于其进展。泰纳是一位偏重实质的史学家，所以把《希罗底》看做全书的杰作。他向作者写信，称扬道：

你对我讲，如今历史和小说不能分开，算你有理。——是的，不过小说要你那样写法。这八十页，关于基督教的环境、发源与本质比罗朗（Renan）的著作还要教我教得多；然而你知道我如何羡慕《圣徒传》（*Les Apotres*），他的《圣保罗传》（*Saint-Paul*）和他的《伪救世主》（*Antéchrist*）。然而也只有你的方法和你的敏悟，写得出全盘的风俗、情绪与景物。

① 但是我们同时明白，一个作家的伟大就在他作品的变化的深广。这里的意思是：福氏的各种作品可以譬做兄弟姊妹，禀有相同的气血，然而彼此的发展与成就，各各不同。

没有比《希罗底》更为充实的短篇小说。我们有时会觉得充实过了分。这好像一个雕镂精致的小匣，装了太多的东西，不免令人担心它的碎裂。福氏偏爱种族的风云会合；他们的衣饰、他们的语言、他们的思想、他们的行动，甚至于他们的名称的歧异，合在一起，拼成他所喜好的华严景象。同时这正好烘出时代的精神，成就他所追求的历史的现实。为了紧张，为了集中，为了万象无遗，围住他的中心故事，他聚起所有可能的事实，可能的人物。我们呼吸在历史的空气里面。不幸是我们遇见了密集的专门名词。更不幸是它们的不可避免。同时急于造成这种必须的历史的空气，作者难免改移事实的前后，失去若干历史的真实。

然而一切溶于作者的文章。这里不是叙事，不是平铺直叙；在他想象里面，这凝成一幅一幅的图画，所有的人物、所有的事实，全在上面走动；这是视觉的，一切返回逼真的形象。有血有肉，在他的眼前生活着。他用嘴说，他更用眼看；看不清白，这才用嘴解说。所有福氏的作品，作品的文章，全是直接的，视觉的：这是他描写的绝技。《希罗底》不仅属于史家忠实的叙述，好处更在全幅的活灵活现。一八七六年八月十七日，福氏向甥女写信道：

> 如今我和全福握别，希罗底又露了面，同时我看见（清清楚楚，犹如我看见塞纳河）死海的水面，迎着阳光熠耀。希律同他女人站在阳台上，从阳台上可以望见神庙的金瓦。

这就是为什么，从这样想象的活动，从这样沉重而且拥挤的故事，我们反而觉不出它的厌烦，怀着一种稀有的艺术的喜悦，随着它的推陈出新。

我们现在都晓得王尔德的独幕剧《莎乐美》。这在中国也算风行一时。《莎乐美》的背景，完全出自福氏的小说。然而在创造上，各自的态度、设想、方法，却又丝毫不同。在戏剧里面，莎乐美——一个歇斯底里症的不可理喻的少女——的怪癖的性格主有一切，而这一切又消溶于梅特林克初民的诗情之中；一点诗人的幻想，建筑在近代的变态心理上面。好像月夜之下，一个巫女织着她魔术的梦魇；所有的人物轻轻易易地踏上她恶运的黑网。① 在小说里面，莎乐美是她母亲希罗底的工具。福氏根据近代精神，把一段近似传说的事迹，还出一个原来历史的面目。这里是政治、宗教、私忿等等繁复的关系。莎乐美绝对不能取代希罗底的地位。在《圣于连外传》里面，福氏用意于民间传说的气息的洋溢，王尔德的《莎乐美》有些近似，然而却又不同；如果我们可以这样说：我们觉得后者有些做作。《希罗底》富有历史的现实。

福氏的莎乐美是一个纯粹外形的美丽，缺乏实质，缺乏希罗底的卑污的政治思想。这是一个小号的萨郎宝，没有她精神的生涯；天真，然而不知羞耻。从外表看，她们出于同一的模子，出于福氏东方妇女的观念。一八五三年三月二十七日，他向高莱女士写信道：

> ……东方妇女，不多不少，是一件机器；在一个男子和另一个男子之间，她无所鉴别。吸烟、沐浴、涂画眼帘、喝咖啡，这就是那一圈的职分，她的生命在里面旋转着。

莎乐美的舞蹈，正是福氏游行非洲回忆的结果：

> 她的双臂伸直了，仿佛招呼，招呼一个总在逃脱的人。她追着他，比一个蝴蝶还轻，仿佛一个好奇的普赛克（Psyché），仿佛一个流浪的灵魂，而且就要飞起来的样子。

但是布雷地耶以为这种形容不合逻辑，因为她的观众，一群酒肉之徒，绝不会这样构想。② 可惜他自己未曾形容一遍。批评家难以侍奉，一点不错。对于福氏，兴趣完全集中在舞女本身的幻丽。就

---

① 王尔德有时忽于合理的真实。例如莎乐美（走近储水池，往下看）道："这里面多黑呀！拘在这样黑的窟窿里面，这一定可怕得很呀！这倒像一座坟……"然而他忘掉储水池的口上还有铜盖，莎乐美绝不会隔着铜盖看下去；她如果是猜想，也好；可惜这又不是。所以读到下面年轻的队长的话："然而上头有令，不准掀开井盖，"不免觉得有些突兀。

② 参阅布雷地耶的《小说里的博学》（L'Érudition dans le Roman）一文，收在《自然主义小说》内。

在上一封信内，他继续叙述道：

> 我看到好些舞女，身子摇摆着，带有棕榈的节律或者无情的盛怒。这只如此深沉的眼睛，海一般地富有色度，所表现的却只是平静，平静与空洞，仿佛一片沙漠。男子也是一样。怎样可爱的头脑！其中仿佛滚有人间最伟大的思想！然而敲上去，什么也流不出来，犹如一只空酒坛子，或者一座空坟头。

对于一个纯粹的画家，这就够了。

> 那么，他们形体的辉煌，从哪里来的呢？或许由于一切的激情的缺乏。仿佛公牛嚼草，仿佛猎犬追逐，仿佛鹰在盘旋，他们正是这种美丽。充而有之的命运的情绪、人的虚无的信条，使他们的行动、他们的姿态、他们的视线，增有一种光大而忍让的性格。宽阔而宜于举止的衣服，因为线条的谐和，永久同个自的官能一致；因为颜色等等的谐和，永久同天空一致；而且太阳！太阳！一种无涯的无聊占有了一切！

从这样的观赏，生出作者的莎乐美和她的东方。

然而这篇小说真正的特点，却在布局的开展、进行的方式、本身的组织。如果《一颗简单的心》富有同情，如果《圣于连外传》格外美丽，《希罗底》，却是一篇近代的短篇小说。前两篇全是从生写到死，关于一生的事迹；《希罗底》从早到晚，关于一日的事迹：这已经是它的优点。在这一天里面，没有一件事情滑出作者的笔尖，全用同样的坚定、明确、真实，呈现在我们的眼前。从一个具有重要的意义的历史的转机，福氏选了一天，怎样的一天！这是希律的生日，破晓我们就看见崎岖的山道上，来往着备办宴席的仆役，一个富有政治意味的宴席：希律想借此联欢犹太的政教各派。他盼望罗马的援军，却没有想到会在当日驾临，阿拉伯的敌军闻风而遁。于是宴席严重的气氛消解，纯粹改为聚乐。

至于故事的中心、一切的兴趣，又集中于圣约翰的囚禁。一方面是法女哀勒恳求释放，一方面是希罗底报复甚切，优柔寡断的是希律。幸而罗马人来，他乘机卸脱他的干系：这是一个弱者。然而希罗底洞悉他的弱点，早在暗中安排好了美人计；唯恐结怨人民，他依旧落了一个荒淫的暴君。你不知道这短短的一日，会藏有若干变化、若干命运。

没有丝毫的突兀，一切出于自然的顺序，全埋伏好了，就等当夕宴会。希律一清早望见对面平台上一双老幼的妇女，回头事由一多，他忘记了，我们也忘记了，然而来到希罗底的寝宫，他看见一双璧玉的雪臂，从门帘伸出，在空里摸索凳上的女装，于是走过一个老妇，拾起来，递向套间。这是谁，这一老一少？直到宴会开始，尾随在希罗底后面，犹如游龙惊鸿，一个少女当着酒筵跳起舞来。然后作者告诉我们，这正是希罗底与前夫的女儿莎乐美。同时希律的入迷，也是一步一步拾级而上。他非常无聊，他极其需要娱乐；在他的脉管里面，郁热着他几千年的动物的黑血。从他第一眼落在平台的少女身上，作者就描述道：

> 他窥伺着她仰身的动作，他的呼吸越来越沉浊；火焰在他的眼里燃灼。希罗底看着他。

他问道：

"这是谁？"

> 她答了一句不知道，立即心平气静地走开。

真正的强者是这行将色衰的热衷的女人。希罗底摆下一切的圈套。如果东方妇女是机器，福氏自己，至少写了一个异于机器的机器。

罗马人的出现，不仅烘出时代的色彩，而且完成全篇的发展。福氏或许了然于事实的错落，不过这是必需。维特里屋斯的巡查，经过所有可能的考虑，归结在圣约翰的发现。我们记得，在《萨郎宝》里面，哈米加检点他的财富。这里没有那样深厚的心理的效果，然而如果删去这一节，我们立时看出损失的重要。圣约翰是全篇的中心线索。如果不活脱脱地捧他出场，我们——我们的麻木而迟钝的感觉——会觉不出希罗底怨毒的分量。但是怎样自然而然地呈出他来？从全篇的开始，听见地窖下面的怒号，我们不由兜出好奇心，希望作者在最适当的机会，能够让我们看见吼者。随着罗马人的巡查，我们看见一个人，黑而且瘦，不知带了几千年的嫉恨，疯了一样，诅咒他的民族，歌颂未来的人主，谩骂宫庭的淫秽。希罗底不会放松他——像这样一个女人，向例私仇是第一等关怀。

我们可以觉出作者煞费苦心。他用了不少心力，组成全篇紧严的结构。法女哀勒有重要的消息告诉希律，然而一直经过一节的篇幅，中间又是层层的波折，这才轮到他星象的观察。我们从最初听说圣约翰派出两个弟子，最后我们就看见他们喜洋洋地赶回来，虽然仅只赶上圣约翰的丧事，毕竟带来救主确实的消息。作者没有放松一笔，没有一笔虚发。你也许觉得这里太巧、太人工。但是如果得不到海蚌的真珠，你是不是也爱鱼目混珠的珍珠？况且这不是假珠，就是真珠。因为这里没有一丝不是根据自然的顺序。福氏很谦虚，把这叫做"三故事"，每篇故事担负一个使命，其中唯有《希罗底》，最能教我们组织、结构故事的手法。

布法与白居谢

> 我白尽了我的可能，我总伤人。
>
> ——一八四七年九月，福楼拜致高莱女士书

　　这部小说应该是前后两集，我们如今所能看到的，仅是通行的前集，其中最后一章不等完成，福楼拜就去了世。一八七二年六月，写成最后的《圣安东的诱惑》，他开始着手他的新计划；同年七月十二日，他写信给乔治·桑，说他方才读完狄更斯的《彼克威克》（*Pickwick*），以为英国作家的通病是缺乏结构，同时报告他目前的计划道：

　　　　我想开始一部书，事前必须用好些月念好些书，然而我不愿意毁家买书，不知道你在巴黎认识哪家书店，能否租借我所需要的书籍？

　　这一部书就是《布法与白居谢》。据杜刚的《回忆录》记载，从二十二岁起，福氏已然孕有这部小说的概念：

　　　　从一八四三年起，他就同我讲，他有意写两个誊写员的故事；这两个誊写员，偶尔继承了一笔小小的财产，立即辞去职务，归隐田园……①

　　在福氏的信札里面，我们最早遇见的证据，却在一八五〇年。这时他正在近东旅行。九月四日，他从大马士革（Damas）给布耶

---

　　① 见于《回忆录》上卷第 7 章。

写信，谈道：

> 你想到《入世语录》（*Le Dictionnaire des Idées Reçues*），好极了。这本书全然写成，前面来上一篇好序，说明为什么写这部书，目的在使大家返回旧制，返回秩序，返回一般的规仪，同时用一种特别的样式排出来，读者看到，还不晓得人家在取笑。是也罢，不是也罢，这或许是一部可以成功的奇书，因为这非常应时。

从这里我们可以看出，最初活动在福氏脑内的，仅仅是一部讽世的辞海，前面加上一篇序文，表面佯为好人，骨里却针针见血。一八五二年十二月十七日，他向高莱女士写信，加以详细的诠释：

> ……有时候，我不禁奇痒上来，极想作践所谓人者一顿；从今算起，十年之内，我总有一时把它写成一部大局面的长篇小说；说到这里，我想起一个旧观念，就是我的《入世语录》（你知道这是什么吗？）。序特别刺激我，照我所想的它的样子（这会成一部书的），哪怕我攻击一切权威，一切权威也莫可奈何我。自来人所赞许的，这里无不颂扬。在这篇序里，我证实多数总对，少数总错。我用大人物祭祀所有的蠢货，殉难者祭祀所有的屠手，同时用一种毫不假借的文笔，噼里啪啦，放一阵旗花。例如文学吧，这并不难，我证明庸常因为容易和读者接近，是唯一的合法；至于一切富有独创的天才，理应愧死，因为危险、痴骇等等。……按着字母的次序，大家会看到一切可能的题旨，一切入世者应说的可爱的准情合理的言辞。

举过几个例，他继续道：

> 在全书的进行之中，这里必须不见一个我所杜撰的字，大家一次看在眼里，便再也不敢袭用，唯恐不由自己，说出书里遇见的辞句。

一八五三年二月二十八日，在另一封给高莱女士的书信中，他说：

我的《入世语录》的序把我纠缠住了，我写了个纲要。

这篇序就是我们适才所谓的前集，也就是书坊通行的《布法与白居谢》。从一八七二年起，福氏开始搜集他所必需的材料；八月十八日，他向翟乃蒂夫人写信道：

> 这是那两个老好人的故事，在抄写一类滑稽的批评的百科全书。你应该有点儿眉目。要写这部书，我必须读许多我不知道的东西：化学、医学、农学。如今我正读医。然而只有傻子，只有疯子，想写这样一部书！活了该，听天由命好了！

这样一边写作，一边读书，直到一八八〇年四月，他向莫泊桑写信，偶然提起他读书的最后记录，一千五百册！用来写一部书！还不提长长短短出外踏访的旅程。经过八年辛苦的工作，中间饱受人世风霜的侵凌，他终于写到前集最后的一章。他计划去巴黎完成他的后集：

> 这最多用上我半年的工夫。大部分这全好了，里面包含的也只是征引。此后我便要休息一下我可怜的脑袋，实在累坏了。①

没有想到这反而应了他的预言：

> 再者，《布法与白居谢》，轻柔柔地，或者不如说活生生地，将我导向幽宅。②

在他的书桌上，福氏留下一叠一叠的零乱的纸张，全是他多年读书的结果。他曾经向翟乃蒂夫人叙述道：

> 我笔记的卷宗有八寸之高。③

这惊人的征引预备做他两个老好人的抄录。所谓不幸的后集——仅仅多活一年，福氏就可以完成！——这些笔记，应该占有其

---

① 1880 年 1 月，福氏致翟乃蒂夫人书。

② 1874 年 12 月，致沙邦地耶书。

③ 1880 年 1 月，福氏致翟乃蒂夫人书。这些笔记如今由福氏甥女收集起来，交由鲁昂的图书馆保存。

中最大的部分，同时《入世语录》也归宿在里面，只该占个不大的地方。现在的问题是：应该用怎样的形式，表现这一团凌乱的材料呢？如果前集是序的延扩，后集——从《入世语录》出发而形成的内容——和前集的关联，仅只限于序与正文的情况吗？在福氏遗留的纸张里面，德莫赖斯特（Demorest）最近发现了《布法与白居谢》的后集的计划：共总是四份，最后一份的全文如下：

十一——他们的誊录

他们誊写……一切落在他们手里的东西……——枚举……往日所读的作家笔记……从邻近造纸厂论斤购来的旧纸。

然而他们感到编次的需要……于是他们重新誊在一本硬皮的大纸簿上面。

重新誊写的物感的愉快。

风格的各式各样的例证，农学的、医学的、神学的、古典的、浪漫的、繁比句法。

比较论——百姓的罪恶、帝王的罪恶、宗教的恩泽、宗教的罪恶。

美丽……文饰通史。

入世语录。时行语目。

马赖斯高（Marescot）的书记的手稿——诗章。

抄本下面的诠释。然而他们时常发生困难，不禁踟蹰不决。他们越向前工作，困难也越见增多——无论如何，他们继续下去。

马赖斯高离开沙维鸟（Chavignolles）①，去了哈福，做了些投机事业，来到巴黎做公证人。

梅丽（Mélie）在白醸柏（Beljambe）家里做女仆，随后和

————————

① 沙维鸟是福楼拜杜撰的一个地名，指诺曼底地区卡昂（Caen）和法莱斯（Falaise）之间的一片高地。——编者

他结了婚。白酿柏死了，她再醮高尔玉（Gorju），做了一店之主，等等……

十二——结论

有一天，他们发现（在造纸厂的旧纸堆里）渥高拜伊（Vaucorbeil）给县长写的一封信稿。县长问他，布法与白居谢是不是危险的疯子。医生的信是一件机密的报告，说这是两个无足为害的愚骏。撮述他们所有的言行，对于读者，好比是小说的批评。

怎样处理这封信呢？不要瞎费思索！誊写！纸张总得充满，不朽之作总得完成——一切平等，善恶平等、美丑平等、凡超平等。真实的唯有现象。

临尾看见这两个好人，埋首书几，誊写。

对于这份纲要，福氏或许临时不免更改，然而大体我们可以看出一个线索，就是：小说的自然的进行。从最初的序与正文的观念，演成一种艺术的一致的形式。同时我们知道，如果《布法与白居谢》全书脱稿，这应该一总是十二章。

在她的《回忆录》里面，福楼拜的甥女记述，写作的三十年前，作者已经想到《布法与白居谢》。这原本预备写成一篇中篇故事，四十页光景。有一天，他和布耶坐在鲁昂大街的凳子上，对着贫老院，没有事，好玩，幻想他们的老景。他们兴兴头头演述各自绮丽的生存。忽然他们喊道：

谁知道？我们也许和这些龙钟老头子一样，临了死在贫老院。

一八五二年十一月十六日，给高莱女士写信，福氏自己记载道：

布耶和我，我们用我们的星期日黄昏来编排我们衰老的图画。我们看见自己，老了，穷苦，住在残废收容所，打扫街道，穿着染污了的衣服，说着今日的天时，和我居应山（Roche - Guyon）① 的旅行。起初我们自己还笑着，后来却差不多哭了。用这样可怕的故事娱乐的，怕只有我们，怕也没有人再像我们灰色了。

他们结下两个雇员的友谊，生活，随后辞职，经过若干变迁，流离失所，死在忧患之中。

说到雇员，由都德夫人的指示，德沙木和杜木尼从可能方面，证明《布法与白居谢》的情节，与穆瑞斯（B. Maurice）的《两个承审书吏》（*Les Deux Greffiers*），具有若干相似的地方。这是一篇短篇小说，一八四一年四月，披露在法院公报，其后一八五八年八月，重新出现在一家《法学周报》（*L'Audience*）。故事是，两个告老退休的书吏，带着各自的女人，来到乡间，住在一起，然而他们渐渐失去田园的兴趣，感到习惯沮丧的无聊，最后关在一间书房内，彼此替换地一个念，一个写，恢复他们以前机械的誊写工作。

然而这仅止于揣测。一部作品的成长，往往深深地孕育在作者的生性，中间无意地感受到外界的机缘，随即破土而出。我们与其绕室傍徨，不如返回作者自身，寻求他深厚的禀赋和禀赋的征兆。文如其人。福氏主张有时不免失于偏急，其实依旧拦不住人性的绽露——最初是切身的，渐渐天衣无缝，化入普遍的情绪。这正是伟大作品成功的秘诀。

一八三九年二月，福氏向他的童伴写信道：

> 至于写文章，我敢打赌，我决不印一篇文章，演一出戏。

他忘了两年前，在他十六岁上，鲁昂有一家《蜂鸟》小报，发表了他一篇讽世的写实文章，题目是《自然历史的一课：雇员类》（*Une Leçon d'Histoire Naturelle：Genre Commis*）。他用最轻俏的滑稽口吻，形容各种各类的雇员，我们时代最有趣味的动物，我们可以想

---

① 居应山是巴黎西北蓬图瓦兹附近的一座小山城。——编者

见他的兴会淋漓，一挥而就的气势。这是一种典型人物观察的速写，充满了幽默、反嘲和敏锐。在所有职业里面，雇员最容易陷入平凡、庸碌、机械、苟安：小资产阶级的生活。他不唯缺乏浪漫主义的情分，而且根本摈拒浪漫主义于千里之外。在没有充任雇员以前，他最多是一个赖昂、包法利夫人的小情人，或者马赖斯高的见习生，写上两句酸诗腐文。福氏之不饶恕雇员类，正因为从小而且从心，他就是一个浪漫主义的信徒。他不谩骂，他讥嘲。

这也正是为什么，他渐渐离开——至少换了一种方式——他的浪漫主义。他知道娱乐。和《自然历史的一课》同时，或者在前，他同学伴创造了个奇颖的人物，无事便来模拟取笑。在他们的假想里面，这是一个活人，有姿态，有言语，有情感，有嗜好，而且带着一种特殊的笑——一种拉伯雷式的大笑。贡古曾经记载道：

> 这个不容易一目了然的人物，有一个综合的类名：加尔松（Garçon），他代表浪漫主义、物质主义和人间一切的销毁。他具有完备的人格，带着一个现实人物的一切怪癖，另外还加上各式各样中产阶级的愚骏。……最好的例证，……是他们每次走过鲁昂大礼拜堂。

> 一个人说："峨特式的建筑，这真美，这提高了灵魂！"马上另外一个就装加尔松，在行人群中叫唤道："是的，这真美，圣巴戴乃米（Saint – Barthèlemy）也美，龙骑兵的屠杀（dragon-nades）、南特的谕旨（L'Édit de Nantes），也，也真美！……"①

我们小时往往欢喜恶作剧，故意描抹自己厌弃的人物，变成大众取笑的目标。对于福氏，这是一种定型，一种加尔松所象征的资产阶级。

和加尔松同源而异流，是晒克（Scheik）的发明。一八五〇年六月，福氏和杜刚在非洲北部旅行，从尼罗河上游折回，福氏向他

---

① 《贡古日记》1860 年 4 月。

母亲写信，报告他们的娱乐道：

> 至于马克西穆同我，一路虽说没有可作的，没有可看的，我们在船上决不无聊。我们有书，可是我们不念。我们也不写。差不多我们的时间全用来装晒克了。这就是说，老头儿。晒克是一个坐地吃利的老胡涂，受人敬重，自己也有地位，年纪不小了，一道问我们些旅途的问题，好比：
>
> "你们走过的城池，也有上流社会吗？他们也有阅报所吗？"
>
> "那边也有人讲起铁路来吗？也有什么干线吗？"
>
> "社会主义，谢天谢地，我希望，总该还没有宣传到那边罢？"
>
> "至少，那边也有好酒吗？你们没有尝到些著名的本地酒吗？等等，等等。"
>
> "女人们可爱吗？"
>
> "至少，也有好些咖啡馆吗？当炉的女人们，也打扮得花里胡哨吗？"
>
> 一切是一个哆哆嗦嗦的声音和一种愚蠢的神气。从单人的晒克，我们扮演双人的晒克，这就是说，对话。谈论人间大大小小的事故，还搀杂了好些成见。随后晒克老了，变成战战嗦嗦的老年人，病不断头，一天到晚是他的饮食、他的消化。……

这一老一少尝尽中常人生的乏味。所有福氏现实的人物，多少全含有他们俗在骨里的气质，《布法与白居谢》更集其大成，特别是《入世语录》，"一种滑稽的批评的百科全书"。

这种近似酷虐的娱乐，是我们人性上一种特殊的复杂现象。一部游离的哲学是这种奇突的心境的根据。这就是"在其中"（dans）而不是"属于"（de）的修养工夫。所以最高的喜剧不是环境的凑合，往往是人物的分析，这就是说，作者从他自己的人性寻求他所需要的可笑的性质。真正的喜剧不是玩味人家的跌倒，而是赏纳或者宽恕自己的倾踬。这生在他性情里面；他所厌憎的，正是他所割舍不开的；在这种朝夕过从之中，他发现而且得到他的娱乐。

人生具有若干矛盾的事实，如果我们一一考量，我们一定会加深作者与作品的存在。我们晓得福氏怎样嘲弄他的浪漫主义；他所心爱的，他取笑。惊人的却是他取笑的，他惜恋。然而尤其惊人的，却是一个九岁的孩子，向他的同伴写信道：

爸爸家里来了一位太太，总给我们讲些又蠢又呆的事情，我想写下它们来。

这种对于人类愚骏的沾著，渐渐发展、明显，进而据有福氏的一生，平分他浪漫主义的天下。这种奇丑可笑的追求扩大他认识的范围；这是一种工具，同时是一种材料，同时更是一种生活。

一切成为他喜剧的对象。

这种滑稽的性质又在事我的息息相关。

对于福氏，这一束消息就是他的憎恨。他恨人事的愚痴，然而人事的愚痴吸住他的心情，左拉告诉我们：

我记得他搜集了一册纯粹医生写的诗集；他强迫我们来听，他放大喉咙选读几首，看见我们不笑，唯有他自己开怀大笑，他吃了一惊。有一天，他郁郁地道："真奇怪，如今我所发笑的事情，没有一个人再笑了。"

另外一件有趣的例证，是常去福氏家里的钟表匠。他每月来修理一次钟表，上一次弦。一八七〇年七月，福氏向甥女写信道：

这里也有更为欣快的画幅，好比钟表匠，逗我笑了一早晨。

我觉得这蠢货，在我的生存上，占了一个位置；因为，真的，我一见他，我就欢喜。噢，愚骏的权威！

普法战争发生，敌军逼近鲁昂，钟表匠避而远遁，福氏怅然如有所失。其实福氏非常明白自己的爱恶，一八七〇年四五月之间，他向乔治·桑写信道：

心理问题：自从米雪·赖文（Michel Lévy）拜访之后，何以我非常欣快呢？我可怜的布耶常向我说："没有再比你道德，也没有人再比你爱好不道德：只要看见愚骏的人事，你就高兴。"这话很有道理。这由于我的骄傲？或者由于某种邪恶？

无论如何，这决不是恶毒的冷笑。不是阴险，也不是狡诈；这里有加尔松的大笑，是一个不具城府的天真的热嘲。这是一个受了伤的孩子的报复——报复一切他所感受的精神的痛苦。左拉追叙他道：

> 只要他凭信，他就喊叫，同时他容易受骗，也容易发怒。这是一个良善的心，充满了孩气和天真，一个赤热的心，受了一点轻伤，就会大加恼怒。

福氏是一个感觉锐敏的热情的儿童。主宰他的仍是他的浪漫主义。唯其如此，他绝对得不到心境的平衡，从一种游离的哲学，采取绝对的客观态度。福氏失败于戏剧，这是一个主要原因。

所以《布法与白居谢》的滑稽，只是一种苦辣的热嘲的变象。这种苦辣的味道又是经验与天真的特殊的混合。要想了解这一点，我们必须返回福氏晚年的生活。

一八七〇年一月，福氏向乔治·桑诉苦道：

> 我们如今浸在怎样愁苦的风俗里面！四周尽是些愚骏的人事，简直会把你逼得残虐起来。说我生气，还不如说我厌恶。

这种对于人世的愤懑，不是从一八七〇年才起始，然而从一八七〇年之后，我们却听得更加清切。这里主要的原因，或者全然由于他的孤寂。平常有一句话，两个人分忧愁，忧愁减轻一半，两个人分快乐，快乐增加一倍：再对不过。我们知道，自从一八四六年，他的情如手足的知己，朝夕相处的文友，就是布耶。一八六九年七月，布耶去世。当时他写信给杜蒲朗道：

> 你可怜的巨灵当顶受了一掌，再也不会清醒了。我和自己

讲："如今他不在这里了，写文章还做什么？"完了高声朗诵、共同的热情、一起梦想的未来的作品，完了，都完了。必须有勇气，看得开，然而这不见得那么容易。

这的确不是一件容易事。就在前封给乔治·桑的信内，他继续道：

> 失去我可怜的布耶，等于失去我的产婆，因为他看进我的思想，比我自己看得还要清楚。从他一死，我身边的空洞，我觉得一天大似一天！

这巨灵似的孩子，不要看他体格魁岸，却是一身柔脆的感觉。正因为他的倾心置腹，他的待人如己，他的热诚，所以遇见伤口，一生不能平复，永久嵌在他的心口。不久我们就听见他呻吟道：

> 我的脑子使我极其疲倦，如今它一点也不轻快！我白工作，没有用还是没有用！一切刺激我，伤我；当着人，我只好忍住，然而有时我禁不住流泪，好像我要完结。我终于感到一桩全新的事：老之将临。阴影袭着我，犹如雨果所云。①

同时平地一声霹雳，普法战争肇始。眼看巴黎被围，鲁昂又有横遭敌骑蹂躏的可能，对国家观念最浅薄的福氏，也不由自己，卷入狂风暴雨的漩涡里面。最后普鲁士军队进占鲁昂，派兵住在他克瓦塞的住宅。这时他正在预备《圣安东的诱惑》定稿，事先把所有的材料埋在地底下，他自己和母亲避在城里居住。敌军尊敬他作家的身分，没有动他的书房。年轻治好了的脑症乘虚而入，重新光临。一八七二年五月，他向一位女友写信道：

> 而且，从普鲁士侵犯之后，人间没有再可能的灾祸。这是绝渊的深底，忿怒和绝望的最末一级！为什么我居然没有死呢？我一想到这里，我就诧异。然而人生如此，我们生来是受苦的。

在所有的死亡之中，对福氏最亲切而最影响他日常生活的，是

---

① 1870 年 3 月，福氏致乔治·桑书。

他母亲的去世。从他落地，迄至一八七二年四月，中间五十一年的时光，母子相依为命。他父亲在一八四六年就弃世了。除去出外旅行，他绝少离开他的寡母：这成了他一个默契的伴侣。他自己说得好：

> 半月以来，我不由看出，我可怜的好妈妈是我最爱的世人。我好像叫人活活掏去一根肠子！①

她非常疼爱她儿子，体贴他的性情，从来不叫他操心一点点饮食起居的琐事。他甥女追忆道：

> 一家的规习，全凭我舅父的爱好，外祖母自己，真可以说是没有另外的生命：叫她的子女幸福，就是她的生活。只要她见到一点点她儿子不舒服的征候，她的慈爱就惊惶失措，尽力使他的四周安静。早晨，不许人发出些微的声音；十点到了，猛然一阵铃铛响起来；家人走进我舅父的寝室，然后全家仿佛才从梦里醒来。听差送上信和报纸，往睡几放上一杯新鲜的凉水，装好一斗烟；随后他打开窗户，一片阳光射了进来。我舅父拿起信，看看地址，然而在吸烟以前，很少打开一封信过；随后一边看信，他一边叩着夹板，呼唤他母亲；她呀，马上跑进来，坐在他的床边，等他起来。

从他母亲去世以后，一种全然的孤寂占有他的精神。往常他决不过问银钱、家用，如今一件一件慢慢走上他的蹊径。这里必须琐细、规常、操劳和预算：一切梗噎他的艺术，或者浪漫的性灵。贡古记载福氏因为家庭的承继，当时心情的恶劣道：

> 随后他把我扯到车站，靠住票房前面的栏杆，向我讲他深沉的烦腻，对一切缺乏勇气，一心就盼死，死，用不着轮回，用不着来生，用不着复活，永久铲除他的自我。②

---

① 1872 年 4 月，致乔治·桑书。
② 《贡古日记》1872 年 6 月 21 日。

但是他活下去。他所有美好的韶华全过去了，一年复一年，带着他容易感受刺激的神经、他容易发怒的心情，他接受人间的不幸，忍受世事的恶变，捐弃他的财产，抑制他的骄傲——从经济独立得到的高洁，为了完成他唯一的生涯，艺术的寄托：一部欲完而未完的解恨的著作。贡古记录福氏生存的哲学道：

> 福楼拜今天说得真叫曲曲入画："不，我唯一的支柱是恼怒……对于我，恼怒好比洋娃娃屁股上的铁条，叫它们直立的铁条。我要是一不恼怒，我就会平空摔下地来！"于是他用手臂方出一个戏子，一下倒在台子上面。[①]

从这样愁苦的环境，孕育出他的《布法与白居谢》的写作。

现在我们来看看全书的情节。

第一章　引子

有两个人迎头走来，坐在一条街凳上。红脸大汉的叫布法；身小貌严的，叫白居谢。两个人都是誊写员，一个在一家商店，一个在海军部。一见如故，两个人立即情如手足。因为正当炎夏，两个人都心向乡间生活，然而没有钱，心向也是徒然。两个人都是好学之士，惜乎没有机缘读书。自从结识之后，一有空暇，他们便东去看画，西去听讲，力谋知识的进益。

一八三九年一月，布法接到一封信，说他的义父去世，有一份遗产归他承继。布法原本是他的私生子。经过相当法律的纠葛，布法一跃而为富人。他——或者他们，因为如今布法和白居谢已然虽二犹一了——的第一件事就是去乡间购置一座田产。白居谢再有两年，就可以告老，所以他希望延缓两年下乡，勿需全然依赖布法。他们的田产选定在法国西部诺曼底的沙维鸟。两年之后，他们欢欢喜喜，分头乘车，离开巴黎，来到他们的田庄。

---

① 《贡古日记》1873 年 2 月 16 日。

第二章　农业，园艺，果木

他们检阅他们的产业，决定亲自耕种他们的田地，辞去原来的佃户。白居谢专心经营房后的果园，种菜失败，改而培花，结果一无所成。布法经营农业，受了不少的挫折。最后收了一场小麦；不料天燥失火，小麦转眼成灰。

两个人转而经营果木，希冀有所收获；好容易移木接种，开花结实，不料一阵狂风暴雨，打散他们的热望。绝望之余，两个人用尽匠心，修饰他们的花园。事后，邀宴全镇的望族观赏。他们不唯没有听见赞美，反而饱受讥诮。忿恨已极，关起门，两个人试做罐头食品。最后蒸馏器爆裂，显而易见，这是他们不懂化学的缘故。

第三章　化学，医学，地质学

看了两本化学，中途因为医生的解说，他们又转而研究解剖学。买来一架人体标本，惊动全镇，还以为他们解剖活人。人体的构造过于复繁，他们转而研究生理学。生理学放下，他们又倾心医学，偶然治好包尔旦（Bordin）寡妇的面疮，立即得意忘形，和医生分庭抗礼，直到他们自己病下来，这才知难而止。

有一夜，望着天空的星宿，对宇宙的演成、自然的现象，他们不禁好奇。同时他们实验动物反常的结合。最后，兴趣集中于地质学，两个人沿着海滨，东奔西走，希望能够发现古代化石。有一天，在一家灶房，他们看见一只破烂的木柜，说是文艺复兴时代的雕镂。他们出钱买回，交给木匠高尔玉修补。同时他们雇了一个使女，叫做梅丽。

第四章　考古学，史学

半年之后，他们变成考古学家，搜集了一屋的古董。他们采访四近的古庙残堡。他们的小博物馆渐渐引起全镇的注意。最后法外吉（Faverges）伯爵也屈驾参观。偶而听见伯爵说，茔墙旁边埋有一只湮久的圣水杯，他们乘夜挖掘，藏在家里。不料教士查出，向他们索取；他们要求和他的古磁汤盆交换。他们搜集陶器。然而同人谈上来，总是一个不得其门而入。他们决定攻读历史。

他们先读法国史，不过史家各持一说，令人茫无所从；古代史是史证缺乏，反而不如近代史明确。苦的是年月不熟，事迹容易混淆。他们研究记忆术。他们在图书馆搜集材料，预备撰写一部史传。回到家里，只见文艺复兴时代的木柜粉碎，女仆偷酒，木匠和使女关系暧昧，他们不由慨叹道："家事弄不清楚，还说写什么公爵的传记？"外在的事迹其实不如心理重要。他们决定阅读历史小说。

第五章　文学

先是司各脱和大仲马。起初很上瘾，过久了就觉肤浅，而且带有不少历史的错误。他们从乔治·桑跳到巴尔扎克，最后抛开小说，研究悲剧。悲剧而喜剧，喜剧而悲喜剧，一直下来是雨果的浪漫剧，小仲马的社会剧：一样也挽不住他们的欢心。有一天包尔旦太太来了，他们当着她表演了一场。

他们是艺术家了，又想写戏。不说没有题材，而且怎样写法？他们研究规律、文法、风格，最后觉得戏剧的局面有限，决定写小说。包尔旦太太要买他们的地亩。价钱没有说妥，伯爵带来一批普选的宣传品。至于文学，人人爱其所爱，这就是说，没有一个人真爱文学。

第六章　政治

一八四八年二月二十五日，全镇传遍了二次革命。为了不落人后，大家决定栽植一株自由树；布法献上一棵小杨树；无分贵贱，全镇来听教士祝福。国民军也组织起来，交给高尔玉训练。最使大家废寝忘餐的，是国民会议的选举。穷人围住公所，要求工作。

到处是不满意。言论过激，高尔玉下了狱。伯爵、所长、公证人、教士统统变了论调，自由树也砍下来当柴烧。共和国昙花一现。失望的是布法和白居谢，眼睁睁看着帝国恢复，群众也好，名流也好，都逃不出一个政治的龌龊。

第七章　爱情

他们纵情于爱。布法向包尔旦太太求婚，只等公证人签订婚约；白居谢看中他们的使女，暗地送暖嘘寒。结论是女子不可亲近：因为布法发现包尔旦太太并不爱他，只是贪图他的田产；白居谢更加委曲，梅丽给他染上恶疾。

第八章　体育，方术，哲学

从冷水的沐浴，他们倾心运动。练到后来，白居谢踩上高跷，惜乎一脚不稳，全身倒地，性命险些不保。运动和他们不相宜。

正好这时流行一种自动小桌，能够预知未来。听说这是磁流连续振动的结果，他们转而研究催眠术。他们用催眠术治病。渐渐走上魔道，他们实验幽灵的出现。鬼没有招来，反而吓走他们的女仆，激起全镇的恶感。

那么灵魂是什么？物质是什么？但是生存又是什么？宇宙又是什么？如果一切现象由于自我的感受和回忆，那么自我又是什么？哲学家的答案各各不同。他们得到的益处是：一切全是虚假，色相尽是空幻。就在百念俱灰的午夜，正要挽上绳结寻死，他们望见遍地的灯火趋往教堂。他们跟了上去。这是圣诞节的中夜的弥撒。他们的灵魂遇了救。

第九章　宗教

他们阅读福音。他们用一屋古董，换来一堆神纸。他们还到远处进了一次香。银钱拮据，他们便把田产典给包尔旦太太。他们一心皈依。然而信仰愈深，疑惑愈大。教士吩咐他们少读书。但是这拦不住他们反问。有一次在伯爵家里辩论，他们竟然赞扬起佛教来。人家把他们驱出府邸。他们在半路收留下一双无家可归的孤儿孤女。

第十章　教育，社会学

男孩子叫做维克道，女孩子叫做维克道丽娜（Victorine）：父亲是囚犯，母亲死了，他们流落在街道乞讨。布法和白居谢参照各种教育原理，抚养这一对小流氓。骨相学证明他们的本质非常恶劣。但是布法和白居谢相信教育。什么方法也试过，什么心血也呕尽，最后他们发现维克道丽娜和男人睡觉，维克道在外行窃。

　　痛苦已极，布法常去白酿布的店房坐地，白居谢也想去，看见梅丽在店房充侍女，只好回避。布法肆谈社会学。他们居然想讲演。他们借妥店房的大厅，披上他们多年不用的礼服，临时他们奔往金十字旅馆……福氏的遗著终止，下面是他结论的计划：

　　两个人正在手指脚画，来了所长，停止他们的讲演。不唯不服，他们反而加以嘲弄。不知道所长心存报复，第二早晨，两个人继续讨论人类的未来。白居谢是悲观的，觉得前途黑暗；布法是乐观的，以为光明无限。说着说着，只见来了一队宪兵，捉拿这一对社会的害虫。一村的男女来看热闹。高尔玉趁火打劫，宣布梅丽怀孕临盆，应由布法承担她们母子来日的费用，因为他常去店房。医生以为布法和白居谢是一对疯子，与其下狱，不如关在疯人院里面。说好说歹，宪兵算是放了他们。对于人生，他们如今也索然无味。叫木匠做了一张双面的书儿，和往年一样，他们预备誊写，他们开始誊写。

　　在《布法与白居谢》里面，周流着一种极端的气息。这里充满了过分、言过其实。那么这开罪读者、开罪人类吗？如果开罪，这是一种自来的缺陷吗？人类具有敏锐的自觉，从这种特殊的自觉，生出一种正当地自卫的骄傲：太岁头上动土，属于通常的忌讳。对于人类自己，这种道德的情绪往往是一切产品的衡量；但是由这种高贵的自私，却容易生出一种否定的倾向：它忘掉身外的事物也全有各自绝对的生存。这就是一切真正的艺术家和他艺术的折磨。对艺术家，尤其不可避免的、尤其痛苦的，特别是文学的创作，全在他向人生的借镜。他提供人类羞恼的把柄。这是一个永久的挣扎、冲突，最后属于艺术的胜利。人类是现时的、静止的、有限的。从少数的不恣，渐渐化成普遍的同情。福氏有一个奇怪的譬喻，粗率，然而确切：

　　　　……写书不和养儿子一样，却和起造金字塔一样，预先拟好计划，然后一大块石头、一大块石头往上翻积，必需的是腰、是汗、是时间，结局它一点用处也没有！还就在沙漠地一停！然而气势昂昂地一统治。獳在下面撒尿，老爷先生们往上一走，等等；譬喻下去好了。①

这不是用来证明《布法与白居谢》是一座金字塔，决不是。然而这里所呈现的气力，——至少福氏所卖的气力，——至少十九世纪所卖的气力——福氏所嘲笑的同代的气力，是任何读者可以得到的吃力的印象。

对于福氏自己，趋向极端，却是他的生活。他甥女记载道：

> ……对于各种各类的过度，他都具有无限的喜好……

在艺术的创作上，这更戏为他一种企向，一种原则。一八五三年六月十五日，他给高莱女士写信，最后说道：

> 不要害怕言过其实。米开郎吉罗，拉伯雷，莎士比亚，莫里哀，所有最伟大的人物全是如此。在《德·浦尔叟雅克先生》(*Monsieur de Pourceaugnac*) 一出戏里面，想逼一个人吃一付泻剂；拿上台的不是一个灌肠器；正相反，一台全是灌肠器，全是药剂师。这只有说一句凶来兮，天才自在其中矣。然而叫人看不出言过其实，这必须继续下去，配置适当，前后谐和。如果你的傻小子有一百尺高，山必须也有两万尺高才成。而且什么是理想，如果不是这种放大 (*grossissement*)？

从这种不断的言过其实，我们不得不离开目前，走进它所开辟的别一天地。这建筑在现实的可能性上，然而却是真实。这一点福氏极其了然。《布法与白居谢》正是一部绝少事实，充满观念的小说，如果这是小说。

绝少事实，无论是内在的、外在的，或者心理的、实际的，——归结为现实的委屈；因为现实生于事实的微妙的关联。我

---

① 1857 年 12 月，福氏致费斗书。

们晓得乔治·桑和福氏的几乎相反的趋诣。听到《布法与白居谢》的内容，她唯恐其过分现实。福氏安慰她道：

> 不要怕这太现实；正相反，我倒怕它有些不可能，因为我要极端到底。

所以用《包法利夫人》的现实主义解释《布法与白居谢》，只是一种危险。德沙木曾有一篇详细的推敲，结果仅仅证明福氏的前一句话。[①] 活动在他想象的，不是事实，而是抽象的观念。说是抽象，然而赋有色相。你可以说，观念具体化。莫泊桑曾经论道：

> 这部书触到人的最伟大、最奇异、最细微而最有趣的部分：这是观念的故事，在它所有的形式之下，在它所有的表示之中，带有它所有的变化，一时是它的弱点，一时是它的优点。

但是最精采的却是他下面的议论：

> 这里，值得注意的，而且奇异的，是福楼拜不断的倾向，趋于一种越来越抽象，而且越来越崇高的理想。所谓理想，不要误做引诱资产阶级的想象的感伤之类的东西。因为理想，对于大多数人，只是不逼肖。对于少数人，这仅仅是观念的领土而已。[②]

所以正确地讲，《布法与白居谢》倒是理想小说。所有它的意义全见于福氏这一句问话：

> 而且什么是理想，如果不是这种放大？

但是放大的镜头却是他自己的个性。也正因为镜头有色的玻璃，它否定人类活动的意义。法盖以为《布法与白居谢》和《情感教育》相映成辉，是一部理智教育。在《情感教育》里面，我们感到情感的浪费；《布法与白居谢》更进一步，告诉我们理智的枉然。我们最先看见一幅灰色的人生，如今我们濒近人生的虚无，被嘲笑的

---

① 参阅德沙木的《关于布法与白居谢》第 3 章。
② 见于莫泊桑的《福楼拜》。

是人类所自负的向上的进取，我们从科学得来的种种无大无小的知识。尼采有一时把艺术家分成两类，发问道：

> 什么是创造力，是人生的憎恨，还是人生的丰裕？例如歌德，丰裕是创造力；福楼拜，憎恨是创造力……①

打一个折扣，然后我们接受尼采的笼统的评判；福氏如果憎恨，至少他恋恋于他的憎恨。这里不是消极的厌世主义，是积极的悲观主义。一八七二年五月，他写信给翟乃蒂夫人，谈论雨果的新作《恐怖之年》（*L'Année Terrible*）道：

> 他知道憎恨。憎恨是一种道德，我的朋友乔治·桑正好缺乏这个。

在东方，特别在中国，我们或许不大了解——不大承受这种极端的憎恨。我们宁可愚而无知，听其自然，避免一切人力的挣扎。我们一生下来，不是无为而为，就是色即是空。福氏对于东方具有深厚的同情，但是他热烈的憎恨，与其说是他的生性，不如归于浪漫主义者的征候。从表面看，福氏仿佛承袭卢梭的意见，攻击人类一切的知识：《科学与艺术的重建是否有助于改善风俗?》，我们知道卢梭著名的否定。然而也仅仅止于此。对于卢梭，人性本善；对于福氏，人性无善无不善：这已然是一个根本的区别。福氏憎恨的对象不是学问，是资产阶级的学问。学问拿在资产者手上，好比拿在郝麦手上，是一种装饰，一种炫耀，一种东施效颦。和艺术一样，科学应该为科学而科学。在《布法与白居谢》里面，我们时时遇见这种暗示；例如这两个老学生研究历史：

> 他们有了历史的赏鉴力，不由生出为真理而真理的需要。

> 在上古史里面，这或者比较容易发现？因为距离当时人物远些。作者说到的时候，应该没有激情。

另一个例子，是：

---

① 见于尼采的《木偶的黄昏》。

白居谢摈弃一种变成政府工具的宗教。马雨若（Mahurot）先生领洗，为了更好勾引这些贵妇人们，同时他的实践，也只是做给听差看。

福氏所厌绝的是一般人的功利思想，和从这种思想出来的有关利害的行为：他憎恶人类的大权独揽。这好像又近似东方的观念。

从这种极端的憎恨的人生观，浸久酿成一种报复的心情，嘲弄资产阶级的徒劳而无益的工作。这种艺术的报复很早就蕴蓄在福氏的脑内。一八五三年六月二十九日，写信给高莱女士，谈起布耶的忧郁，他咆哮道：

> 神明在上，我们应该抖起精神来，人类给我们苦吃，我们也给人类苦吃！噢！我要报复！我要报复的！从今计算，十五年里，我要写一部伟大的近代的小说，和阅兵一样，我从人类的面前走过！

这或许预言他的《情感教育》的写作。然而这种同样或且转深的盛怒，在《布法与白居谢》的开始前后的信札里面，更是数见不鲜。一八七二年十月，他向翟乃蒂夫人写信道：

> 我自己的精神，一时还算好，因为我思维一件作品，在这里面，我要倾出我的愤怒。是的，我最后要解除这一切梗喧我的东西。哪怕毁了胸口，我也要朝着我同代的人们，呕出他们向上的恶心；倾盆而下，一个不饶。

一八七四年四月，他向乔治·桑写信道：

> ……这一切全应该呕吐出来！然而你却要我不注意人事的愚骏，要我斩去它描写的快乐！滑稽是道德唯一的安慰！再说，这里有一种高明的方法来写；这就是我所应用于我的两个老好人的。

这种高明的方法是否他的极端到底呢？是也罢，不是也罢，这里附有一种危险，失之于偏。

这或许是创作的条件，非爱即恨。和科学的探求相反，艺术的产生需要激情的孕育。爱，因为我们的骄傲、勇气、意志都付托于我们高贵的自觉：人的美丽；恨，因为这一切失去它们的凭借，残留的是堕落、退化、沉沦的情绪：人的丑恶。在这两种过犹不及之间，是东方的妥协、中和，或者逃世的态度：一种不即不离的应付，可以说做冷漠、悠适或者懒散。对于东方，人的美、丑只是大自然的一种表示。我们用自然支应自然。西方用人支应自然。看见自己美丽，是激扬、欢悦，一种华严的沉醉；看见自己丑恶，是悲伤、愁苦，一种低抑的忿怒。前者是健康、光明、红喜的肤色；后者是病弱、黑暗、灰郁的容颜。于是：

> 这一切引起相同的反动、丑恶的裁判。从这里迸出一种憎恨：恨谁？然而这里毫无疑问：恨他自己的今不如昔。他用他的人类最深厚的本能憎恨；在这种憎恨之中，这里有一阵颤栗、谨慎、深厚、明敏——这就是自来最深厚的憎恨。也正因为它，艺术才深厚……①

然而这限定它的辽阔。这里所表现的不一定是全人的活动；只是人生的一面，不是人生的全体。好比一个能入而不能出的医生，什么都看不见，看见的一定是病。这容易生出单调，最后使人起腻。所有伟大的作品，往往缺乏轻快的性质，几乎是一种通例。然而与其说作弊，倒不如看作利。因为这里的沉重，不是偶然的，是必然的，因为是本质的。在开始《布法与白居谢》的时候，福氏向屠格涅夫写信道：

> 危险在单调和起腻。这才是我所畏惧的……②

没有再比福氏自觉的艺术家。而且大抵是对的。怎样能够避免全书的沉闷呢？这里是一千五百本书的精英，仿佛一家码头的大货栈，堆满了近代理性的收获，而且几乎全部是资产阶级的精神的

① 见于尼采的《木偶的黄昏》。
② 1874 年 7 月信。

产品。

如果这种憎恨是深厚的，我们不要忘记，这都蕴藉在一个孩子似的心性里面。与其说是否定人类的努力，和从这种高贵的努力而得到的经验，不如说是棒喝人类的骄傲，从这种自满的骄傲而衍成的资产阶级的品德。从这一点来看，《布法与白居谢》是一个最有效力的警告。对于福氏，好奇、求知、向学甚切，正是人类力谋自拔的最高的道德。他向朋友颂扬苏格拉底的精神道：

> 在他去世之前，苏格拉底在狱里面，请求某音乐家教他一折古琴的音节。音乐家道："学了有什么用，马上你就要死？"——苏格拉底答道："就为死前知道它。"在我所知道的最高的道德里面，这是一个……①

在另一处，他叙述他的追逐真理：

> 然而从我所见——所感——所读，都给我留下一种不可消止的真理的饥渴。歌德临终呼道："光！光！"噢！是的，光！那怕它烧到我们的五脏。由美的媒介而认识，而接近真理，是一种绝大的愉快。我觉得，从这种欢悦而归结的理想的境界，是一种神圣，或许高于通常的神圣，因为它更大公无私。②

知识是不断的，因为人生永在。问题不在应用，在知与不知。所有的错误，全由于我们急于建树，轻于自满。福氏发挥他这种见解道：

> 我觉得你仿佛缺乏一种情绪，或者一种习惯，就是思考的爱好。把人生、情感和你自己拿来做一种理智的练习的题材。你反抗人世的不公正、它的卑鄙、它的暴虐，和生存的一切龌龊下贱。然而你认清了它们吗？你全研究过吗？你是上帝？谁给你说，你的人类的裁判不会乖谬？你的情感不会欺骗你？以

---

① 1859 年 11 月，福氏致费斗书。
② 1857 年 3 月，致尚特比女士书。

我们有限的官感和我们渺小的智慧，我们怎么能够达到真与善的绝对的认识？我们有日抓得住绝对的存在？一个人要想活下去的话，必须抛开获有任何事物的清晰的观念的梦想。人类生而如此，问题不在改变，而在认识它。少想一点自己。不要妄想什么解决。这藏在天父的胸臆；他一个人据有，但是他秘而不宣。不过对于高贵的心灵，在研究的赤热之中，这里却有好些理想的欢悦。用思想把你三千年来的弟兄和你结合起来；重新拾起他们一切的痛苦，他们一切的梦想，你随即感到，你的心和你的智慧同时扩展；一种深而无涯的同情，和一件大衣一样，卷起一切存、亡。想法离开你自己生活，多多地读书。①

不见得人人同意福氏的议论，但是主要的道德我们必须承认。谦受益，满招损，是做学问的入学试验。

而且福氏所痛恨的正是人类的惰性。只有进取可以超脱我们地面的俯着，只有进取赓续我们祖先的功绩。我们不否认"观念越多，他们也越痛苦"。

然而登山不出汗，有吗？如果这增加魔难，例如爱玛的罪孽，这决不是学问本身的过错；我们应该追究爱玛自己——如果这增加魔难，这却解放我们苟安的习性，资产阶级自私的品德：愚昧。一八七一年三月，福氏向乔治·桑表白道：

　　还没有轮到荒诞的终结吗？什么时候才没有空洞的形而上学和入世的观念？一切罪恶由于我们绝大的愚昧。应该研究的，不去讨论，便一心相与。看也不看，便满口唯唯。

唯一可靠的方法是实验。唯有从不断的证断，我们可以获有一个比较的近似的真理。一切应该用科学打基础。同年九月，他继续向乔治·桑道：

　　想叫法国复兴，必须收起灵感，来在科学前面，必须捐弃

---

① 1857年9月，致尚特比女士书。

一切的形而上学，必须走上批评的大道，这就是说，事物的探考。

如果我们感觉《布法与白居谢》嘲笑科学，问题不在科学，却在科学的对手：他们资产阶级的生性，和他们方法的残缺。是的，方法的残缺。福氏自己注释他的小说道：

> 小题目应该是："科学方法的残缺。"总之，我的野心是，检阅近代一切观念。

缺乏方法，所以两位老先生遇见重重的难关；而且惹下层出不穷的笑话。这是两个热肠的票友，错把热肠看做本领，于是傻不愣怔地踊身下海，当地出丑。好笑就在他们不自觉察，而且因此更加互相勉励。这是一对老小儿，不服老，露出他们的孩气。如果这里是一股向上的意志，可也是一阵胡来的情感作用。

> 有时候，一阵发狂，他们完全拆散了人体标本，随后又搔头瞪眼，不知道一块一块怎么放回原处。

这里一点没有层次，没有理智的分析，没有相当的根基——一种实验必需的通盘的知识。他们的虚荣，因为没有社会的利害做背景，轻轻易易就扇上来。他们抱有绝大的自信心，而且极其自负。他们忘掉他们的限制，井底观天，一直到小孩子说大话。他们忽略他们德高体重的年纪。白居谢不到两天就踩上高跷，结果不幸——摔了个头重脚轻！然而灰心吗？不！他们宁可改行，也不输气。

> 凭什么看他们不中用？难道科学属于他一家子不成？倒像他自己是一个了不得的人物！

他们有权责备医生。但是他们从来没有反省，而且他们不能忍耐。每一次失败，你一定听见一唱一和道：

> 草木学简直是胡扯！
>
> 和农学一样！

如果草木学和农学有罪过，他们更有罪过：从事科学，一样需要学徒的时期。昧于他们的缺陷，他们马上就想应用。不见功效，和蚍蜉一样，他们过来撼树。这种大小不衬，这种骤然的均衡的丧失，是全书滑稽的主要的原因。在他第一个计划的背面，福氏有这样一句话道：

> 他们的奇丑可笑，不全在他们的观念，更在他们的语言和他们的装模作样。

布法和白居谢的打伙，对于福氏，几乎是一种不可避免的需要；《情感教育》已然透出消息，但是更早而且更显然的，却是一八四五年的《情感教育》。这也正在福氏自己的生活里面，而且占有他绮丽的年华。其实小时候，我们谁没有一两个知己朋友？渐渐在人生的十字交口，大家不言而别，消失于各自正常的追求。但是少年浮动的危险，布法和白居谢已然跳了过来；他们相识的时候，都是四十七岁，事业已经做了大半。而且两个人都是独身：布法的妻子早已席卷而逃，白居谢还是一个童男……全断了结婚的念头。这是他们结合的第一层保障。其实这一点不牢靠，因为念头随时可以改变。只要一个真正的女人冲进他们的生命，他们的虚伪（形式地）的结合就要不拆自散。他们也不是没有诱惑，布法有他的包尔旦太太，白居谢有他的梅丽。但是他们另外还有一个更深的谐和，一个使他们超脱小我的道义：好奇心。他们不得不维系他们假夫假妻的共同生活；用各自的长，用各自的短，他们完成他们精神的功德，而且形成人类的合作。

人类譬如是一个两面的铜钱，除去外层印模的差异，这只是同一的成色。从一开首，福氏就仔细刻画布法和白居谢的区别：发肤、身体、装饰、习嗜、交友、生活，特别是性情：

> 一个是浮躁、慷慨、一心相与；一个是慎重、俭省、沉湎思考。

全书发展的根据、小说进行的缓疾，完全从他们的性格反映出来。在这种种表面的不同之下，却是一个通常的人性，或者老实说，资产阶级的底子。别的不提，这两位先是官员。他们并没有想到逃遁他们资产阶级的道德，不过他们开始感到它的平凡、愚昧和起腻。他们也有梦想，和爱玛一样，富于海市蜃楼的想象，不过爱玛要进城，他们却想下乡。爱玛做梦上流社会，因为年轻，因为沉湎情感；他们需要休息，从休息补起以往失学的遗憾；三者都没有认识各自的面目。爱玛抓住热情，他们抓住理智；爱玛沉沦，他们超脱。一个害于好奇，一个好在好奇。和爱玛相比，他们算是运气。

借着这种好奇心，他们的智慧一天高似一天。

他们的虚荣——一种学童的初期的骄傲——渐渐出现。

往年，他们几乎觉得自己快乐，然而自从他们自视较高以来，他们的职业使他们羞愧……

但是经过长期学理的浸润、经验的磨难、人生的空幻，他们会重新返回大智若愚的状态：不知不觉，他们受到真理的薰陶。

借着可贵的好奇，他们蹶而复起，从事科学的探讨；如果他们没有得到真理——谁能得到？——他们获有道德的功效。自然他们不能完全改头换面，不过我们慢慢会觉出他们在旅途上的进益：从资产阶级的本性渐渐解放出来。如果他们教育的实施失败，维克道和维克道丽娜不能实现他们教育的理想：这几乎是他们最后一线希望、改良人世的最高的企图；所以我们会听见白居谢理论道：

唉！然而有许多人生下来就没有道德的知觉，教育一点不能为力。

啊！是的，够美的，教育！

布法的反嘲失掉效力，假使他们反省一下自己，因为布法和白居谢受到教育的恩惠。我们晓得福氏自己看不起教育，借两位老先生的笑话，表白他的旨趣：

我想指出教育，无论如何，做不了多大的事；自然完成一切，或者几乎一切。①

———————

① 1880 年 1 月，致莫泊桑书。

但是出乎福氏的意外，教育也可以做一些些的事。布法和白居谢的幻灭是应该的，因为他们迷信教育能够代替种族。这不是生吞活剥，更不是生啃活咽；这需要滋润、时间。就在你不觉不察的中间，功效会自己来的。布法和白居谢的演进，就是最好的例证。如果文化不能铲除他们资产阶级的劣根性，至少可以纠正。急是急不来的。资产阶级有根深蒂固的根源，也不是资产者自己用改良主义所能拔得了的。

平常我们好说，忙中有错：布法和白居谢的过失就在他们并不认识自己的根性。而且他们（资产者）的方式过分赶趁。他们可以辩护，因为他们没有时间的从容，半路向学，死神就在不远伺候。抱住书本，他们从事园艺。但是成功的时候，却是忘掉园艺的时候：这已经打入他们的生命，因为无形之中，他们完成时间和经验的学徒期间，化入自然的怀抱。一个更大的错误，是他们不唯忘掉他们的老毛，而且忘掉他们学童的工作。和学童一样，他们立地就想应用。初一上手，他们抱有热诚的信仰：

> 有时候，白居谢从他的口袋取出他的袖珍指南；立直了，倚住铣，他读它一段，那种姿势就像花匠在装潢书前的字面。

如果书的理论和他的意见相同，"他因之更加尊敬作者"。

有时完全顺着他们的想象：

> 他们打开书，寻找应当购买的花草，于是选好了他们轻易不见的怪名目……

遇见实际的困难：

> 他们过来互相参商，打开一本书，再打开一本书，终于当着纷歧的意见，不知去从。

于是从一心相与的信仰，有些盲目，而且有些执拗，马上转过来就是毫无准备的失望、一种激昂的叛变。他们的评价是主观的：

> 不了解，所以他们不信。

唯其如此，这是直觉的，往往引出意外，然而发人深省的思考：

科学成于大地的一隅提供的已知的材料。或许它不全适应，因为人所不知道的还要大，而且许多就没有法子发现。

从黑暗的摸索，在坎坷的旅途，他们终于得到一个切实的可靠的结论：

然而所有的书籍比不上一次个人的观察。

渐渐他们得到求学的利益。如果人类的知识没有满足他们好奇的欲望，他们自己却从纡徐的教育的行程饱载而归；如果痛苦，至少也占了很大的便宜：他们发现了自己。教育的最高的功效是自我的认识。然而这却要经过无数的颠顿。于是他们接受人世的——或者作者的——悲苦的运命，开始誊写，不再羞愧。"沾光的是人，是他们自己。"

因为不知不觉，他们高出于他们的四邻，而且可惊的是，和福氏一样，他们憎恨人类的愚骏。一八七五年四月，他向翟乃蒂夫人写信道：

我的内心充满了《布法与白居谢》，我简直变成了他们！他们的愚骏成了我的……

如果他们的愚骏成了他的，他自己的喜恶却也成了他们的：这几乎是创作过程的必有的情态。起初他讥笑他们，和讥笑沙维鸟的居民一样，渐渐他们有以自救，他同情他们：

他们的明确的优越令人难堪。既然他们主张不道德的议论，他们一定不道德；大家捏造他们的坏话。

于是一种恶劣的心境，在他们的精神里面，发展起来，看见愚骏，不再宽恕。

遇着无足轻重的事，他们也难受：报章的广告，资产者的面孔，偶而听来的一句无聊的考量。

想到村里人说些什么，想到甚至于地球的反面，还有其他的库龙（Coulon），其他的马赖斯高，其他的福罗（Foureau），他们觉得身上好像压有全地球的沉重。

于是他们起了一种极端厌世的心情：

家居不出，就为他们自身过活。

但是福氏进一步，不唯把自己的情绪赋与他的人物，而且借他们的口，传达他自己的思想。习于福氏函札的读者，在这里一定重新遇见若干他的议论，特别关于文学和政治，任何人难于洗刷一己的成见。最初他们是一对入世不深的郝麦：

他们存心为科学受难。

这点郝麦的影子，他们也不由自己失去。于是和爱玛一样，和毛诺一样，他们走上人类悲苦的命运，幻灭、忧郁，终于接受他们仅存的武器：苟生。但是强似毛诺，他们知道报复；但是弱于爱玛，爱玛不屑生存。如果爱玛和毛诺是福氏的子女，布法和白居谢正是他的兄弟。总之，全是一家人。

他们有的是向上的意识，而且有的是赤热的信心，但是不幸却是，带着他们资产阶级的智慧，他们起初总是一个利用，或者应用，一著错，全盘错，最后只落下一个虚荣的感觉。依然属于资产阶级。毛克莱（Camille Mauclair）曾经道：

物质主义和通俗主义，正是福楼拜的仇敌，对于他，这正是世纪的道德的堕落的原因。①

这就是说，不为真理而真理，他们却想把这当做一种目的，一种自我满足的必须的条件。他们非常相信，和拜物教的教徒一样，以为真理就是眼前的书籍。对于真理，因为"不了解，所以他们不信"。

然而渐渐他们发现他们的歧路，晓得书籍是有限的，是人力的有限的记录，是我们已得的事实。至于科学，正不知还要相差若干十万八千里。在《圣安东的诱惑》初稿里面，福氏曾经描写科学，四下寻觅信仰，希冀和它结合。但是信仰站在宗教那方面，不去睬

---

① 见于毛克莱的《智慧之王》（*Princes de l'Esprit*）。

理他的呼嚣。这种纯洁的信仰，布法和白居谢一样缺乏。唯其如此，圣安东能逃出魔鬼的掌握，他们却伤心到底，临了一空如洗。他们只是聪明些的资产者而已。

但是《布法与白居谢》究竟是一部小说吗？这里是一堆一堆的理智的收获，前拥后挤，此来彼去，仿佛一串连续不断的井口翻上的水斗，倾出它们的内容，不由自己重新卷下井里。在学问的演进的轨道上，人类的观念，仿佛天空的流星，自相矛盾，自相冲突，在刹那的批评的世界，留下毁灭的痕迹。各是其是，各非其非，如果一切具有现象的存在，却不就是绝对的真实。这些观念，带着人间的信仰，带着他们所不自觉的寿命，呈现在布法和白居谢的眼前，犹如古代的神圣，带着各自的煊赫，带着时间的鞭痕，纷纷从安东的梦境走过。如果《圣安东的诱惑》是一片海市蜃楼的奇景，这却是一场梦的进行。在小说方面，我们接受它虚幻的存在。《布法与白居谢》的根据是现实，是从现实而生的一种自然的逻辑。这和《情感教育》属于同一的历史的时代。然而事实上，这不可能："检阅近代一切观念。"《布法与白居谢》不是一部现实小说，同时缺乏《圣安东的诱惑》的艺术的幻觉。那么，这是什么呢？

其实问题只是无理取闹：一部书的价值，不在它的类别，而在它的意义。《布法与白居谢》的观念好比一种障眼法，福氏自己早已心会他的不可能。我们不时遇见现实的篇幅，其中最生动而最苦辣的，莫过于描写一八四八年的革命，尤其是自由树的种植的典礼，同时沙维鸟的大小人物，从狡诈的佃户、穷苦的教书先生，以至愚而自用的教士、假公济私的所长，不似永镇寺人物的逼真，却也栩栩如生，神情如画。然而这一切只为造成一种近似的空气，和堂吉诃德一样，两位老先生触在现实的铁网上面，完不成他们冒险的事业。不同的是，堂吉诃德想在人世实现他的理想，布法和白居谢却起始寻找他们的理想。堂吉诃德虽说痴迷、疯狂，具有圆满的整个的存在，布法和白居谢，不唯缺乏堂吉诃德的自为天地的存在，而且不能和汝尔丹（Jourdain），甚至同郝麦相比：堂吉诃德心仪武士道，至死不悟；汝尔丹高攀上流社会，受骗不觉；郝麦自许中流砥柱，如意以终。布法和白居谢却是：

> 举世皆浊我独清，众人皆醉我独醒，是以见放。

所有他们的痛苦全是他们自省或者自觉的结果。从自觉以认识有限，因而痛苦。福氏最宠爱的一句格言，是蒙泰涅著名的：

> 我知道什么？

《布法与白居谢》的精神的进行，正好押着这样一个韵脚。

祸患在他们什么也没有得到，除去一道辛苦的感觉。人生的追求，追求的意义——是什么？这是一条下坡路，终结为资产者的自私；他们不免自私。一八七四年九月，福氏向贡古写信道：

> 《戆第德》的结尾，"栽培我们的花园"，是现存最伟大的教训。

这也正是："他们誊写"的教训，然而更苦、更辣，因为这里是一团热烘烘的憎恨。这也就是为什么《布法与白居谢》缺乏《戆第德》的空灵、哲理、综合；它分析，它不经验。它沉重，因为它带有过多的人世的灰尘。拽着它的重量，它从地面飞起，然而不到半空，它沉沉地坠下来。这也就是为什么，无论如何，《布法与白居谢》总不会缺少热狂的读众，不用说，少数的读众。福氏自己说：

> 没有人了解它，我不在乎，只要它使我欢喜，使我，使你，使一部分人欢喜。①

讨好读众是一切艺术的忌讳。但是过分讨好作者，也不是没有

---

① 1877 年 10 月，福氏致翟乃蒂夫人书。

惩罚。这就是《布法与白居谢》——一部尚未完成的遗稿——的
得、失。①

　　而且得、失在于维护资产阶级的统治地位：这就不是作者所能
看到的了，他看到的只是得、失。其实这里不仅是徒劳往返、从誊
写生到誊写生的兜圈子而已。

---

　　① 阿亚拉（Ramón Perez de Ayala），现代西班牙的作家，有一部小说叫做
《二鞋匠》（*Belarmino y Apolonio*）。有人说阿亚拉替福楼拜写成了《布法与白居
谢》。实际《二鞋匠》的来源与其说做《布法与白居谢》，不如说做《堂吉诃德》：
这里充满了轻快的诙谐的气质。《二鞋匠》是哲学的，具有喜剧的幽默，而且富有
传奇的成分。两个主角，一个是诗人，一个是哲学家，职业相同，然而想象上却是
仇敌。他们的冲突增高全书的兴趣。

《诗人与卖艺的》① 译者前言

　　这是一八四九年《圣安东的诱惑》的一节。一八五六年《包法利夫人》写成后，福楼拜取出《圣安东的诱惑》修改，预备发表。后来《包法利夫人》被公家控告，作者恐怕《圣安东的诱惑》被人误作诽谤宗教，索性重新收起。这样搁了十五年。他念念不忘，又修改成一八七四年的《圣安东的诱惑》，定稿发表。所以普通人说《圣安东的诱惑》就是作者自己的诱惑，这整整占了他二十五年。一八七四年的定稿的英译本，收入《近代丛书》，是小泉八云的译笔。但是从初稿到定稿，中间具有绝大的区别。例如，初稿五百四十一页，次稿只有一百九十三页，而定稿仅仅剩下一百三十四页！删削不可谓不利害，牺牲不可谓不壮烈。其实，我们后人看来，次稿虽无足取，初稿却有绝对的价值。这代表另一个福氏，一部纯粹浪漫主义的热情作品。

　　一九四〇年，白尔唐（L. Berthand）征得福氏甥女同意，披露一八五六年次稿，惹起热烈的拥护，例如古尔孟，特别的誉扬，等到高纳（Conard）发表了一八四九年初稿，大家马上看出这比次稿更在以上。《诗人与卖艺的》就是初稿中卷的一节，不知道为什么从次稿起，作者就删削了去，或许因为这一节过于独立，不和前后衔接吧，所以我们译出来，给大家看看，福氏对自己多么不公道。有

---

①　《诗人与卖艺的》是被福楼拜舍弃的《圣安东的诱惑》初稿中的一节，此文是作者1934年翻译发表时做的说明。——编者

一点，我们必须指出"假金刚石比真金刚石还要亮……"，这一段可以用来解释福氏艺术观的一方面——最为托尔斯泰驳斥的一方面，也正是为人生而艺术和为艺术而艺术的冲突，王尔德便是根据福氏这种论调，等而下之，流于唯美的主张，我们可以说做颓废派，如果这也算做一派。

（载 1934 年 11 月 10 日《大公报》文艺副刊第 118 期）

福楼拜的书简

一八八〇年福楼拜去世之后，友朋从各方面搜集他的信札和遗著，预备成书问世。在信札方面，最先轰传文坛的，是一八八四年贾芒·赖维（Calmann Lévy）书店出版的《乔治·桑与福楼拜的书简》（*Correspondance entre George Sand et Gustave Flaubert*），前面有亚米克（Henri Amic）一篇小序。同年，印行福氏全集的沙邦地耶（Charpentier）即现今的法斯盖勒（Fasquele）书店，另外出了一册《福楼拜致乔治·桑的信札》（*Lettres de Gustave Flaubert à George Sand*），前面附有莫泊桑一篇重要的长序。从一八八七年到一九〇六年，福氏甥女在法斯盖勒书店刊行四册《福楼拜的书简》总集。她又出了一册《与甥女书》（*Lettus à sa nièce Caroline*）。对于国内外文坛，《福楼拜的书简》简直是哥伦布发见的新大陆。有的零星发表，有的成书问世，最后一九二五年，法兰西书店刊行福氏百年纪念全集，特请著名专家德沙木（René Descharmes）编校，重新考订年月，安排前后次序，数目也增加到一千六百三十二封。根据德沙木的版本，一九二六年，高纳（Conard）书店把数目增到一千九百九十二封（最重要的是福氏致高莱 Colet 女士的全部情书），重新改版付印，直到一九三三年，才出完最后的第九册。《福楼拜的书简》要算这最为完备了，虽然大家明知还有好些重要的信札，因为私人和事实的阻碍，不能公之于世。在第九册后面，书店附有一部分析的引得，对于读者颇称便利。

有些书成于作者的意外，尤其出乎我们读者的意外。唯其是意外的收获，如若作者看得一文不值，我们却往往视为无价之宝，特别垂以青眼。作者用力隐藏自己，然而读者由于好奇，或者由于景慕，偏偏要探索他的底细。他想从书里寻到作者的面目，寻不到，他惶惑了，以为作者——于是他更要找见一点线索，来证实自己的解释，那怕错误也罢，原谅而且安慰自己的心力。他这样做，他不得不这样做，哪怕惹恼所爱慕的作者，他也无能为力，因为人活着第一是满足自己，而他必须满足自己不可抑捺的欲望。

这正是福楼拜终身不能也不要忍受的一种烦渎。他讨厌极了一般新闻记者。他要读者注意他的著作，绝不要注意他的生活。通常文人引以为荣的，福氏自来不肯接受。《圣安东的诱惑》（*la Tentation de Saint Antoine*）出版了，他向乔治·桑叙述他的气苦道：

> 人家写了好些文章，关于我的住宅，关于我的拖鞋，关于我的狗。新闻记者描写他们见到我的居室："墙上有画，还有铜器。"但是，我墙上什么也没有！

而且知道了这些，和他的著作有什么关系，除去增加一些茶余饭后无聊的谈资？这里不仅仅是羞怯与骄傲的问题，如法盖（Faguet）之于福氏性格的分析。因为，我们都知道，福氏有一个创作原则，是不许作者在他作品之中出现。艺术有它自己的尊严，如若不是冷淡的，也应如歌德所云，是平静的。这不唯制止情绪的浪费，如缪塞（Musset）之于诗歌，乔治·桑之于小说，同时制止作品一致性的破裂，俾能达到一种完美的境界。福氏一点不想从书里删去作者的性情，他自己说过：杰作的秘密就在作者的性情与主旨一致。而且在《布耶（Bouilhet）遗诗》的序里，一开始他就坚持道：

> 我们说不定简单化了批评，如果，在裁判之前，我们先行宣布我们的爱恶；因为一切艺术品全含有一桩特殊的事物，而这特殊的事物又持有艺术家的人格，在写作之外，引诱或者烦激我们。所以我们的羡慕不会完全，除非作品同时满足我们的性情和我们的精神。

所以福氏不唯不要把作品和人性斩而为二，更要合而为一，成功一种艺术的完美。伟大的艺术不建筑在身边的琐事，而在普遍的人性。作者自己同样含在里面，而不是另有什么单独的存在。乔治·桑希望福氏用一个艺术家作为写作的对象，他回绝了，以为天下就没有什么艺术家，如若有的话，也只是一种怪物。这也就是为什么，福氏不许私人混入一件正经其事的作品：

人不算什么，作品是一切！

尼采的英雄观容纳不下这种酷苛的论调。太消极，太悲观，太否定，正是尼采的道德哲学所要排斥的人生态度。但是尼采忽略了一层更深的用心，只有一个把艺术看做神圣的人的用心：就是，福氏把这当做一种方法，他的目的是完成一件艺术品，他的方法是在这工作的过程之中牺牲了私人。"这种训练"，福氏把这看做一种训练："也许来自一种错误的观点，却不见其容易遵循。至少，对于我，这是我献与美好底一种永久的牺牲。说出我的思想，用词句叫福楼拜先生舒服，自然写意，可是这位先生又有什么要紧？"

我们可以看出为什么他不许自己露面，在这一方面，我们更可以看出他的克腊西克①的修养，和他对于浪漫精神的节制。克腊西克，他要人和作品一致，他不要人（私人，不是人类）把作品压得喘不出气，闻其声而不见其人，正好用作这种理论的一个注脚。我们读到荷马的史诗，莎士比亚的戏剧，辣布莱②的小说，但是我们看不见荷马、莎士比亚和辣布莱。看不见，因为他们不在各自的作品里面说话，虽然他们已经说了多多少少，天衣无缝，露不出丝毫的痕迹。但是沉默也罢，我们感到他们的存在，感到他们的伟大和我们的渺小。作者不用说他私人的意见，他的艺术就是他意见最好或者最高的表现。一切全在读者自己，必须他亲自从书里寻味，如若

① 克腊西克，即古典主义。——编者
② 辣布莱，即拉伯雷。后同。——编者

一无所获，不是他蠢，就是书谬。

一方面要人和作品一致，一方面要人和艺术分开，初看似乎矛盾，实际基于福氏同一的理论。然而对于一般读者，特别是他同代的读者，这却生出一种严重的误解，差不多成为一种指责，或者文学上两派分野的起点。所谓人和艺术分开，如今我们有他的《书简》做我们了解的根据。然而在当时，除去他五部纯粹艺术的制作，福氏隐居乡里，轻易不和世人往来，没有一篇文章说到切身的情事。这种处世的态度和态度的表示（实际是一种表示），正是当代误解的原因。福氏从不介意。他并非矫情立异。他倒希望他有以超然而独处！可怜他连自己的存在，一个平常的生活，他也从心厌倦。他不要写日记：

> 我厌恶我的人格，同时我觉得刹那的事物丑恶而且愚蠢。
> 我重新回到观念。

而且，"有什么用？一个人也不过是一个跳蚤。我们的欢悦，我们的痛苦，应该溶于我们的作品。人看不见云里太阳蒸上来的露水！"

然而要用怎样的力，怎样的意志，福氏必须从艺术把自我删掉！如若这成全了作品的纯白无疵，却要牺牲了多少自我，多少时日，得到心所向往的那一点理想！在这一点上，我们可以说，没有再比福氏自觉的，也没有比他了解自己更为清切的。他所有的力量，全是从这一点追求，这一点自我的省视而来。别瞧生活单调，他是有所为而工作：

> 我的生活是一个上满了弦的机轮，正规地转动着。今天我做什么，明天我还要做，而且昨天我已然做过。十年以来，我是同一的人。我觉得我的构造自成一种系统；自身全然不具成见，准事物的自然倾向而行，犹如白熊生息于冰上，骆驼在沙上缓步。我是一个笔人。我由之而感觉，因之而感觉，系于斯而大半生活于斯。

这样数十年如一日，从他父妹相继去世以后，在乡间伴着他的寡母，教养着他的甥女：

> 女孩子给家里带来一点欢悦。至于我母亲，脾气跟着身子都老多了。一种忧郁的无事可为袭有她的心境，而失眠也就够她苦的。我哪，正好属于二者之间。只有星期日，布耶来一来；我聊会儿天，然后一礼拜就完了。

过着这种纯朴而沉闷的生活，福氏纳心于观察、体味、写作，然而特别是观察。他的生活如若单调，至少是平静的，一个小有资产的家庭，是高地耶（Gautier）和左拉羡嫉得了不得的一种悠闲的创作环境。他有长久的期间从事工作。但是这极度的自觉者，一种神怪性的病患者，却不安于生，探寻他自己存在的究竟：

> 然而终于有点什么苦恼我的，就是我自己的尺度我不认识。

这位先生把自己说得那么沉静，是充满了自我的疑虑。他想知道他能上到多么高，同他筋肉确实的力量。然而想知道这个，未免过分野心，因为一己能力的准确的认识，或许不是别的，正是天才。

但是，老天爷！认识自己有什么用处，如果都像福氏那样对于自己不公道，不许他自己和人世其他的材料一样，也成为一部书？和宇宙相比，福氏自以为算不了什么东西。他把自己看做宇宙的一粒微尘，然而看做宇宙，一个新世界，和浪漫主义者一样，他摇摇头，死也不肯那般冒失。这就是他那点儿观察——我们晓得他怎样劝导他的弟子莫泊桑观察——的高不可及的厉害处。在所有浪漫主义者歌颂自我的时候，他第一个醒悟过来：

> 我梦想爱情、光荣、美丽。我的心和世界一样浩大，我呼吸着四野的天风。然而渐渐我就凝定、皱折、憔悴起来。呵！谁我也不怪，怪我自己！在疯狂的情感的角斗之中，我毁了我自己。我以克抑我的官感为乐，我以鞭拷我的心为乐。我摈拒呈上来的人类旳酩酊。我发狠收拾自己，用我一双充满力与骄傲的手，从根把人刨起。我想将这棵绿叶扶疏的树，修成一根

赤裸裸的圆柱，仿佛在神坛上面，好往顶端放上自己憧憬的圣火……这就是为什么才只三十六岁，我觉得如此空虚，有时如此疲倦！

他用了那样大的力，犹如耶稣用了那样大的爱，只为把自己钉在文学的十字架上。他要人在书里感到他的存在，然而昧于他的存在；他要私人和著作分开，因为一个卑不足取，一个高不可犯。他做到了，但是这离古贤的道德该有多远！古贤自自然然达到的境界，福氏却要用九牛二虎之力才做到。他自比是一个三、四世纪的苦修的圣者，一点也不错，圣者，同时属于三、四世纪苦修的时代。

然而这公道吗？对于他自己？

试想想，除去五部巨著（不算他的遗作），我们无从知晓他创作的过程，过程的苦难，和他绮丽而纷繁的心理。一个厌憎人生的规律的人，却用艺术的规律拘束自己，还有比这更可笑，然而更值得虔敬的意志？他创造下那么多的人物：爱玛、包法利、郝麦、全福、毛诺、亚鲁、玛利亚①、圣安东、萨郎宝、马道、希罗底、莎乐美……只有一个人，比他们内在的生活还要复杂，比他们的轮廓还要显明，比他们还要惹人注目，他却秘而不宣，因为别人没有权利知道，他更没有义务呈览，因为他们分有他的存在，而他自己已然溶入他们的存在。

像福楼拜那样，一定要把作品削成无比的完美，不见一丝斧凿的痕迹，不透一点私人的气息，未尝不是艺术上应有的最高的理想；但是到了实际欣赏上，这却往往形成一种扞格。真实的自然不全在外形的模拟，也不尽是恰到好处。福氏所要观察、要综合、要叙述的宇宙的流动的现象，其实重现出来，已然变作他的观察，他的综

---

① 毛诺和亚鲁是《情感教育》中的主要人物，以后出版此书时，改译为毛漏和阿尔鲁。玛利亚是福楼拜1838年创作的《一个疯子的日记》（*mémoires d'un fou*）中的女主角。——编者

合，他的叙述，非复宇宙本来的面目。他自己说得好，性情是著作的底子。我们的性情，正如自然所赋予，永久是残缺的。福氏的著作，只有福氏写得出来。他以为世界如此，我现在还你一个如此就够了。

惟其如此，直到如今，大多数批评家以为福氏仅仅是一位外在的描写的圣手。我们记得浦鲁斯蒂（Proust）奇辟的见解，以为福氏独到的描写，正是空白的地方。浦鲁斯蒂自然是从正面说，然而反面来看，这不恰好证明福氏的描写失败吗？这或许失之吹毛求疵，但是福氏的描写，如果受一般人推重，也正有人以为缺乏点儿什么东西。而这些人，例如纪德（Gide）、瓦莱瑞（Valéry）、浦鲁斯蒂，几乎占有现代文学最高的造诣和地位。在这双方夹攻——因为实际恭维他描写的人们，或许正以为他小说写得最坏——之中，大家忽略了一点，那福氏真正做到的一点，就是：福氏的描写，如若不纯粹属于内在，却也不全属于外在，虽然很容易叫人误为纯粹地外在。

他把内在和外在交织在一起，成为一幅华丽的锦霞。他推求二者交相影响的全付效果。他探索的是事物的关联，和这种关联相成相长的因缘。

这是他在近代小说方面最大的贡献，而且也只有他做得——如此完美。

然而，即使福氏的描写正确，即使世界果然如此，他依旧脱离法国自来小说传统的一脉，而自成一个天地，一个小于巴尔扎克然而真于巴尔扎克的天地。在这个天地里面，命运是最大的权威，男女仅仅做成神坛前面的牺祭。天定胜人，犹如爱玛服毒，包法利发现她的不贞，然而这可怜虫，只有一句话表示他的心碎：

——一切由命不由人！

这种人生观———一种消极的、虚无的、悲观的思想，不是法国人，一个永久寻逐快乐的民族，所能承受得下的。这太东方化，太佛教化，也就和西方的精神相去未免过远。福氏撇开了人，但是人，一个人有道德气质的万物之灵，几乎占有全部法国文学的中心。大家向他要求一个深邃的灵魂——他自己，然而他充耳不闻。所以一般人把他看做一个外在的建筑家，而他哪，比巴尔扎克还要变本加厉（因为巴尔扎克没有他那样深厚的人生观），打断法国小说一个正常的传统，一个直到现实主义才中断，然而马上就复兴的心理小说的传统。

差不多所有法国著名的小说，从十七世纪算到二十世纪，从拉法耶蒂（La Fayette）夫人到现存的纪德，大半集中于人的兴趣，从内在的变动来测度人的永生。而其间屹然为一代宗师的，正是福氏不屑一顾的司汤达（Stendhal）。在文学史上，道不同不相为谋，再没有甚似这两位老先生的了。一个永久怀疑，直到否认自己的存在，抹杀人世的幸福；一个永久乐观，用他毕生的智能，研求幸福的获有。一个用客观的态度，观察宇宙，而自我只是一粒微屑；一个用客观的态度，观察宇宙，而自我是无上的主宰。一个要美；一个要力。一个要平常；一个要英雄。对于福氏，英雄属于例外，而例外不应作为一个作家的对象；对于司氏，英雄象征人生可贵的努力，也唯有英雄的事迹值得一写。因为要美，所以福氏注重文章；因为要力，所以司氏把文章看做雕虫小技。司氏要的是简洁、深刻，一个观念论者的思想；福氏要的是颜色、音乐、正确，一个艺术家的理想。也就是这因之而生的文笔的差异，拦住福氏的同情，错把司氏看做毫无价值。二十四岁，福氏第一次读《红与黑》，已然怀疑这里的文笔不是真正的文笔（这是福氏的成见，总以为文笔只有一种，一生只在追求这唯一的文笔）。但是到了三十一岁，他便一点好处也不留给司氏，以为巴尔扎克绝不应该恭维"那样一个作家"。八年以后，他一直把司氏归入"反艺术者"之流。这种执拗越来越深，等到五十七岁，给莫泊桑写信，他老实叫"这白痴的司汤达"起来。

然而，无论福氏理论上的成见多么牢不可拔，和司氏在艺术上多么不可两立，然而，我们必须承认，这两位好好先生（其实司氏狡黠多了）精神上有若干根本相同的地方。第一，他们全是观念论者，司氏直接从德塔西（De Tracy）受教，福氏从他父亲间接承受毕沙（Bichat）的影响。他们应用同一的方法观察、分析、综合。第二，在性情上，他们同样具有浪漫的热情，向往异域，恋念往昔，和所有的浪漫主义者一样，要到野蛮人群里去生活，一个从他们中间看见颜色，看见一切，然而另一个却只讴歌他们的活力。实际，司氏的热情，果有十八世纪的佻佻，类似一个纨绔子弟；福氏真正热情，然而他用思维、意志和艺术克抑自己，表面极其冷静。第三，他们全用自身做观察的起点，不同的是，司氏把自己赤裸裸地呈出来，和读者一同推敲；而福氏却耻为人知。

把这种种的同异合拢来看，我们马上明白司氏生时的失意，正好做成死后的胜利；他有一个最好的武器，就是他自己。同一的原因，福氏的《书简》自从问世以来，那样受人推崇，唯其这里有一个非凡的作家，把他赤裸裸的存在，把他所有见拒于艺术的热情、意见、思想、爱恶，随手抛给后人咀嚼。所以纪德，福氏今日的同乡，曾经道：

> 我好久就爱福楼拜，仿佛一位师尊，一位朋友，一位兄长。

然而这不是由于福氏的作品，而是：

> 他的翰札是我的枕边书。呵！二十岁的时候，我念了多少回！没有一个句子，我今天不认识的……从此我精神上最重要的进步，就是敢于批判它！

纪德以为爱过福氏的人，才配恨他。没有爱过他的人，任凭肆口谩骂，依然是小犬吠月，尼采容不下福氏，正因为从前羡慕、喜爱他。在另一个地方，纪德招认道：

> 他的《书简》，足有五年多，在我枕边替代了《圣经》，这是我的力的蓄水池。

能够作为一个青年（而且是怎样一个青年）的《圣经》，我们可以想象福氏《书简》的地位。在这里面，他唯一的信仰是艺术，从他九岁的第一封信起，他就宣布他的使命和他的憎恨道：

> 我还把我的戏送给你。你要愿意和我们一起写作的话，我哪，我写戏，你哪，你写你的梦想。爹爹这里来了一位太太，总给我们说点儿蠢事，我要把它们写下来的。

直到五十九岁去世那一年，在他最后一封信，他还向莫泊桑报告《布法与白居谢》（*Bouvard et Pécuchet*）进行良好，他怎样厌恶人事的烦琐；同时他怎样羡嫉《麦当之夜》①（*Les Soirées de Médan*）出到八版，而他的《短篇小说集》（*Trois Contes*）才只四版。家庭、读书、友谊、爱情、旅行、战争，一切人生应有的现象，他全放在他创作以外，然而他统统诚恳地接应着。他在信纸上打开自己，犹如对着一屋的老友，说着，谈论着，讲演着，手指脚画着。他自己批评得好，他不把虚荣放在里面。一星期他写不到一页文章，一夜他可以写出十页书信。什么也不拘束他了，甚至于他的艺术理论，一切都丢开了，而活在笔下的，只有一个疲倦的，或者挣扎垂败的血肉活人。一切不准在作品中露面的，如今全一泄无余，好像一口冤气，泼在信笺上。文法也许错了，他所厌憎的接续词也许多了，他忍住不说的意见也来了，他堵住不放的情绪终于找到了一条大路：

> 一轮到你，也真怪，我就写坏了；这里我不放文学的虚荣，听其自然。在我的信里，全撞在一起，好像我一时要说三个字。

不仅和他情妇这样，他和任谁写信也是这样，人家敬重他的作品，但是人人从他谈话一样的《书简》重新寻见他，而且爱他。谈到莫里哀的《恨世者》，苏代（Paul Souday）想起福氏的《书简》道：

> 没有一个人的谈话，比起福楼拜，这近代的恨世者和文人，更其叫我心爱了。读任何人的书，也没有再比读他的《书简》，

---

① 即《梅塘之夜》，是包括左拉、莫泊桑在内的六位作家合作的以普法战争为背景的短篇小说集。——编者

更其滋补了。

福氏的谈话，都德（Alphonse Daudet）夫人以为呈有"天才的闪烁"（éclairs de génie），和他的文章正好是截然不同的两种风格。这也就是他《书简》出版了以后，不识的读者第一个惊异的印象。人不明白他用了怎样一座丹炉，炼出他的文章。在他的小说里面，一切是创造，甚至于文笔。然而只有在他的《书简》里面，我们才可以用那句克腊西克的方式，总括起这里的美丽：文如其人。所以法郎士读完《书简》，和一八七三年拜访福氏的回忆比较道：

> 我重新寻见，我的福楼拜，在他的《书简》，在新近出版的第一集，犹如十四年前，在穆瑞鲁（Murillo）胡同的土耳其式的客厅，我看见他的模样：粗野然而良善，热情然而吃力，平庸的理论家，然而优越的工人和伟大的忠实人。

他不赞同福氏的艺术理论，但是他钦佩他的工作，喜爱他的为人。因为说实话，法郎士羡赏的，犹如他给批评留下的那句名言，只是"灵魂的冒险"。而福氏的《书简》，正好是一部灵魂冒险血泪斑斑的记录。但是法郎士忘掉这"优越的工人"实际全在根据他的艺术观而工作。他的《书简》便证明他是一个最自觉的作家；他明白他在做什么，从最短的一个字母，到最后脱稿的效果，全经过他再三的考虑；一切有理论作为他实验的指南。这也正是福氏《书简》的另一个特征，处处显示他有一个渐将凝定的艺术观。而这艺术观，正是多少作家缺乏的。巴尔扎克就没有艺术观做他创作的背景（这不是什么坏处，一个作家可以不知道什么叫做艺术观，然而写出很好的作品）。巴尔扎克只看见金钱，福氏却看见一个固定的美。

所有现代人从福氏的作品直接得来的反感，多半由于这里面的固定的性质。他不给读者一条可以逃走的道路。然而读者，一种最靠不住的水性的东西，绝对不要叫人笔直逼上——哪怕是一条风景宜人的道路。他太吸收读者，而不留下一点工夫，也叫读者吸收吸收他。我们可以想象浦鲁斯蒂不欢喜他的作品，我们更可以想象纪德，何以把他的《书简》看做"力的蓄水池"。纪德把这看做青年的《圣经》，然而有一个荷兰作家考司特（Pick Coster），正相反，把这看做老年人的良伴，和青年极不相宜。

　　这不是一本和青年相宜的好书，所以一九二七年的青年不再读它正对。这杀掉生活的力量。这把文学的思慕给的太早，而文学只应来在生活以后，不应来在生活以前。这让人梦想，而不是让人生活的福楼拜的《书简》，危险的鸦片，令人嗜好绝望，而实际绝望，正是一种富有物感的忽略。然而对于垂老之人，怎样的宝藏！哪怕只为念念福楼拜的信札，人也值得变成一个老头子，在一个红的秋夕，或者窗外落雪渐高的冬夜……

然而爱慕福氏的人们，却不仅只从《书简》看见道德的教训，更看见一个作家的福楼拜，和福氏之所以为福氏。通常以为福氏是一个现实主义者，缜密而冷酷，如今于自由的文笔之外，更行发现他是一个极端热情的浪漫主义者，对于他熟极的朋友，从他日常的谈话和行事，或者对于细心的读者，从他小说的字句和气质，都可以探出一点消息。但对于不识者，《书简》才确然坐实他的来源：

　　好些年前，我们乡下有一群年轻的荒唐鬼，生活在一个奇异的世界。我们旋转于疯狂和自杀之间。有的自己害掉自己的性命，有的死在他们的床上，有一位用领带勒死自己，好几个嫌无聊，胡闹死掉。美哉其时！剩下的只有布耶我们两个人。

唯其浪漫，唯其自觉，唯其意志坚强，知彼知己，福氏不仅摧毁一己的壁垒，而且用他另一个性情，现实的沉着，捣毁一八三〇年竖起来的浪漫主义大纛。从热情的奔放，他渐渐觉醒过来，给自己立下一个更高的艺术的理想，强迫自己在这唯一的标准之下工作，用科学的精神约制他蓬勃的气势。他不是没有发表的欲望，然而他能克住自己。把早年的作品束诸高阁；他能搁下《圣安东的诱惑》，一搁二十多年，这才禁不住友朋的敦促，拿出最后的改定稿问世。在他写给高莱女士的情书里面，他批评他早年作品的得失，没有第二个人更能比他认识得清楚。也就是从他写给高莱女士的情书，我们今日获有《包法利夫人》创作过程的重生。

从福氏的《书简》寻见福氏是一种喜悦，但是从人转到艺术，又是《书简》一种必有的程序。然而《书简》，做成福氏文学作品重要的注释和补充，在人和艺术的两种兴趣之外，更有一种史的价值，是他那时代最有力的一种反映或者宣示。从一八三〇年他第一封信起，到一八八〇年他末一封信为止，中间整整五十年，政治上是一而再、再而三的变故，文学上先是浪漫主义的崛起，继而尚福勒瑞（Champfleury）的现实主义一波未平，左拉的自然主义又已高唱入云，或由耳闻，或由亲受，一一行经福氏的脑海，重现于他的函札。勿怪狄保戴（Thibaudct）以为这是"法国文学最大的窖藏"，自从服尔泰（Voltaire）以来，一个法国大作家留下来的最美的书简之一。

（载 1935 年 7 月 1 日《文学》5 卷 1 号）

福楼拜的《短篇小说集》①

　　十九世纪的法兰西，在文学方面，几乎没有一个大作家像居斯达夫·福楼拜（Gustave Flaubert）那样发表少而造诣高的。一八二一年腊月十二日，他生在鲁昂（Rouen）市立医院大门南首的一座小楼。他父亲，亚世勒·克莱奥法司（Achille Cléophas），好久就在这里任职院长。这是一个世代业医的著名外科医生。包法利（Bovary）夫人病榻一旁的拉瑞维耶（Larivière）大夫正是他的写照。一八四六年春天，他去了世，遗下相当的资产，作为寡妻孤儿的日常用度。福氏侍奉母亲，离开鲁昂，移到西郊塞纳河北岸的克瓦塞（Croisset）居住。除去近东的旅行，偶尔的出游，足有三十四年，他埋首田园，从事文学的刈获。每隔五六年他发表一部创作，而每部创作，全是不朽的杰作。然而他第一部长篇小说的荣誉，掩住他其后的成就。布雷地耶（Brunetière），学院派的批评家，反对福氏和他的文友，特别是左拉（Zola），始终把《包法利夫人》作为武器，攻斥福氏其后艺术的制作，以为福氏只是一部《包法利夫人》的作者，"《包法利》，——好像我没有写过别的东西"。福氏的忿怒不言而喻。他甚至于要收回这部书，如若不是晚年的贫困的话。和他的第二部长篇小说《萨郎宝》（*Salammbô*）比较，《情感教育》（*L'Éducation Sentimentale*）和《圣安东的诱惑》（*La Tentation de St.*

---

　　① 本文原载于 1935 年 9 月 16 日的《文学季刊》2 卷 3 期。1936 年 1 月商务印书馆发行《福楼拜短篇小说集》时用做"序"。——编者

Antoine）的失败最伤作者的心情。一八七四年,《圣安东的诱惑》出版之后,他向屠格涅夫（Tourgueneff）写信抱怨道:

> 你向我谈《圣安东》,你说广大的读众不属于它。我早就明白,然而我还以为少数读者总该多多了解。不是坠孟（Drumont）和小白莱当（Pelletan）,我就不用梦想有人作文章恭维。……好在只要你爱这部作品,我就得到报酬了。从《萨朗宝》以来,大的胜利离开了我。我心上最难受的是,《情感教育》的失败;人家不明白这本书,我真奇怪。

实际上不仅著作方面的失意,便是人事方面,福氏同样遭遇接二连三的不幸。一八六九年,眼看《情感教育》就要问世,他的挚友布耶①（Bouilhet）病故,"一个老朋友,失掉他就无从补救!"他向圣佩夫（Sainte－Beuve）报告布耶去世,临尾道:"嗐! 文笔的可怜的情人,他们全去了!"同年十月,圣佩夫病故。而《情感教育》还要一个月成书。所以福氏向他甥女诉苦道:

> 我并不快活! 圣佩夫昨天下午一点半钟死掉。我走进他家,他正好咽气。他虽说不算知己,他的去世极其令我痛苦。我可以谈话的人们越来越少了。……我写《情感教育》,一部分还是为了圣佩夫。然而他死了,一行没有看到! 布耶没有听到末后两章。这就是我们的计划,一八六九年对我苦极了!

一八七〇年并没有给他带来安慰。半年之中,就死掉两位朋友,杜蒲朗（Duplan）和贡古的兄弟虞勒（Jules de Goncourt）,不由福氏不叹息道:"我理智的友谊全完了。我觉得自己孤零零的,和在大沙漠一样。"于是普法之战起来,他被选作国民义勇军的军官,随后辞了职,逃开乡居,侍奉母亲住在鲁昂城中避难。而母亲是"一天比一天老、弱、唧哝! 和她把话谈得稍微严重一点都不可能"普鲁士的军队好容易退出克瓦塞,他母亲却在一八七二年四月去世。克瓦

---

① 布耶（1822—1869）诗人、剧作家,福楼拜同窗密友。——编者

塞遗给她的甥女，条件是他可以住下去。就在这千愁万苦之际，他避进《圣安东的诱惑》，完成了他二十五年以来未了的心愿。上天仿佛嫉妒他早年的安乐，六个月以后，更让他失去他的师友高地耶（Gautier）。福氏自悼道：

> 呵！死的太多了，一个一个死的太多了！我从来没有多所持着于人生，然而把我连在上面的线却一条跟着一条全折了。不久就要什么也没有了。

他绝不会因为悲伤有所消极。他开始收集《布法与白居谢》（Bouvard et Pécuchet）的繁重的材料。"这要压杀我的"，但是他鼓勇干下去，因为他要在这里报复人生的酷虐。然而人世，仿佛没有苦够他，不断给他寂寞的晚年添加烦恼。一八七五年，福氏视如己出的唯一的甥女的丈夫，因为商业失败，濒于破产的危险。为了挽救甥女的幸福，他缩小生活范围，辞退巴黎赁居的住宅，最后出售他豆镇（Deauville）的田产，来维持他甥婿的信用。他保全下了克瓦塞；但是他不得不牺牲他的骄傲，卖文糊口。《布法与白居谢》的工作太繁重，也太浩大了，他缺乏绥静的心情支持。一八七五年七月十四日，他给甥女写信道：

> 昨天，我强迫自己来工作；然而不可能，一阵发疯的头疼拦住了我，最后还是流泪完事。
>
> 我还寻得见我可怜的头脑吗？
>
> 我的上帝，这一切如何地苦我！苦我！我变得如何地痴骏！

他需要休息，他接受了生物学者浦晒（Pouchet）的邀请，来到孔喀奴①（Concarneau）海滨。他暂时放下《布法与白居谢》。同年十二月，回到巴黎，他向乔治·桑（George Sand）报告他的近况道：

> 你知道，我已经撇下我的大小说，来写一个不到三十页的中世纪的小东西。这比现世叫我好受多了。

---

① 即孔卡诺，法国西部的滨海渔港和旅游胜地。——编者

这"中世纪的小东西",不是别的,正是一八七七年四月二十四日问世的《短篇小说集》（*Trois Contes*）的第二篇：《圣朱莲外传》（*La Légende de Saint Julien l'Hospitalier*）。这用了差不多六个月功夫。一八七六年二月,他接着计划《短篇小说集》的第一篇：《一颗简单的心》（*Un Coeur simple*）。同年八月,回到克瓦塞,他开始预备第三篇：《希罗底》（*Hérodias*）。一八七七年二月,他完成这最后的一篇。《一颗简单的心》先在《正报》（*Le Moniteur*）披载；随即《圣朱莲外传》在《益世报》（*Le Bien Publique*）揭露。这样一来,他可以多得三千佛朗。这是他第一次卖文为生,然而也是末一次,因为《短篇小说集》成为他生时出版的最后一部书。一八八〇年五月八日,《布法与白居谢》还欠两章完成,他骤然死掉,猛得连邻近大夫都来不及诊治。

现在我们先从《圣朱莲外传》看起。根据杜刚（Du Camp）的《回忆录》（*Souvenirs Littéraires*）,一八四六年,福氏开始想到圣朱莲的故事；延到一八五六年,完成《包法利夫人》,在一封写给布耶的信里,福氏说他"读些关于中世纪的家庭生活与行猎的书籍",预备写作《圣朱莲外传》。但是他正式提笔,却在将近二十年以后。

一八七九年二月,书局打算刊印《短篇小说集》的精本,福氏要求在《圣朱莲外传》后面,附上鲁昂礼拜堂的窗画,"正因为这不是一种插图,而是一种史料"。这幅玻璃窗画就在礼拜堂后身北墙,对着乐堂的第四圆拱。共总十二层,除去顶尖一层为救主赐福,下余每层分做三图。这是十三世纪末叶鲁昂渔商公司捐赠的,所以底层三图绘着鱼贩。朱莲的故事从第二层开始,依照高塞（Gossez）的解释,应理是：

> 朱莲在父母家里,援救贫弱；有一天,他告别远游。犹如十三世纪的贵胄子弟,他投依了一个领袖,后者收留下他。然而领袖病故。朱莲和他女儿缔婚,从事十字之役的远征。有一夜,朱莲的女人,看见她丈夫的老年的父母寻来；第二早晨,

她走出府邸。正当她不在，朱莲回来。他进去，以为妻室不贞，杀死他的双亲。他认了罪。他离开府邸，远行赎罪，他女人随着他。他们看护病人；朱莲做了舟子。有一夜，他们听见一个旅客呼唤；不顾乌云四起，朱莲摇他渡河，他女人岸边打着灯亮。他们把救主耶稣迎进家。然而试探来了：魔鬼同样在岸边呼唤朱莲；朱莲把魔鬼接上岸。他们拒绝魔鬼的诱惑。不久两个人全死了。天使捧着他们赤裸裸的灵魂升空，来到救主脚下。

这幅窗画最先引起福氏的灵感，却不是他写作唯一的根据。他参考种种关于圣朱莲的宗教典籍，在这些十三世纪的传记里面，他特别向他的甥女介绍佛辣吉乃（Jacques de Voragine）的《先圣外传》（*La Légende dorée*）。现在我们译出的全篇如下——第二十八章第四节：

这里还有一位圣朱莲。他生于高贵的门第，年轻时候，有一天在打猎，追赶一只公鹿，但是公鹿，神明附体，忽然回身朝他问道："你怎么敢追赶我，你命里注定是你父母的凶手？"听见这话，年轻人骇坏了，唯恐公鹿的预言灵验，他悄悄逃开，走过广大的地土，终于来在一个国王手下做事。无论战争和平，他全应付得非常得体，所以国王封他男爵，把一个极其富裕的宰辅的寡妇赏他为妻。然而朱莲的父母，不见了他，十分伤心，流浪各地，寻找他们的儿子。直到有一天，他们来到朱莲现住的堡子。不过，他凑巧不在，由他女人接待两位旅客。听完了他们的故事，她明白他们就是她丈夫的父母：因为，不用说，他时常对她说到他们。于是因为爱她丈夫的关系，她热诚欢迎他们：她让他们睡在她自己的床上。第二天清早，她正在教堂，朱莲却回来了。他走到床边要叫醒他女人；看见被下面睡着两个人，他以为是他女人和她情夫。一言不发，他拔出剑，杀掉两个睡觉的人。随后，走出家门，他遇见他女人从教堂回来，于是吓傻了，他问睡在她床上的两个人是谁。他女人回答他道：

"是你父母，他们寻你寻了好久！我让他们睡在我们的床上。"一听这话，朱莲难受得要死。他哭着说："我应当怎么办，我这该死的东西？我杀了我亲亲的父母！原要躲避公鹿的预言，如今反而应验了公鹿的预言！那么再见罢，我多情的小妹；因为将来我再也不会安宁了，除非我晓得上帝允了我的忏悔！"不过她道："我亲爱的哥哥，不要以为我会叫你不带我，一个人走！我既然分到你的喜悦，我也就要分到你的痛苦！"于是，一同逃开，他们走来住在一条大河的岸边；过渡十分危险；他们一壁忏悔，一壁从河这边把愿意过河的人们渡到河那边。他们盖了一座医院款待旅客。过了许久，有一冻冰的夜晚，朱莲累坏了，躺在床上，听见一个生人呼吁的声音，求他把他渡过河。他马上起来，跑向冻了半死的生人：他把他驮进屋子，点起一个大火来暖和他，随后，见他总是冷，他把他扶进自己的床，小心把他盖好。于是这全身癞疮，令人作呕的生人，忽然变成一位明光焕照的天使。一壁向空升起，一壁向他的居停道："朱莲，主差我下来告诉你，你的忏悔业已见允，你女人和你指日就要升天。"天使不见了；过了不久，朱莲和他女人，行了无数施舍和善举，睡到主的胸怀。

我们晓得福氏怎样利用这些质朴的民间传说，渲染成功他的小说，而又不失其神话的性质。他把所有的材料聚拢，经过他白炽的想象，或去或取，将一堆不合理的初民的事实，溶成一个合理的艺术的谐和。在他小说的临尾，福氏妙笔生花，一语收住他的想象，点定而且唤醒读者的梦魇道：

> 这就是慈悲圣朱莲的故事，在我的故乡，在教堂一张玻璃窗上，大致你可以寻见的。

实际福氏的改造，如若不是创造，正是我们今日想象不到的神异。窗画和《先圣外传》所表现的故事是质朴而且残缺的，仿佛出于口授，遗漏的关节不知该要多少。福氏遇见应当补的全补了起来，应当删了全删了下去，而一补一删，又那样准情近理，不露一丝痕迹。这是一个近代科学的心灵和中世纪初民的观感的美妙的合作，现实与梦魇在这里手牵手地进行。在古代命运的统治之下，近代科学得到完美的应用。古代将不可知者叫作命运：近代分之为二，一个是遗传，一个是环境。我们不晓得圣朱莲确实的年月与乡土，但是总应该在中世纪的黑暗时代：一方面是宗教高潮，一方面是武士流血；一方面是耶稣，一方面是默罕默德；一方面是民族的混乱，一方面是基督教的全盛。看圣朱莲的一生，我们可以截然分为武士与教士的前后两期。一方面嗜杀如命，一方面慈悲成性。这两种并行不悖的矛盾的本能，从小就待在他深厚的心性上面。同时他自己，又是环境与遗传的产物。只要一比较前人的故事和福氏的写作，我们便会承认散慈玻瑞（Saintsbury）的见解："就我所知，在文学上，在这一类，我总觉得圣朱莲近于完美，而且是使用近代手法，调理《圣者行传》（*Acta Sanitorum*）的最好的例子之一，如若不是那极其最好的例子。"

下面是《圣朱莲外传》故事的缩要：

上帝垂怜他们虔诚，赐了他们一个儿子，就是朱莲。母亲梦见一位老人，说她的儿子来日要做圣者；父亲遇见一个乞丐，说他儿子前程远大，流血成名。因为双亲钟爱，他受有圣者武士的全部教育。他从小残忍。他用棍击死一只小白老鼠，掰死一只鸽子。他酷嗜打猎。有一次，他一个人，在树林里面，射杀无数的禽兽。天黑，他遇见一对大鹿，带着一只小鹿。他射杀了这一家大小。公鹿临危诅咒他道："有一天，残忍的心肠，你杀你的父母！"他惊病下来。复元以后，他拾梯搬取一柄重剑，失了手，险些砍伤他父亲。有一次，他一镖投向一只仙鹤，却是他母亲的帽子。唯恐恶咒应验，他逃出了堡子。

从流浪的风尘，渐渐他受众人的拥戴，成为一军首领，东征西讨，解救各国的危急。西班牙的回教教主囚起奥克西达尼的皇帝，他率兵救出后者，恢复他的帝国。皇帝招他做驸马。他和公主退居在她的堡子。想着公鹿的预言，他禁不住抑郁，不过有一黄昏，听见四野禽兽的噪叫，他却动了猎兴。他出去不久，来了一对老夫妻，求见公主。这正是他父母，抛家离开，寻访朱莲。公主请他们安息在自己的床上。朱莲一夜行猎，不唯无成，而且饱受禽兽的欺虐，狼狈逃回，却见床上躺着一对男女。以为是公主和她情夫，他一刀杀死。事后忏悔也迟了。他抛下富贵妻室，来在人间行乞。

他用心洗渡他的罪孽。受尽世俗的冷落、苦难、折磨，出水入火，终于百死一生，有一天他来到一条波涛汹涌的河边。他做了一只渡船，迎送过往的旅客。有一夜已经睡下，他听见对岸有人呼唤，起来把船撑过去。这是个奇丑绝恶的老丐，一身癞疮。到了朱莲的茅屋，他要吃要喝，睡在床上又嫌冷，叫朱莲陪他躺在一起。这原是耶稣，亲自接他上天。

在福氏三篇小说之中，布雷地耶仅仅推重《一颗简单的心》。他以为这里依然是"对于人类愚蠢的行为，和对于中产阶级的道德的无理的激忿；对于小说家的人物和对于人的同样深厚的憎恨；同样的取笑，同样的粗鲁，同样属于喜剧的蛮横，有时引起一种比眼泪还要忧郁的笑——"。这位学院派的批评家，因为成见太深，这次一丝不假，输给了印象派的批评家勒麦屯（Lèmaître）。勒麦屯一眼看出福氏"这篇小说，非常短，绝不反驳他以往的小说，而且有所安慰"。这里活着一种永久的赤裸的德性，是低能的，是本能的，然而象征着我们一切无名的女德，为了爱而爱，为了工作而工作，为了生存而生存。没有力量，没有智慧，然而道德；生来良善，然而不自知其良善：一种璞玉浑金的美丽。

她叫做全福，自幼无父无母，为人放牛。蒙了冤，被人赶走，她另换一家，管理鸡鸭。十八岁的时候，她发生了一段爱史。情人是一个懦夫，为了避免兵役，娶了一个有钱的老寡妇。

她哭了一夜，离开她主人，来到主教桥，正好逢着欧班太太寻找一个女厨子，说妥了停下。欧班太太很早守了寡，膝下一儿一女：男的七岁，叫做保罗；女的不到四岁，叫做维尔吉妮。全福早晚忙于理家，得暇哄哄少爷小姐，日子过得倒也悠适。有一年，秋天的黄昏，一家人穿过牧场回去，雾里奔出一只公牛，向他们发怒撞了过来。全福掩护着主妇三口，竟然侥幸生还。小姐因此受惊，神经衰弱下来。

为了女儿恢复健康，欧班太太带着一家人，来到海滨的土镇。全福在这里遇见一个姐姐，嫁给水手，带着好几个儿女。从海滨回来，保罗打发在学校寄宿。全福每天伴着小姐，到教堂学习教理问答。随即她也领了洗礼。不久小姐送在学校寄宿，家里益发冷清。幸而全福的外甥维克道，每星期过来看她一次。她把他看做亲生儿子。不过他随着船去了美洲，染上黄热病死掉。祸不单行，小姐因为肺痨，也死在学校。从此一年复一年，平安无事，直到一八三〇年，七月革命。一位新区长，去过美洲，送了欧班太太一只鹦鹉；嫌淘神，她又赏给全福。

鹦鹉叫做琭琭，给她添了不少麻烦，不过她总算有事占住心。过了好些年，她聋了，仅仅听见鹦鹉的嘈杂。一八三七年冬天，冻死了她的鹦鹉。她亲自托人送去，好把鹦鹉做成标本。半路遇见邮车，吃亏耳聋，回避不及，撞伤了她的腿。半年以后，鹦鹉装成送了来，安置在屋里小架子上。她把这当做圣灵，因为她在教堂看见的鸽子，花里胡哨，倒像她的鹦鹉。

保罗如今成了亲，另自立家。亲友越来越零落。一八五三年，欧班太太去世。少奶奶把家具一移而空，只有房子卖不出去，落的全福一个人，住在她的鸽子窝。她的眼睛起了瞳，不久她又吐血。圣体瞻礼节到了。没有礼物可献，她送上她的鹦鹉。当天行礼的地点，正好选定欧班太太房前的空场。于是钟声抑扬，牧师颂扬圣德，而这一颗简单的心，随着一只硕大无比的鹦鹉，上了天堂。

这篇小说充满福氏过去的岁月，发生在他脑尔芒第①（Norman-die）的故乡。主教桥和土镇完全是他儿时嬉戏的地方。人物，甚至于琐碎的节目，几乎无一不是回忆的出产。所以他甥女特别告诉我们：

> 住在海滨，好些格别的人物，深深嵌入他的记忆，其中有一个老水手，巴尔拜（Barbet）船长……写《一颗简单的心》，他想起这些年月。欧班太太，她的一双儿女，她的住宅，这简单的故事所有的枝节，如此真实，如此明洁，具有一种惊人的正确。欧班太太是我外祖母的一个长辈亲戚；全福和她的鹦鹉也真有其人其物。

> 在他晚年，我舅父非常喜好温习他的儿时。他母亲逝世以后，他写《一颗简单的心》。描写她生长的镇邑，她嬉戏的家园，她儿时的伴侣，是重新寻见她，同时这种柔和的心情，助成他的笔墨，写出他最动人的篇幅，也许最易使人觉出作者私人气息的篇幅。我们只要记一记这一景：欧班太太和她女仆一同整理那些属于维尔吉妮的小物件。我外祖母一顶大黑草帽兜起我舅父一种同样的情绪；他从钉子上摘下遗物，静静的看着它，眼睛湿了，恭恭敬敬地重新把它挂上。

参看杜买尼（Dumensnil）和翟辣·喀利（Gérard – Gailly）的索引，我们直可以把《一颗简单的心》当做福氏童年亲切的综合。但是他绝不出面，破坏全篇的一致。他用艺术藏起自己。布雷地耶错以为作者在这里表示的是憎恨，正是不了解他艺术的观念和手法的错误。福氏自己剖析道：

> 《一颗简单的心》的故事，质直地叙述一个隐微的生命，一个乡间的穷女孩子，虔笃而神秘，忠诚而不激扬，而且是新出

---

① 即诺曼底。——编者

屈的馒头一样的柔和。她先爱一个男子，其后她主妇的儿女，其后一个外甥，其后一个经她收养的老汉，其后她的鹦鹉；鹦鹉死了，她叫人装成标本，临到她死，也分不清鹦鹉和圣灵。你以为这有所反嘲，一点也不，而且正相反，非常严重，非常忧郁。我想打动慈心的人们，令其唏嘘不已，犹如我自己，便是其中的一个。是的，上星期六，安葬乔治·桑，我失声哭了起来……

福氏写作《一颗简单的心》，几乎完全由于乔治·桑的劝勉。这"可怜的亲爱的伟大的女子"，体会福氏的寂寞，从一八七二年就藉口布耶去世，谏正他道：

现在我看清为什么他死得那样年轻；他死由于过分重视精神生活。我求你，别那么太专心文学，致志学问。换换地方，活动活动，弄些情妇或者女人，随便你，只要在这时光，你不工作：因为蜡烛不应两头全点，然而却要换换点的那头。

她劝他走出"象牙之塔"，回到实际的人生。福氏接受下来，但是立即宣告，他不感到兴趣。"不用说，只有神圣的文学引起我的兴趣。"乔治·桑用她自己的幸福做例道："你所谓的'神圣的文学'，我却看得次于人生。我爱谁总比爱文学利害，爱我的家庭更比谁都利害。"于是福氏不再倔强，或者不再辞费，进一步分析自己道：

不！文学不是人世我所最爱的，我前信没有解释明白。我和你所说仅仅限于娱乐，不算其他在内。我并不那么学究，把字句看得比人还重。

无论如何，他绝不像乔治·桑那样利用文学，发泄一己的私欲。他有坚定的艺术理论做根据，而且对于他，文学是神圣的。所以三年之后，正当福氏限于深沉的痛苦，她苦口劝解，委婉其辞道：

我们写什么呢？你，不用说，你要写些令人伤心的东西，我哪，写些令人慰心的东西。我不知道我们的命运持著在什么上面；你看它过去，你批评，你根据你文学的立场，不肯近前欣赏，你限制自己于描写，一面用心，而且执意于掩藏你私人的情绪。然而看完你的故事，人家一样看穿你的情绪，可怜是你的读者更加忧郁。我哪，我愿意减轻他们的愁苦。……艺术不仅仅属于批评和讽刺：批评和讽刺只写到真实的一面。人是什么样子，我愿意看他什么样子。他不是好或坏，他是好和坏。而且这里还有一种……——细微的差异！对于我，艺术的鹄的就是差异，——既是好和坏，他便具有一种内在的力量，引他走向极坏和"差好"（还有一点点好的意思），——或者极好和"差坏"（还有一点点坏的意思）。我觉得你的学派不大留心事务的本质，而过分止于表面。因为寻找形式，你不免轻视本质，你的读者仅仅限于文人。然而根本就无所谓文人。大家都是人。

她的恳挚一直沁进福氏强韧的灵魂。于是五内为动，他不由请示道："你愿意我做什么呢？"见她默不作声，他情急道："我伫候你的意见。不是你，那么谁给我劝告，那么谁有意见可说？"于是这七十来岁的泛爱为怀的女子，情不可却，进而指示困于生活的福氏道：

在一种恶运，一种深深激动你的恶运以后，你应该写一部成功的著作；我告诉你哪里是这种成功的、确然的条件，维护你形式的信仰；不过你要多多留心于本质。不要把真实的道德看做文学的百宝箱。给它来一个代表；让你所爱嘲笑的那种愚痴，也有一个忠实，也有一个强壮。精神残缺也罢，中途而废也罢，指出它应有的坚固的品德。总之，离开现实主义者的信条，返回真实的真实。所谓真实的真实，即是丑与美、明与暗的混合；同时这里，行善的意志，也有它的地位，也有它的职司。

福氏遵循她的情谊，用他动情的过去，雕出这真实而且太真实的《一颗简单的心》。他要拿这篇小说讨她欢喜。但是小说没有写到一半，她便不及欣赏去了世。

依照通常的分类，《希罗底》应当归于历史小说。但是福氏，好古敏以求之，把历史看得和现实一样来写。他吸收过往所有可能的材料，仿佛他生命的一部分，溶化在他的想象，成为一种永生的现实，供他完成艺术的使命。他有历史的癖嗜，然而历史的真实不是他最后的目的，对于他，历史也不是间断的。所谓历史的真实，好些读者因以苛责福氏，实际仅只形成他艺术的完美。这里不徒是一个充实，一种学问的炫耀。唯其不把学问当学问，学问反而容易为人口实，做成普通读者理解的扦格。这也正是泰尼（Taine），那样推重《希罗底》，并没有体会到作者创造问题的椎心。他向福氏写信道：

> 我以为杰作是《希罗底》，朱莲非常真实，然而这是由中世纪而想象的世界，却不就是中世纪；这是你所希望的，因为你想产生玻璃窗画的效果；你得到这个效果；走兽追逐朱莲，癫者，全属于一千二百年的纯粹的理想。然而希罗底是纪元后三十年的犹太，现实的犹太，而且更其难于写出，唯其这里有关另一个种族，另一个文化，另一个气候。你对我讲，如今历史不能和小说分开，算你有理。——是的，不过小说要你那样写法。

但是泰尼，历史学者，忽略了正因为"是由中世纪而想象的世界"，《圣朱莲外传》的艺术价值才显得更大。唯其不仅只属于一种历史的真实，而属于一种理想的真实。这是一个传说，需要历史的空气；然而希罗底，见于史书，本身就是一段历史。这不像《萨朗宝》的迦太基一火无余；因为材料的限制，物质的不自由，《希罗底》不得不受相当的亏损，但是马上我们就会看出，福氏的手法弥补了无数的空当，成为泰尼赞美的理由。

福氏在这里抓住人类文明的一个中心锁键。一方面是信仰基督开始，一方面是罗马权势鼎盛，活动的舞台正是毗连东西的耶路撒冷。在犹太的本身，一方面是外力的统治，一方面是内心的崩溃；一方面是贵族的骄淫，一方面是贫民的觉醒；一方面是教派纷争，渐渐失去羁縻的能力，一方面是耶稣创教，渐渐获有一般的同情；旧时代嬗递于新时代，耶和华禅让于耶稣。介乎其间的先觉，便是热狂的圣约翰，或者犹如福氏小说的称呼，伊奥喀南。所有当时复杂的光色、矛盾的心情、利害的冲突、精神（伊奥喀南）与物质（希律）的析离、因果的层次、环境的窘迫，福氏一丝不漏，交织在小说进行的经纬上。

圣约翰的故事，几乎尽人皆知，出于《新约》的四《福音》书。然而福氏的灵感，犹如《圣朱莲外传》，来自一件十三世纪的艺术品。在鲁昂礼拜堂北门的圆拱下面，有一横排浮雕，叙述圣约翰殉难的情景，半幅是莎乐美当着藩王希律跳舞："两手扶地，两脚在空，她这样走遍了讲坛，仿佛一只大金螳螂；她忽然停住。她的颈项和她的脊椎形成一个直角。她腿上的色鞘，垂过她的肩膀，仿佛一道虹，伴同她的脸，离地一尺远。"半幅是圣约翰探首狱窗，伫候刽子手执刑；不远便是莎乐美捧着头，献给她的母后希罗底。

从这里图画的提示，福氏的想象扩展成一个富有戏剧性的故事：

有一早晨，希律倚住栏杆，向四山了望。远远是围城的阿拉伯军队。他盼望罗马的援军，但是叙里亚总督维特里屋斯，姗姗来迟。先知伊奥喀南，辱骂他的妻室希罗底，虽说拘禁起来，究竟难以处置。希罗底走到他身边，告诉他：他们的心腹之患，她兄弟亚格瑞巴，已然被罗马皇帝下了狱。不过她思念她前夫的女儿莎乐美，自从离开罗马京城，再也未曾得见。今天是希律的生日，山道上行人熙攘，多是预备当夕的宴会。希罗底怂恿他杀掉伊奥喀南。希律却望着迎面一家平台，上面有一个老妇和一个绝代少女。希罗底也灼见了，立即走开。法女哀勒过来，恳求他释放伊奥喀南，话没有讲完，叙里亚总督却驾到了。

维特里屋斯父子一同来的。接见犹太各派教长和各色人等以后，总督开始检阅砦堡的窖库。无意之间，他发现了伊奥喀南的囚牢。伊奥喀南咒骂希律夫妇。希罗底控他鼓动人民，抗不缴税，总督下令严加看守。责任卸在罗马人身上，希律叫住法女哀勒，说他自今爱莫能助。法女哀勒十分忧愁，他从月初观星，主定今晚贵人殒亡。希律以为死的必是自己，分外忧惧。他去看望希罗底。在她的寝宫，他见到一个老妇，却记不起什么地方遇过。

宴会开始。总督的公子只是吞咽。来宾只是纷呶。有的演述耶稣的奇迹，有的不相信伊奥喀南即是先知以利亚的后身。民众得知伊奥喀南被拘，围住砦堡，要求释放。正值宾主喧闹，便见希罗底带着一位少女，盛装而入。她跳着舞。这是莎乐美。希罗底特意暗地接来她，蛊惑希律。希律果然坠入圈套，应下她的请求。于是伊奥喀南的头，放在铜盘上，沿着酒席传观。宴会告终，黎明的时光，法女哀勒会同两位师弟，捧住先知的头，走出砦堡安葬。

这篇小说真正的特点，在它布局的开展，本身组织的绵密。这是一篇匠心之作。《一颗简单的心》富有同情，《圣朱莲外传》极其优美，然而《希罗底》，呈出一种坚定的伟大的气息。前两篇从生写到死，关于一生的事迹；《希罗底》从早写到晚，关于一日的事迹；正如一出戏，富有紧张的转折。不见丝毫突兀，一切出于自然的顺序，一切全预先埋伏下一个根苗。我们起首就灼见一个少女，直到最后，我们才知道是莎乐美。法女哀勒有重要的消息告诉希律，经过一节的篇幅，中间又是层层波澜，这才轮到他星象的观察。圣约翰派出两个弟子，最早出现于希律的耳目，也最后赶来收拾残局。太巧，太人工，然而一切组成一个紧严自然的结构。

《短篇小说集》为福氏争来盛大的成功，及身的荣誉。批评方面几乎交口称赞。便是素常毁谤他的人们，如今也幡然改悔，或者讲演，或者行文，站在颂扬的立场。萨尔塞（Sarcey）不了解希罗底，却以为"作者不仅以一个画家而自满，他还是一个音乐家"。毕高（Bigot）觉得作者把这三篇叫做短篇小说，未免谦抑，"然而这三篇小说为作者获得的光荣，怕是好些长篇作品所弄不来的"。圣法瑞（Saint - Valry）对于这本小书的印象是"理想的现实主义"，犹如若干古人的著作，福氏的著作如若不幸汨丧，"在未来的文学史上，仅仅余下他的名姓，圣佩夫的零星评论，和这本小书，这本《短篇小说集》。这二百五十页，对于未来的批评家，关于遗失的部分，足够形成一个完整的观念的"。福尔考（Fourcaud）有句话最妥切："认识福氏的，在这里寻见他；不认识的，在这里认识他。"正如今人狄保戴（Thibaudet）所谓："《短篇小说集》代表三种不同的情态，三种仅有的情态，不是写历史，而是利用历史做成艺术的三种情态。"《一颗简单的心》分析"最真实的'简单的'现实"，全福不属于历史，然而她本身却是一段历史。《圣朱莲外传》是用历史做成的宗教传说；《希罗底》却是人类最伟大的一段传说变成历史。同样有散慈玻瑞，把《短篇小说集》当做使福氏成名的所有风格的小例子，非常完美的例子。有人甚至于抱怨福氏不多写那样二十多篇。一九三三年，巴黎大学教授米修（Michaut）特开《短篇小说集》一科，作为学生全年的课程。

　　原本消愁解闷的"小东西"，便是福楼拜，怕也想不到会为自己成就下如此意外的名声。

民国二十四年八月三日

（载 1935 年 9 月 16 日《文学季刊》2 卷 3 期）

《福楼拜短篇小说集》跋

　　散慈玻瑞以为小说家的福楼拜"是一个不仅值得，而且要求读两回三回，才能全然为人欣赏的作家"。他用最大的耐心和兴趣锤炼他的字句。临到晚年，渐渐失去相当的丰润，他的文章变得有些朴实、遒劲、干枯。有时假定读者自会领悟，他就不再浪费笔墨。例如在《希罗底》的临尾，他形容莎乐美跳舞将毕，头垂在地上，身腿耸在半空，"她腿上的色鞘，垂过她的肩膀，仿佛一道虹，伴同她的脸，离地一尺远"。紧接着他描写"她的唇是画的，她的眉黑极了，……"全是面对面，希律的眼睛就近看出，延到如今，作者才实写一笔。所以中间他应当插上一句：她站了起来。他却交给读者去意会。莎乐美绝不会始终倒竖在那里。有位英译者没有弄清楚这略而不述的动作，便猜错了意思。有位英译者高明了，活生生替作者添了几句正文。

　　有时福氏直接叙述人物内心的生活，全盘原样托出。他假定读者明白这种自然的进行。例如在《一颗简单的心》，他描写全福夜间送她外甥放洋，说："两点钟响了。"紧接着他就来一句："天不亮，会客室不会开开。"意思是说全福想就近探望一下她的小姐，因为我们记得，维尔吉妮原在翁花镇寄学的。《一颗简单的心》有许多这种情例，需要读者特别用心体会：哪些是间接的描写，哪些是直接的披露。

　　有时福氏用一个简单而具体的辞句，代表复杂的内心的变迁。例如在《圣朱莲外传》的第三节，他叙述朱莲决心寻死，"有一天，他站在泉水旁边，俯在上面"，看见一个白胡长者，"没有认出自己的影子，朱莲胡乱想起一个相似的面孔。他叫了一声，这是他父亲，他不再想自杀了"。朱莲想不到在外漂泊，自己上了年纪，所以才错把自己的面影当做他杀死的父亲出现。他吃了一惊，好像父亲在警告他，他因而取消了自杀的念头。

这只是三个实例，读者务必记住散慈玻瑞的指示，否则对于欣赏福氏的小说，容易自生障碍。

关于人名地名的中译，有时参加意思，例如《一颗简单的心》：Félicilté 我译做全福；Pont-l′Évêque，我译做主教桥；Honfleur 我译做翁花镇；Deauville 我译做豆镇。《希罗底》的人名地名的中译，我尽量采纳上海美华圣经会的官话《新旧约全书》或圣书公会的文理《新旧约圣书》。如若读者原系教徒，或者有意参阅《圣经》，查对自然方便许多。

为便利读者起见，我绘了两张简明的地图，各附在《一颗简单的心》与《希罗底》之后。

我用的原本属于高纳书店（Louis Conard）出版的《福楼拜全集》。原本有一个很好的附录。

关于《一颗简单的心》，第一等的参考书有：

1. Mme Commanville：Souvenirs intimes（A. Ferroud）

2. Gérard-Gailly：Les Fantomes de Trouville（La Renaissance du Livre）

关于《圣朱莲外传》，有：

1. Marcel Schwob：Spicilège（Mercure de France）

2. A.-M. Gossez：Le Saint Julien de Flaubert（Lille，Editon du Beffroi）

关于《希罗底》有：

1. Anatole France：Préface de Hérodias，compositions de Georges Rochegrosse（A. Ferroud）

2. E. – L. Ferrère：Hérodias，commentaire historique et archeologique，dans L'Esthétique de Gustave Flaubert（A. Ferroud）

关于《短篇小说集》整个的参考书，重要的有：

1. La Correspondance de George Sand et Gustave Flaubert（Calmann Lévy）

2. La Correspondance de Gustave Flaubert（Louis Conard）

3. Du Camp：Souvenirs littéraires（Hachette）

4. René Descharmes et René Dumesnil：Autour de Flaubert（Mercure de France）

5. René Dumesnil：Gustave Flaubert（Desclée de Brouwer et Compagnie）

中文方面，请参阅译者的《福楼拜评传》（商务印书馆）。

民国二十四年八月四日

（取自《福楼拜短篇小说集》，商务印书馆 1936 年 1 月初版发行）

《圣安东的诱惑》跋

　　福楼拜用了二十五年来克服《圣安东的诱惑》给他的困难。他胜利了。这场胜利是光荣的，因为他收服了一个读者的读者，他自己。一个作家最大的胜利，不在读者的喝彩，而在自己的归顺。他的精神绥静，他的良心安宁。这是敌人，同时也是朋友，因而，不免带着一个和老伴儿分手的忧郁。看完定稿的校样，一八七四年二月七日，福楼拜向他的前辈女友文豪乔治·桑报告道：

　　　　这完了，我不再在上面用心了。《圣安东》于我成为一种回忆。然而我不瞒你，看看最后的校样，我有一刻钟的广大的忧郁。和一个老伴儿分手，本来也就难受。

　　文字语言是种奥妙的组合。同样文字语言，我们多知道一点它们的根据，便可以多欣赏一点它们的意义。读到福楼拜的"这完了，我不再在上面用心了"，想起一生他在《圣安东的诱惑》上消耗的年月心力，我们立即感出他如释重负的轻适。但是，这不是说，作者的推敲斟酌，便是他才尽力拙的征候。所以，法盖（faguet）以为《圣安东的诱惑》是作者最吃力最痛苦的创造，狄保戴（Thibaudet）立即回答他一句：C'est mal tomber①。莫瑞（Middleton Murry）不聪明，临到一九二一年，冒冒然断定"他在文笔上最少操作的书——一个福楼拜式最小的限度却不就像别人的限度——是他最为人记忆

---

　　① 参阅法盖的 *Gustave Flaubert*（Hachette 版）和狄保戴（新近去世）的 *Gustave Flaubert*（Gallimard 版）。

的一本书"①。他的意思是《包法利夫人》（*Madame Bovary*）。然而我们知道，一八五三年四月六日，正当从事《包法利夫人》的时节，福楼拜给他的女友写信道：

> 《包法利夫人》引起我精神的紧张，《圣安东》连四分之一也不用。这是一个水闸；写的时候我唯有快乐：我一年半写成五百页，这一年半是我生平兴会最淋漓的时辰。

福楼拜从一八四八年开始《圣安东的诱惑》，到次年九月，全书脱稿。这就是现今传世的一八四九年的初稿。他读给两位朋友，结局他们劝他扔到火里烧掉。他必须约束他过分发展的抒情倾向。于是对症下药，一位朋友向他建议，写一个俗不可耐的现实的故事。他接受了，这就是他的《包法利夫人》。但是，他痛苦，一八五二年六月，开始写作的时候，他向女友去信比较二者道：

> 在《圣安东》里面，我和在自己的家一样。这里，我和在邻家一样，所以我寻不见一点舒服。

然而莫瑞先生，却以为《包法利夫人》的文笔最少人工气息。《包法利夫人》用了五年完成，《圣安东的诱惑》初稿用了一年半；一八五六年，他用了整整一个秋季修改，删成他骨瘦如柴的次稿；直到一八六九年六月，他重新拾起他的旧稿，整理成功他一八七二年的定稿，也就是我们现在译出来的《圣安东的诱惑》，中间除掉一八七〇年普法之战避难的时日，和其他人世必有的消耗，只用了一年半的光景。从初稿到定稿的距离是二十五年，中间他完成了三部杰作：《包法利夫人》《萨郎宝》（*Salammbô*）和《情感教育》（*L'Éducation sentimentale*），而不是用了二十五年来写一本书。实际，对于《圣安东的诱惑》，福楼拜的操作不在文笔方面，更在一个全部的解决方案，一个适当的形体，犹如作者所谓，一个线索。一八五二年一月

---

① 参阅莫瑞的《*Gustave Flaubert*》一文，收在 *Countrie of the Mind*（Collins版）里面。

十六日，他向女友去信，指摘早年《圣安东的诱惑》道：

> 我再也找不见这样热狂的文笔，像那一年半我的文笔。我用了怎样一腔热血修削我项圈的珍珠！我只遗忘了一件事，就是穿珠的丝线。

所以，法盖的武断由于缺少材料，莫瑞的错误由于缺少同情。莫瑞以为没有更比"《萨郎宝》《圣安东的诱惑》和《布法与白居谢》（*Bouvard et Pécuchet*）那样内在空洞的作品"，我们无从指摘，因为我们推不倒一个人的存在和他的主见。每一个人有每一个人的主见，和其必然结果的爱恶。莫瑞把《圣安东的诱惑》看做内在空洞，但是另一位批评家，新近去世的散慈玻瑞（Saintsbury）却特别加以推崇：

> 在作者的书中间，它最得我的喜爱；正如好些书，你可以只为享乐来读它，或者把它看做一个研究的题目，随你高兴——你要是聪明的话，你把你百分之五的注意用在后者，把你百分之九十五的注意用在前者。[①]

我们不是有意用散慈玻瑞纠正莫瑞，而是藉了这两个相反的例，看一部书可以把两个高明的批评家带到怎样不同的极端。介乎二者之间，像我们这样可怜的小读者，何所依从呢？让我们先再引来莫瑞一段深刻的见解，做我们一个观察的根据：

> 两个魔鬼站在福楼拜和他的梦中间，"文笔"和"徵信"（truthfulness）。二者之中，魔难他的更是"徵信"。这把他驱往不可置信的搜集材料的努力；什么是他所工作的真实？他要是问一下，他会不得不答道：历史的真实，不是艺术的真实。然而他从来没有把它们划分清楚。

这段精微的指责的另一面，便是赤裸裸的"他得到更多的材料，然而没有更大的能力把握"。

[①] 参阅散慈玻瑞的 *History of the French Novel* 的下卷第 11 章。

　　福楼拜的《布法与白居谢》，我们晓得，是一千五百册参考书和若干趟小旅行的结果。他自己说："我笔记的卷宗有八寸之高。"①为什么他要这样耗费或者浪费自己？因为"要写这部书，我必须读许多我不知道的东西：化学、医学、农学"②。唯其这部小说将是一册"滑稽的批评的百科全书"③。我们没有多少理由责备福楼拜这样的工作者，正如我们没有多少理由责备那些一挥而就的天才。我们赞美后者，然而临到欣赏工作的成就，我们无所用其轩轾，一切只是五十步百步的程度上的差别。我们不问作者的汗血，我们得问他最后的目标。有的人在搜集材料上得到一种快乐，止于材料的搜集；犹如若干藏书家，藏只为藏书。福楼拜不然。一切在他只是创造过程上必有的步骤，为了达到一个终极的更高的追求——艺术。他得鉴别什么材料合乎他的需要，他得造出他想象的氛围，吸进心灵，化成一片血肉。做为他创造的力量。他不是为了历史的真实而努力，而正是从历史的真实奔往艺术的真实。看来是二，其实是一。到了重要关头，必须有所依违的时节，福楼拜知道怎样牺牲历史，完成艺术的真实。在《萨郎宝》里面，他不惜歪扭事实，叫哈龙（Hannon）死在马道（Mâtho）的手心。在《希罗底》（Hérodia）里面，他不惜提前请出叙利亚的总督维特里屋斯（Vitellius）。让我们来看福楼拜自己的辩护。一八五七年八月，开始写作《萨郎宝》的时候，他向费斗（Feydeau）解释他的态度道：

　　　　至于考古方面，只要或能就成。我的需要是，只求人家证明不出我的东西荒唐无稽。至于什么叫做植物学，满不在我的心上。凡是我所需要的树木花草，我全亲眼看过。

　　　　而且，这还是次焉者，不关紧要。一本书也许充满了荒与

---

① 1880 年 1 月，福楼拜致翟乃蒂夫人书。
② 1872 年同月 18 日，福楼拜致翟乃蒂（Genettes）夫人书。
③ 同上。

谬；然而不见得因此，就不美丽。我知道，类似这种学说，如果接受下来，绝不会好，特别在法国，有的是冬烘学究。不过在相反的倾向（可怜正是我的倾向）之中，我看见一种很大的危险。衣服的考究，使我们忘掉灵魂。五个月来，我读了九十八部书，写了一叠一叠的笔记；如果有三分钟，我的英雄的热情真正激动了我，哪怕只是三分钟，我也可以扔掉我的笔记。如今就有一种画派，因为太爱彭派伊①（Pompéi），结果比吉罗岱（Girodet）还要来得繁重（rococo）。所以我相信，不可以爱，这就是说，应该不偏不倚地俯览一切的对象。

福楼拜或许没有做到自己期许的地步。然而我看不出他这段话和莫瑞的见解有什么参差。如若福楼拜在材料上傻卖力气，临到艺术上，他并非绝对忽视适可而止。结束了《圣安东的诱惑》定稿，一八七三年六月十八日，他向翟乃蒂夫人去信道：

> 关于《圣安东》，我一点也不想有所删削了。我弄够了它，现在我很可以不再睬理它了，因为我会毁坏全盘的。完美不属于这个世界。认命吧。

唯其"完美不属于这个世界"，我们不能不同意泰尼（Taine）的指责，② 以为希腊的神祇不应当采用罗马的称呼，临尾的动植物未免太接近现代的生物学。一八七○年七月八日，福楼拜给尚特比（Chamtepie）女士去信，把《圣安东的诱惑》看做"一个四世纪亚力山大世界的戏剧的展览"。四世纪容不下现代的生物学，亚力山大是希腊后期文化的中心，不会采用罗马的称呼。然而这些节目，挡不住泰尼对于全书的颂扬：

> 我一口气读完了你，如今重新在读；从物质的观点来看，

---

① 彭派伊，今多译为庞贝或庞培，古罗马城市，位于意大利那不勒斯湾岸边。——编者

② 泰尼致福楼拜书，附在高纳书店的《圣安东的诱惑》后面。

这有趣，变化，一出神仙剧似的光彩耀目。实际，这正好是我以往所想的：一个隐士的头脑看到的第四世纪。唯其当时统治的人物是神学方面的隐士，神学的梦想和机构是时代的大事，眼镜选得正好。生理和心理的准备，非常之好；人家一看就知道你熟悉幻觉的先兆和作用，这齿轮一样地交切而动。

泰尼不愧是福楼拜的一位畏友。福楼拜有时诚然失之过分，然而当他看对了的，他知道轻重，知道牺牲《圣安东的诱惑》初稿的热狂和紊乱，达到凝结的艺术的效果。反对福楼拜的作品的，例如尼采（Nietzsche）、浦鲁斯蒂（Proust），甚至于莫瑞，根本有所厌憎于他同他作品里面所呈露的本质。莫瑞不明白古尔孟（Gourmont）对于福楼拜的膜拜。然而，不像我们现今的作家，一言不投，便即一笔抹杀，他们能够欣赏他在某一方面的造诣。比较没有偏见的散慈玻瑞，曾经指出《圣安东的诱惑》的特点道：

> 这种在台子上一掠而过的梦的进行，藉着文笔的华丽传达给读者；这种文笔的华丽，或许是第一件震撼他的事体；而且这绝不走味。然而，如若不是立即，不久，任何真正批评的心灵一定看到有些东西，不同于文笔，而更珍贵于文笔。这就是那卓绝的能力——不见任何过分或者浪费的工作，而把梦的成分重现于正确、修洁和自由的叙述。

我们并不预备替福楼拜回护过失，更不打算帮他的《圣安东的诱惑》说话。我们也不想限定读者把百分之若干的注意用在阅读或者研究的某一方面。因为这全不聪明，而聪明的倒是读者个别的感受。如若第一件震撼读者的事体是作者的文笔，对着我这半生不熟的翻译，中国读者一定立即感到失望。这太显而易见了，我正也无所用其粉饰。然而另外一个困难，倒怕不出莫瑞所料，是时代和地域的生疏。特别是中国读者，缺乏四世纪宗教的知识。我们不能根据这种知识，领略《圣安东的诱惑》所形成的想象的活动的奇谲的世界。

我们不得不借重注解。关于这方面，我们得感谢高纳（Louis Conard）书店出版的《福楼拜全集》，在《圣安东的诱惑》三个稿本后面，附录古伊涅拜（Guignebert）先生的考证和维洛路（Virolleaud）先生的注释。小泉八云（Lafcadio Hearn）先生的英文译本偶尔注明原来引据的出处。不过遗憾依旧难以免掉。例如"赛莱福""嘉德放""阿克萨""法勒芒"，等等，维洛路先生付之阙如，我们一样查不出来。"以利沙"，维洛路先生疑是迦太基，我们证明是希腊以东的岛屿。惜乎限于知识、时日和参考书，我们所补足的太渺不足道了。

散慈玻瑞告诉我们，"这本书最近有一个例外地良好的翻译"。他没有指明英文的译者和出版的地方。我们猜想是小泉八云的英文译本。最近钱公侠先生根据他的英文译本重译，在启明书局出版，封面嵌着"足本"两个大字。不幸的是，小泉八云的英文译本经过删削。凡作者大胆、过分、刺目的辞句，尤其是有伤基督教徒感情或者道德观念的形容，小泉八云大致跳过不译。狄保戴以为作者在定稿"没有勇气牺牲掉"的克乃皮士思，小泉八云完全删去。另一个英文译本也把这一节抹掉。英文译本虽然如此，我们看不出中文译本有什么可忌讳的必要，所以，为了保存原来面目起见，便照直全译出来。小泉八云并非没有错误，最显然的，例如 hirondelles 译成 nightingales，volupté surhumaine 译成 human pleasure；值得讨论的，例如 tout au fond，une masse remue，comme des gens qui cherchent leur chemin. Elle est là! Ils se trompent。小泉八云把 Elle est là 译成 She is there，另一个英文译本译做 Here it is。[①] 但是这些错误，大半由于疏忽，并不足以妨害小泉八云的英文译本是"一个例外地良好的翻译"。他的文章有风格，而且尤其难能可贵的，是他相当保存原作高贵的气度和"文笔的华丽"。

---

① 这里 3 个例子，散在第 1 章临尾各节。

钱公侠先生幸而依据小泉八云的英文译本重译，可以保存原作若干面目，而错误，一部分自然应由英文译本负责。实际，钱公侠先生很有他不可埋没的用心，例如，用佛经的体格翻译第五章佛的独白。他的成功是我的师法，他的失败是我的借鉴，我得感谢前人孤苦的经验。

凡见于官话《新旧约全书》的人名地名以及章句的引证，我这里一律采用。

我用的是高纳书店的版本。插图十六幅，选自福楼拜百年纪念全集《圣安东的诱惑》的插图。绘者为吉瑞欧（Pierre Girieud）先生。

关于《圣安东的诱惑》的参考书，重要的有：

1. La Correspondance de Gustave Flaubert（Louis Conard）

2. Du Camp：Souvenirs littéraires（Hachette）

3. René Descharmes：Flaubert avant 1857（Ferroud）

4. René Dumesnil：Gustave Flaubert（Deschée de Brouwer et Compagnie）

5. René Descharmes et René Dumesnil：Autour de Flaubert（Mercure de France）

6. Louis Bertrand：Gustave Flaubert（Mercure de France）

7. Alfred Lombard：Flaubert et Saint Antoine（Editions Victor Attinger）

中文方面，请参阅译者的《福楼拜评传》（商务印书馆）。

民国二十五年九月二十九日

（取自《圣安东的诱惑》，生活书店 1937 年 1 月出版发行）

《路易·布耶〈遗诗〉序》译者前言①

这是福楼拜生时发表的唯一序文，为纪念亡友而写——因为他反对写序，像一种承认作品不完整而另外需要有所表白的补苴；这同时也是他生时发表的唯一论文，为纪念亡友而写——因为除去他形象的创造外，他永远不许自己暴露他的理论。然而唯其来自宝贵的亲身经验，他的文学见解是深刻的、清醒的、独特的。他的书翰（有人说这是十九世纪最伟大的灵魂记录）之为后人重视，他的思考之大有影响于后人，正因为这里不是空洞的议论，而是富有内省的经验与情感的提示。我们不见其完全同意，有时候恰巧相反。然而不是一个批评家，既不瞎三说四，又不人云亦云，他根本没有要求我们听从。他不曾为一般人说法，仅是为若干有心人，以己为例，提供一些值得印证的创造问题。他的书翰我将留在他的《全集》和中国读者会晤，如今先把这篇重要的文章献给文学读者。

路易·布耶是福氏仅有的年久同窗知己。有人甚至于诽谤，没有布耶，也许没有福氏的小说杰作。他们心心相印，布耶的文学意见几乎就是他的。但是，对于中国人，布耶并不单只因为福氏而值得提起。他是一个热诚的中国爱好者。他学中文，译中国诗，拟中国诗，用中国材料写诗。我们未尝不可以说，他是法国十九世纪最

---

① 本文是作者在翻译福楼拜的《路易·布耶〈遗诗〉序》时写的译者前言，原文刊于 1939 年《宇宙风》93 期至 95 期，后作为附录被收入 1949 年文化生活出版社发行的《三故事》。——编者

重要、最末一个真正醉心于中国文学的作家。因为，从他以后，——就是在他的时代，日本开始在法国取了中国的研究地位。自然主义的贡古（Goncourt）便是日本珍玩的搜集者。几次辱国的战争增加中国在外国人心目之中的没落。说到临了，没有一个民族不势利、不趋炎附热。胜利决定一切。

二十八年一月十日

（载 1939 年《宇宙风》第 93 期）

《福楼拜幼年书简选译》译者前言

关于福楼拜（Gustave Flaubert）的书简，我曾经在五卷一号的文学有过阐述式的介绍，读者不妨寻出参阅，因为我不打算污渎纸张、重复油墨。现在我的工作是把这些书简译成中文，尽量献给本国读者领略。这将是一桩艰巨——不说最艰巨——事业。先就量看，高纳书店的版本一共收了九大册书简。全译当然不可能，自己没有时间，没有力量，也觉得并不需要那样做。对于膜拜福氏的信徒，只字会是金玉。我敬爱这伟大的艺术殉身者，但也并不因而盲目，把私人问候和牢骚一体搬在本国读者面前。我很难指出那一封重要，那一封轻猥，一切看我选择的标准。惭愧的是：我没有事先为自己筹划这些标准。我择尤翻译。不一定是我最心爱的，这个"尤"字却要能够表达福氏。是客观的，可也更是主观的。撇开这些纠缠不清的议论，我愿意举出一桩事实，一个致命的限制：在我所要刊印的福氏全集（十册）之中①，书简将占三册。九大册与三小册相比，显然无话可说。这便须作者读者共同原宥。

这些书简原本不曾预备发表，所以读者不必担心他在说教作伪。这里是真情至意的流露，无论关于人生、关于艺术，忠实是它的本色。一个寂寞的热情人，心用在色象的推敲，爱的却是友谊——那可以供他倾吐积愫的另一自我。情感和理智在这里交相为用，做成这有心人的摸索和得失。物质生活闪在一旁，只有苦闷的灵魂，不

---

① 作者这一宏大计划并未完成。——编者

再假手于造型的形式，笔直涌上地面，不辨方向，泛滥四野，仅仅友谊是它的坝堰。

福氏生在一八二一年十二月十三日星期四。这里披露的十一封信，第一封写于一八三〇年岁尾，作者才足足九岁；末一封写于一八四〇年十一月，恰好又是十年距离。在他二十岁之前，算到一八四一年岁尾，现今录存下来，公之于世的，共得五十三封，我却仅仅选了十一封翻译。它们全是写给一位高级的同学好友、艾尔乃斯提·佘法利耶（Ernest Chevalier）。读前两封信，必须记住这是一个小孩子写的，所以标点往往混淆，幸而我们在中文看不见他的错字，因为译者没有方法以错译错，实在遗憾之至。

民国二十九年三月七日

（取自 1940 年《戏剧与文学》第 1 卷第 4 期）

福楼拜小说集译序

　　将近二十年前，我为自己选择一个文学研究的对象，虽说在创作上已经学着写戏，我并没有把戏剧算了进去，摆在心头的只有两个东西，一个是诗，一个是小说，全是跟随温德（Robert Winter）老师读了四年法文的心得结果。当时象征主义在中国诗坛流行，我在课室读的也多是波德莱尔（Baudelaire）、栾保（Arther Rimbaud）、外尔兰（Paul Verlaine），和更其现代的大师瓦莱瑞（Paul Valéry），偶尔也听温德先生兴会淋漓地读几首十六世纪龙沙（Ronsard）的不朽情诗。波德莱尔的真挚，栾保的炫丽，外尔兰的铿锵，尤其是瓦莱瑞的明净，都曾经有一时期和我的感情溶在一起。但是，好不容易来到巴黎，想要为自己选择一面深造的借镜的时候，出乎意外，我转了一个一百八十度的大弯，走到小说方面，甚至于有些不太和象征主义相容的现实主义方面，因为我最后看中的是第三年法文班上读过的《包法利夫人》的作者，居斯达夫·福楼拜。说实话，我开头对他和他的作品并不怎么清楚；根据文学史的简括然而往往浮浅，甚至于谬误的知识，我知道现实主义和他因缘最近，而我的苦难的国家，需要现实的认识远在梦境的制造以上，于是带着一种冒险的心情，多少有些近似吉诃德，开始走上自己并不熟悉的路程。一走便走了将近二十年之久，寂寞然而不时遇到鼓励，疲倦而良心有所不安，终于不顾感情和理智的双重压抑，我陆续把福氏的作品介绍翻译过来。

温德师对我有启蒙作用，锺书兄①帮我为《包法利夫人》留意注释，而师友前后慰勉有加，如新近过世的佩弦师，如金甫师，徽因女士，从文兄和达元兄，还不算时常见面的西谛兄，麟瑞兄，靳以兄，西禾兄，钰亭兄，调孚兄等，时时都在感念之中，我不说起淑芬，不曾有过一天安乐，伺候一家大小，偶尔还要帮我抄写，嫁我以来，每每不是为我，似乎多是为了福氏勤劳。最后当然我要大大地写下 P. K. 兄的名字，在书店经济拮据之下，不顾负担加重，毅然肩起印行的荷负。我开头就拿他们的名姓放在前面，表示感情真挚，好比办喜事，张灯结彩，进了礼堂，红红绿绿都是亲友的人情。

福氏活着的时候只有五部小说问世，其中薄薄一册，是他发表的《三故事》（*Trois Contes*），而《圣安东的诱惑》（*La Tentation de Saint Antoine*），形式不似小说，倒像一出宏丽的宗教"戏文"（Pageant），可以列入通常所谓正常小说的，最先有《包法利夫人》（*Madame Bovary*），然后是《萨郎宝》（*Salammbô*），然后是《情感教育》（*L'Éducation sentimentale*）。现今传诵的《布法与白居谢》（*Bouvard et Pécuchet*），只是他的未完成稿，就福氏一向对于作品的慎重态度看来，他一定不太欢喜这样送到读者手里。活着的时候，读者可能以为他是一位晚产而且慢产的小说家。《包法利夫人》问世，他已经三十五岁，其后平均每隔五年，他才又有一部新作应世。他的真正面目终于在他死后显露，仗着两种意外收获，不仅揭穿误解，而且增深敬爱，分外提高他的文学地位。一种是他秘而不宣的早年的写作，一种是他更其重要的书简，同样说明他的浪漫心性，同样把一个活生生的人的精神历程天真烂漫地摆在我们眼前。尤其是他的书简，

---

① 文中提及的诸位师长、亲友依次是：钱锺书、朱自清（佩弦）、杨振声（金甫）、林徽因、沈从文、吴达元、郑振铎（西谛）、陈麟瑞、章方叙（靳以）、陈西禾、成钰亭、徐调孚。尤淑芬是作者的夫人。P. K. 兄是李尧棠（芾甘，笔名巴金）。——编者

十九世纪文学的秘室，由于经验亲切，是是否否，形成每一文人思考的手册，纪德（André Gide）就坦白承认："他的翰札是我的枕边书。"放下社会意识和艺术造诣不谈，就福氏全生来看，他所发表的作品都可以说做他对自己的艺术要求最后修正的答案。他写过三次《圣安东的诱惑》，两次用《情感教育》（内容不同）做一本现实小说的书名，《布法与白居谢》还是他做学生时候就种下了根苗，很早他就讲起《圣朱莲的传说》，《包法利夫人》是他鞭挞他的浪漫心性的成就，至于《萨郎宝》和《希罗底》，不用说，满足他对历史和近东和野蛮的癖好。狄保戴（Albert Dhibaudet）说得好："福氏的作品不是一个世界，如巴尔扎克的作品。它不曾组成文学身体，不曾组成宇宙，如《人曲》（*Comédie Humaine*）之见于标题。它奔向不同的方向，探寻不同的经验。福氏的作品假如也像巴氏的作品起一个共同的标题，想来应该就是蒙田（Montaigne）的标题：尝试（Essais）。"①

　　能够尝试成功，早晚达到个别的崇高的造诣，不见得每个文人都有这种幸运，对于福氏，这不是一种侥幸获致的幸运，正相反，这是埋头苦干的辛勤收获。阿尔巴拉（Antoine Albalat）研究《包法利夫人》的稿本和修改，做过一次结论："福氏是工作的化身。没有一位艺术家曾经为了风格的欢忏受过更久的苦难。他是文学的基督。他用了二十年和字奋斗，他在词句前面断气。他中风而死，还握着笔。他的情形成了传说，人所共知。他对完美的渴求，他的痛苦的呼喊，一生完全献与艺术的信仰，绝无二致，做成许多研究的目标，也永远将是批评的一个敬慕和怜悯的主题。大作家全都工作。这位先生死在勤劳上头。"这种追求理想的风格的苦修精神，这种对于风格的坚定明晰的认识："这仿佛灵魂与肉体；对于我，形体与观念就是一个，我不知道一个之外另有一个。"让他在推进小说的使命以

---

　　① "尝试"是它的本义，通常用做"散论"或者"杂文"。

外，还帮法兰西文字带来一种不朽的使命，甚至于伊可维支（Marc Ickowicz）在他的《唯物史观的文学论》里面也说："人们称他为'法国散文的悲多汶'，那是并非无故的。他的语言有水晶的纯粹和一种微妙难言的和谐。……福氏的散文是一个奇迹。"① 然而这不就是说，他所有的小说只有一个风格，如古人所云，"文如其人"，除非一个人是如死水一般固定，并不随同岁月往前进行，并不根据内容有所变化，我们可以接受这个大致不差的原则。事实上，往细里体验，一本书有一本书的风格，因为一个观念决定一个形式。狄保戴为我们分析福氏的风格道："福氏是唯一的小说家完美地看到这些区别，同时也是唯一的小说家完美地付诸实行。《包法利夫人》的风格还有学习气息。含有他雄辩的领洗圣水，它是丰盈、和悦、富于肉感。《萨郎宝》的风格，更聚敛、更推敲、更雄壮，由于临近历史，从历史的精神里面，汲取它的性质。《情感教育》给人一种流动轻适的印象，具有一种无可比拟的变化和力量。假如必须就中选择一个，做为最完美的例子，我看中《情感教育》。《圣安东》的风格，保留许多一八四九年和一八五七年稿本的文字，是复合的，达到一种戏剧风格的错综和行动。《布法与白居谢》的风格，由于缩减，由于剥蚀，由于遒劲的干枯，正好和《包法利夫人》的风格作对。"

现在，让我们来问一句，福氏怎样达到这种个别的艺术效能呢？莫波桑有一篇详明的研究，报告他所心得于福氏的探索的过程和根据，赶着同时问世的福氏的书简做对证，特别是关于"单字的追逐"，如散慈玻瑞（Gerge Saintsbury）所述，自从派特（Walter Pater）有所阐述以来，在英法两国的文坛可以说是甚嚣尘上。站在一个介绍人的立场，莫氏的重要论述让我直接抄在下面：

　　　　字有一个灵魂。大多数读者，甚至于作者，只问字要一个

---

①　根据江思先生的中译。

意思。我们必须寻找这个灵魂，一和别的字接触，它就出现了，裂开了，以一种人所不知的明光（很难使它涌射出来）把若干书照亮了。

若干人写的语言，在聚拢和组合之中，就有一个诗的世界出现，然而世俗之士看不出，也猜测不出。……

他绝对相信世上只有一种样式表现一种东西，一个字说它，一个形容词描写它，一个动词使它活动，他以超人的辛劳从事措辞，为每一词句掘发这个字，这个形容词和这个动词。他这样相信表现有一种神秘的谐和，他要是觉得一个正确的词句并不调和，他认为自己没有抓住那真实的、唯一的字，于是以一种不可克服的耐心，寻找另一个字。

但是，字的重要不就止于本身，因为只有组合才能显出它们的品德，只有继续或者节奏才能说明全部的存在。所以莫氏接下去引证福氏的论断道：

他说，在诗里面，诗人有一定的规律。他有音节、顿挫、韵脚，和一堆实际指示，全部技术科学。在散文里面，我们必须对节奏有一种深厚的感觉，逃亡的节奏，没有规律，没有准则，必须具有一些内在的性质，和一种理论的能力，一种艺术的官感，无限地更精细，更尖锐，依照要说的东西，随时变更风格的行动、颜色、声音。等你知道怎样料理法兰西散文，这个活动的东西，等你知道字的正确价值，等你知道依照字的排列来修改这种价值，等你知道怎么样把一页的注意引到一行，使一个观念在一百个观念之中格外明显，完全由于表现观念的词句的选择和位置；等你知道怎么样安置一个字，唯一的一个字，在某一情势之下去打击，如同用一件武器去打击；等你知道怎么样倾覆一个灵魂，猛然拿喜悦或者恐惧、热情、忧虑或者愤怒充满灵魂，就只因为你往读者的眼睛下面放来一个形容字，你才真是一位艺术家，最卓越的艺术家，一位真正的散文家。

生命是一个有机体，每个细胞有它的位置和机能，但是唯有严密的组织，然后才能有机地成为一个壮丽的生命。这不是唯美，也不是机械论，这是一个有血有肉的有理性的灵性存在。所以临到现代一位大小说家浦鲁斯蒂（Marcel Proust）分析福氏的风格，首先指出他常犯文法上的错误，甚至于《情感教育》这个书名，但就字面来看，应当译作《感情教育》才是，[①] 然而由于坚定，非常美丽，所以浦鲁斯蒂指出，文法上的美丽和正确并不相干。

福氏追寻散文的节奏，满足他对小说的个别内容的要求。贡古兄弟在《日记》（*Journal des Goncourt*）里面曾经记述高地耶（Gautier）的一句话："你们想想看，福楼拜前一天对我讲'就完啦，我要写的也就只有十来页了，不过我已经有了词句的全部收煞（Chutes）'。那么，词句还没有写，他已经找到结束的音乐！已经有了他的收煞，真是滑稽！嗯？"收煞是一个音乐名词。福氏在风格上一生想解决的正是他为他自己提出来的问题："那么，介乎正确的字和音乐的字之间，为什么有一种必然的关联？"这种声音和意思的关联，实际就是福氏对于风格终极的努力。往大里和深里看，这有自然哲学和一种对人生的看法做根据，专就文学表现来看，他注重景，他观察物，只为彼此的过程和关联。一本书对于他就像一个宏大的合奏曲，错综然而自然，繁复然而单纯。一本书如此，一章如此，一段或者一句也如此；单独来看是一个画面，例如《包法利夫人》里面的农产改进竞赛会，然而前后来看，忽正忽反，忽雅忽俗，忽而喧嚣忽而唼喋，上下起伏，正是一片音乐。他从复杂的组合寻找自然的气势。他用两种方法完成他的目的。这两种方法不是玩弄文

---

① Sentimental 这个法文形容字，是 18 世纪末叶从英国借来的，直到 1835 年，国家学会才正式承认。中译或作"感伤"。最能说明它的意思的是一句中文成语："感情用事"。福氏虽然用了这个形容字，限于一般而言，专就 Sentiment 一字引申出去，没有通行的"感情用事"的意思，所以我才译成"情感教育"。

字的结果，正相反，是尊重生命的收获。写坏了的句子经不起朗诵的试验："它们压抑胸口，妨害心跳，因之落在生命的条件以外。"

在中国，读书种子往往只是一种光荣的懒人，炫耀典故，因袭成语，在典雅的文字里面卖弄花巧，一切匠心留在字面，成就的仅仅属于形式的唯美的颓废倾向。法国多数文人，在福氏之前，同样走着下坡路，把流畅当做容易的风格（Style Facile），顺手牵羊，不问情感思想的深致，全朝现成笔墨奔了过去。福氏就恨这种风格，德·拉·布洛陶（Restif de la Bretonne），尚夫勒瑞（Champfleury），甚至于诗人缪塞（Alfred de Musset），他心折的巴尔扎克，都没有逃出他这种无情的尺度。他表白自己："不，千万别拿现成的词句写文章。我宁可让人活活剥皮，也不解说这样一种原理。我承认这非常方便，然而也就是方便而已。"为什么反对？太简单了，因为这流成一种滥调，缺乏生命，缺乏灵魂，不可能拿来组合风格。把现成笔墨从文章里面剔出，然后我们就来到福氏完成理想风格的一个秘诀：运用直接来自生活的真实语言。了解这一点，我们才可以接受经典文学，我们才可以接近大师如莫里哀，如辣辛（Racine），如拉风丹（La Fontaine），如拉布吕耶尔（La Bruyère），也才明白福氏小说的笔墨成分。文字只是一个符志，是一种历史的文化的遗留。然而你所表现的确实活生生的现实，一个含有过去的有灵性的存在。文化应当和现实一致。这时候所谓文字就成了一种说的语言，获得语言。一位作家必须随时随地用心听取、理会、分析、采纳这里活跃的奥妙和细致，揉在他的作品里面，拿活血注在活血里面，成为一个血。

另外一个方法，我们前面已经说起，在文字范围以内，如浦鲁斯蒂所云，是一种文法的美丽。我们常听人谈起福氏对于文字独具只眼，另有一种不同于人的用法，特别是动词、介词和副词的认识和使用，有人甚至于说，他用未完成时（l'imparfait）救活了渐将就朽的法文。所谓文法的美丽，实际是不照文法行文的结果，一种更大的要求帮福氏在做取舍的考虑。有的由于节奏的需要，例如"和"

（et）这个介词或者连续词，就浦鲁斯蒂看来，"凡是常人用'和'的地方，福氏全都弃而不用"。我们偶尔在《圣经》里面遇到这种奇特然而和情感一致的用法，但是福氏对它具有异常清醒的偏嗜。下面是一段《情感教育》的文字，阿尔鲁夫人最后一次来看福赖代芮克：

> Frédéric soupçonna Mme Arnoux d'être venue pour s'offrir ; et
> il était repris par une convoitise plus forte gue jamais, furieuse,
> enragée. Cependant, il sentait quelque chose d'inexprimable, une
> répulsion, et comme l'effroi d'un inceste. Une autre crainte l'arre-
> ta, celle d'en avoire dégoût plus tard. D'ailleurs, quel embarras ce
> serait ! —et tout à la fois par prudence et pour ne pas dégrader son
> idéal, il tourrna sur ses talons et semit à faire une cigarette.

老实说，前三个 et 在文法上都是赘疣，然而在行文的节奏上，具有不可言喻的美妙。更胆大的，例如同章最后一段，只有一句，原文是：

> Et ce fut tout.

朗诵的节奏第一。又如浦鲁斯蒂指出，《希罗底》最后一个字是一个副词，"轮流"：

> Comme elle était très lourde, ils la portaient alternativement.

地位的明显，音节的众多，立刻令人感到死者的头颅的沉重分量，和精神上无比的时代暗示。但是更重要的是，福氏根据一个领会自然的哲学观点，大量使用未完成时动词，浦鲁斯蒂尊做"永生的未完成时"，和他小说的进行和景物打成一片，宣示生命的不间断的关联，不仅止于说明环境而已。浦鲁斯蒂进一步告诉我们，福氏在作家之中最有时间的印象，也正因为这个缘故，"就我看来，《情感教育》最美的东西不是一个词，而是一片空白"。他举下卷的第五和第六章为例。第五章临尾，我们知道他的好友杜萨迪耶在街上被一位警察杀死，而警察正是他的另一相识："福赖代芮克，张着口，认出是赛耐喀。"于是跳过一段了不起的空白，我们来到第六章的开始：

　　　　他旅行。

　　　　他认识商船的忧郁，帐下寒冷的醒寤，风景与废墟的晕眩，
　　同情中断了的辛辣。

　　　　他回来。

　　　　他出入社会，又有了别的爱情。……

我们马上看出，这里不就止于干净利落。

　　所有福氏在法文上行文的特征，我相信看了上面的简略解说，便稍稍明白译成另一种语言，特别是中文，本身就是一种隔离，而动词最最没有时间的功能，困难到了什么程度。"单字"的正确含义已经需要耐心寻找，而那些近乎神韵的"节奏"，神，因为还要传达一种精神上的哲理的要求，就不可能用另一种语言表达。用流行的滥调来翻译，根本违误原作的语言风格，然而一律用"和"字去翻译 et，忠实于形式，去精神固不止一万八千里。而原文字句的位置，到了另一种语言，尽量接近，自然而然还是要有一种改易的必要。这就是翻译福氏的困难，他不仅是一位写小说的人，而且是一位有良心的文章圣手。介绍他的小说，假如抛开他的风格，等于扬弃精华，汲取糟粕。散慈玻瑞曾经表扬他的成就道："风格技巧和小说技巧互相结合，如此完美，凝成一体，做成爱好文学者的享受。"中译绝对到不了这种艺术上完美境界，我所以在这篇序文里面叙述原作的风格，实际是我向福氏和他的中文读者表示真诚的歉忱。关于时代意义和内容动向，我不想在这里多所饶舌，因为我希望至少我在文字方面能够勉强应付字面的要求，读者可以直接体会，而且，伊可维支有一段按语，不妨借了过来，供给读者参考，无须我再浪费无足轻重的笔墨：

　　　　福楼拜在我们看来是他的社会环境和他的阶级的儿子，但
　　是他是一个不肖之子；正如宙斯一样，斩了他的父亲克洛诺思
　　的头。福楼拜反叛他的环境，憎恶他自己的阶级，用他的伟大

的艺术才能，他描绘出那资产阶级的最无耻厚脸的恶德的巨大真实而深切地写实的画图。

巴尔扎克颂扬资产阶级，福楼拜却宣告了它的死刑。

民国三十七年八月

（取自《三故事》，文化生活出版社 1949 年 7 月初版）

《三故事》译者序

　　这是福楼拜生时出版的最后的一本书，一本谦逊的小书，《三故事》(*Trois Contes*)，一八七七年四月和世人见面。自从《包法利夫人》问世以来，政治的纷扰，批评的揶揄，亲友的凋零，他越来越缩进自己的寂寞，就是巴黎也懒得光顾，除非为了搜集写作的资料，顺便看看有限的几位朋友。四围的中产气息使他噎窒。《布法与白居谢》(*Bouvard et Pécuchet*) 是他为中产者群的愚妄准备的最后一击。但是，命运并不垂青这位孤傲的巨灵，一八七五年春梢，他心爱的外甥女的丈夫高蒙维勒 (Commonville)，经营商业失败，眼看就要宣告破产：为了维护外甥女的幸福，福氏把自己名下的房产卖掉，然后接受友人的邀请，避到海滨休息。他对自己很是悲观。同年十月，他写信给翟乃蒂 (Roger des Genettes) 夫人，叙述他的近况和心境道：

　　　　我到这儿有半个月了，虽说没有快活到了疯狂的程度，总算有点儿心平气和。最坏的情形是，我觉得自己眼看就要完蛋。创造艺术，必须无忧无虑，现在我已经是不可能了。我不是基督徒，也不是坚忍学派。不久我就五十四岁。活到这种年纪，人就变换不了他的生活，人就改变不了习惯。未来没有好东西献给我，过去可在吞咽我。我思念的只是消逝的岁月和去而不来的人们。衰老的症候，至于文学，我也不信自己干得来了；我觉得自己空空洞洞，这是一种并不慰心的发现。《布法与白居谢》是太难了，我放弃；我另寻一部小说，没有发现。在这等待的期间，我打算着手来写《慈悲圣朱莲》的传说，完全为了心有所不闲，看我还能不能够再写一个句子，我怕写不出来了。这很短，也许有三十来页。随后，找不到东西，心情好，我再继续《布法与白居谢》。

《三故事》对于福氏好比逃学，平均半年完成一个故事，和他以往的记录来比，勿怪他的外甥女要说："他写的很快。"

他从现时逃到他的过去。寂寞和平静好像放映机，把岁月带走的东西一个又一个栩栩如生地送到眼边。鲁昂的礼拜堂是他年轻时候常来常往的所在，一幅正对乐堂的玻璃窗画，十三世纪末叶鲁昂渔商公会捐赠的圣朱莲的故事，很早就引起他要写这个美丽的传说的兴趣；而北门圆拱下面，一排十三世纪的浮雕，叙述圣约翰殉难的情况，同样在他心里种下《希罗底》的根苗。远在一八五六年六月，紧跟着《包法利夫人》脱稿之后，他有一封信给他的知友布耶，说起他在"读些关于中世纪家庭生活同狩猎的书籍。我找到好些动人新颖的节目。我相信能够配成一片赏心悦目的颜色。"至于《一颗简单的心》，几乎是他童年的重现，古代和中世纪是他精神上的喜好，如今却是活在他的心头的温暖的感情：全福含有带他长大的老"玉莉姑娘"的成分，欧班太太让人想起他守寡的母亲，一对小儿女有他和他早死的妹妹的影子，就是小鹦鹉，他也有一只曾经活在他的记忆之中，一只标本在写作期间经常摆在他的案头。

> 这就是《慈悲圣朱莲》的故事，大致如同在我的故乡，在教堂里一张玻璃窗上面，人们看到的。

作者在小说最后一段点出它的来源，把我们从缥缈的传说重新带到现实上面。关于这个传说的最重要的文字记录，福氏特别推重十三世纪的《先圣传说》(La Légende dorée)，我们现在完全译出，来和近代的艺术制作互相比较：

> 这里还有一位圣朱莲。他生在高贵的门第，年轻时候，有一天打猎，追赶一只公鹿，但是公鹿，神明附体，忽然回身朝

他回道："你怎么敢追赶我，你命里注定是你父母的凶手？"听见这话，年轻人骇坏了，唯恐公鹿的预言灵验，他悄悄逃开，走过广大的土地，最后来到一位国王手下做事。无论战争与和平，他全应付得非常得体，所以国王封他男爵，把一位极其富裕的寡妇赏他为妻。然而朱莲的父母，不见了他，十分伤心，流浪各地，寻找他们的儿子，直到有一天，他们来到朱莲现住的堡子。不过，他凑巧不在，由他女人接待两位旅客。听完了他们的故事，她明白他们就是她丈夫的父母：因为，不用说，他时常对她说起他们。于是因为爱她丈夫的关系，她热诚欢迎他们；她让他们睡在她自己的床上。第二天清早，她正在教堂，朱莲回来了。他走到床边要叫醒他女人，看见被子下面睡着两个人，他以为是他女人和她的情夫。一言不发，他拔出剑，杀掉两个睡觉的人，随后，走出家门，他遇见他女人从教堂回来，于是吓傻了，他问睡在她床上的两个人是谁。他女人回答他道："是你父母，他们寻你寻了你好久！我让他们睡在我们的床上。"一听这话，朱莲难受得要死。他哭着说："我应当怎么办，我这该死的东西？我杀了我亲亲的父母！原要躲避公鹿的预言，如今应验了公鹿的预言！那么再见吧，我多情的小妹；将来我再也不会安宁了，除非我晓得上帝允了我的忏悔！"不过她道："我亲爱的哥哥，不要以为我会叫你不带我，一个人走！我既然分到你的喜悦，我也要分到你的痛苦！"于是，一同逃开，他们走来住在一条大河的岸边；过渡十分危险；他们一边忏悔，一边从河这边把愿意过河的人们渡到河那边。他们盖了一座医院款待旅客。过了许久，一个冻冰的夜晚，朱莲累坏了，躺在床上，听见一个生人呼吁的声音，求他把他渡过河。他马上起来，跑向冻得半死的生人；他把他驮进屋子，点起一个大火来暖和他。随后，见他总是冷，他把他扶上自己的床，小心把他盖好。于是这全身癞疮，令人作呕的生人，忽然变成一位明光焕发的天使，向空升起，对他的居停道："朱莲，主差我下来告诉你，你的忏悔业已见允，你女人和你指日就要升天。"天使不见了；过了不久，朱莲和他女人，行了无数施舍和善事，睡到主的胸怀。

从这个充满民间不伦不类的粗糙的想象的故事，福氏或取或去，不伤害传说的本质，然而处处留下初民的梦寐一般的现实，没有一丝斧凿的痕迹，所以散慈波瑞认为在这一类文学作品之中《慈悲圣朱莲的传说》到了完美的程度。这里是古人敬畏的命运，朱莲逃不出公鹿的诅咒，正如奥狄浦斯（Edipe）国王终其一生没有能够逃掉日神的预言的追逐；同时福氏，一位醉心古昔又受过科学洗礼的近代作者，把不可知的命运暗暗放在可能的认识之中。他很早就把这种看法说给他的女友："古代的形式不够我们的需要，我们的声音也不是用来专唱简单的歌调。"在另一封信里面，他发挥这种理论道：

> 如果人费若干时日，如物理之研究物质，大公无私地处理人类的灵魂，我们一定往前多走一步。把自己稍稍放在自己以外，这是人类唯一的方法。然后人类面照着自己的制作，才可以坦白地，单纯地观看自己。好像上帝，人类从上面审判自己。可不，我相信这办得到。犹如料理数学，要找的或许只是一种"方法"。这种方法特别可以应用到艺术和宗教上面，观念的两大表征。假定我们这样开始：上帝的原始观念有了（最薄弱的），诗的原始情绪在生长（就算最轻微的），先寻出它的征象，于是就容易从婴儿，野人，等等，身上寻出它来了。好吧，这是初步。这里你已然建立若干关联。然后，继续下去，把一切相对的偶然现象，气候，语言，等等，都算在里面。于是，一级又一级，你这样就高高进到未来的艺术，美的假定，它的存在的清晰的概念，总之，那种人力趋止的理想典型。

我们可以这样说，《慈悲圣朱莲的传说》就是运用这种客观方法（托尔斯泰，一位虔诚的宗教家，当然反对这种科学头脑）的美妙结果：近代和中世纪，科学和迷信，现实与梦魇，手挽手，并肩在丰盈流动的词句之中行走。汪洋而来的是命运，但是做成这片汪洋的却是错杂为用的两种波澜、遗传和环境。福氏并不点破这个谜。然而我们隐隐有所领会。嗜杀如命，和慈悲成性做成中世纪的黑暗时代，圣朱莲的一生只是这两种并行不悖的矛盾的本能的发扬，一时是武士，一时是教士，正好应和民族的混乱和信仰的单纯，属于时代的两种基本特征。于是一个有深厚的存在的人物，如同在梦境踟蹰的圣安东，踏着不真实的真实的土地，处处是障碍，处处是平滑，圣朱莲在追逐禽兽，我们发现是禽兽自动呈现在他的四周，我们惊于积尸如山，然而他不见喘吁，出汗，疲倦。这里是纯粹的中世纪的气氛，圣者在受试探，然在又是童话的轻适的进行，一切似乎无往而不可。"自从一个无定的时间，他在一片无名的地域行猎，唯一的事实是他自身的存在，一切轻易完成，就和梦境的感受一样。"

福楼拜厌恶"中产阶级这片化石"，如他所分析，"怎样的半性格！怎样的半意志！怎样的半热情！脑里一切是漂浮、踌躇、脆弱！"和他们这些中间分子一比，愿愚也许含有更多的人性，因而也就更基本，更真实，更道德，所以伟大的诗人应当像莎士比亚，不完全为"虚伪的理想主义"工作，明白就是"丑恶也有道德的密度"。这是一群没有社会地位的渺小存在，本分然而真纯，可笑然而尊严，固执然而忠实，有同情，有感激，不勾引，而且缄默。福氏曾经在《包法利夫人》写过这样几个人物给我们领会，药房的学徒玉司旦，饭店的伙计伊包里特，还有那个"矮小的老妇人"，当着一群给奖的绅士，痴痴骏骏，畏畏缩缩，"本身就是多年辛苦的微贱的见证"。假如福氏反对一群高唱社会主义的清高学者，这种感情并不妨碍他的唯物观点和下层同情。前者做成《圣安东的诱惑》的终极哲理，后者有《一颗简单的心》帮助我们说明。温暖要从忠厚之中摄取，然而忠厚，这个难得在高等社会发现的品德，只有贫贱和他偶尔相依为命。所以临到乔治·桑劝他"写些安慰的东西"，他为她选的"坚固的品德"的代表，犹如《包法利夫人》里面服务五十四年的老婆婆勒鲁，竟是一个终其身为人操作的老姑娘，孤苦然而笃实，深深打动人心的全福。

一八七六年六月，福氏为翟乃蒂夫人解释他的故事道：

《一颗简单的心》的故事，老实说来，叙述一个隐微的生命，一个乡下可怜的女孩子，虔笃、然而神秘，忠诚、并不激扬，和新出屉馒头一般柔和，她先爱一个男子，其后她主妇的儿女，其后一个外甥，其后一个她精心照料的老头子，最后她的鹦鹉；鹦鹉死了，她叫人把它制成标本，等到她死的时候，连鹦鹉和圣灵她也分不清了。你以为这有所嘲弄，一点也不，而且正相反，非常严肃，非常忧郁。我想打动慈心的人们，让他们哭，我自己便是其中的一个。

这篇故事"非常严肃，非常忧郁"，是的，严肃是作者的心情，忧郁是故事的本质，平淡的品德。在我们这个古老的国度，有多少妇女不做奴隶，然而昼夜勤劳，不声不响，牺牲自我，把别人的安乐看做工作的酬谢，正和全福相似！"脸瘦瘦的，声音尖尖的。二十五岁，人家看做四十。一上五十，她就失了年纪；—— 永远不做声，身子直挺挺，手势齐整，好像一个木头人做活，一副机械的样子。"想一想我们农民出身的母亲，牛马一样操作的妇女，本人无所忧郁，然而就在这种崇高的缄默之中，发出一种无色的、透明的光辉，所谓忧郁者是！这是一种动物的存在，没有诗，没有光色，消极、单调，苦脸多于笑纹，接受一切忧患，愚骏反而成为她的护符。

抑住这里生活的本质，福氏大刀阔斧，平铺直叙，化腐朽为神奇，把不是传奇的材料写成一篇动人的短篇小说，因为他相信"在任何地方，而且任何事物，都可以成功艺术"。过去没有一位作家敢于一试这种无所事事的自然的平淡的叙述，福氏做成他的文字的美丽：

随后许多年过去，一模一样，别无事故，除去季节的回转：

耶稣复活瞻礼、圣母升天瞻礼，诸圣瞻礼。好些琐碎家事，过后想起来，也有不得了的重要。例如一八二五年，两个玻璃匠刷新过道的墙壁；一八二七年，房上一块瓦掉在院里，险些砸死人；一八二八年夏天，轮到太太献大祭面包；布莱，在这时期，不知道捣什么鬼，看不见了；旧日亲友也渐渐疏远了：居尤、李耶巴尔、勒沙坡杜瓦太太、罗柏兰，还有格洛芒维耳、长辈亲戚，老早瘫了。

放下他的生命的过去，他回到历史的过去，从《新约》的四《福音书》，提出圣约翰的传说，安排成功他最后的一个短篇。虽说福氏一来就把自己称为"教会的末一位圣父"，由于他的幽居独处，也许更由于他的浪漫热情，他并非就是一个可以值得奖掖的基督信徒。他解释给他的朋友听："《希罗底》的故事，就我所了解者言，和宗教毫无关系。期间诱惑我的，乃是希律（一位真正的省长）的官气十足的容貌，希罗底（克莱奥巴特① ［Cléopatre］ 与曼特龙② ［Maintenon］ 一型的女人）的犷野的面孔。种族问题主有一切。"不用说，这立刻让我们想到他的历史长篇《萨郎宝》。他明白这种危险，也许他尽了他所有的力量来追寻《希罗底》独有的艺术世界。然而，材料近似，方法相同，观点相同（"种族问题主有一切"），作者又是一个，《希罗底》怎么能够不带《萨郎宝》的气质，正如《一颗简单的心》怎么能不回应《包法利夫人》《圣朱莲的传说》，怎么能够不加强《圣安东的诱惑》的认识？《萨郎宝》有过一番学者的心血，《希罗底》同样得到史学家泰尼（Hippolyte Taine）的喝彩：

① 克莱奥巴特（又译克莱奥佩特拉，公元前69—前30），埃及托勒密王朝的末代女王，相传曾先后与凯撒及安东尼相恋并最终借毒蛇自杀，俗称"埃及艳后"。——编者

② 曼特龙（又译曼特农，1635—1719）夫人，法国路易十四的第二任妻子。——编者

你对我讲，如今历史和小说不能分开，算你有理。是的，不过小说要像你那样写法才成。这八十页，关于基督教的环境，发源与本质，比罗朗（Renan）的著述教我还要教的多。

这里是人类文明的一个中心关键：一方面是基督的信仰的肇始，一方面是罗马的势力的膨胀，活动的舞台是毗连东西的耶路撒冷。犹太受着外力的统治，面对着内心的崩溃：贵族骄淫、贫民觉醒，纷岐的教派失去羁縻的能力，耶稣开始得到一般的同情，旧嬗递于新；耶和华禅让于耶稣，介乎其间的先觉，便是热情奔放的施洗者圣约翰。但是福氏决不抽象地加以陈述，他让历史活在想象的画幅里面，因为他说到临了还是艺术家，一切是直觉的、视觉的，他清清楚楚看见他的历史景物：

> 如今我和全福握别，希罗底又露了面，同时我看见（清清楚楚，犹如我看见塞纳河）死海的水面，迎着阳光熠耀。希律同他女人站在阳台上面，远远望见神庙的金瓦。

然而这里还是历史，不是诗人构织自己的幻想，如同王尔德（Oscar Wilde）从福氏的小说借去政治工具的莎乐美，把真实变成假定，把历史变成传奇。

《希罗底》好像一个雕镂精致的小银匣，盛了过多的事实，也正基于这个缘故，福氏加强它的组织的绵密，分外显出一种坚定的宏丽。这里是一天的事迹，由早到晚，不像前两篇，从生到死，娓娓叙来。我们在这里发见顺序的自然进行，埋伏的预定的效果：我们最先遇到的少女，直到宴会临了，这才晓得是莎乐美；圣约翰派出两个弟子，作者很早就借重希律告诉我们知道，最后赶来收拾残局：太巧了些，太人工了些，像是一出层层波澜的戏，具有戏的紧严的结构。

《三故事》为作者立时争到一致的赞扬。有人恨他不多写这样二三十篇东西。屠格涅夫不等法文原作成书，就陆续译成了俄文。圣法芮（Saint-Valry）把他对它的印象唤做"理想的现实主义"。福尔苟（Fourcaud）说："认识福氏的，在这里寻见他；不认识的，在这里认识他。"一九三三年，巴黎大学教授米修（Gustave Michaut）特开《三故事》一课，为学生讲解了一年：一本薄薄的小书！

民国三十八年二月

（取自《三故事》，文化生活出版社 1949 年 7 月初版）

福楼拜的《情感教育》①

　　一八六九年五月十六日福楼拜完成了《情感教育》（*L'Éducation Sentimentale*）的五年的持续工作，就在七月十八日，他的最好的朋友诗人布耶（Louis Bouilhet）过世。然而伤痛还在心里，紧接着十月十三日，批评的权威圣佩夫（Sainte‒Beuve）也死了。眼看十一月十七日，这部期待甚久的现代生活的巨著就要在书肆应世，福氏写信给朋友道：

　　　　又是一个去了！这一小队人马越来越少了！麦杜丝②（Meduse）木筏上的难得逃出性命的几个人也不见了！

　　　　如今和谁去谈文学？他真爱文学——虽说不就可以完全看做一位朋友，他的弃世让我深深地难过。凡在法兰西执笔为文的人们，都由他感到一种无可弥补的损失。

　　在文坛得到一位相知像圣佩夫那样深澈、明净、渊博而又公正、有分量，所以轻易也就不许给人，不是人人可以遭逢的机遇。他曾经把最高的评价许给《包法利夫人》和《萨郎宝》。对于前者，他唯一的指摘是"没有一个人物代表善良"，他举了一个他熟识的外省

---

　　①　此文原载于上海《大公报》1947 年 8 月 10、17、24 日"星期文艺"栏 44—46 期，1948 年 4 月文化生活出版社初次出版《情感教育》时用作译者序。——编者

　　②　麦杜丝即美杜莎，原是古代女妖之一，现为船名，1816 年 7 月 2 日该船触礁沉没，临时成一木筏，载 152 人，随波飘浮。其后仅有 15 人得救，且多半一息奄奄，余者都早已死于饥饿暑热。

妇女，证明"外省和田野生活之中有的是这类好人，为什么不把她们写给大家看？这激发、这安慰，人类的形象因之而更完整"。对于后者，他嫌它的背景太远了，虽说"尊重艺术家的志愿，他的一时的喜好"，他要求作者"回到生活，回到人人可以目击的范畴，回到我们的时代的迫切需要，那真正能够感动或者引诱时代的制作"。所以临到一八六四年，开始从事于《情感教育》的写作，福氏牢牢记住前辈的指示或者热望，回到他们共有的相关的时代，同时从自己的经验另外发掘一个善良妇女做为参证。《情感教育》是作者虚心接受批评的出品。

但是圣佩夫偏巧早死了一步，所以福氏写信给他的外甥女伤心道：

> 我写《情感教育》一部分是为了圣佩夫。他却一行没有读到就死了。布耶没有听到我念最后两章。这就是我们的计划！一八六九年对于我真够残忍了！

那位善良妇女应当就是《情感教育》里的阿尔鲁夫人。她代表法国中产阶级大多数妇女，也象征我们三从四德的荆钗布裙。她识字，她也读书，不曾受过高等教育；她的品德是生成的，本能的，所以深厚；她有乡妇的健康，愿悫，和乡妇的安天乐命、任劳任怨。一个小家碧玉，然而是良家妇女。没有包法利夫人的浪漫情绪，也没有那种不识世故的非常的反动，她是一个贤内助，一个良妻贤母，而她的丈夫却是一个粗俗浅妄又极不可信赖的画商市侩阿尔鲁。她会忍受风雨的摧残，恶运的变易，和子女静静地相守，还要分心来慰藉男子的负疚的暴戾之气。她是中产阶级的理想，中产阶级妇德的化身。

她在最后接受了一个情人，只是一个，因为她的丈夫的颠顶伤害她的信心，她的尊严，因为她的年轻的情人是那样执着，那样懦怯，那样经久不凋，然而生性忠实，在不可能获致物质与精神一致的时候，爱情可以析而为二，死生如一：平静，没有危险性，不感到矛盾，因而也就异常强韧永恒。她可以原谅丈夫有情妇，不原谅他毁坏子女的前途，她可以原谅情人有情妇，因为他们谁也不会属于谁。男女之爱在这里具有更多的母爱、姊弟之爱和忠诚的友谊：只有灵魂在活动。物质的贪婪不息而自息，肉欲的冲动不止而自止，心在这里永久是洁净的。

福氏用不着到远地方寻找这样一位善良妇女，如圣佩夫在一封给他的信里所形容，和包法利夫人"同样真实的人物，而情愫却温柔、纯洁、深沉、蕴藉"。老早，老早就有一位阿尔鲁夫人密密护封在他的感情和生活之中。她的夫姓是施莱新格（Maurice Schlessinger），父姓是福苟（Foucault），名字叫做爱丽萨（Elisa）。施莱新格是一个德国人，在巴黎开了一家商店，专做音乐绘画以及其他艺术上的交易，为人正如小说里的阿尔鲁，可能比阿尔鲁还要恶劣，曾经盗印罗西尼（Rossini）的《圣母痛苦曲》（*Stabat Mater*），福氏在上卷第五章为了点明时代（一八四二年一月）顺手拾来做为一个标记。福氏和他们相识，是在一八三六年八月，不过十五岁，随着父母在海滨的土镇（Trouville）消夏。土镇在当时是一个"荒凉的海滨，潮退下去，你看见一片广大的海滩，银灰的沙子，湿湿的和浪水一样，迎着太阳熠耀。左面有些山石，贴着一层水草，全变黑了，海水懒懒地打着；往远看，在炽热的日光之下，是蔚蓝的海洋，沉沉地吼号，好像一个巨灵哭泣"。他在这里遇见那所谓的施莱新格夫人，所谓，因为如翟辣·喀义（Gérard Gailly）所考据，她的真正的合法丈夫另有一个，不出面，也不抗辩，没有人清楚是为了什么不得已的苦衷。直到这位姓虞代（Judée）的神秘的缄默的丈夫在一八三九年死后，施莱新格夫妇才算有了正式的名分①。

但是昧于一切，福氏陷入初恋的痛苦。他发狂地爱着这位讳莫如深的少妇。她最先走进他的情感，也最后离开他的记忆。这是纯洁的。

> 我曾经爱过一个女人，从十四岁到二十岁，没有同她讲起，没有碰她一碰；差不多之后有三年，我没有觉得我是男子。②

这是命：二十年以后，施莱新格在巴黎站不住脚，去了故国，福氏在信里告诉施氏：

> 命里注定，你和我的童年的最好的回忆连在一起。③

然而这是神圣的。

> 我如今依然是怯怯的，如同一个少年，能够把蔫了的花藏在抽屉里面。我曾经在年轻时候异常地爱过，没有回应地爱过，深深地，静静地。夜晚消磨于望月亮，计划诱拐和旅行意大利，为她梦想光荣，身体与灵魂的折磨，因肩膀的气味而抽搐，于一瞥之下而忽然苍白，我全经过，仔仔细细经过。我们每人心里有一间禁室，我把它密密封起，但是没有加以毁坏。④

这间禁室他终于换了一个艺术方式启封，那就是他的《情感教育》。他从他的切身经验寻求真实，并不违背他对于艺术作品的一贯的无我的主张。他拿自己做材料，然后在小说里面，并无一行字句

---

① 施莱新格太太的一生远比福氏所知道的还要残酷凄凉。她的儿子留在法国，普法战争之役，在法国这方面作战。她的女儿嫁了一位德国建筑师，恨法国，更恨母亲，因为生她的时候，母亲没有法律名义，出生证书上不具名姓。1871 年，施莱新格去世，福氏经过 35 年的稽迟，开始用亲热的称呼代替疏远的客套，不再叫她"亲爱的夫人"。她的一生只是一串苦难，最后在疯人院度过她的余生。她比福氏大 12 岁，比他晚死 8 年。他送她的著作全好好留在她的书架，仅仅《情感教育》不在……

② 1846 年 8 月 8 日，致高莱（Louise Colet）女士书。

③ 1857 年 3 月梢，致施莱辛格书。

④ 1859 年 11 月梢，致包司盖（Amelie Bosquet）女士书。

出卖他的隐私。如若不是因为他的造诣卓越，如若不是由于后人苦心钻研，我们止于表现本身的欣赏，这些加深了解的索引也许永远湮没。这里是"一个青年的故事"，这个青年并不等于作者，但是含有若干成分，即使清醒如福氏，往往不一定就能够彻头彻尾加以分析。毛漏的情感教育在本质上即是福氏的情感教育。但是毛漏不就是福氏。这是一个天性不纯，禀赋不厚，然而一往情深的习见的青年，良弱，缺少毅力。他追求理想，甚至于理想的憧憬，同时他可以纵情淫欲，这里是种种由反动而生的交错为用的心理。正如福氏所谓的"若干力"：

> 你不见他们全爱阿道尼斯①（Adonis）吗？这是她们要求的永久的丈夫。寡欲也罢，多欲也罢，她们梦想爱情、伟大的爱情；要想医好她们（至少暂时地），不是一个观念就可以见效，而必须是一种事实，一个男子，一个婴儿，一个爱人。你也许以为我太刻薄。然而人性不是我创造下来的。我深信最猛烈的物欲是由理想主义的飞跃于不知不觉之中组成，而最龌龊的肉的淫乱是由于一心指望不可能，仰望神贵的欢悦而产生。再说，我不懂（也没有人懂）这两个名词的意义：灵魂与肉体，一个在这里完结，另一个在这里开始。我们感到若干力，如此而已。②

相为因果，互为消长，精神与物质并非两种绝然不同的形体。所有福氏创造的男女主角，包法利夫人、萨郎宝，从这种心理的角度去看，环境个别，过程相同。毛漏属于同型。阿尔鲁夫人的指尖轻轻拂了他一下，毛漏立即盼望和他的妓女晤对，然而在一起了，心有所动，他马上想起他的伟大的爱情。属于常人，无论男女，活在

---

① 阿道尼斯，今译阿多尼斯，欧洲古代神话传说中掌管植物的神，是爱与美的女神阿芙洛狄忒爱恋的对象，如今是俊美、神勇的年轻男子的代表。——编者
② 1859年2月，致尚特比（Chantepie）书。

"若干力"的迸击之上，终为火花销铄。福氏的朋友杜刚（Du Camp）有一部小说叫做《力的浪费》（*Forces Perdues*）同样可以移来作为《情感教育》的标题。毛漏是一个有血有肉的活人，理性和兽性只是他的存在的真实的两种应用。不是一个苦修僧精神全然向上，也不是纨绔子弟的纯物质的沉溺。这里是一个中产阶级的青年爱上一个中产阶级的妇人：缺乏毅力冲出社会的囚笼，更其缺乏毅力跳出自己的温情。他们接受人世的命运，念念不忘各自在人间应尽的职分。中产阶级的品德是自私，爱也是自私。

福氏是一位理想主义者，所有大作家难得一个例外不是，然而深深打入他的时代和阶层，却又百分之百地现实，临到具体摄取形象、综合（不是象征，那可怜的没有血肉的稻草人）是他的颖特的成就。典型就是这样产生的，这样活在世纪之中而不朽的。哈穆莱特（Hamlet）、哈巴贡（Harpagon）、白特（Bette）、奥布劳冒夫（Oblomov）……都含有各自的作者，然而含有更多的人性。

了解毛漏这样的青年，等于了解中产阶级。自私，然而却不就是自私。毛漏一向慷慨，一向热衷。许多人慷慨而又热衷，具有经验以及从经验体会出来的处世哲理，并非毫无区别地兼善。毛漏不然，这是一块软面，随心所欲，由人揉搓。他没有鲜明的人格；他的人格富有弹性，像一张琴，人人可以弹出自己所需要的共鸣，然而不是毛漏自鸣。他会将别人的拨弄看做自主，天赋独厚的音籁。不认识自己，他以为认识；他把一时的习染误做天才的流露，因而自负过高。他逗留在事物的表皮，永久吸入现象，永久默默无闻，富有流动的接受性，没有比他易与的人，仿佛河床的污泥，一波一波流过，依然故我，在河床沉淀、淤积。他在急湍之中回旋，以为是自己波动：他或许有动的意识，他当然有，而且很多，然而从来没有形成一种意志，一种活力。他有计划，也高自期许。他写诗，因为他多少读了一些浪漫诗歌；他学画，因为阿尔鲁是画商；他想做新闻记者，因为戴楼芮耶向他借钱办报；他想做议员，因为党布罗斯怂恿。"他由于一种问心不过的荣誉观念，保持着他文学的计划。他想写一部美学史，这是他和白勒南谈话的结果；随后又想把法兰西大革命的各个时期写成悲剧，另外制作一出大喜剧，又是由于戴楼芮耶和余扫乃的影响。"东沾西染，似有所悟，未能深入，便又见异思迁。像一个票友，有票友的怯怯的骄傲；他东张张，西望望，来到人生尽头，发现自己一无所获，受尽情感的欺蒙。然而这样庸庸碌碌，旁观者一样放过花花绿绿的人生，于是和他的老朋友戴楼芮耶碰在一起，谈到他们过去得意的辰光，几乎只是一片空白。

狄德罗（Diderot）曾经在十八世纪创造了一个同样落伍的人物，然而和毛漏一比，辣谋（Rameau）显然还有一点火气，他可以撕破面具，无所顾忌。毛漏只是一个中小产阶级，有廉耻，又虚荣，吃着小小的利息，决不忿而有所作为。他懑，然而他不忿，所以同是一事无成。辣谋近乎男性，阳刚、反抗，于是孤独；毛漏近乎女性，阴柔、顺受，不愁没有朋友。一个怨恨，一个爱，而且被爱。从这一点来看，虽说没有大观园加以隔离，他也只是一个贾宝玉。他得不到男子的敬重，他争到女子的眷顾：女子崇拜英雄，然而溺爱弱者。《红楼梦》实际只是一部《情感教育》。和辣谋相近的倒是包法利夫人，挽不住狂澜，然而追寻机会，失望、绝望、挣扎、自尽。毛漏不挽自住，失望、永久失望，但是无声无嗅地活下去，福氏序布耶《遗诗》道：

> 幻灭是弱者的本色，不要信任这些厌世者，他们几乎永远无能为力。

毛漏不会寻死，正如贾宝玉，至多一走了之。死也要用力。还有悲剧比这更其沉痛的？还有人物比这更其起腻的？

所有批评家对于《情感教育》的指摘和误解，几乎都和毛漏本人有关。乔治·桑（George sand）极力为作者辩护，仍然以为"错处就在人物缺乏挣扎。他们接受事实，从来不想据为己有"。后人如法盖（Emile Faguet），便直截了当以为《情感教育》起腻，由于主要人物本身无聊。布雷地耶（Brunetiere）的攻讦更为彻底：

> 如今正相反，你想绝对现实，如左拉先生所谓"你投到生存的庸俗的行列"。——为了你的报章英雄，为了你的传记热狂的殉难者，你选了一个人物，我承认，"在日常生活的简单中"，我们一打一打地遇见，没有职业，没有地位，尤其是，缺乏个性；你选了这样一个人物以后，即令你精于观看与呈现，观察与描绘，掘发事物与运用语言：你令人起腻。一切持续不断的东西令人起腻。我用唯一光荣的例子来证明，只要念过福楼拜先生的《情感教育》的人们全都回忆一下就成了。你也许问，何以这种枝节的持续令人疲倦，何以不得不有这种选择的必要？回答在如今并不难：因为在人生之中，理应如是的事务实际并不如是。我们需要一点理想。①

这种传统的看法，把小说当做传奇，把主人公当做英雄，虽说在民间一直流行，毕竟过于陈腐。现代小说所含的本质几乎千百倍于《情感教育》的平凡，《情感教育》只是一个重要的开端。什么是现代小说的特征？以子之矛，攻子之盾，我们不妨借用布雷地耶的诠释：

> 是人生，共同的人生，附丽于环境的人生的表现，"未经选择"的人生，假如我可以这样说的话，又不为任何学派的成见所限制；嵌在它的现实框架之中的人生，被观察、被研究、被表现于你可以叫做人生的无限琐细之中，犹如有时颠覆人生的重大危机之中；永久如一的人生，然而永远被自身的发展的唯一无二的效果所修正，就外表看来是，而且将长时间是，小说的独有的特殊的目标。②

假如布氏无以调和他的观察和观点，福氏在写作期间未尝没有

---

① 参阅布雷地耶《实验小说》一文，收在《自然主义小说》一书内。
② 参阅布雷地耶《巴尔扎克》一书第 8 章第 3 节。

体验到其间的矛盾。

这是一本关于爱情、关于热情的书；一种可以生存于今日的热情，这就是说，消极的热情。所想象的主旨，我自信是十分真实，唯其如此，不大解闷也难说。有点儿缺乏事变和戏剧；而且时间过长，动作未免松懈。总之，我很不放心。①

在另一个时间，福氏说起他的苦闷，并不因而改变他对于近代生活的认识。

这样的人物会引起我们的兴趣吗？伟大的效果需要简单的事物、明显的热情。然而在近代的世界，哪里我也看不见简单。②

他写了一个寻常人，一个复杂人，一个活在繁复紧张的大时代的无名小卒。毛漏不是英雄。福氏也不是在写传奇。他似乎已经预感《情感教育》不易于被同代人士所接受，然而艺术良心不许他作伪，没有第二条路可走，如若他必须忠实于人生，忠实于艺术，忠实于近代，忠实于自己。他为这个大感苦恼。他往前多走了一步；他也许没有想到这上面；然而他痛苦；然而他不认输：

把我的人物和一八四八年的政变穿插在一起，我很感棘手；我害怕背景吞下全书的结构，这也正是有历史性质的作品的毛病；和小说里的人物相比，历史上的人物更易于引人注目，特别遇到前者的热情不很激昂的时候；人家觉得拉马丁（Lamartine）比毛漏有趣多了。再者，在现成的事实中间，选择什么好呢？我简直是心烦意乱，也就真够苦的！③

不仅毛漏没有历史的圆光相衬，全部小说的人物都是平常而又平常，渺小而又渺小，然而属于时代，属于生活。

———————

① 1864 年 10 月 6 日，致尚特比女士书。
② 1867 年 11 月 10 日，致乔治·桑书。
③ 1868 年 3 月致杜普兰（Jules Duplan）书。

无论如何，福氏如圣佩夫所嘱望，在《情感教育》里，"回到生活，回到人人可以目击的范畴，回到我们的时代的迫切需要"。他为自己选下一段他年轻时候亲眼看见的第二次革命做背景，一个人人可以印证的昙花一现的浮动的大时代，对于法国有影响，没有成就。他曾经就《力的浪费》指出道：

> 这有好些地方类似我的书。他这本书极其老实，对于我那一代人有一个正确的观念，因为我那一代人，和现在年轻人一比，变得真和化石一样。一八四〇年的反动，挖了一道深沟，将法国隔而为二。①

他采用这动乱的时代不是由于同情二月革命，而是从一个艺术家的眼里看来，由于革命本身的进行的形式的瑰丽。我们明白，福氏不相信任何革命。因为往长里看，社会主义者往往陷入同样狭小、同样只是人类进展之中的一个形体。这种哲理观点，对于了解《情感教育》具有无比的重要性：

> 正因为我相信人类永久的演进与其无穷的形体，我恨所有的框架，拼命把它装镶进去；所以我恨一切限制它的程式，一切为它想出来的计划。奴隶制度不是它最后的形式，封建制度更不是，君主政体更不是，便是民主政体也不见得。人眼所望见的天边决不是尽头，因为在这天边以外，还有别的天边！这样以至于无穷。所以访求最好的宗教，或者最好的政府，我以为是一种蠢极了的举措。对于我，最好的也就是垂危的，因为要给别一个挪出位子来。②

悲观是福氏一切写作的基调。这不妨害他清醒，因为说到最后，理想主义的依据即是悲观，对于艺术家，重要更在方法和态度的选择。福氏的精神是谨严，选择客观和观察做为叙述的准则。

---

① 1866 年 12 月中旬，致乔治·桑书。
② 1857 年 5 月 18 日，致尚特比女士书。

你反对人世的偏私、它的卑鄙、它的暴虐，同生存的一切龌龊与猥亵。但是你认清它们了吗？你全研究过吗？你是上帝吗？谁告诉你，人的裁判不会错误？谁告诉你，你的情感不会欺骗你？我们的感觉是有限的，我们的智慧是有穷尽的，我们如何能够获有真与善的绝对的认识？我们会有一天晓然于绝对的存在吗？你要是打算活下去，无论关于什么，你就不用想有一个清晰的观念。人类是这样子，问题不在改变，而在认识它。①

这显然只是一个艺术家的立场，而且正和传统的带有虚伪意味的学院论调违忤。你没有权利删削，假如人类原来就有这种形象。对于艺术家，丑陋犹如美丽，本身含有美丽。你观察，你选择，不是因为你有道学家或者宗教家的热情，而是因为你活在现代，要有科学家的诚恳。

依照我，小说应理科学化，这就是说，追求或能的普遍性。②

政体摇动，物体瓦解，自然而然呈出一种复杂的崩溃局面，现象本身需要详密的分析，现象与现象之间的关联尤其重要。福氏自己曾有一个譬喻：

珠子组成项圈，然而是线穿成项圈；为难的，就在一只手要穿起珠子，不许一粒遗失，另一只手还要握住了线。③

艺术在这里和科学形成一个完美的整体。无善无不善，无大无小，在人类历史的进行上，合成一股澎湃的气势，木石不分，连水带泥，流向永生的大地。《情感教育》是在这样的美学观点之下切开的人类活动的片段，精神上永远只是一个。

---

① 1857 年 5 月，致尚特比女士书。
② 1867 年 2 月，致马芮古（Maricourt）书。
③ 1853 年 8 月，致高莱女士书。

这是科学带给我们的一种新的认识，一种对于浪漫主义的修正，把唯我心理从笔尖剔开，让宇宙以本来面目在文字之间和我们重新结识。《情感教育》之不为传统的批评所认可，这里划着一条理解人生的鸿沟。福氏自己分析它的失败：

> 这缺乏透视的虚伪。因为用心组合结构，结构反而消失。一切艺术品全有一个点儿，一个尖儿，和金字塔一样，或者叫阳光射在球的一点。然而在人生里面，就没有这回事。不过艺术不是自然。①

他的谦虚使他在最后驳斥自己。但是年轻人，一批又一批的后进，促成现代小说的大流，走出学院批评，正如他之走出传统观点，把《情感教育》看做他们进军的指南。邦维勒（Banville）纪念福氏去世，首先指出它在现代小说里占有的重要地位：

> ……然而他走的还要远；在《情感教育》里，他必须先期指出未来的存在：我的意思是说，没有小说化的小说，和城市本身一样地忧郁、迷漠、神秘，而且和城市一样，以可怖的结尾为满足，唯其结尾并非物质上地戏剧的。②

它把小说带出一个陈旧的形体，走上另一个方向，一个现代小说共有的方向。这慢慢地，隐隐地，为现代开辟了一块新土地。甚于《包法利夫人》，后进把《情感教育》看做他们的圣书，尤其是自然主义者群。古尔孟（Gourmont）赞美它：

> 在艺术上，只有小孩子和不识字的人们对于主旨感到兴趣。什么是法国语言最美的小说——这部《奥狄赛》（Odyssée）——《情感教育》的主旨？

没有主旨，他一语道破福氏的小说趋势，现代小说的趋势。这在一九〇二年。三十年后，赖翁·都德（Leon Daudet），一个并不太

---

① 1879 年，致翟乃蒂（Roger des Genettes）夫人书。
② 参阅邦维勒的《杂论集》（Les Critiques）。

喜欢福氏的晚辈，自问自：

什么是法国语言写成的十九世纪小说，公认的杰作，美丽，而又有影响于文坛？

那是《情感教育》。它的名声逐日上涨，临到第二次世界大战前后，处处虚伪狂妄，欺人又欺己，人人如逢故友，批评家把《情感教育》看做作者最高的成就。

在这一八四八年貌似伟大的时代，多少人小产、流产，或者无所产！吃苦、受气，没有名，缺钱用，谁不想做出什么来，谁又做出了什么来！谁又敢说高谁一等，不负当年的夸口，友朋的推许？这样、那样，临了还不都是一样！形形色色，几乎全有一个代表在小说里活动，一个一个，仿佛一堆漠不相干的群众：你推搡我，我推搡你；你利用我，我利用你；你闪在我的身后，我闪在你的身后；我推翻你，踏过你的背脊，你扳转我，登上我的胸脯；老实人被牺牲，狡黠者受拥戴。摔下来又爬上去，爬上去又摔下来；前赶后，后赶前，然而逃不出一个"踏步走"，动而不进。各人有各人的梦想，难得一个梦想成为事实。你想做这一件事，结果你做了另一件事。你爱这一个人，却不得不睡在另一个人的枕畔。你以为害他，反而成全了他；你以为成全他，反而害了他……"你相信这会有什么结果吗？不要做梦了，一天一天过去，几件事是有结果的？"人生不是一出圆满的戏。今天你在茶馆遇见他，再去你就遇不见他，隔些年你忘记了，偏偏你又遇见他。什么样平凡、幻丽而又正常的人生！怎样的巧合！怎样的巧离！肩摩肩，踵接踵，这一个从小巷溜出来，那一个从小巷溜进去，全又走在相同的单调而又喧嚣的人行道上。

茫茫一片灰色，偶尔在这中间看见一点粉，一点绿。

福氏以一个艺术家的心情喜爱人群的骚动，因为这里有诗，有形象的美丽，有阔大的波澜。然而往里看，这是一种力量，并不就是一种可靠的智慧：

> 人类愚蠢的举动，同人类一样永久。我相信人民的教育与穷苦阶级的道德全是将来的事。至于群众的智慧，我否认到底，因为无论如何，这永久是群众的智慧。①

群众并不坚牢，甚于水性杨花的妇女，甚于人情世故的友谊，最是接近忘恩负义。活在今天，福氏或许要相当地修正他的见解，然而他和易卜生（Ibsen）属于同一时期，对于群众和社会主义具有不小的戒心。为了写作《情感教育》，他研读所有社会主义者的书籍，得到的印象仅仅是：

> 有一件事触目极了，把他们连在一道：就是憎恨自由，憎恨法国大革命与哲学。他们全是中世纪的老实人，陷于过去而不可自拔的人物。而且何等村学究气！学监气！好比道士喝醉了酒，掌柜乐晕了过去。如若一八四八年他们没有成功，全因为他们来在伟大的传统之流以外。②

如今让我们回到《情感教育》，我们将在这里遇到形形色色的人物，即使是在中国，也都熟熟的，似乎见过，听说过。

谁不是见异思迁的毛漏？孩子气十足的西伊？循规蹈矩的马地龙？我们难道没有戴勒玛尔，装模作样，貌若无人，永久是"一只手放在心上，左脚向前，眼睛向天，他的镀金桂冠套在他的风帽上，用力往他的视线放进许多诗意，来勾引贵夫人们"。小报回头捧成了救国明星。我们难道没有罗染巴，成天到晚，酒馆一坐，借酒浇愁，满腹牢骚，问急了，便是他的"莱茵河"的口号。我们难道没有白勒南，开口艺术，闭口势利，一幅画三分不像人，七分活像鬼，高唱艺术革命，向临时政府请愿，成立一个类似交易所的艺术公会。我们难道没有余扫乃，浪子文人，专办短命的蚊子小报。我们难道没有法提腊斯女士，打起妇女参政的旗帜，捧无聊的戏子，而且眶

---

① 1866 年 1 月，致尚特比女士书。

② 1866 年，致翟乃蒂夫人书。

眦必报，不愧一个妇女先进。像那摇身三变的老政客，老奸巨猾的党布罗斯，我们难道没有看够！革命的前一日还是保皇党，后一日连腮帮子都挂满了主义。和他相反，和他一样善变，我们难道没有看够比比皆是的赛耐喀，你可以骂他狼心狗肺，你可以夸他铁面无私，一朝人民嫌他独裁，踢他下台，他会成为皇室走狗，刺死大好人杜萨笛耶，唯一可以称为英雄的老百姓。

隔着万头攒动的人海，是贫贱与富贵两岸，虽说波浪滔天，人从卑微到发迹辟了两条航线，一个是金钱，一个是政治。承继遗产的毛漏，无须株守乡间，无须苦学博名，他可以回到都市，称心如意，为所欲为，黄金一直铺平党布罗斯的高石阶，笑脸和毛漏相迎。他有幸运不劳而获。这正是他和穷朋友分手的因由。他满足，他自足，革命对于他只是一首好听的短歌，然而对于别人，唯有政治斗争，唯有革命，才能补足命运的亏欠。是什么堵住了他们上进的道路，是谁这样霸道，这样残酷？

他们彼此同情。先不说他们对于政府的憎恨达到一种不容讨论的教义的高度。

他们不能不革命，这是他们唯一自救以救人的道路。我们看到赛耐喀，一个工头的儿子，戴楼芮耶，一个衙役的儿子，另外杜萨笛耶，一个无家可归的私生子，然而各不相同。毛漏承继了一笔产业，杜萨笛耶道喜，赛耐喀认为堕落，戴楼芮耶居为奇货，后两位有若干地方相同，嫉妒是其中之一。他们需要统治，同样失之于刻。得到我们敬爱的，只有一个，就是心地单纯，见义勇为的学徒，傻小子杜萨笛耶。他没有学问，尊重学问；他要革命，不是由于野心，由于欲望，是因为法国袖手旁观，不援助弱小民族。他知道感激，赛耐喀一流革命家缺乏的美德。毛漏的朋友当中，不打他的算盘的，只有这么一个人。他愿人人成功，从不居功。他属于《双城记》里的贾尔通（Sidney Carton）一类的英雄，死于他的所爱，不是一个有夫之妇，而是整个被压迫阶级。他不投机，别人爬上去再跌下来，